Einaudi Tascabili. Stile libero
1205

Wu Ming 2
Guerra agli umani

Einaudi

Questo libro è stato stampato su carta ecosostenibile CyclusOffset, prodotta
dalla cartiera danese Dalum Papir A/S con fibre riciclate e sbiancate senza uso di cloro.
Per maggiori informazioni: www.greenpeace.it/scrittori

www.einaudi.it

ISBN 88-06-16812-6

Guerra agli umani

A Sofia,
per le sue meraviglie
e a Chiara,
per l'ennesimo dono.

1. Gladiatori

L'auto arrampica nervosa le prime curve. Fari abbaglianti scavano il buio. Asfalto sale tra i castagni, sei chilometri oltre il paese. La strada di servizio per il ripetitore di Colle Torto.

All'ottavo tornante, una carrareccia si stacca sulla destra. Il motore scala. Le ruote sterzano. Un ventaglio di luce corre tra i cespugli.

Caprioli intenti a brucare sciamano verso il bosco.

La sterrata attraversa il pascolo e raggiunge i ruderi di un casone.

Rovine recenti, finestre ancora intatte. Auto in circolo sull'aia in disuso. Paia di fari convergono al centro.

Una portiera si apre, un piede calca la polvere. Il dottor Taverna è nuovo, alle Banditacce. Rinaldi lo precede e fa le presentazioni. Pubblico vario: allevatori, commercianti, albergatori, balordi. Una quarantina in tutto. Mani stringono mani, sorrisi allo specchio, nomi cancellano altri nomi, sguardi. L'ultima mano ritira le banconote. Lo spettacolo costa trenta euro. Altre dita sfogliano pezzi piú grossi.

– Trecento su Conan, alla prima.

– Facciamo quattro. Sei riprese.

– Quattrocento sacchi? Ci sto.

Le piccole scommesse sono libere. Sopra il mezzo milione, devi passare dal capo. Pagamento assicurato e zero problemi. Stasera, tutte puntate per Conan. Il tempo che ci mette per far fuori l'altro. Tre riprese oppure cinque, due minuti piuttosto che quattro.

L'altro si sta preparando, sotto il tetto sfondato della vecchia stalla. L'altro non ha nome. Al massimo *lo sfidante*, e basta. Allaccia i parastinchi dietro il polpaccio. Protezioni da hockey foderate di gommapiuma. Idem per le spalle. Sull'avambraccio sinistro, un pezzo di grondaia in rame, tagliato per il lungo e imbottito. Le scarpe sono un modello da cantiere, con punta salvadita rinforzata in acciaio. Guanti da lavoro, tirapugni a destra, scudo in plexiglas a sinistra. Scioglie i muscoli come un pugile suonato. Aspetta.

Arrivano altre auto, il cerchio si allarga. Si fa a turno coi fari per illuminare lo spiazzo. Secondo appuntamento della stagione, pubblico triplicato. La notizia gira. La gente è curiosa. Il business promette.

Ultime puntate. Il dottor Taverna non si butta, vuole solo guardare. Rinaldi ha messo cento sacchi su Conan, alla quarta. Vino rosso e grappa allentano la tensione. Chi vuole coca, sa da chi andare. Chi vuole donne, pure. Roba buona, buoni prezzi. I veterani si accordano per i prossimi incontri. Dove, quando, chi. Il capannone sarà pronto a fine mese. Un tizio alto, fisico da orso, capelli invecchiati con trent'anni d'anticipo, si stacca dal gruppo e compare nella stalla.

– Vieni qua.

L'altro si avvicina. Orso fruga una tasca, gli porge qualcosa.

– Alla sesta, okay?

L'altro allunga la mano e butta giú le pasticche. Annuisce, incapace di parlare.

Jakup Mahmeti appoggia la scala ai rami del castagno, quattro metri sopra il centro dell'arena.

Anche alla luce dei fari, le lunghe foglie seghettate rimangono grigie. Polvere. Polvere ovunque. Gli scavi per la ferrovia non risparmiano niente. Mahmeti impicca sul ramo un randello di tre spanne e un coltello da caccia. Il nodo è fatto per cedere al primo strattone. Un bonus da videogiochi per il povero sfidante.

Ghegno e il Marcio si perderanno l'incontro. Turno di guardia sulla strada, uno all'incrocio con l'asfalto, l'altro sul lato della faggeta, la via di fuga, sette chilometri sconnessi per sbucare sulla Provinciale. Casomai passasse la volante che non deve passare. Sigaretta fumata all'unisono, passatempi diversi. Il Marcio divora una rivista per cazzi solitari. Servizi a pagamento, pornocasalinghe, attrezzi sessuali. Ghegno si distrae con le funzioni del cellulare.

Orso lega una fune al tronco del castagno. Sul capo opposto c'è un moschettone. Il moschettone arpionerà un collare. Il collare serve a trattenere Conan a fine ripresa. Oppure quando l'altro si arrende. Altrimenti Conan non smette.

Conan è un fila brasileiro di linea dura. Una specie di molosso da presa, razza selezionata dai fazenderos brasiliani per dare la caccia agli schiavi in fuga.

L'altro è un nigeriano di ventisette anni. Mai combattuto prima. In gergo: un pivello. Jakup Mahmeti lo manda a chiamare. Si comincia.

Molti spettatori si rifugiano in auto. Altri sul cofano. Conan è un cane addestrato, attacca solo l'avversario, ma meglio non rischiare. Conan è eccitato. Sessantacinque chili di muscoli e irruenza. Allenamento duro, fatto di corse, botte, digiuni e gatti feriti da sbranare. Conan è strafatto di aminoacidi e anfetamine. Gli dànno da bere. Orso gli strizza una spugna sulla testa. Se non fosse addestrato, ci vorrebbero tre uomini per attaccarlo alla corda. Orso lo afferra per il collare e gli si inginocchia di fianco.

Lo sfidante entra nel cerchio di luce, al guinzaglio di un angelo custode ubriaco di Jack Daniel's. Ha una ramazza di *dreadlocks* legata sulla testa. Ha lo sguardo fisso, occhi pallati. Ha la fifa tatuata sulla pelle.

Quella del guinzaglio è l'ultima buffonata partorita dal Marcio. Quasi nessuno la trova *cosí* divertente ma ogni tanto tocca dargli ragione. In fin dei conti, ha pure un suo scopo. Fughe dell'ultim'ora possono sempre capitare.

Orso mormora qualcosa all'orecchio del cane. Quello scopre le zanne e si mette a ringhiare. Silenzio improvviso, discorsi inghiottiti a metà. Lontani rumori di strada e un fitto squittire tra i rami. Una donna nasconde la faccia sulla spalla della vicina. Il rudere, le auto, l'arena, gli spettatori: un unico animale notturno che trattiene il respiro.

Mahmeti si avvicina al cane col sigaro tra le labbra. Tira una lunga boccata e glielo spegne in testa. Lo scatto della bestia solleva polvere e grida.

Un balzo giaguaro, impressionante e rabbioso. Il nigeriano si copre con lo scudo. L'urto lo rovescia: ha le gambe molli. Finisce per terra e si scompone. Scalcia come una blatta per non farsi addentare la caviglia. Riesce a mettersi su un fianco, prova ad affondare il tirapugni nelle costole del cane. Lo sfiora appena. Quello ha stretto i denti sul bordo dello scudo e non molla piú. Con un colpo secco butta la testa all'indietro: l'angolo cede come cartone. Al secondo assalto, il plexiglas resiste meglio. Non altrettanto il braccio sinistro del nigeriano, infilato nelle cinghie. Gli strappi dell'avversario lo costringono ad aprire la guardia.

D'istinto, reagisce col destro, appena sotto la tempia. Conan rimane stordito, ma non molla. Tira lo scudo in modo da sfilarlo. Si abbassa sulle zampe anteriori e spinge con quelle dietro. Al quarto strattone lo sfidante allarga le dita. È senza protezione. È sempre per terra.

Un crocefisso d'ebano sulla polvere bianca.

– Duecento su Conan prima della fine.

– Andata.

Il nigeriano ansima, la lingua in gola. Prova a mettersi in piedi, ma il cane gli è addosso, zampe sul petto. Se lo azzanna sopra le spalle, è K.O. tecnico. Vince Conan, match sospeso. L'uomo si protegge col braccio metallizzato. Troppo lento. Il muso del cane penetra la guardia e punta la clavicola. L'uomo gli afferra il collo prima che i denti si chiudano. Il cane si scrolla con rabbia. Qualcuno urla.

– Tirati su, dài!

– Forza, negro, forza!

Quelli che hanno puntato sulla prima stringono pugni, occhi, mascelle.

– Dài, bello, sbrana, sbrana!

Ma l'Orso soffia nel fischietto e strattona la corda. Fine Primo Round. Il braccio del nigeriano è ridotto male. Sangue impregna la gommapiuma.

Nel breve intervallo, sacchetti di patatine e sorsate alcoliche per combattere il freddo. Gli insicuri ritoccano le scommesse. I piú esperti lo hanno già fatto, durante lo scontro, come agenti di Borsa prima che il titolo crolli.

Seconda Ripresa. Niente sigaro, solo una pacca sulla schiena. Conan si acquatta, ringhia, scarta di lato e si acquatta ancora, testa bassa e sedere alto. Si direbbe che studia l'avversario, il momento migliore per il balzo. L'altro trema e saltella. Passi laterali da granchio per non offrire il fianco scoperto. Conan prova un paio di attacchi, ma il nigeriano incassa con quel che resta dello scudo.

Al terzo tentativo, l'uomo parte in anticipo, finta a destra e cambia direzione. Il cane scivola ma gli è addosso lo stesso. L'altro salta: un metro e mezzo di elevazione. Afferra il randello mentre le zanne del fila gli sfiorano un piede. Ricade male, non ha tempo di girarsi. Alza il bastone e lo riabbatte dietro di sé. Conan è un buon incassatore. In allenamento lo chiudono in un sacco e lo riempiono di calci. Il primo colpo è una carezza sulla schiena. La testa scatta ad addentare una coscia. Gli occhi del nigeriano si rovesciano. Sa che non deve uccidere, ma il dolore svuota il cervello. Inizia a pestare come un martello pneumatico. Tre, quattro mazzate.

Rumore di ossa rotte. Intorno: di nuovo silenzio.

Conan ha mollato la presa. Non si muove piú. Una ragnatela di sangue avvolge costole e schiena. Striature nerastre sul pelo chiaro.

Pochi avevano puntato sul nigeriano. Adesso riscuotono, sorriso da intenditori stampato tra le orecchie. Per il vincitore, niente premio partita. Ha fatto fuori un campione da sessanta milioni.

– T'ammazzo, negro!

Una lama di otto dita spunta dalla zampa dell'Orso. Si lancia sul nigeriano, che trascina la gamba per uscire dall'arena.

Mahmeti tira la corda del cane. Quel tanto che basta per sgambettare la vendetta.

– Calmo, Pinta. Non è problema.

A un cenno della testa, un paio di sgherri affiancano il vincitore. Casomai volesse un passaggio.

L'Orso solleva da terra uno sguardo furente. Si tira su, spazzola i pantaloni col taglio della mano e sputa dritto nella schiena del gladiatore.

Il cane sembra morto davvero.

Qualche spettatore prova a sorridere, scherza ad alta voce. Altri mettono in moto e sgommano via.

Mahmeti, Rinaldi e il dottor Taverna discutono fitto. Affari. Cani da caccia, import illegale dalla Slovenia. Un'offerta interessante. Una stretta di mano.

Gli sgherri scortano il nigeriano nella stalla. Ha due brutte ferite. Quella sulla coscia, aperta fino all'osso. L'infermiere del gruppo decide per qualche punto.

– Su con la vita, Niger, – commenta uno durante la sutura, – combatti gratis una decina d'anni e glielo ripaghi, il campione.

L'altro ride: – Che poi combattere gratis ti fa pure piú onore. I gladiatori veri combattevano gratis. Non sei contento?

Il nigeriano strabuzza gli occhi, ma non è una risposta. Il cosiddetto infermiere lo sta ricucendo a crudo, senza anestesia.

L'onore gladiatorio è l'ultimo dei suoi problemi.

2. Perfect Day

È il primo giorno d'ottobre. Mattina. La gente parla di clima estivo e cappotti ancora nell'armadio. Io sono senza lavoro. Da una settimana.

Niente di strano. Inserivo dati nel computer di una ditta. I dati sono finiti. Lo stipendio anche. Restano settecento euro in banca, un mese d'affitto arretrato, la bolletta del telefono e uno zaino, pronto da mesi, dietro la porta di cucina.

Prima dell'estate pulivo cessi al cimitero. Non era infame come sembra. Il luogo è poco affollato e nessuno molla una sepoltura per andare a cagare. C'erano fiori freschi per la mia ragazza e certe mattine non bisognava nemmeno dare lo straccio. L'azienda leader nel settore ne ha dedotto che il personale era in forte esubero. S'imponeva il taglio di un addetto su tre. Ho salutato le due colleghe bielorusse e coi soldi dell'ultima settimana mi sono preso lo zaino.

Ora sento che ci siamo. Ho appena fatto provviste.

Fuori dall'ipermercato, carrelli e abbronzature mi circondano minacciosi. Gente che guadagna. Vorrei aggrapparmi a un colletto qualsiasi, e sussurrare parole indecenti all'orecchio del proprietario: – Ehi, amico, senti un po' qua: il sottoscritto non fa un cazzo da una settimana. Non è disgustoso?

Una batteria di cabine telefoniche mi richiama all'ordine. Almeno mia sorella la dovrei avvertire.

Parto, Sandra. È deciso. Se c'è riuscito Thoreau posso farcela anch'io. La massa degli uomini conduce vite di quieta disperazione. Siamo solo attrezzi dei nostri attrezzi, assediati da eserciti di *necessori*. Questa civiltà si basa su non-cicli ed è votata all'estinzione. Il futuro è nelle attività silvopastorali.

L'apparecchio funziona solo a scheda. Uno su cinque accetta anche monete, ma so già cosa mi aspetta. È fuori servizio. Mangia i soldi oppure li sputa. Ha la cornetta spalmata di resina.

Decido per un biglietto. Meno inconvenienti.

Arrivo a casa, appoggio la spesa, accendo una sigaretta e lo stereo. *Perfect Day*, Lou Reed, versione *noise* dei Melt Banana.

Cara Sandra,

ormai da una settimana non telelavoro piú. Lungi da me l'idea di cercare un altro impiego qls. Ho preso in odio ogni lavoro da me fatto sotto il sole. Ma non vengo a dirti che tutto è vanità. Soltanto: il sottoscritto ha già dato. C'è un tempo per ogni cosa, e quel tempo è finito. Se uno è soddisfatto di questa vita, s'accomodi. Per quanto, l'uomo che lavora per sopravvivere non possa godere di una vera integrità. Da anni sorvolo l'abisso della disoccupazione cronica a spasso su corde sottili. Ho speso le migliori energie a mantenermi in equilibrio. Adesso basta. È giunto il momento di dare un'occhiata di sotto.

Lo zaino è lí da quest'estate, lo sai. Ho un quaderno fitto di appunti, stratagemmi copiati da diversi manuali. So già dove andare, un luogo isolato e tranquillo che per il momento non rivelerò a nessuno. Vorrei evitare che una fila di persone si presenti ogni giorno davanti al mio rifugio con l'intento di farmi rinsavire. Non sono impazzito, anzi, mai stato piú lucido. Voglio solo diventare ricco: se questa è follia, la condivido con la maggior parte degli uomini. Un individuo è tanto piú ricco quanti piú sono gli orpelli che può trascurare. Vivrò in una grotta, mangerò bacche, castagne e farina di formiche. Mi scalderò col fuoco. Chi è il sultano del Brunei in confronto al sottoscritto? Questo mondo non ha bisogno di me, e viceversa. Pari e patta, il cerchio si chiude e il sottoscritto parte per la tangente.

Mi farò vivo quando lo riterrò opportuno.

Saluta i nipoti,

Marco «Walden», supereroe troglodita

Rileggo il messaggio una decina di volte. Non è facile spiegare. Voglio dire: mia sorella conosce la situazione, sa dello zaino e di cosa significa. Tuttavia, non sono sicuro di essere stato chiaro.

Il sottoscritto non condanna lo stile di vita comune. Sbattersi, lavorare, amare una donna, prolificare, nutrire il cervello con roba piú o meno buona, nutrire il corpo con roba piú o meno biologica, frequentare centri commerciali, abitare in una zona dignitosa. È un modello non ciclico, prossimo al collasso, ma chi se ne frega del modello. Il collasso del sottoscritto è molto piú imminente. Tanti auguri a chi si sente tranquillo.

Grazie al cielo, non tutto il mondo è qui. Puoi cambiare aria. Diventare l'eroe della vita nei boschi. Non come alla televisione, aspiranti Robinson su un'isola deserta, fai il fenomeno due mesi, poi torni a casa. Questa vacanza da me stesso è qualcosa di piú serio. Tornare a casa non rientra nei programmi.

Il punto è: non ho piú una donna, sono orfano e non ho nemmeno l'automobile. I lavori che dovrei desiderare mi paiono intercambiabili. Gli amici anche. Bravissime persone, per carità: è il sottoscritto che non funziona. Quando passi il giorno a sbrogliare il groviglio della tua vita, non ti restano molte energie per le relazioni. Cominciano a farti schifo tutti. C'è un livello di guardia: oltre quello, la nausea non si concentra piú su un singolo aspetto, tracima e inonda il resto, senza distinzione. Un lavoro indegno sta ancora sotto il livello. Due no. Il sottoscritto ne ha sempre avuti due: fare un lavoro merdoso, cercarne uno decente. Troppo vecchio per questo, troppi titoli per quest'altro, niente esperienza di carpenteria metallica.

Se avevo dei figli, era un'altra cosa. Non li trascinavo certo in una situazione simile. Le comuni fricchettone non sono il mio genere. Nemmeno gli eremiti, se è per questo. Il sottoscritto non ha bisogno di ritrovare se stesso. È solo stanco di calci nel culo, altro che *new age*. Un etto di Buddha, due fette di Gesú. L'esistenza appronta già i suoi fardelli. Lo zaino, meglio tenerlo leggero.

Per questo, quattro anni fa ho venduto l'automobile. Lavoravo fuori città. Facevo il casellante. Ogni mattina, quaranta minuti di coda per arrivare allo svincolo. La sera, stessa musica. L'esaurimento nervoso non s'è fatto aspettare.

Cado in depressione ogni volta che il semaforo sgocciola auto nel gorgo di un incrocio.

Il traffico metropolitano è un traffico d'armi. Guerra umanitaria per difendere il sacro diritto al risparmio di tempo. Ma pensando ai soldi, cioè ore di lavoro, spesi per acquistare un'auto e rifornirla di carburante, per pagare lavaggi e pagare posteggi, piú il tempo bruciato nel portarla dal carrozziere, e i soldi della manutenzione, e le giornate trascorse a scegliere il modello adatto, mi sono chiesto dove sia finito il tempo risparmiato. Una bella bicicletta me ne regalava di piú.

Eppure, c'è voluto l'esaurimento per convincermi. Vendere l'auto e spostarsi in bici. Morale: lacrime, bruciore agli occhi, tosse cronica. Ho provato a tornare indietro – fermi tutti, mi sono sbagliato – ma il nuovo stipendio non me lo permetteva. Avevo cambiato lavoro: il casello dell'autostrada era troppo lontano per la bicicletta. Da allora, niente piú auto. Ho pure disimparato a guidarla. Allo stesso modo, ho deciso di vivere nei boschi perché quaggiú non vado bene nemmeno come lavacessi. Allo stesso modo, non mangio carne perché non posso permettermela. Poi, certo, trovo l'allevamento intensivo una terribile crudeltà che riversa sul genere umano cascate di karma negativo, vaste e imponenti quanto il Niagara degli sciacquoni, l'Iguazú dei piatti sporchi, l'Oceano mare dei bidet. Acqua potabile per pulirsi il culo: non conosco ingiustizia piú odiosa.

Tuttavia, pratico l'igiene intima con discreta attenzione.

Fossimo negli anni Cinquanta, mi metterei a rubare. Altri tempi. Potevi svaligiare un appartamento senza essere armato. Rapinare un gioielliere con destrezza. Svuotare un furgone portavalori con un piano perfetto e senza colpo ferire. Una cosa alla portata di tutti, bastavano fegato e cervello.

Oggi la vera delinquenza è roba da professionisti. Che ci sta a dire il sottoscritto?

Da lavacessi onesto a rapinatore di lavacessi non vedo un allettante cambio di prospettiva.

A meno di incontrare il Cristo nella cella a fianco, fargli una bella sviolinata e convincerlo a portarmi in Paradiso. Sarebbe un modo buffo per tornare alle origini, i primi approcci del sottoscritto al mondo del lavoro. Sono laureato in Scienze religiose. Ho scritto una brillante dissertazione su Disma, ladrone crocefisso alla destra di Gesú e passato alla Storia come «buono». Eppure nessuno dei Vangeli, nemmeno quelli apocrifi, lo definisce tale. Aveva trafugato i rotoli della Legge. Rubato il tesoro di una sinagoga. Rapinato la moglie del sommo sacerdote Caifa. La si smetta col buonismo: Cristo ha portato in Paradiso un malfattore. Tra l'altro, non era nemmeno pentito.

Dopo una simile dimostrazione di acume intellettuale ero convinto che le porte dell'accademia mi si sarebbero dischiuse. C'era fila per entrare, ma il talento avrebbe prevalso. Per darne prova ulteriore, decisi di impegnarmi in un dottorato senza borsa di studio, durante il quale mi mantenevo con il lavoro in un call center e intanto scrivevo un'opera straordinaria, destinata al piú alto riconoscimento nel premio internazionale *Mircea Eliade*.

Monoteismo e menzogna esplorava la propensione alla frode di Giacobbe, patriarca del popolo eletto, e di Pietro, fondatore della Chiesa cristiana. Il primo ingannò il padre Isacco, mezzo cieco, fingendosi Esaú, suo fratello maggiore, che per un piatto di lenticchie gli aveva venduto la primogenitura; il secondo negò per tre volte di conoscere il Nazareno, negli attimi concitati che seguirono al suo arresto. Cosa significano i due episodi? Perché a Geova piacciono tanto i bugiardi? Non dimentichiamo che Gesú si portò in cielo un ladro... (a questo proposito, si veda la tesi di laurea: *Santi & furfanti. L'episodio del «buon ladrone» alla luce del detto taoista: «Annientate i santi, liberate i briganti e il mondo ritroverà l'ordine»*).

Per la prima volta dalla morte del grande studioso rumeno, la giuria del premio a lui dedicato usò la parola «deficiente» (*halfwit*) per respingere una candidatura.

Il sottoscritto passò a occuparsi *full time* delle richieste telefoniche dei clienti. Poi prese il lavoro da casellante, convinto di potersi dedicare alla stesura di qualche opera fondamentale. L'esaurimento nervoso glielo impedí.

Arriviamo a oggi

Rileggo il messaggio per mia sorella un'ennesima volta. Può andare.

Modifico l'annuncio sulla segreteria telefonica, anche se spegnerla sarebbe piú sensato.

«L'utente da lei desiderato è definitivamente assente. La invitiamo a non riprovare piú».

Passo in cucina, controllo provviste. Qualcosa mi sarò dimenticato, per forza.

Fiammiferi. Cento scatole dovrebbero bastare.

3. Charles Bronson

Teorema:

In un paesino di mille abitanti, dotato di Municipio, cinema e sportello bancomat, il numero di bar è sempre maggiore o uguale a tre.

Uno dei vecchi. Uno con tabaccheria. Uno per la teppa.

Esempio:

Castel Madero. Anche se il Municipio fa piú scena che altro e ormai le riunioni importanti si tengono alla Delegazione di Borgo, undici chilometri piú giú, grumo di case ingrossato dalla nuova fondovalle come un banco di sabbia in un fiume limaccioso. Anche se il cinema è un parrocchiale, nato come teatrino, e sopra il palco c'è ancora scritto «Educando ricrea», con generazioni di bambini a chiedersi chi sia questo signor Ricrea, se il proprietario del locale o il mitico parroco che l'ha costruito, don Educando. Adesso è morto pure il cappellano, l'unico che sapeva far camminare le macchine. Ultima proiezione: un Jim Carey vecchio di sei mesi. Il cinema si chiama ancora cosí, con tanto di scritta sopra la porta. In realtà, schermo e poltrone non ci sono piú. Ci tengono le attrezzature per la processione di San Crispino e qualche confessionale masticato dai tarli.

Il bancomat funziona quasi sempre.

Dei tre bar, due si fronteggiano sulla piazza. Il terzo, quello con tabaccheria, affaccia sulla strada principale, sotto una fila di tigli.

Il terzo è gestito da una donna.

Il terzo è l'unico a offrire scotch puro malto. Oban, Talisker, Lagavulin. Invecchiati sedici anni, destinati a camparne cento. La maggior parte degli avventori adora un'altra Trimurti: Grappa, Prosecco e Amaro.

Anche per questo, il bar *Beltrame* sembra spuntato a Castel Madero come una palma da cocco in mezzo agli abeti. Da fuori ha un aspetto normale, un lungo caseggiato grigio topo, con due panchine di guardia all'ingresso, le vetrate sulla strada e il portone massiccio, antico, con la data sull'architrave mezza nascosta da un'edera ribelle. Poi alzi la testa e vedi l'insegna, con quei caratteri allungati un po' *art nouveau*, dipinta in rosa su un riquadro bianco. E la scritta dice: «Cartolibreria Beltrame», e sotto, piú in piccolo, «di Beltrame Glauco e Figli». Allora entri, spaesato, e ti ritrovi nel salone di un rifugio di montagna, una roba che starebbe bene sulla Marmolada, a tremila e passa, con la neve alta fino al tetto e i pinguini che implorano di entrare. Tavoli in legno di pino, tovaglie quadrettate, due panche per lato. Lampadari fatti con ruote da carro e foto in bianco e nero su tutte le pareti. Il camino che pulsa in un angolo e la stufa in ghisa subito di fronte. E quando vedi la proprietaria girarsi verso lo stereo e mettere su un Cd, sei già pronto per un canone degli alpini a sette voci piú solista. Invece striscia fuori dalle casse Robert Nelson detto Prince e viene a sussurrarti di un giorno nero, di una notte burrascosa, e se non è lui sono le malie elettroniche di un qualche artista dal nome crucco o i gloriosi Pixies, che vagano per il locale in cerca di una mente smarrita.

Incantato dalla musica costeggi il bancone, tutto legno e pietra, e scopri che la stanza ha la forma di una L, e sul braccio corto c'è un salottino che sembra di essere al *Village*: divanetti male in arnese, tavolini bassi, vecchie poltrone e scaffali di libri quasi fino al soffitto.

Bene, ti domandi, poiché siamo a Castel Madero, ottocento metri sul livello del mare, e non a Manhattan, NY, quali segrete alchimie permettono la sopravvivenza a un locale come questo?

All'osservatore attento bastano un paio di occhiate per risolvere l'arcano.

La prima in direzione del banco tabacchi, dove Mindy si sforza di assimilare nozioni da un tomo formato dizionario. Prepara un qualche esame importante, la ragazza, qualcosa che viene dopo la laurea, ma nessuno degli avventori sembra interessato all'argomento.

Piuttosto, interessa sapere una volta per tutte quale sia l'esatta misura dei suoi reggiseni – la quinta? la sesta? – e di preciso quanti se la sono fatta, in paese, e se questa sera è libera oppure no.

La seconda occhiata è per un cartello enigmatico, Si Fa Credito A Chi Legge, che per quanto ammantato di mistero nomina comunque *la* parola magica, messa al bando da tutti i bar della valle.

Credito.

La terza occhiata te la rifila Gaia Beltrame, se non la pianti di guardarti intorno come un agente del Sisde e non ti decidi a ordinare.

Poi magari capita che un ciccione cinquantenne, che ci prova con Mindy da quando era bambina, finisce per apprezzare il gusto torbato del Laphroig, le canzoni di Leonard Cohen e i primi tre capitoli di un poliziesco francese ambientato a Marsiglia. Però è raro, e tra studiosi di reggiseni, squattrinati in bolletta e amanti delle donne che rifilano certe occhiate, il parco clienti del bar *Beltrame* può considerarsi completo.

Gli ultimi due avventori di quella sera non facevano eccezione. Il piú anziano alzò il bicchiere. Altro giro.

– Questo lo paghi, – disse la barista da dietro il bancone.

– Perché, sono fuori di molto? – domandò l'uomo.

– Sedici euro. E tra dieci minuti, sei fuori anche di qui. Sto chiudendo.

– Va bene, Gaia... Senti, allora... Mi gioco il bonus.

– Il bonus?

– Precisamente.

Gaia sfilò un registro da sotto la cassa, lo aprí davanti a sé, ci fece scorrere il dito.

– Non dire cazzate, Buzza: non sei nemmeno segnato.

– E allora? Lettura personale, – rispose quello con mezzo rutto.

– Fantastico. Tieni conto che il manuale di istruzioni per il decespugliatore non te lo dò buono.

La mano dell'uomo frugò sotto la giacca e calò sul bancone un tascabile dalla costa sottile.

– L'ho finito l'altro ieri.

– *Uomini e topi*? – domandò Gaia senza nemmeno voltarlo.

– Precisamente.

– Buzza: ci hai già provato due settimane fa, con *Uomini e topi*.

– Stavolta l'ho letto, giuro –. L'uomo schioccò un bacio sugli indici incrociati.

– Va bene. Sentiamo.

– Eh, dunque... Fammi pensare: il romanzooo. affronta. il problema dell'emigrazione contadina. all'Ovest. Terra di marcate promesse...

La mano di Gaia volò fulminea a capovolgere il volume. La voce si inceppò.

– Di' pure, Buzza. *Marcate* promesse?

– Eeeh...

– Sí?

L'uomo chinò la testa di lato, in parte per via dell'alcol, in parte nel tentativo disperato di sbirciare ancora la quarta di copertina. Nemmeno con la vista di Superman ci sarebbe riuscito.

– Un aiutino?

– 'Fanculo, Buzza. Non siamo a *Domenica in*...

Dall'altra parte del bancone, oltre la curva, nascosto dal paralume di una grossa lampada, l'altro cliente sembrò risvegliarsi da un sonno profondo. Col braccio teso, sollevò in aria un piccolo volume sgualcito, come il numero d'ordine per la fila dal macellaio.

– Con questo ce l'ho, un bonus per Buzza?

– Sto chiudendo, gente, – rispose Gaia avvicinandosi.

L'altruista poggiò il libro sul finto marmo impolverato di zucchero. L'edizione ingiallita di una collana di fantascienza scomparsa da almeno vent'anni. Autore sconosciuto. Titolo: *L'invasione degli Umani.*

Pagine che sapevano di cantina. Stesso odore della montagna di bauli dove Gaia conservava l'intera sezione *Usato* della vecchia libreria.

La libreria fondata dal bisnonno Glauco nel 1913 ed ereditata dai fratelli Beltrame. I fratelli che l'avrebbero trasformata volentieri in un numero di otto cifre sui rispettivi conti correnti. Acquirente: il Consorzio ferrovia veloce, che voleva trasformarla in sede operativa per l'Alta Valmadero. Gaia si era opposta. Gaia si era indebitata fino al collo per rilevare la quota degli altri tre. Gaia aveva resistito cinque anni.

«Per metterlo nel culo a quelli della ferrovia».

«Per i baffi del bisnonno. Vedi la foto?»

«Per vendere Hemingway ai bifolchi come voi».

Le risposte cambiavano a seconda dell'umore. Il bilancio dell'esercizio non cambiava mai. Profondo rosso.

Era tornata dai fratelli e aveva fatto la proposta: mettiamo su un bar. Ci sto dietro io. Faccio tutto da sola. Voi mi aiutate con le spese e io vi ripago pian piano.

– Nella mia ditta abbiamo bisogno di una segretaria, – le aveva proposto Franco. – Perché non ti trasferisci in città, una buona volta?

– Per metterlo nel culo a quelli della ferrovia, – aveva risposto Gaia.

Aveva stivato quintali di romanzi nei bauli piú capienti che le era riuscito di trovare. Aveva attrezzato un angolo del locale con decine di scaffali. Aveva coperto gli scaffali con centinaia di libri. Aveva istituito la regola del bonus: Si Fa Credito A Chi Legge.

Giusto per sentirsi meno in colpa con il Dna.

– Com'è? – domandò Gaia, dopo aver sfogliato il volume.

– Boh, – rispose l'altruista. – L'ho trovato alla fermata. Va bene uguale se lo regalo?

Gaia sventagliò le pagine col pollice, indecisa. Lo scambio alla pari esigeva verifiche attente.

– Quattro euro, Buzza. Quattro euro e ringraziare, – disse stringendo il libro al petto. – E se è una vaccata puoi scordarti le Diana morbide per le prossime tre settimane, vero, Mindy?

Mindy annuí, Buzza pure. Sollevò il bicchiere e dedicò l'ultimo brindisi al suo benefattore.

La saracinesca si bloccava spesso. Piú spesso al momento di abbassarla. Quasi sempre troppo in alto.

Il figlio del macellaio lo sapeva e la spiava tutte le sere. Pronto a intervenire.

– Grazie, Loris, non ti dovevi disturbare, – disse Gaia alla fine.

– Scherzi? Nessun disturbo. Anzi: se una di queste volte mi ci fai dare un'occhiata...

– Eh, sí, magari, molto gentile. Adesso però devo scappare. Bisogna che dò da mangiare a Charles Bronson. Un'altra volta volentieri.

– Come vuoi. A domani.

Mentre raggiungeva il fuoristrada, Gaia guardò l'orologio. Quattro minuti e trentadue secondi. Per un pelo. Vent'anni di esperimenti dimostravano che Loris Turrini non sapeva stare cinque minuti da solo con lei senza provare a baciarla. Uno stress infinito.

In un paesino di mille abitanti, dotato di Municipio, cinema parrocchiale e sportello bancomat, essere single non è mai solo una scelta.

Nel comune di Castel Madero c'erano sí e no quattrocento individui tra i venticinque e i trentacinque anni. Oltre duecento erano di sesso femminile. Piú un centinaio di maschi in vario modo coniugati. Tre pazzi completi, cinque tossici e sette alcolisti all'ultimo stadio, due gay orgogliosi e quattro latenti. Poi dodici coetanei nativi del paese, sempre insieme, dall'asilo alle medie, per strada, in corriera, in discoteca e a pattinaggio. Se gliene piaceva uno, se l'era scelto da prima. Al momento, li sopportava appena come amici. Poi una cinquantina di soggetti improponibili, compresi Loris e altri due storici pretendenti in cerca di una mamma. Degli ex, cinque in tutto, meglio non dire altro.

Charles Bronson era un sanbernardo di cinque anni.

Single per scelta? Gaia aveva smesso di raccontarsela.

Abitava subito fuori dal paese, alle Case Murate. Rustici in sasso ristrutturati, di quelli che altrove vanno a ruba tra i villeggianti radical chic. Non a Castel Madero. Non dopo l'apertura dei cantieri per la ferrovia veloce. Un villaggio di container aveva colonizzato il panorama. Rumori e passaggi di camion facevano altrettanto coi pensieri. Due appartamenti su sette erano già disabitati.

Il fuoristrada si arrestò davanti al cancello. Gaia spense il motore. Scese.

Il muso di Charles Bronson tardava a comparire.

– Charlie! – chiamò la donna. – Dove sei, bello?

Nessun rumore di cespugli o foglie secche.

Nessuna risposta abbaiata.

Aprire il cancello. Correre alla porta. Controllare di non averlo lasciato in casa.

– Charlie! To', c'è la pappa, vieni?

Una colonna di autocarri si rincorse lungo la strada.

Gaia perlustrò le stanze. Tornò fuori. Era sicura di averlo lasciato in giardino. Il cancello sembrava chiuso bene.

Alla luce delle prime stelle, già vecchia di migliaia di anni, trovò l'interruttore dei faretti esterni.

Guardò sotto le siepi. Dietro la baracca degli attrezzi. Dappertutto.

Controllò la rete con una torcia elettrica e scoprí la falla.

Charles Bronson aveva scavato. Aveva spinto e deformato il ferro.

Forse inseguendo qualcosa.

E continuando a inseguirla, fino a perdere la strada di casa.

1.
Da Emerson Krott, *L'invasione degli Umani*, Galassie 1981. Capitolo 6

> Apollo, Dio del calore e della vita, trapassò coi suoi dardi il serpente Pitone che si torse sanguinolento esalando in un vapore infiammato l'ultimo spiro della sua vita e della sua rabbia impotente. Gli dèi, indignati di vedere la Terra abbandonata a mostri informi, prodotti impuri del fango, si armarono a lui dietro: Diana lo seguí da vicino, offrendogli la sua faretra; Minerva, Mercurio si lanciarono ai suoi fianchi per esterminarli; Ercole li schiacciò con la sua clava; Vulcano cacciò a sé dinnanzi la notte e i vapori impuri, mentre Borea ed i Zefiri disseccavano le acque col loro soffio, e davasi l'ultima opera per dissipare le nubi.
>
> Memoria di Eugenio Delacroix,
> sul suo *Soffitto d'Apollo* al museo del Louvre.

Pascolava tranquillo il branco di torosauri, sotto il sole avido del Cretaceo. Quindicina di esemplari sfavillanti squame, intenti a biascicare equiseto e rotolarsi nel fango.

Rimpianse Zelmoguz le solite spedizioni, ricche di partecipanti e generose di prede. Nella caccia al duello, la piú adatta e spettacolare con bestie come quelle, quindici navi segugio erano il minimo indispensabile.

Dopo lunga insistenza, dopo molto parlare, si era fatto convincere dal cognato a sperimentare una nuova tecnica, l'incalzata al velociraptor. D'accordo, ma durante i salti di singolarità un passeggero del cargo aveva avuto problemi di ibernazione, ci s'era dovuti fermare al Quinto Pianeta, scongelarlo, farlo riprendere, ripartire. Avevano allungato il viaggio di parecchio, e il convoglio era arrivato a destinazione in ritardo di migliaia di anni. Nel frattempo, a quanto pare, i velociraptor si erano estinti, o avevano intrapreso una qualche epica migrazione, fatto sta che le monoposto segugio, addestrate per individuarne l'odore a grande distanza, non rilevavano nulla di interessante.

All'interfono, la reazione di Arogar: – Chi se ne frega? Già che l'abbiamo montata, la trappola, tanto vale usarla lo stesso.

– Vietato, – interferí con voce meccanica la segugio.

– E nient'affatto divertente, – precisò Zelmoguz, sprezzante.

Non aveva torto. L'incalzata mostrava i suoi pregi solo con bestie rapide e scattanti, sauri veloci e di piccola taglia. Dapprima la flottiglia punzecchiava il branco come uno sciame di tafani, nuvola pestifera nel caldo dell'estate. Inferociti gli animali, imbizzarrite le prede, si procedeva al contatto ipnotico. Per farlo, bisognava portarsi molto prossimi alle bestie, a pochi metri dai denti affilati, aumentando il rischio ed esaltando le doti acrobatiche della propria segugio.

Attraverso il contatto, la squadra di suicidatori cercava di spingere le bestie in direzione di una trappola, il piú delle volte una grotta, attrezzata per fulminare chiunque vi entrasse con una scarica elettrica da migliaia di volt.

In questo modo, non subiva lacerazioni la pelle dell'animale, il manto lucido di squame, e poteva trasformarsi in abito o trofeo, a seconda dei gusti. Soprattutto, come in ogni caccia, nessun componente della squadra uccideva la preda, azione giudicata rivoltante, imperdonabile sozzura. La preda moriva, spinta da un crudele destino, presentatosi per l'occasione sotto forma di invisibili onde cerebrali.

Difficile era mantenere il contatto quando l'animale si metteva a correre, a scartare, a saltare a destra e a sinistra. Bastava una distrazione e si spezzava l'ipnosi, si scioglieva il legame, e la preda recuperava abbastanza istinto per distribuire morsi e colpi di coda alle segugio e ai loro simbionti.

Con un sauro lento, un pachidermico ceratopo, quel tipo di caccia non aveva senso alcuno.

4. Biglietto integrativo

Ho un telo impermeabile tipo militare.

Ho cinquanta metri di cordino di canapa.

Ho una lente d'ingrandimento sei per.

Ho speso tutti i soldi senza pensare al biglietto. Con gli spiccioli metto insieme un euro e mezzo, buono al massimo per venti chilometri. Devo farne settanta, ma salgo lo stesso. Oltre allo zaino, una vecchia valigia piena da scoppiare.

Mi sistemo. Intorno, tre posti vuoti e un bocchettone del riscaldamento regolato male. Aria bollente che sa già di sudore. L'anidride carbonica farà il resto. Buonanotte a tutti.

Ho un kit di pronto soccorso.

Ho tre chili di semente: fave, fagioli e marijuana.

Ho un magnifico portamonete in pelle di vacche magre. C'è solo la chiusura in ottone, come la mascella di uno squalo sdentato. Il resto l'ho strappato via. Non serve.

Guardo allontanarsi la periferia, il profilo delle colline dietro un velo di nebbia. Corrono veloci gli alberi in primo piano, piú lente le case, quasi immobile l'orizzonte. Schegge di mondo scivolano sotto i vagoni, sbriciolate in polvere sottile. Droga del viaggiatore. Migliaia di posti attraversati in fretta, intuiti solo con l'occhio, trattengono il cuore come pelliccia tra i rovi. Non commuovono i ricordi, piuttosto quello che non potrai ricordare. Un prato oltre la massicciata, dove sdraiarti, annusare l'erba e osservare il tramonto. Un campo da calcio fangoso e una partita di terza categoria che avresti voluto giocare. Il marciapiede vuoto di una strada sconosciuta, illuminato appena dall'insegna di un bar, dove forse gli avventori non parlano solo di lavoro e certo un cappuccino costa meno che sotto casa.

Il controllore arriva dopo mezz'ora. Sto fissando un pescatore immerso nel fiume fino alle anche. Sono sul punto di piangere. Senza pensare gli allungo il biglietto, scaduto da una manciata di chilometri.

– Questo andava bene per Masso. Si è dimenticato di scendere?

– No, scendo a Bocconi. È che non mi bastavano i soldi.

– Ho capito. In questo caso, devo farle la contravvenzione. Sono trenta euro piú tre di biglietto integrativo.

Scarabocchia un pezzo di carta, lo strappa dal blocchetto e me lo porge.

– Guardi, forse non mi sono spiegato: non ho una lira, altrimenti lo facevo, il biglietto.

– E non poteva dirlo prima? – È davvero contrariato. Si guarda intorno in cerca di consensi. – Mi fa scrivere tutto quanto e adesso dice che non può pagare!

Appallottola il foglio giallo e lo infila in un posacenere stracolmo.

– Deve darmi un documento. La multa le arriva direttamente a casa. Sono novanta euro piú tre di biglietto integrativo.

Estraggo un fossile di carta d'identità. – La tenga. A me non serve piú. E ci aggiunga pure cinque euro, per il disturbo. Avrei dovuto spiegarmi meglio.

E lui: – Non faccia lo spiritoso. È già tanto se non la faccio scendere –. Scuote la testa e mi riconsegna il tutto, con l'aggiunta di una seconda ricevuta.

– Lei è molto gentile, – insisto. – E non intendo prenderla in giro. Se mi lascia il suo indirizzo sarò lieto di inviarle un regalo. Le sembrerà strano, ma sono uno degli uomini piú ricchi del mondo.

Niente. Non ne vuole sapere. Dev'essersi convinto che sono un idiota. Accarezza i baffi ingialliti e passa a controllare altri biglietti.

Appena si allontana, socchiudo il finestrino e lascio che il vento mi strappi di mano ogni cosa. Una vecchia lancia occhiate di disappunto. Non posso fare a meno di gioirne.

Ho un sacco a pelo pesante.

Ho un badile pieghevole e alcuni attrezzi da immanicare.

Ho tre libri di grande valore. Vorrei impararli a memoria e recitarli in giro, dove nessuno li conosce, magari in cambio di pane e formaggio.

Dal sedile dietro, ondate imponenti di discorsi del cazzo si alzano minacciose, destinate a infrangersi sulle orecchie del sottoscritto. Maledizioni contro gli immigrati. Sproloqui sul mercato del lavoro. Plausi alla chiusura delle frontiere. Discorsi da treno. Il sottoscritto è: incapace di far finta di niente; incapace di intervenire, soltanto altra bile che finisce nello stomaco; incapace di considerarle parole vuote, rituali, formule magiche per ingannare il tempo.

Le parole vuote mi spaventano piú delle altre.

Per fortuna, come ogni supereroe che si rispetti, ho la mia arma segreta. La estraggo dalla valigia, infilo le cuffie, spingo play. Per quanto apocalittiche, le urla di Freak Antoni mi placano come ambrosia.

«Quando c'è l'epidemia | puoi scappare dalla zia | mentre in caso d'esplosione | provi solo l'emozione | quando scendi dal droghiere | chiedi un chilo di bromuro | se rimani solo tu | il primo anno sarà duro».

Ho venti confezioni di pile da un volt e mezzo.

Ho un programma graduale di disintossicazione da Cd.

Ho cercato invano un lettore a dinamo, come le radio a manovella per i villaggi africani piú sperduti.

Quando le pile finiranno, spero di imparare a suonare l'armonica a bocca, o qualche flauto primitivo fatto con rami di sambuco, o un'ocarina di terracotta. Vorrei evitare le percussioni, se possibile. Ho vissuto diversi anni con branchi di *bongoloidi* accampati sotto casa, e certe sonorità mi hanno rotto i coglioni. Ma senza musica non ce la posso fare.

Anche per le sigarette ho un piano di disintossicazione.

Smetterò di fumare. Con impegno. Almeno venti volte al giorno.

Poi passerò alla marijuana autoprodotta. Sempre che mi ricordi dove ho infilato le cartine.

Intanto, il treno attraversa implacabile il Grande Nulla sospeso tra periferia e campagna. Nessuna strada asfaltata avrebbe altrettanto coraggio. Come perle di un collier postatomico, si susseguono piste da kart, cadaveri di vecchie fabbriche, chiese talmente brutte che nemmeno Dio, nella sua infinita misericordia, gli farebbe la grazia di una visita.

Alla stazione successiva sale una ragazza e l'odore ferroso di notte sui binari. La ragazza viene a sedersi di fronte al sottoscritto. Ha la pelle bianchissima e la guance rosse di freddo. Tengo gli occhi bassi, lei li punta fuori dal finestrino. Neri come pozzi artesiani. Fingo anch'io di osservare il paesaggio. In realtà studio la sua espressione, riflessa sul doppio vetro, sovrapposta come uno spettro all'acqua torbida del fiume. Mi piacerebbe chiederle cosa ne pensa del mio progetto. Se per caso non se la sente di accompagnarmi, se le pare follia. Purtroppo, non sono mai stato bravo ad attaccare discorso. Forse lo diventerò, di qui in avanti. Dicono che il soliloquio fa bene al cervello, ma solo in piccole dosi.

L'arrivo a Bocconi è previsto per le nove e trenta. La corriera per Castello passa due volte al giorno, alle 7,15 e alle 18,45, con cambio a Piantalascia e al Passo delle Vode. Sono trentadue chilometri. Credo proprio che li farò a piedi. La corriera non si può prendere, senza biglietto. L'autista controlla i passeggeri uno a uno, al momento di salire.

Ci vorranno molte ore, ma non me ne curo. Posso fermarmi quando voglio. Costruire un riparo, mangiare qualcosa, riposarmi. Altro che vacanza. Lí c'erano sempre posti da visitare, il piú possibile, e tabelle di marcia da rispettare. C'erano percorsi stabiliti, montagne da scalare, mete da raggiungere. C'era da riempirsi gli occhi e impiegare le giornate nel modo migliore, sfruttare al massimo le ferie prima di tornare in città, all'altro lavoro. Perdere tempo era l'unico spreco riprovevole. L'acqua potabile nello sciacquone era tutt'altro che un problema.

Ho carta e penna.

Ho un binocolo ultraleggero.

Ho un chilo di bromuro.

Il peso dello zaino non mi spaventa. Conosco altri fardelli. Questo almeno posso poggiarlo, tutte le volte che desidero. Se impiegherò dieci giorni, che importa?

La strada si rinnova a ogni curva.

5. Selvatico nero

Troppe regole del cazzo.

I cartelli. Le pettorine. I verbali.

Boni sbirciò le lancette sotto l'orlo del giaccone. Non c'era verso di cominciare a un orario decente. Proibito prima delle 10. Proibito dopo le 17.

Rizzi era un caposquadra rigido, scrupoloso. Eletto per mancanza di alternative. Su quaranta cacciatori, l'unico coi requisiti. Cinque anni d'esperienza e diplomino: gestione faunistico-venatoria della specie cinghiale.

Prima di sorteggiare le poste verificava che tutti indossassero le casacche arancioni col numero della squadra. I fucili dovevano essere scarichi. Sul tipo di canna era piú permissivo. Usare la liscia era consuetudine, non regola. Quanto alle munizioni, evitava di perquisirti per il controllo, ma stai sicuro che gli dispiaceva.

Poi ispezionava i cartelli. «Attenzione. Battuta al cinghiale in corso». Se erano poco visibili, li spostava. Se ne mancava uno su un sentiero da funghi, ce lo metteva.

Era come viaggiare in Ferrari con uno che fa i cinquanta nei centri abitati, rallenta col giallo e si lamenta se non metti la cintura. Uno strazio. Appena possibile, Lele e Graziano dovevano frequentare il corso provinciale. L'esperienza ce l'avevano. Avrebbero sostituito il Pignolo.

Nessun altro caposquadra s'intestardiva tanto sui cani. Mai piú di quindici. Tutti addestrati per il cinghiale. Altrimenti, rischi che vanno dietro ad altre bestie. Come se le altre bestie fossero tranquille, con una cinquantina di cani e persone a spasso per il bosco.

Puttanate. Ipocrisie come la benzina verde e le giornate senz'auto.

Sauro Boni accennò un tip tap. Era nervoso. Aveva i piedi congelati. Le ossa delle gambe si inzuppavano di freddo. Infilò una mano nel tascone dietro la schiena. Estrasse una bottiglia di plastica riempita di sangiovese. Se l'era dovuta nascondere là dentro: Rizzi non ammetteva alcolici, alle poste.

Tirò un paio di sorsate. I cani abbaiavano distanti. Aspettare.

Il dottor Taverna era stato in Romania e diceva che là si cacciava davvero. Prezzi bassi, foreste secolari, selvatici in quantità e poche limitazioni. Mille euro viaggio escluso per tre giornate di caccia e quattro notti a pensione completa. Piú quattrocento per bestie da due quintali e zanne di sedici centimetri. Piú duecento di eventuale accompagnatrice *all inclusive*. Sui monti Carpati potevi pure sparare agli orsi, ma lí i prezzi salivano. Almeno ottomila euro. Taverna ne aveva preso uno, s'era fatto spedire la pelle, la teneva sul muro. Ingrassava un chilo tutte le volte che ci passava davanti.

Altro sorso di vino. Arbusti e cespugli attendevano il tepore meridiano come farfalle dentro bozzoli di gelo. Il carro del sole s'era impantanato nella nebbia.

Vibrò un cellulare. Boni rispose. Forse Apollo aveva bisogno di una mano.

– Pare che sono una decina, – disse Lele, – esclusa la scrofa. E secondo Gianni c'è anche un solengo, bello grosso.

– Si sarà fatto una scopata. Sono da voi?

– No. Sembrava che venivano, poi hanno girato. Sai cosa fa l'Atletico?

– No.

– Perché m'è arrivato un messaggio di Buzza, dice che perdono tre a zero, ma per me è una balla.

– Sicuro. Se so qualcosa, ti chiamo. In gamba.

Il cellulare tornò nella tasca, accanto all'impugnatura del coltello *bowie* e all'accendino formato proiettile.

Un solengo «bello grosso» non si vedeva da tempo. Opinione generale: l'Oasi di monte Budadda funzionava da rifugio. Pressati dalle doppiette, i selvatici si nascondevano dove la caccia era proibita.

Rizzi non era d'accordo.

Numero uno dava la colpa al clima, al caldo torrido, all'effetto serra.

Poi diceva che in Romania era diverso perché negli anni Ottanta c'erano stati attenti, avevano controllato la fauna, fissato criteri per l'abbattimento. Cosí adesso avevano gli orsi nell'orto di casa e potevano permettersi di accopparne qualcuno. Idem coi cervi. Ma qui da noi nessuno faceva i censimenti fatti bene, la Provincia fissava i carnieri un tanto al chilo, i controlli erano da barzelletta. Con un andazzo simile le specie piú delicate rischiavano grosso. Niente piú lepri. Niente daini. Solo cinghiali.

La caccia non è uno sport, diceva Rizzi. La caccia è passione. E d'accordo sul non chiamarla sport, per far ingoiare frasi fatte agli ecologisti da salotto. «Sport vuol dire armi pari» eccetera. Per Rizzi era diverso: non era uno sport perché non c'erano record da battere. Cazzate: alzi la mano chi non misura le zanne di un trofeo, chi non passa dal bar a vantarsi del peso di un solengo. E non era uno sport perché non c'era un vincitore. La passione consisteva in questo: portare ordine nella selva. Eliminare i nocivi. Regolamentare le popolazioni. Affrontare il selvatico con le armi dell'organizzazione: cani addestrati, fucili efficienti, sopralluoghi e scelta delle poste.

Bella passione da ragioniere.

Un cretino, comunque. Capace di incazzarsi se gli dicevano che poteva sparare piú dell'anno prima. Perché cinque lepri? Li avete fatti i censimenti?

Al diavolo Rizzi. E al diavolo anche Taverna. Boni non aveva tanti soldi. Altro che Romania. Altro che orsi. Se voleva sparare di piú doveva mettersi con Sardena, che certo di scrupoli se ne faceva pochi.

E se voleva prendere qualcosa lí, in quel momento, faceva meglio a star pronto.

I bracchi lavoravano bene: dividere il branco, portare a tiro una bestia per volta. La canizza era assordante. Decine di zampe battevano la pista. Lontane, vicine. In una direzione, nell'altra. Grida suine e spezzarsi di rami.

Arrivavano.

Boni *vide* l'onda di adrenalina allagare il sottobosco, afferrargli i piedi, arrampicarsi lungo la spina dorsale, gonfiare le braccia che sollevavano l'arma. Mire in fibra ottica nuove di zecca inquadrarono le siepi lungo la pista. Piantò il reticolo su una zona scoperta, oltre la macchia di felci e pungitopo. Venti metri. A giudicare dai rumori, era da lí che sarebbero usciti.

Respirò a fondo, immobile, cercando di placare battiti ed eccitazione. Le dita scivolarono sull'otturatore, pronte. Vibrazioni di cellulare solleticarono le palle. Ricevuto un nuovo messaggio: forse il risultato dell'Atletico.

Con scarto improvviso schianti e latrati cambiarono direzione, come moscerini ubriachi di caldo, puntando di nuovo al cuore della fustaia.

Boni tolse l'occhio dal mirino. Abbassò il fucile.

Dall'imboccatura opposta del trottoio un frusciare di sterpi raggiunse le orecchie.

Attimi sospesi. Solita sensazione che tutto svanisca, oltre i primi cespugli. Una scheggia di mondo in orbita intorno a Giove.

Disorientato, muso all'aria, il selvatico nero fiutava la via di fuga tra le poste.

Lo scatto dell'otturatore lo fece partire. Boni non ebbe tempo di mirare. Sparò d'istinto, alla sagoma, prima che la bestia si rintanasse nel folto.

Combustione di polvere da sparo. Pressione oltre il livello critico. Sauvestre calibro dodici inizia la corsa. Abbandona il bossolo. Entra nella canna.

Braccia e spalla del cacciatore assorbono il rinculo. Gas e pallottola escono dall'arma. Fiammata. Detonazione. Colpo di frusta.

Sauvestre si impenna, effetto dello stoppaccio. Discende la

parabola e colpisce l'animale poco sopra la natica destra. Venti metri in tre centesimi. Seicento metri al secondo. Sauvestre buca la pelle, strappa e recide tessuti, apre la cavità permanente. Subito dietro, l'onda di choc s'allarga e restringe. Pulsa rapida, violenta. Dilata il foro, lacera la carne, strappa cellule nervose per suscitare paralisi e morte.

Poi Sauvestre esce, due dita sotto la coda.

La preda spiccò un balzo tra i cespugli, leggero. Il secondo proiettile non la raggiunse nemmeno.

– Arriva, Sandro, arriva, – gridò Boni al vicino di posta.

Con un certo rammarico si trattenne dal controllare le tracce dello sparo, i segni del sangue, i frammenti d'osso. Indizi fondamentali sull'esito del colpo.

Non bisognava confondere la traccia. Cani da sangue avrebbero scovato il ferito in un secondo momento. Forse già cadavere. Forse in attesa del colpo di grazia. In ogni caso, meglio recuperarlo. Perso il branco, molte bestie giovani vagano ai margini del bosco e squassano le coltivazioni. Cosí gli agricoltori del bioecocazzo possono dire che la caccia non aiuta a limitare i danni, anzi, li aumenta pure, perché sparpaglia i branchi e spinge gli animali verso i campi. E se poi convincono un po' di gente, finisce che la battuta al cinghiale la mettono fuorilegge anche da noi. Come in Germania.

Boni scacciò con la mano i suoi stessi pensieri, sperando che il messaggio sul cellulare lo consolasse per la padella.

L'Atletico vinceva due a uno.

Ripose il telefonino, sistemò il berretto, ricaricò l'arma. Pronto per la seconda occasione.

Il dolore è una frustata. Secca, continua. La paura è il fantino che sprona nell'ultima corsa. Slalom disperato tra roveri e cespugli. Schiuma rossa nelle froge spalancate, mentre il fiato si spezza e la fitta stritola i muscoli. L'animale ferito travolge siepi e grovigli di spine. Proiettile lui stesso, sessanta chili sparati contro il bosco. Scia di sangue e bava per un banchetto di formiche. Lampi di panico nell'aria sottile.

Attraversa una mulattiera. Salta un fosso. Inciampa su una pietra e si riprende. Dal sonno profondo alla fuga in sette minuti netti.

Si ferma. Annusa la macchia. Deve localizzare inseguitori e uomini appostati.

Un paio di cani lo fiutano. Staccano il branco per stargli dietro. L'odore del sangue confonde ogni disciplina.

La preda riprende a scappare, in salita, verso monte Budadda. Eco di spari riempie le orecchie. La ferita urla piú di ogni stanchezza. Fuggono scoiattoli, fagiani, bisce. Come se cani e pallottole fossero anche per loro.

Due minuti lunghissimi. Muscoli che diventano pietra. Poi l'abbaiare dei cani resta indietro. Qualcuno li ha richiamati all'ordine.

Il ferito si risveglia dalla fuga in una zona sconosciuta. Non è abituato a girare il bosco in piena luce. Vorrebbe nascondersi, ma non sa dove andare. Istinto ed eccitazione suggeriscono di muoversi. Vaga fino al tramonto, annusando l'aria. Cerri e castagni lasciano posto agli abeti. Poi gli abeti si aprono in una vasta radura punteggiata di ginestre. Chiazze d'erba e di terra. Uno stagno melmoso risuona di grugniti. Un altro branco.

L'animale si avvicina, cauto. C'è acqua per bere, acqua per lavare il sangue e cancellare le tracce, fango per scacciare pruriti. Lo spiazzo accanto alla pozza è disseminato di ghiande, radici, barbabietole e cereali. Due o tre bestie mangiano senza posa. Altri stanno a mollo. Una coppia si agita scomposta, forse un corteggiamento. Girano in tondo, inseguendosi la coda. Sbavano. Fanno strane capriole. Impennano sulle zampe posteriori. Una danza mai vista.

Sul fianco della collina, oltre i cespugli, svetta un'altana camuffata di rami. Dalla feritoia dell'altana sporge la canna di un fucile. All'estremità opposta del fucile, la spalla di un cacciatore ne sorregge il calcio. Il cacciatore è De Rocco Luigi, addetto al prelievo selettivo del cinghiale nell'Oasi di monte Budadda. Abbatte gli animali secondo un criterio. Occhio nel mirino, non si accorge della coppia danzante, piú spostata rispetto al branco. Altrimenti, riporterebbe tutto sul registro, e farebbe rapporto, alla prima occasione. I comportamenti insoliti vanno sempre segnalati.

I selettori sono gli unici a poter sparare dentro la riserva. Fanno parte di un progetto piú ampio, tecniche alternative per il contenimento del cinghiale. Coltivazioni a perdere in mezzo al bosco, recinti elettrici, cattura, selezione.

Tre volte su quattro bisogna eliminare esemplari di circa un anno. Altrimenti i branchi diventano troppo giovani, anarchici, e i maschi solitari li spingono ai margini del bosco. Verso le coltivazioni e alla conquista di nuovi spazi.

All'imbrunire, gli animali abbandonano le lestre per cercare cibo. Sguazzano nell'insoglio, fiutano la pastura imbandita per loro. De Rocco li osserva con attenzione, attraverso l'ottica della carabina. Non deve sbagliare, pena la sospensione. Valuta il sesso, l'età approssimativa. Sceglie le prede e aspetta che salgano a mangiare. Questa notte abbatterà una femmina sotto l'anno.

Un maschio di quasi sessanta chili bordeggia il branco all'uscita dalla pozza. Si tiene distante, ma in contatto odoroso. Cerca di capire se potrà scroccare la cena.

L'estraneo è ferito. Sangue recente incrosta le setole. Ma: non sembra in pericolo di vita. Non ha arti spezzati. Non presenta malattie evidenti. Non rientra nelle eccezioni al Piano di Abbattimento, e De Rocco ha già sfruttato la sua quota di adulti. La scorsa settimana, a un passo dalla sospensione, ha rotto il femore a una scrofa uccisa per errore. Forse l'hanno bevuta, forse hanno chiuso un occhio.

Bonus esaurito, comunque. Segnalerà la bestia e niente piú. Meglio concentrarsi sul branco.

Nel mirino dodici per, la testa di una femmina sembra a meno di dieci metri.

L'età è quella giusta. Sette, otto mesi al massimo.

Il cacciatore ferma il reticolo in un punto dietro l'orecchio. Spara.

Il Ferito non ha toccato cibo ma il boato lo rimette in fuga.

De Rocco scende la scaletta, fucile a tracolla, e raggiunge lo stagno per marchiare la preda.

Si china sulla testa sanguinante, afferra un orecchio.

Sorpresa: due piccoli fori lo attraversano sotto la punta.

Hanno un aspetto familiare.

Il cacciatore afferra il marchio come la tessera di un puzzle.

Infila i punzoni nei fori.

Incastro perfetto.

Fa buio. C'è una luna sottile.

Rumore di vento che spettina i rami e ululati lontani come le stelle.

Il Ferito si è ingozzato di faggiole e lombrichi, ma non sa resistere all'odore delle pannocchie. Avanza, muso incollato al terreno, finché si imbatte in una gabbia metallica. La aggira, cercando un pertugio. Eccolo. Il Ferito esita sulla soglia. Se non vedesse una via di fuga, subito dall'altra parte, eviterebbe di entrare. La seconda apertura lo convince.

Entra. Inciampa. La via di fuga si chiude di colpo. Qualcosa scatta dietro di lui.

Il furgoncino ancheggia sui lastroni, carico di casse e suini.

Ultima tappa: la gabbia dei guardiacaccia. Come rubare la trottola a un bambino.

Il giro ha già fruttato tre esemplari. Due scrofe per l'allevamento e una bestia rossa per la trattoria. Guadagno atteso: cinquecento euro.

Sardena guida e pensa alla grana.

L'altro bada a parlare.

– Strano. Com'è che l'allevamento ne vuole ancora?

– In che senso, strano?

E l'altro: – In che senso... La stagione è cominciata, i lanci clandestini si fanno in estate. Chi glieli va a prendere i cinghiali, a metà ottobre?

– Chi glieli va a prendere: i ristoranti, gli agriturismi, le trattorie.

– La trattoria la serviamo già noi, scusa.
– Sí, va bene, *la* trattoria. Sarà mica l'unica, no?
Sardena si gratta via un foruncolo, passa la mano sul parabrezza appannato e riprende.
– Poi c'è questa storia dell'Oasi. Pare che si divertono a buttargli dentro dalla finestra i cinghiali che quelli fanno uscire dalla porta. E con gli interessi, se possibile.
– Cioè, scusa: in modo che i cinghiali continuano a far danno e i metodi alternativi se la prendono nel culo? Vuol dire che...
– Vuol dire che siamo arrivati, – taglia corto Sardena.
Il furgone infila il muso contro una piccola frana.
L'Oriente inghiotte le prime stelle.
Due ombre scivolano nel bosco reggendo una cassa. La appoggiano e si avvicinano alla gabbia. Vuota.
– Sfiga, – commenta l'altro.
– Un cazzo. Guarda lí.
Sardena indica un cumulo di terra smossa all'interno della gabbia.
– Sono arrivati prima i guardiacaccia, – commenta l'altro.
– Impossibile. Prima delle sette non passano mai.
– Be', allora chi?
– Non lo so, – pausa. – Almeno per ora.

Il foglietto è passato inosservato. Troppo poca luce.
Il foglietto è attaccato col nastro adesivo a una placca di metallo.
La placca direbbe: Oasi protetta di monte Budadda – Prelievo e censimento ungulati.
Ma la placca è coperta dal foglietto. E il foglietto dice:

CINGHIALI LIBERI! AL GABBIO I CACCIATORI!
VIVA L'ESERCITO MADERESE DI LIBERAZIONE ANIMALE!

Alle sette ci sarà piú luce. Le guardie forestali lo noteranno. A meno che il vento non se lo porti via.

6. Sessanta milioni

Il capannone veniva su bene. Al catasto figurava come ampliamento della *Tana del vagabondo*, vecchia porcilaia trasformata in canile per i randagi della valle.

Duecento metri quadri in piú significavano permessi per altre bestie. Almeno settanta. Settanta cani significavano duemila euro al giorno di contributi comunali. Quasi un miliardo e mezzo all'anno di vecchie lire. Mantenere i cani poteva costare molto meno. Bastava dargli poco da mangiare. Bastava non perdere tempo a pulirli. Bastava imboscare qualche carcassa alle cave di gesso. O riciclarla nella catena alimentare degli altri ospiti.

I cani sarebbero entrati nella nuova struttura solo per combattere. Contro altri cani e contro uomini. I trovatelli potevano stringersi nella porcilaia. Non c'era bisogno di tanto spazio. L'Azienda sanitaria locale non sarebbe venuta a ficcare il naso. Preferivano chiudere un occhio e risparmiare i soldi per la struttura pubblica. Pensavano: meglio vivere alla *Tana* che morire avvelenati coi bocconi. La presenza del canile aveva risolto il problema. Forse perché gli stessi che ora accoglievano i randagi avevano passato mesi a confezionare polpette al fosfuro di zinco.

Sedici cani stroncati dal veleno. Emergenza. Il canile municipale è fetido e stracolmo. Gli accalappiacani del Comune non sono all'altezza. Meglio privatizzare.

L'avviso di gara non s'era fatto attendere. Tre associazioni cinofile s'erano impantanate con la burocrazia. I tempi erano scaduti. Una quarta aveva sforato il budget previsto. La *Tana* s'era aggiudicata l'appalto.

Jakup Mahmeti brindò alle buone idee. I giorni passati sulla strada, a vendere roba e farsi chiamare Caffellatte, si allontanavano mossa dopo mossa.

Spese un terzo della cifra dichiarata. Il problema polpette era fuoco al culo delle amministrazioni. Non attesero la fine dei lavori. Fecero subito il sopralluogo. Videro l'ufficio. Pulito, accogliente, muri tappezzati di manifesti contro gli abbandoni, poltroncine girevoli, ficus in un angolo, bambú nell'altro. Videro il primo edificio del canile. Nuovo di zecca. Isolante acustico, box regolamentari, cucce coibentate, infermeria. Il resto andava ristrutturato, ma il progetto prometteva bene. La mano di intonaco sui muri esterni delle porcilaie le faceva sembrare meno fatiscenti. Due settimane piú tardi, i primi ospiti. La parte a norma, per combattenti e importazioni illegali. La parte decrepita, per i randagi. I lavori di ristrutturazione si fermarono lí.

L'intero complesso sorgeva in zona isolata, sul crinale sopra Castello, coperto di boschi e prati da pascolo. Le abitazioni piú vicine erano un agriturismo di ex tossici, a sei chilometri, e la fattoria degli Hare Krishna, ancor piú lontano. Occhi e orecchi indiscreti ridotti al minimo.

Tre persone si alternavano come custodi. Una vecchia roulotte senza ruote, appoggiata su pile di mattoni, faceva da guardiola. La chiamavano *Il privé*.

La Fiat Panda avanzò nel fango del parcheggio. L'abbaiare dei cani copriva ogni rumore. Adelmo Asturri detto Pinta sfilò dall'abitacolo il suo metro e novanta. Addosso, la divisa di sempre: maglia da calcio biancorossa, jeans blu scuro e scarponi da trekking. Aria gelida risvegliò il mal di testa sotto la canizie precoce. Gli altri erano già dentro.

Salutò con un cenno per non interrompere. L'interrogatorio era appena cominciato.

– Allora, Kunta Kinte, basta menate. Ci dici chi sono 'sti amici tuoi e la piantiamo lí.

Il nigeriano stava seduto sulla sponda del letto. Marcio lo

osservava impettito, mani sui fianchi. Classica posizione per sembrare piú massiccio. Nel suo caso, fatica sprecata. Ex cicciobomba rinsecchito dalla coca, con residuo di panza e muscoli gonfiati alla rinfusa da otto mesi di palestra galeotta, il Marcio aveva un fisico senza arte né parte. Niente bicipiti da pugile, niente spalle da buttafuori, niente ciccia imponente da padrino mangiaspaghetti. Per guadagnarci in autorevolezza, non era su quello che poteva puntare.

– Io no amici. Io non so, – rispose l'interrogato.

– Ma perché devi fare lo stronzo? – insistette il Marcio grondando sudore. – Te lo chiedo con le buone, perché non me lo vuoi dire?

– Dicono che due giorni coi pitbull schiariscono le idee.

Il nigeriano fissò Pinta per capire fino a che punto diceva sul serio. Di certo non scherzava, non lo faceva mai. Nemmeno quando gli aveva proposto di combattere. Cinquanta euro a ripresa, cento per le ferite gravi. Gli altri lo avevano sconsigliato, ma lui non aveva scelta. Posta troppo alta per giocarsela con un rifiuto. Quelli della *Tana* gli davano già il lavoro *normale*: assunto in nero come tuttofare, c'erano buone possibilità che lo mettessero in regola, prima o poi. L'Ufficio immigrazione non era l'Azienda sanitaria. Un controllo, un'irregolarità e addio appalto. Adesso, visti gli ultimi eventi, doveva pure ripagare il campione. Trentunmila euro. Sessanta milioni. Dove li trovava, se non combattendo?

– Dimmi solo se ti torna, d'accordo? – la domanda di Pinta interruppe il gladiatore al capitolo Piani di Fuga. – Tu non sei stato ai patti. Hai parlato con i tuoi amici. Gli hai detto del combattimento. Gli hai detto che se non ti facevi vivo entro una certa ora dovevano preoccuparsi, venirti a cercare, chiedere in giro. È per questo che stamattina erano giú al bivio a parlare col Re dei tossici, poi sono venuti qua intorno a sbirciare dalla rete. Giusto?

Giusto. Non ci voleva un genio a capirlo. Fela e Beko si erano mossi male. Metterli in mezzo era stato un errore.

– Chi tace *è consente*, molto bene, – riprese Pinta. – Adesso basta che ci dici dove stanno, cosí andiamo a spiegargli un paio di cose e si sistema tutto.

– Spiego io. Dico che no problema.

Due colpi di clacson rubarono a Pinta le parole. Il Marcio sbirciò dalla finestra. Una donna si sbracciava dietro il cancello. Era rivolta verso il *privé*. Doveva aver visto qualcuno.

– C'è una tizia che vuole entrare.

– Be'? Cazzo fa, Ghegno? Non è lui di turno?

– Quello manco sa cos'è, un turno.

– Vai tu, allora. Oh, Bingobongo, se anche questa è amica tua va a finire male, intesi?

Il Marcio atterrò nella melma che circondava la roulotte. Entrò in ufficio dall'ingresso di servizio e azionò il cancello automatico.

– Ghegno? Oh, dove sei finito?

Zero risposte. La porta si aprí prima del previsto. Il Marcio fu colto di sorpresa. Non capitava spesso che qualcuno arrivasse fin là.

– Salve, – biascicò.

– Buongiorno.

Ci fu un attimo di silenzio, che il Marcio non seppe riempire.

– Mi chiamo Gaia Beltrame. Sto cercando il mio cane, un sanbernardo. È scappato di casa l'altro giorno e mi hanno detto in Comune di venire qui.

– Un sanbernardo, eh? Non mi pare proprio.

– Si chiama Charles. Charles Bronson, per l'esattezza. Ho qui due o tre foto, non si potrebbe controllare?

Il Marcio guardò. Charles Bronson in giardino. Charles Bronson e padrona. Charles Bronson col ghigno di Armonica in *C'era una volta il West*.

– Aspetti un attimo, eh? Torno subito.

Raccolse le foto con mano tremante e girò le spalle al grazie della donna. Cosa si faceva in quei casi? Uscí dal retro e si diresse ancora verso il *privé*. Una sciatalgia permanente lo obbligava a zoppicare come un tamburino a molla. La mano destra premeva un punto subito dietro l'anca. Quintali di pomata analgesica non erano serviti a sconfiggere il dolore. Piuttosto, erano serviti a trasformare il Marcio nel piú inveterato cocainomane della Valmadero. Almeno secondo la teoria del complotto messa in giro dall'interessato.

– Quel fricchettone del cazzo! Sparisce cosí, da un giorno all'altro, lui e il suo banchetto. Io senza quella pomata boliviana sono fottuto, capito? Non riesco neanche a camminare. Guarda caso, proprio il giorno dopo passa il mio pusher e mi regala un paio di bustine. Io sono steso a letto, sudato fradicio, faccio fatica a girarmi. Sniffo di brutto e mi sento un po' meglio. Sai perché? La cazzo di pomata era una roba Incas, strapiena di coca. E allora dimmi che quello stronzo non era d'accordo col pusher! Che poi da quel giorno, altro che regali, lo pago eccome, ma almeno posso camminare, no? Almeno quello...

Dentro la roulotte, l'interrogatorio proseguiva. Nessuno si era spostato di un millimetro. Parevano manichini in vetrina.

– Hai capito? – diceva Pinta. – Appena stai meglio con la gamba te ne torni a casa. Però devi stare muto, muto con tutti. Non devi parlare a nessuno. E questi tuoi amici che sanno degli incontri, bisogna che ci dici chi sono, altrimenti ci mettiamo a cercarli noi, e quando poi li becchiamo sono cazzi loro.

– Scusate un secondo, – si inserí il Marcio. – La tipa vuole sapere se abbiamo trovato un sanbernardo. Questo qui. Si chiama...

Pinta prese le foto e le lanciò come stelle ninja in faccia al nigeriano.

– Le dici che il cane non c'è. Le dici di fare dei manifestini e di promettere una bella ricompensa. Vedrai che dopo lo troviamo.

Tutti risero, escluso Sidney, il nigeriano. In pochi squarci di riflessione aveva concluso che l'unica fuga possibile era tornare in Nigeria. Ma non gli bastavano i soldi, era piú povero di prima, e aveva speso una fortuna per partire. La possibilità era pura astrazione.

Il Marcio raccolse le foto e tornò verso l'ufficio. La donna alzò uno sguardo interrogativo dal suo pasto di unghie.

– Niente, guardi, nessun sanbernardo. Provi con degli annunci, magari una ricompensa.

– Niente sanbernardo? Davvero? Eppure quelli del Comune...

– Qui non c'è –. Il Marcio iniziava a innervosirsi. Dove s'era ficcato, lo stronzo? Era lui che si doveva smazzare certe situazioni.

– Ma... È proprio sicuro?

– Ascolti, sono appena stato a controllare. Vuol venire lei, là dentro?

La voce di Ghegno calò quasi dal cielo. In realtà era soltanto in piedi, accanto al bambú.

– Il mio collaboratore diceva per dire, signora. Il canile non è ancora aperto al pubblico. Se mi lascia una foto e il suo numero di telefono, controllo di persona che non ci siano errori. Nel caso, le faremo sapere.

Gaia girò l'immagine di Charles B. in giardino, prese una penna e scrisse il telefono sul retro.

– La ringrazio molto. Spero di sentirvi presto.

– Non mancheremo, – concluse Ghegno stringendole la mano. Aveva fatto il pierre per una discoteca e la faccia da bluff non gli mancava.

La donna uscí. Il Marcio asciugò il sudore col fazzoletto da naso. – Sei un coglione, Ghegno. Sempre a cazzeggiare.

– Ah, io sono un coglione? Ci mancava poco che le stendevi il tappeto, alla tipa.

– Non faccio la segretaria, io. Non ne so un cazzo di 'sta roba.

Uscí sbattendo la porta mentre Ghegno se la rideva. Pestò per la quarta volta le proprie orme e si diresse zoppo verso la roulotte. Gli servivano le chiavi del furgone. Doveva fare una consegna importante a Sardena, il tizio di Ponte.

Questa volta i manichini si erano mossi. Pinta era al cesso e Nigeria si era beccato dei ceffoni. Aveva la faccia gonfia e parlava piú del solito.

– Io non ha detto loro di combattimento. Solo che se non

chiama, loro viene a cercare. Adesso io telefono e dico tutto okay.

Dal bagno non arrivava risposta. Il Marcio si inserí nel soliloquio.

– Dicci dove stanno e come si chiamano. Dopo puoi telefonare anche al Papa.

– Loro non sanno niente...

Il Marcio fece uno scatto in avanti e afferrò Sidney per il ciuffo ad ananas che portava in testa. Gli fece piegare il collo, chinandosi per ringhiare a un centimetro dalla sua faccia.

– I nomi. E il posto dove abitano.

Sidney lo fissò. Sidney disse: – Roger Ojumba e Maké Zanda. Lavorano per ferrovia. Stanno in Meleto, dove non so.

Il Marcio mollò la presa. Soddisfatto.

– Pinta, hai finito? – domandò al paio di tette sulla porta del bagno. – Muoviti, su. Andiamo da 'sti negri.

7. Dobbiamo lavorare

Polvere d'acqua galleggia tra le fronde. La nebbia cancella il mondo, dieci metri oltre il naso. Della grotta, nessuna traccia.

Da un paio d'ore arranco in salita. Terreno tanto ripido che pare strano ci cresca qualcosa. Un ceduo di faggi dritti come spilli, rami bassi e matasse spinose sullo scoperto. Il sentiero: pura utopia. Se esisteva, è sommerso da ginepri, rovi, legni secchi e scaglie di arenaria franate da chissà dove. Sembrano anni che l'uomo non passa di qui. In realtà, basta molto meno. La selva digerisce in fretta.

Ho scoperto la grotta durante uno stage di assenteismo al Comune di Ponte Valmadero. In qualità di obiettore dovevo guidare lo scuolabus e accompagnare certi nonni a fare la spesa, dal medico della mutua o in pellegrinaggio alla Madonna delle Querce, una domenica al mese. Molte volte, i vecchi non volevano uscire – pioveva, faceva freddo, avevano male alle ossa – e allora il sottoscritto sbrigava le commissioni da solo. Siccome per comprare un etto di prosciutto non mi ci vogliono venti minuti, e non posso passare un'ora dal dottore al posto di un altro, finivo tutto in metà tempo, caricavo le sporte sull'auto comunale e andavo a farmi un giro. Verso l'ora di cena mi ripresentavo dai vecchi: avevano sempre da ridire sul colore delle melanzane e il grasso della bistecca, ma un racconto biascicato e un piatto di minestra li rimediavo lo stesso.

Stamattina ho preso la mulattiera di allora, in mezzo al castagneto. Poco oltre metà, filo spinato invalicabile bloccava il passo. L'ho aggirato, ma la traccia accanto ai paletti s'è persa quasi subito, tra piante di cardo, ortiche e ciuffi d'erba da mezzo metro.

Il sottoscritto ha pensato bene di proseguire.

Ho pensato: impossibile perdersi, basta risalire il costone, fino al limite tra il bosco e un pascolo piú pianeggiante, proprio sotto il crinale. Ma la nebbia e il fitto dei rami hanno spazzato via ogni riferimento. Il costone è diventato uno scivolo. Il crinale un miraggio. Lo zaino scava le spalle. La valigia riposa abbandonata in una minuscola radura, all'inizio della salita, dove ho passato la notte. Un giorno, forse, avrò voglia di recuperarla. Per il momento, mi accontenterei solo di cavarmi da qui.

Calma. Hai tutto il tempo che vuoi. Non sei in pericolo di vita. Posso appoggiare lo zaino, stando attento che non rotoli giú, sedermi su un sasso sporgente macchiato di licheni, aspettare che si alzi la nebbia, infilare le cuffie e ascoltare Mingus, godendomi il panorama sulla conca di Coriano. Allora perché questo sgocciolare d'ansia tra scatola cranica e cervello?

È chiaro. Alcuni neuroni del sottoscritto si ribellano ancora alla civiltà troglodita. Sono stato programmato per inseguire, per non fermarmi, per mettere la freccia e arrivare in fondo. Inutile fingersi puri: il nemico peggiore è sul fronte interno.

«La fretta è per chi fugge, – diceva mio padre. – Per chi scappa e non sa dove andare». Eppure lui e mia madre sapevano di andare a Torino, e dai rilevamenti della Stradale pare che facevano i centosessanta, prima di schiantarsi.

Certo, a uno sguardo distratto il sottoscritto potrebbe apparire il classico trentenne in fuga. Definizione che respingo con estremo rigore. Preferisco considerarmi il primo anello di una nuova catena evolutiva. Come quel pesce che uscí dall'acqua, si abituò al fango e divenne anfibio. Chi può dire se stava fuggendo da un lucciosauro o se invece era soltanto curioso?

– Non preoccuparti, – mormoro a me stesso. – Tira fuori il sacco a pelo e aspetta le stelle.

Già. Non so neanche l'ora. Le nubi hanno ingoiato il sole come una pastiglia per la tosse. Il sottoscritto è senza orologio.

Per darmi tono, potrei sostenere che il tempo è solo uno stato d'animo. Che le quantità non esistono e tutto è incalcolabile sentimento, perché cento metri non mi dicono niente, finché non so come devo percorrerli, e dieci chili cambiano, se devo caricarli in spalla o mangiarli, e in quest'ultimo caso gradirei sapere se si tratta di crema o di merda.

La verità è che ho scambiato l'orologio con un kit per accendere fuochi: selce artificiale e seghetto d'acciaio. Se ce l'avessi ancora, altro che incalcolabile sentimento.

Intanto, tra ansie e riflessioni sarà passato un quarto d'ora e soltanto adesso mi sfiora la mente l'unica cosa davvero importante. Controllo la borraccia. Vuota. Niente acqua. *Neuroni nemici* tendono a darla per scontata. Ragionano ancora in termini di rubinetto, piuttosto che di sorgente. Acqua potabile per pulirsi il culo.

Vicino alla grotta scorre un torrente ripido, fresco, cicatrice d'ombra e di pietra tra le pieghe della montagna. Polle verdi e profonde si alternano a piccole rapide, e le marne scure del fondale sono lisce come lavagne. Purtroppo, sapere che si chiama Rio Conco non allevierà la sete del sottoscritto. Meglio tendere l'orecchio: l'acqua buona fa rumore.

Non un rumore qualsiasi. Quello qui sopra pare piuttosto una motosega, inframmezzata da poche, incomprensibili frasi.

Riprendo a salire, con rinnovata fiducia. Nessuno può dedicarsi al taglio del bosco in un punto tanto scosceso. Dunque la zona pianeggiante è a portata di mano. Piú o meno la stessa informazione che avevo prima. La rinnovata fiducia deriva solo dall'aver udito voci, rumori umani. Quasi che gli incontri coi miei simili siano sempre piacevoli e confortanti.

Appena la salita s'inclina a piú miti pendenze, trovo un abbeveratoio per animali, con un filo d'acqua tra il tubo di gomma e la vasca da bagno. L'erba è morbida come moquette, e i faggi sono piú radi, vecchi e solitari. Il luogo ideale per una colazione ancora da fare, dopo la notte all'addiaccio, in compagnia dei ghiri.

Colazione significa legna – la parola «asciutta» suona surreale. Significa costruire con le pietre un supporto per il bollitore. Ho sei etti di tè. Dovrebbero bastare per qualche mese. Finito quello, spero di scoprire le eccezionali proprietà rinfrescanti di qualche pianta locale.

Intanto la motosega riprende il suo mantra. Avanzo carico di legna, sperando che la nebbia non mi rubi il bagaglio.

Sono due. Africani. Segano rami e piccoli fusti. Mi avvicino.

– Salve, gradite un po' di tè?

Devo urlare. Spengono la sega, ripeto la domanda.

Il piú grosso scuote la testa: – Tu non deve stare qui.

Il piccolo aggiunge: – Noi deve lavorare.

Strana sensazione. Resto qualche secondo a fissare i due tizi e i loro arnesi sferraglianti. Poi decido: gli offrirò il mio tè, a qualunque costo. In mezzo al bosco, in mezzo alla nebbia, lontano da centri abitati degni di tal nome, il sottoscritto servirà agli amici boscaioli un ottimo tè cinese. «Dobbiamo lavorare» è una scusa inaccettabile. Non tollero che si preferisca la fatica a una tazza di tè caldo. L'aroma di questo wulong è piú forte di qualsiasi lavoro.

Mi ci vuole un'ora. I fiammiferi sono fradici. Selce artificiale e seghetto d'acciaio farebbero desistere un piromane. Non certo un supereroe troglodita, che senza la perfetta padronanza del fuoco è solo uno stronzo qualsiasi, a spasso per il bosco con un bagaglio troppo pesante.

Orecchio teso, controllo che gli ospiti non si allontanino. È bello avere una missione.

Terminata l'infusione, afferro il bicchiere d'alluminio e sollevo il bollitore. Nero come una scheggia di carbone. Raggiungo i due taglialegna, attento a non inciampare.

Urlo. La sega tace.

– Ecco il vostro tè.

Mi guardano. Si guardano. L'ostinazione del sottoscritto li rende increduli. Verso l'infuso nel bicchiere metallico e glielo deposito in mano.

– No, no. Tu *carry go*. Via.

Respinge il dono mentre l'altro risveglia il motore strappando sulla cordicella.

Non vorrei pensassero a una presa in giro. Sono solo l'ambasciatore di una civiltà nuova, per certi aspetti meno vantaggiosa di Babilonia, per altri ben piú avanzata. Nella cultura neocavernicola è impensabile bere una tazza di tè senza offrirne al primo venuto. E nessuno rifiuta perché deve lavorare.

Mi siedo su un sasso e continuo a fissarli. Il rumore è assordante, ma loro non hanno nemmeno un paraorecchie, qualcosa per proteggere il cervello ed evitare che si riempia di mostri.

Trascorrono minuti. Ho appena iniziato a sorseggiare il tè, quando dal bosco sembra filtrare una voce, un grido inciampato sulle corde vocali nel tentativo di scavalcare il frastuono.

Le macchine si arrestano. Le orecchie si spalancano.

– Fela! Beko!

Un individuo dall'andatura burbera avanza tra gli alberi. Viene dritto da questa parte, mi si pianta davanti ed esordisce:
– Serve qualcosa?

Il tono sarebbe piú adatto per un «Cazzo vuoi?» – e il tono è il messaggio, come dice quel tale. Non aspetta risposta, si volta verso i taglialegna e domanda ancora: – È vostro amico, questo?

I due si affrettano a negare. Terrorizzati.

– Qui non si può stare. È proprietà privata. Non hai visto i cartelli?

Non devo averci fatto caso. Pensavo fossero divieti di caccia. L'idea di Proprietà Privata Nel Bel Mezzo Della Selva non appartiene al mio universo platonico. Mi limito a rispondere che non me ne sono accorto.

– Be', quando torni indietro, guardaci. Vedrai che ci sono. E adesso, vai. Dobbiamo lavorare.

È una mania, non ci sono dubbi. Passi una volta, non due. Ho già voltato le spalle, ma all'udire l'ennesima oscenità, mi blocco, riempio i polmoni, faccio dietro-front e torno verso l'energumeno.

– Mi perdoni, Monsieur Proprietà Privata, ho dimenticato di offrirle una tazza del mio tè.

Si gratta perplesso. Ha lo stesso sguardo del controllore, quando gli ho offerto quella mancia. Gli abitanti di Babilonia non sono avvezzi alle gentilezze. Sospettano di chiunque voglia fargli un regalo.

– Cosa c'è ancora? – domanda strizzando gli occhi, come per concentrarsi su un compito piú grande di lui.

– Voglio solo che beviate un sorso del mio tè. L'ho preparato per voi, non vorrete farmi questo sgarbo.

I due boscaioli non trattengono un sorriso. La loro solidarietà mi incoraggia. Proprietà Privata sta perdendo la pazienza.

– Facciamo che sparisci prima di farmi incazzare, eh? Vuoi?

– Voglio solo che beviate...

Non regge. Gli uomini di Babilonia hanno un sistema nervoso delicatissimo. Urla una bestemmia sui pugni chiusi come fossero microfoni. Allunga la zampa sul manico del bollitore e me lo strappa di mano. Toglie il coperchio, lo lancia via tipo freesbee, rivolta la brocca e la scuote come un salvadanaio. Sputa sulla pozza di tè bollente e foglie marce, appioppa un calcio volante da rugbista al povero bollitore e mi saluta, grato di tanta premura.

– Vaffanculo, capito? Ti ammazzo!

Ho già visto abbastanza. Eloquente conferma di alcuni pregiudizi del sottoscritto sul conto della sua ex civiltà.

Gli mostro le terga e torno sui miei passi. Le foglie morte arrivano al ginocchio. Odore di terra smossa, funghi e crauti andati a male. Respiro nebbia e fumi di legna bagnata. Se non fossi erbivoro, mi verrebbe voglia di speck.

Invece sgranocchio un cracker ponderando il da farsi.

Recuperare il bollitore.

Finire la colazione.

Trovare la grotta.

8. Rabdomanzia Operaia

Lo sanno tutti: su dieci manuali pratici, nove sono una truffa.

Anche Gaia lo sapeva. Nondimeno, restavano le sue letture preferite.

Ovvio che non puoi diventare sommelier in dieci comode lezioni. Idem per il kung-fu, nonostante cento pagine tutte a colori. E anche molte ricette scritte hanno bisogno di correzioni, aggiunte, trucchi imparati per caso, dopo centinaia di soufflé rimasti seduti nello stampo.

Ci sono due scuole.

Una dice: se fai una cosa, falla bene, falla fino in fondo.

L'altra dice: fai cento cose, una fino in fondo, il resto per cazzeggio.

Per cazzeggio, ti dài un'infarinata di urdu con le cassette Assimil. Non puoi andare a Islamabad come mediatore Onu, ma al pakistano sotto casa chiedi la frutta nella sua lingua. Magari ti fa pure lo sconto.

Per cazzeggio, metti le mani su una chitarra e in una settimana suoni *Knockin' On Heaven's Door*. Gaia conosceva un tizio che sapeva fare solo l'arpeggio di *Horizon's*, il pezzo dei Genesis scopiazzato da Bach. Se gli chiedevi un accordo di do non sapeva nemmeno di che stavi parlando.

Per cazzeggio inneschi vere passioni, talenti naturali pronti per l'uso.

Dice la prima scuola: orrore! Tutto veloce, facile e a portata di mano! Culture millenarie in pratiche porzioni, cotte in cinque minuti, come *noodles* liofilizzati della peggior specie.

L'altra scuola dice: strano. Avete notato che 'sti tromboni

scandalizzati spesso sono maestri da ottanta sacchi a botta? Gente che prima di farti suonare *Knockin' On Heaven's Door* passa i mesi a impostarti le dita, l'impugnatura del plettro, la postura del braccio.

Gaia non contestava la prima scuola: le vere passioni richiedono tempo. E senza passione, tutto si somiglia. Fare yoga o guardare la tele.

Solo che Gaia non sapeva resistere. Nonostante odiasse le armi, un manuale sulle pistole l'aveva quasi convinta a comprarsene una. Doveva guardarsi bene dallo sfogliare certi titoli: *Sigaro, che passione*, *Il manuale della barba*, *Guida pratica per l'aspirante suicida*.

Solo una volta aveva fatto il salto. Dal cazzeggio alla pratica costante.

Aveva trovato il libro nei bauli di nonno Glauco.

Il libro cominciava cosí: «Chiunque può essere rabdomante». Classico inizio. Nel cammino verso una società di eguali, certa manualistica vuol fare la sua parte.

Poi l'autore, Tom Graves, insegnava a costruirsi le bacchette. Prendevi due grucce di ferro, tagliavi, piegavi, buttavi il gancio, e ottenevi due pezzi a forma di L – un braccio corto e uno piú lungo. Il braccio corto era l'impugnatura. Se riuscivi, potevi infilarla in un manicotto di legno, o una guaina di plastica abbastanza larga, in modo che le bacchette, una volta in mano, fossero libere di ruotare a destra e a sinistra.

Gaia aveva una certa esperienza di bricolage – s'era già letta un paio di manuali, sull'argomento. In meno di un'ora, le bacchette erano pronte.

Una delle regole non scritte per l'appassionato di manuali è avere tempo a disposizione nella fase iniziale. L'esistenza della domenica la dice lunga sull'opinione di Dio in materia di cazzeggio. Senza un primo, piccolo risultato, tutta la baracca è a rischio di crollo.

Gaia era uscita subito per provare. Aveva sperimentato i primi esercizi. Tenere le bacchette in equilibrio statico perfetto. Immobili, anche camminando. Costruirsi un'immagine mentale dell'oggetto cercato. Imparare a leggere i movimenti delle bacchette. Imparare a non influenzarli.

Un pomeriggio di sforzi e una moneta da cento lire scovata tra ciuffi d'erba sul ciglio della strada.

Ulteriori tentativi, altrettanti successi. Gaia si era tuffata sui paragrafi successivi: le bacchette a ipsilon, il pendolo, la regola del vescovo.

Ma la dinamica del cazzeggio non bada solo ai risultati – se riesci ti appassioni, se no, no. Altrimenti il tempo libero sarebbe lavoro sotto mentite spoglie. A otto anni puoi essere una grande promessa del controfagotto, ma se la musica barocca non ti piace, è probabile che a sedici molli tutto e ti dài alla batteria.

Gaia diceva: se non ami camminare, la rabdomanzia non è il tuo sport. Si fanno *chilometri*, con le bacchette in mano.

Poi c'era un'altra questione. Una questione filosofica.

Tom Graves diceva: il vero strumento del rabdomante è il corpo umano. Le bacchette, di qualunque tipo, servono solo per amplificare piccoli movimenti delle mani, dei polsi, delle braccia. Movimenti che altrimenti non ci accorgeremmo di fare. Reazioni del corpo in presenza di ciò che stiamo cercando.

Queste reazioni le ha chiunque. E infatti: «Chiunque può essere rabdomante».

L'esperto le sa interpretare, sa amplificarle con gli strumenti. La gente comune no. Ne è inconsapevole. Ma il corpo lavora lo stesso.

Gaia si era convinta che gran parte di quel che definiamo «casuale» è in realtà «rabdomanzia inconsapevole». Strani incontri, idee che attraversano il cervello, rinvenimenti fortuiti: tutte cose che il corpo ha cercato per noi, senza troppa pubblicità. Parlare di «destino» serve a non farsi troppi conti in tasca. Molto di quel che succede ce lo andiamo *proprio* a cercare.

Abbandonato il cazzeggio, abbracciata la passione, dopo un anno di allenamento Gaia aveva intravisto nelle bacchette una possibile fonte di guadagno. Un modo per tappare i buchi nel dissesto economico della libreria.

Tom Graves diceva: la rabdomanzia ha molte applicazioni

pratiche. Non solo la classica ricerca di falde acquifere. Si può usare in archeologia, in architettura, in medicina. Per ritrovare persone, cose, animali. L'unica accortezza è: non servirsene per forza, anche quando si hanno a disposizione strumenti piú efficaci. Se cerchi del metallo e hai un contatore geiger, puoi lasciare a casa le bacchette. Che te le porti a fare?

Fiduciosa, Gaia aveva sparso la voce. Aveva tappezzato i paesi della valle con volantini e numeri di telefono. Aveva scritto ai giornali della zona. Aveva organizzato un paio di dimostrazioni – sebbene Graves sconsigli sempre di praticare in pubblico.

La gente aveva cominciato a telefonare.

Primo contatto: una quarantenne di Ponte. Aveva sentito dire che un'errata posizione del letto, in coincidenza con certi incroci energetici, può essere causa di cancro al cervello. Gaia rifuggiva da qualunque teoria: linee di Hartmann, psicotracce, aura, stress geopatico. La rabdomanzia serve per risolvere problemi. Non a farseli venire.

– Mi faccia capire, signora: lei ha mal di testa, emicrania, qualcosa del genere?

– No, no.

– Bene. Soffre di insonnia?

– E certo! Lei dormirebbe tranquilla mentre il cervello le si sta spappolando?

Prima di riattaccare, Gaia le aveva lasciato il nome di uno psichiatra bravo.

Ottavo contatto: un uomo di Castel Madero.

– Mi dica la verità: i numeri del Superenalotto. Riesce a trovare anche quelli?

– Mi dica la verità: se riuscivo a trovarli, mi facevo pagare per dirli a lei?

Ventunesimo contatto.

– Salve, è lei la rabdomante? Ah, bene. Senta, le dò mezzo milione se riesce a trovarmi. Eh? Ci sta? Scommetto che non riesce neanche...

Ultimo contatto. Una voce strana, come distorta.

– Ciao. Senti: puoi trovare anche persone, vero?

– Persone, cose, animali.

– Io sto cercando, diciamo cosí, l'anima gemella, insomma una ragazza carina, disponibile...

Che palle. – Qualche preferenza sull'aspetto fisico?

– Ma, non so, sul metro e sessanta, occhi verdi, capelli scuri, labbra sottili –. Gaia riconobbe il proprio ritratto.

– Va bene. Altre cose?

– Be', non so, magari stasera possiamo vederci *Da Massimo*: mangiamo qualcosa, sistemiamo i particolari... – Gaia riconobbe la pronuncia della esse.

– Loris? Loris, sei tu? Ti sei bevuto il cervello?

La comunicazione s'era interrotta lí.

La carriera di Gaia pure. Possibile che cosí poca gente cercasse *davvero* qualcosa?

La maggior parte delle persone che aveva chiamato rientrava in una delle seguenti categorie: quelli che avevano bisogno di credere in qualcosa. Qualunque cosa, purché i miracoli fossero nuovi e nessuno chiedesse di amare il prossimo o non scopare; quelli che volevano metterti alla prova, denunciare la truffa. Poi magari, senza dire beo, si facevano dimezzare la pensione dal governo che avevano appena votato; quelli che in realtà avevano bisogno di tutt'altro, ma tanto valeva sparare nel mucchio.

Poi c'erano i curiosi innocui, o quelli che davvero avevano perso qualcosa. Ma telefonavano di rado, temendo che gli venisse chiesto un qualche atto di fede, o che il truffatore di turno provasse a spillargli i milioni. Quando poi si decidevano a provare, il piú delle volte trovavano occupato: i bisognosi di altro intasavano le linee per sparare nel mucchio.

La carriera di Gaia era finita lí. Libro e bacchette erano finiti da un'altra parte. Vai a capire dove.

Cercare un paio di bacchette da rabdomante è uno di quei paradossi che la vita non smette di creare.

Dopo averlo sciolto, Gaia sarebbe tornata ad allenarsi.

Ritrovato il vecchio smalto, trovare anche Charles Bronson non era certo un problema.

II.
Da Emerson Krott, *L'invasione degli Umani*, Galassie 1981. Capitolo 6

– C'è qualche legge che vieta anche il duello? – chiese Arogar dopo lunga elucubrazione.

Murak: – Nessuna.

– È solo molto pericoloso, – il cognato di Zelmoguz, con tono incerto.

– Questo lo so da me. Tentiamo lo stesso?

Magari, pensò subito Zelmoguz, ma preferí tacere, aspettando l'opinione dei piú esperti, il giudizio ponderato dei capisquadra. Per quanto ne sapeva, poteva anche essere impossibile, per i quattro che erano, costringere i taurosauri allo scontro mortale.

Dopo rapida consultazione, Murak e il cognato diedero il loro assenso. Le segugio accesero i propulsori di massa e avvicinarono il branco, lasciandosi alle spalle una scia invisibile di ioni accelerati. Crisopidi e libellule si spappolavano a velocità subluminale sui grandi occhi rossi delle monoposto. Tutt'intorno, il mondo muggiva, urlava, gracidava e gridava con una violenza di cui la Terra, milioni d'anni dopo, non avrebbe conservato neppure un'eco affievolita.

Planò la squadra sulla prateria paludosa, scivolò sul ricamo di canali e corsi d'acqua. Invertendo l'accelerazione delle particelle, le quattro segugio si arrestarono tra due torosauri giallastri che pascolavano bovini uno di fronte all'altro. Sovrastava le teste l'altissimo collare cefalico, mitra di carne per pontefici squamati. Erano piú o meno delle stesse dimensioni, dunque della stessa età, sebbene le scaglie gialle e nere che corazzavano i corpi avessero intensità e sfumature diverse. I due corni sulla testa misuravano almeno cinque piedi mentre quello nasale, al centro del muso, non superava i tre e mezzo.

Giunse il segnale di combattimento dalla monoposto di Murak. La caccia al duello richiedeva uno sforzo comune nella fase di contatto. Qui stava la differenza tra quindici suicidatori e quattro soltanto.

L'intera flottiglia si disponeva tra le due prede. Onde cerebrali dovevano attirare i torosauri uno contro l'altro, come grossi e occulti magneti. Lo spettacolo del combattimento, cozzare di corna e collari, si mescolava con l'estrema difficoltà, per le segugio e i simbionti, di sgombrare il campo all'ultimo momento, un attimo prima dell'impatto di teste. Muoversi troppo presto significava rompere il contatto. Muoversi troppo tardi, morire schiacciati. Le segugio erano addestrate per valutare la situazione, per cogliere l'istante preciso. Ma bisognava fare i conti con un effetto indesiderato, un bug temibile e mortale. L'onda cerebrale creava sempre un fastidioso rinculo, ritorno di energia che poteva disturbare tanto le segugio che i simbionti. Quindici monoposto schierate erano in grado di farsi scudo contro il rinculo e lavorare tranquille, valutando con precisione il momento opportuno per abbandonare il cuore dello scontro. Quattro unità erano troppo poche per fare altrettanto. Il rinculo poteva creare interferenze nelle reti neurali. L'interferenza poteva influire sui tempi di reazione. Tempi di reazione dilatati – pur avendo a disposizione un propulsore di massa dall'accelerazione fulminante – potevano rivelarsi letali.

Inspirò profondamente Zelmoguz, alla ricerca della giusta concentrazione.

Un brivido accartocciò l'epidermide glabra, un lampo nervoso percorse la pelle.

La segugio ne valutò l'intensità e rispose al segnale.

I torosauri, inquieti, sollevarono il capo.

9. Poltiglia tossica

Esplosioni di mine. Frastuono di camion. Immense trivelle in azione.

I tavoli da picnic erano coperti di polvere. Il fiume strisciava nel fango. Monte Belvedere era un enorme frutto morsicato. Il bosco secolare di querce e castagni lo rivestiva di una buccia color autunno. Al centro, lo squarcio di roccia bianca pareva polpa succosa. Un verme gigantesco si scavava il pranzo.

Il popolo della scampagnata domenicale aveva abbandonato la radura dei barbecue. Il parcheggio poco sopra era vuoto da mesi. Oltre le acacie spinose, qualcuno ammucchiava pneumatici e rottami. La Panda bianca andò a fermarsi contro la staccionata. Scesero due uomini. Non erano lí per arrostire salsicce.

I nastri trasportatori vomitavano cascate di detriti. Macine industriali li frantumavano in diverse pezzature. Sassi, ghiaia, sabbia. Materiale per costruzioni. Riciclaggio perfetto.

Piú difficile metabolizzare i fanghi. Poltiglie argillose impantanate d'acqua e lubrificante. Pi Acca molto elevato con presenza di idrocarburi. Categoria rifiuti pericolosi.

In un primo momento, la vecchia cava di gesso era stata un'ottima discarica. Poi qualcuno s'era messo a fare la punta ai chiodi. Venne fuori che le frazioni di Monforte e Verano succhiavano acqua proprio da lí sotto. La faglia era superficiale. I fanghi rischiavano di contaminarla.

Si costituirono comitati. Catene umane bloccarono l'accesso alle cave. Qualcuno tagliò le gomme agli automezzi del cantiere. Gli ambientalisti vinsero la battaglia. La direzione dei lavori fu costretta a sviluppare un piano di smaltimento. Trovarono una ditta di Andria specializzata in materia. Affidarono il trasporto a una cooperativa: prezzi stracciati.

Camion carichi di melma attraversavano il paese. Cinquanta chilometri a nord di Andria uscivano dalla Statale per infilarsi in una stradina. La poltiglia tossica si riversava in un'altra cava. L'olio metallico contaminava altre acque. Numerose frazioni bevevano merda. Nessuno fiatava.

La ditta di Andria firmava i documenti di trasporto. Far sparire quel genere di merce era il loro mestiere. Un lavoro impeccabile. Metà compenso se lo teneva la cooperativa.

Il Marcio contemplò dall'alto il traffico intenso di mezzi pesanti. Scrutava il cantiere con il binocolo, in cerca di due facce.

– Non starti a sbattere, che poi sudi, – lo tranquillizzò Pinta. – Aspettiamo la fine turno. Se non li becchiamo, torniamo da Bingobongo e gli spezziamo le gambe.

– Non è quello il problema –. Il Marcio era proprio nervoso. L'immagine oltre le lenti cominciò a tremare.

– E qual è, sentiamo.

– Nigeria lavora per noi. Lo teniamo per le palle con la storia di Conan. Ma con questi è diverso. Bisogna starci attenti.

– Attenti a cosa? – Pinta si spazientiva in fretta. – Gli diamo un paio di mazzate, gli diciamo quel che gli dobbiamo dire e la colpa se la prendono i nazistelli.

– Bravo. E secondo te questi non vanno dritti a denunciarci? Possono farlo.

– Se loro ci denunciano, noi rompiamo la testa al loro amico e lo diamo da mangiare ai randagi. L'importante è farglielo capire. Niente stronzate.

– Sarà, ma io non sono tranquillo.

Le lenti del binocolo tornarono a puntare la strada. Ancora non l'avevano asfaltata. Ogni volta che un camion la imboccava, si scatenava la tempesta. Polvere copriva il mondo come nevischio grigio.

A scavalcare il fiume c'era un vecchio ponticello: lo avevano rinforzato, ma restava troppo stretto per l'incrocio dei mezzi. Molti preferivano la scorciatoia. La scorciatoia passava da un guado. Il guado era abituato a un traffico limitato: ogni tanto un trattore, ogni tanto un fuoristrada. Il guado era esploso sotto il peso dei camion eruttando fango nel letto del fiume. Pneumatici incrostati di varia merda avevano fatto il resto. Una parata di pesci morti sfilava verso valle.

– Ce ne sono almeno cinque, di negri. Come li riconosciamo? Io questi non li ho mai visti.

Pinta sbuffò. – Ma perché non mi dài retta? Aspettiamo la fine turno e chiediamo a qualcuno: scusi, conosce per caso i signori Roger Ojumba e Maké Kazzosikiama? Piú facile di cosí. Non c'è bisogno di averli visti. Sappiamo i nomi.

– Per me era meglio se li avevamo visti.

E Pinta: – Sí, ma se li avevamo visti non c'era bisogno che venivamo qua. Bastava seguirli subito.

E il Marcio: – Potevamo portarci dietro il tipo che ce l'ha detto. Quello che li ha visti parlare col Re dei Tossici e sbirciare dalla rete.

– Quello è una guardia forestale, Marcio. Ti pare che ce lo portavamo qui, gli facevamo riconoscere i tizi, poi gli dicevamo scusa un attimo, molliamo due ceffoni a questi negri e torniamo subito?

– Pinta... C'è uno di loro che guarda da 'sta parte. Mi sa che ha visto la macchina. Te l'avevo detto che non...

La vista del Marcio tornò all'improvviso normale. I rami degli alberi, a fuoco. Le facce degli operai, lontane come formiche. Pinta lanciò il binocolo sul sedile anteriore.

– Hai rotto i coglioni con le paranoie! Se la coca ti fa 'st'effetto devi cambiare droga, ma in fretta, prima che cominci a guardarti nelle mutande per controllare se t'è marcito l'uccello.

– Cazzo c'entra la cocaina? Cerco solo di dare una mano. Se eri tanto bravo, potevi venirci da solo a spiegare le cose ai negri.

Pinta non rispose. Salí in macchina e accese una sigaretta. Fuori piovigginava. Ancora mezz'ora alla fine del turno.

10. Survive

Nebbia. Giornata sementina su tutta la valle. Nebbia e nuvole basse. Nebbia impigliata nelle cime degli abeti. Nebbia a ditate contro i fianchi del Ceraso. Nebbia impastata dal vento sui prati scuri a ridosso delle case. Nebbia intrappolata tra le spine del sottobosco. Nebbia sinuosa e puttana, provocante nel vedo-non-vedo.

Nonostante la nebbia, sono certo di aver notato qualcosa di lungo e sottile spuntare piú volte dal bordo della scarpata, lambire i rami bassi di un faggio e scivolare giú. Riemergere e scivolare ancora. Si direbbe una corda, una fune da alpinista.

E un alpinista, al capo opposto della medesima.

Mi avvicino. Mi affaccio di sotto. Distinguo appena una sagoma e un elmetto giallo, sei metri piú in basso.

– Serve una mano?

L'uomo interrompe l'ennesimo lancio. Il cappio penzola dal braccio sospeso.

– No, grazie. Tutto bene.

Tutto bene? Il relativismo non finirà mai di stupirmi.

– Non faccia complimenti, sa? Se vuol lanciarmi la corda...

– Tranquillo. Ci sono abituato, l'ho già fatto altre volte.

– Abituato? Come vuole.

Per ogni evenienza, mi siedo sul ciglio del dirupo. Casomai il tizio cambiasse idea. Non voglio inaugurare la civiltà troglodita con una denuncia per omissione di soccorso.

Infilo le cuffie e affitto il cervello alla voce maestosa di Johnny Cash.

La corda scivola ancora.

Dieci tentativi piú tardi, tra un brano e l'altro s'infila il sospetto. Il Fustigatore di Faggi potrebbe essere precipitato a valle, urlando come un disperato, senza che il sottoscritto ne avesse il minimo sentore. Per ogni evenienza, spengo la musica. Meglio verificare.

– Come andiamo? – domando senza nemmeno sporgermi.

– Ci siamo quasi, – risponde la voce, meno convinta di prima.

Poi la fune atterra a un palmo dal mio piede. Ne ho abbastanza. La afferro di scatto, senza esitare, e con un tuffo di lato raggiungo una grossa pietra e ci passo intorno il laccio.

Anche la lotta piú inutile basta a riempire il cuore di un uomo. Lo strazio è nell'occhio che guarda.

Adesso la corda è tesa. L'uomo riemerge, l'ultimo colpo di reni.

È sudato. È sporco di terra. Ha le mani segate dalla fune.

– Visto? – commenta raggiante.

– Fortuna che aveva la corda.

– Non è fortuna. È preparazione.

– Ah, certo. Preparazione.

In effetti, non si può dire che l'Alpinista non sia preparato, per quanto un po' sovrappeso. Metri di cordino arrotolati sulla spalla. Moschettoni alla cintura. Zaino tattico. Elmetto da minatore.

– Comunque, è dura prepararsi per tutto. Se scivolando si faceva male…

– Macché scivolando. È solo allenamento.

– Allenamento? E per cosa?

– Per il peggio. Come dice il motto: prepararsi per il peggio, pregare per il meglio!

– Ah, molto interessante. Lo sa che io faccio l'esatto contrario?

Preparati, Ciccione. È il tuo turno di rimanere basito.

– Voglio dire: mi preparo per il meglio, cioè per stare meglio, insomma, una società migliore, e intanto prego che la corda del mondo si spezzi, perché vede, ho l'impressione che sia già piuttosto tirata, e allora non vorrei che cede di schianto e ci troviamo gambe all'aria, tanto vale che si rompe prima, quando ancora non tutto è perduto, capisce?, quindi se l'Occidente vuole suicidarsi, niente in contrario, l'eutanasia mi trova favorevole, purché non la si eserciti sul sottoscritto, che nel frattempo preferisce senz'altro dedicarsi ad altri tipi di *eu*: l'eudemonia, certo, ma anche l'eupepsia, se vogliamo guardare all'immediato, e l'eugenetica, perché no?, mi offro volontario per qualsiasi esperimento.

Il Preparato slega la corda dalla grossa roccia, giusto per darsi un contegno. È chiaro che non aveva mai ascoltato niente di simile. Ma non è tra moschettoni e coltellini svizzeri che troverà gli strumenti per ribattere al sottoscritto.

Per mettermi in difficoltà, si accende anche una sigaretta.

– Lei pensi pure alla società che preferisce, – attacca dopo il primo tiro. – Ma se mentre sta pensando arrivano gli Arabi e sganciano le bombe chimiche, non venga poi da noi a chiederci come fare.

– Da voi?

– Da noi. I «Duri a Morire». Il mio gruppo di sopravvivenza.

– Capisco. Se mi offre una sigaretta, le chiedo pure di cosa si tratta.

Die Hard mi allunga pacchetto e accendino. Forse non ha capito ancora con chi ha a che fare. D'altra parte, non sono stato molto chiaro. Estraggo dalla tasca il prezioso kit accendi fuoco, sfrego la sega d'acciaio sulla scheggia di selce artificiale e mi avvicino con la sigaretta in bocca, pronto ad aspirare qualche scintilla.

È la prima volta che provo. Un test importante. Ora so che occorrono sette minuti e i polmoni di Majorca.

Nel frattempo, Survival spiega meglio la faccenda.

I Duri a Morire si sono conosciuti su Internet. È stato lui a mettere l'annuncio, nell'apposita bacheca di un sito specializzato.

> Cerco persone serie e qualificate per costituire gruppo in zona Val Madero, con lo scopo di allenarsi ed equipaggiarsi per qualsiasi genere di disastro, sia naturale che causato dall'uomo. Sono stato scout e ho una

certa esperienza di vita nei boschi. Niente estremismo, niente politica. Solo attività e pratica.

Hanno risposto in sette. Due famiglie e un single. Tutti competenti in qualche attività. Il single è ingegnere civile: niente male. Un padre di famiglia è accompagnatore di media montagna: molto utile. Una delle mogli è infermiera: tombola.

Survival è maresciallo dei carabinieri. Non si sa mai. Un colpo di Stato può sempre servire.

– ...comunque usare le armi non è nemmeno tra le attività principali, meglio imparare a servirsi di una corda in caso di frana, che in questa zona è il Rischio Numero Uno, in cima alla lista, prima dell'atomica e del black-out; però non puoi nemmeno far finta che il problema non esiste: briganti, predoni, tagliagole. Occorre essere pronti ad affrontare un mondo dove regnerà la legge del piú forte.

Non capisco perché usi il futuro. Il neoliberismo è una realtà consolidata.

Comunque, nutro forti dubbi sulla validità del progetto. Primo fra tutti: la presenza di uno sbirro.

Ringrazio per le spiegazioni, il Maresciallo ha fretta di congedarsi. Raccoglie le sue cose. Io mi guardo bene dal fare altrettanto: se vede quanta roba mi sono portato, attacca senz'altro a fare troppe domande. Meglio restare l'anonimo cercatore di funghi incontrato per caso in un giorno di nebbia.

Gli stringo la mano.

– Lei pensi pure a tenere duro, – lo saluto. – E quando l'Esercito rosso assedierà il vostro fortino, non mi venga a cercare. Sarò a Beijing, davanti a un piatto di anatra laccata, a siglare il patto di non aggressione tra il popolo cinese e il sottoscritto. *Zaijian, tongzhi!*

Vento tagliente rotola giú dai castagni e si porta via il Maresciallo.

Resta la polvere sottile negli angoli degli occhi, e i profumi della sera sospesi sulla valle.

DOCUMENTO 1

OGGETTO: interrogazione del consigliere Manfredini sulla vendita di cinghiali vivi, catturati dagli addetti dell'Oasi di monte Budadda, a un allevamento che li rivende a scopo di lucro.

1) Chiedo di sapere per quale motivo la Giunta provinciale ha autorizzato la direzione dell'Oasi Monte Budadda a incentivare la cattura di cinghiali vivi da parte dei suoi addetti, invece di privilegiare il piú economico «abbattimento».

2) A questo proposito, chiedo di sapere se corrisponde al vero che la direzione dell'Oasi vende cinghiali vivi alla sig.ra Sangiorgi Elide, proprietaria dell'azienda agricola *Le tre campane* di Coriano Valmadero, in applicazione di una fantomatica delibera dell'aprile scorso.

3) Chiedo quindi di sapere perché, in merito alla «cessione» di cinghiali vivi alla suddetta azienda agricola, non sia stata indetta una gara tra piú ditte, ma si sia optato per la trattativa «unica e diretta» senza che altri siano stati interpellati.

4) Chiedo di sapere quanti capi sono stati venduti fino a oggi alla ditta in questione, e per quale corrispettivo.

5) Chiedo di sapere quale utilizzo viene fatto degli animali vivi e se corrisponde al vero che la suddetta azienda agricola li rivende ad aziende venatorie, e illegalmente anche a privati, con la motivazione di «ripopolamento e cattura», attività che troverebbe conferma nel recente ritrovamento di animali «selvatici» recanti sull'orecchio la foratura di un marchio precedente.

6) Poiché si è sempre sostenuto che nel nostro territorio i cinghiali sono fin troppi e dannosi, chiedo di sapere come questa constatazione si concilia col meccanismo di cattura, vendita, acquisto e rivendita di cinghiali vivi per il ripopolamento.

7) Infine, chiedo di sapere chi ha deciso la nuova linea di condotta dell'Amministrazione provinciale e come si intende operare per far chiarezza sull'intera vicenda.

11. Centauri di montagna

– Comunque, tocca cambiare sistema, – disse Erimanto tra i sobbalzi micidiali del furgonato tre ruote, unico mezzo a motore in dotazione all'Esercito Maderese di Liberazione Animale.

– In che senso? – domandò Zanne d'Oro

– Lo sai, no? A me 'sta storia della spedizione punitiva mi cosa il giusto...

– Ancora? Ma non ti stava bene la «decisone della maggioranza»?

– Sí, vabbe', che sareste poi voialtri due, ma comunque, non è quello il punto. Io dico: puniamoli pure, questi dell'allevamento, ma il problema resta.

– Quale problema? – lo incalzò Cinghiale Bianco evitando all'ultimo una buca colossale.

– Il fatto che se noi liberiamo i cinghiali, in fondo ai cacciatori ci facciamo un piacere. C'hanno piú animali da sparare e piú animali a far danno in giro. Non devono nemmeno cosarli dall'allevamento, come dite voi.

– Dall'allevamento non li prendono per un pezzo, sta' sicuro.

Erimanto si arricciò la barba nervoso: – Sí, sí, okay. Non discuto. Ma dopo? O cosiamo il motto fino in fondo, e cominciamo a rinchiudere i cacciatori da qualche parte, oppure smettiamo coi cinghiali. A me, per dire, mi fan molta pena pure gli struzzi. C'è una fattoria giú a Ponte che ce n'è diversi. Eh, che ne dite?

Bianco attraversò il piazzale del cimitero e andò a fermare il tre ruote sotto i rami di un abete.

– Dico che ne parliamo dopo, Erimanto. C'è da scaricare gli attrezzi.

Attrezzi: tronchese da mezzo metro con testata in acciaio temperato, badile pieghevole, cassetta per il fai da te con pinze, martello e cacciaviti.

Abbandonato il mezzo, i tre imboccarono una mulattiera lastricata. Sassi scivolosi e sconnessi, illuminati a fatica dal bagliore della luna. A tappe regolari, sul ciglio del bosco, stazioni della Via Crucis scandivano la salita

Vento freddo sotto giacche e maglioni. Sudore da condensa. Sulla cartina, la linea rossa del sentiero tagliava le isoipse a mazzi di tre ogni mezzo centimetro. Pendenza del sessanta per cento. Rovi e ortiche ostruivano il passo. Tempo due anni e la mulattiera sarebbe sparita, dopo secoli di onorato servizio.

Zanne d'Oro lanciò un'occhiata intorno. C'erano solo alberi e buio. Anche azionando una macchina del tempo, poco sarebbe cambiato. Il tessuto e la foggia dei vestiti. La polvere sabbiosa sulle foglie di quercia. Il numero di stelle in un cielo piú scuro. La quantità di lucciole. Particolari da *Aguzzate la vista*. Giusto la metamorfosi degli attrezzi poteva saltare agli occhi. La cassetta neanche tanto: legno invece di plastica. Badile e tronchese, già di piú. Potevano diventare crocefissi di una processione medioevale. Poteva trasformarsi il metallo in canna di fucile e il legno del manico nel calcio. Archibugi da brigante, mitragliatori Thompson per ribelli di montagna.

La mulattiera disegnò un'ampia curva in un tratto pianeggiante, sull'orlo del pendio, dove gli alberi diventavano radi. Lontano, verso la testa della valle, un'esplosione di luce bianca squarciava la notte. Il cantiere della nuova ferrovia lavorava senza tregua. Mancavano pochi mesi all'inaugurazione.

– Che schifo, – disse Zanne d'Oro.

Gli altri ristettero, come di fronte a un miraggio. Ebbero quasi l'impressione di percepirne il fracasso, orchestra di camion e ruspe, accordi di trivella e assolo stridulo per nastro trasportatore. Sentirono sulla lingua il sapore della polvere. Sentirono gli occhi infiammarsi e la pelle prudere. Sentirono l'odore dell'olio metallico e del carburante. La vista, non potendo sopportare l'assalto luminoso, distribuiva l'impatto sugli altri sensi.

– Dovremmo fare qualcosa, – disse Bianco.

– Troppo tardi. Quelli ormai non li ferma nessuno.

– Qualcosa contro gli Umani, – precisò l'altro con un sorriso strano. Forse un'allusione, che nessuno poteva capire a fondo. *L'invasione degli Umani* l'aveva letto soltanto lui.

Zanne d'Oro guardò di nuovo le luci del cantiere. La macchina del tempo si era inceppata. Appena oltre il bordo della notte, si agitavano ancora gigantesche città, buchi neri d'energia e sentimento, gonfie di fanali, lampioni, insegne luminose e neon. Stupide marionette aggrappate a fragili, elettrici fili. Rimpinzate di smog e rifiuti. Farcite di zombie, mitomani, aspiranti suicidi. Decise ad appestare il mondo con metri cubi di flatulenze, piuttosto che esplodere o partorire qualcosa.

A fatica, ripresero a camminare.

Erimanto giocava a tagliarsi il fiato con il tronchese.

– Metti giú quella roba, – ordinò Bianco puntandogli la pila in faccia.

In quel punto, la mulattiera costeggiava un'antica piazzola da carbonai. Il terreno grufolato dai cinghiali era piú nero della notte. Quintali di legna bruciata avevano lasciato il segno. Quintali e quintali trasportati su e giú per i fianchi della montagna, a spalla e a dorso di mulo. Un lavoro di merda, una fatica immane. Doveva esserci qualcosa di sbagliato nell'idea stessa di combustibile. Ma scaldarsi era pur sempre il principale bisogno dell'uomo. Tutti gli altri potevano essere accomunati a quello. Quindi Emerson Krott aveva ragione. Doveva esserci qualcosa di sbagliato nell'idea stessa di umanità.

Lo sporgere dal buio di un angolo di recinzione, costrinse Bianco a rimandare i ragionamenti.

– Diamoci da fare, – disse Erimanto con un colpo di tronchese a mezz'aria, non troppo distante dall'orecchio di Zanne d'Oro. L'attrezzo gli venne subito requisito.

L'azienda faunistico-venatoria *Le tre campane* possedeva quasi un quinto della foresta di Coriano, circa sessanta ettari di legna, animali, funghi e tartufi. Dieci chilometri di rete metallica circondavano la tenuta di caccia, l'antico monastero e le stalle. Serpeggiando attraverso il bosco, tagliavano il letto di due torrenti, diversi sentieri in disuso, antiche piste che gli animali della valle avevano sempre usato per raggiungere le praterie d'altura. Nessun'altra azienda della zona aveva il permesso per una protezione del genere. Delimitare le proprietà con cartelli e segni sugli alberi era il massimo consentito. Due giri di filo spinato, con scale di legno per il passaggio degli umani, erano ammessi solo sui pascoli alti e per contenere le greggi libere.

Si diceva che quel terreno appartenesse alla famiglia Sangiorgi da prima dell'Unità d'Italia. Si diceva che i Sangiorgi fossero ammanicati con l'Amministrazione provinciale. Spiegazioni accettabili, piú o meno per tutti.

L'ultimo lembo metallico si contorse sotto la stretta del tronchese e finí per cedere. Il varco era pronto. Zanne d'Oro si infilò per prima, attenta a non impigliare i capelli. La stalla dei cinghiali distava poche centinaia di metri. La stalla era chiusa con catenaccio e lucchetto. Il lucchetto si poteva tagliare.

Dal sopralluogo di qualche giorno prima – scusa ufficiale acquistare tartufi – risultava che l'unico vero ostacolo all'incursione era una coppia di pastori maremmani piuttosto feroci.

Il piano comprendeva anche loro.

Erimanto passò per secondo, dopo essersi levato lo zaino dalle spalle. Lo zaino era pieno di verdure, granturco e patate. Bianco arrivò per ultimo, preceduto dal tronchese e dal badile. Aveva scavato un avvallamento di mezzo metro per allargare il passaggio. Ora potevano avviarsi. Lungo il tragitto, come un Pollicino vegetariano, Erimanto lasciava cadere una scia di ortaggi.

Rispetto ai cani, la prima fase del piano consisteva solo nel non svegliarli. In caso contrario, la missione andava abbandonata.

Arrivato al portone della stalla, Bianco distese i muscoli, lasciò che la tensione scendesse verso i piedi, prese un lungo respiro e si dedicò al lucchetto. Zanne d'Oro faceva luce coi cerini. Erimanto scrutava i dintorni. La striscia ortofrutticola in mezzo ai castagni pareva uno scherzo della natura, spuntato dalla terra per effetto di misteriose energie.

Folate di vento sempre piú intense scivolavano a valle lungo il pendio. Coperto dal rumore, Bianco poteva dedicarsi allo scasso con tranquillità. Grugniti di approvazione si alzarono da dietro la porta.

I cerini non stavano accesi due secondi.

Qualcosa di simile a un portellone sbatté con violenza dalle parti del vecchio monastero.

I cani dovevano essersi svegliati.

Lucchetto e tronchese cedettero nello stesso istante. Uno per la pressione, l'altro per lo sforzo. L'inconveniente creava non pochi problemi alla seconda fase del piano. Dando per scontato che i cani si sarebbero svegliati, il commando aveva stabilito di fuggire dalla parte opposta rispetto all'andata. L'attenzione generale si sarebbe concentrata sui suini, indirizzati dagli ortaggi verso il primo pertugio. Loro avrebbero raggiunto la recinzione in un altro punto. Avrebbero aperto un secondo varco e recuperato il tre ruote nel parcheggio del cimitero.

Senza tronchese, bisognava trovare un'alternativa.

Bisognava sbrigarsi a far uscire i cinghiali.

Abbaiate di disapprovazione incombevano dall'esterno. I tre si divisero: c'erano da aprire una quarantina di alloggiamenti. Per fortuna, erano chiusi da semplici chiavistelli.

Una voce umana chiamò nell'oscurità un nome da cane.

Brutti momenti a Coriano Valmadero.

Ancora abituati alla vita notturna, i cinghiali erano belli svegli. Tutti tranquilli, a parte un paio di giovani maschi che giravano in tondo nervosi, sbavando, come attirati dalla propria coda. La scrofa piú grossa si incamminò verso l'uscita quasi senza bisogno di incitamenti. Gli altri le andarono dietro, guidati dal suo odore e da quello del cibo. In un paio di minuti erano fuori, allineati come per magia lungo il sentiero verzaiolo.

I due cani girarono l'angolo in corsa, abbaiando con prepotenza. La vista del branco ne smorzò la baldanza. A testa alta, un cespo di lattuga tra le zanne, la scrofa accelerò il passo nella direzione giusta.

Fu in quel momento che qualcuno sparò. Un colpo a salve, un avvertimento.

Il branco smarrí all'improvviso il self-control e si lanciò in una corsa disperata. Quasi in coda tre bipedi, meno veloci ma altrettanto impauriti, cercavano di fare altrettanto.

I due maremmani scattarono come segugi. Pronti a bloccare i fuggitivi. Consapevoli, ormai, di doversi accontentare dei piú lenti.

Una consapevolezza simile si fece strada nel cervello di Erimanto. Capí di non potercela fare.

Vide una bestia grossa quanto uno scooter passargli accanto per superarlo.

Tentò il tutto per tutto, senza pensare.

Buttò le braccia avanti. Spiccò il balzo. Atterrò scomposto sulla schiena dell'animale. Quello ebbe un sussulto, ma resse l'impatto. Dita strinsero setole, afferrando disperate quell'unica via di fuga, mentre il corpo trovava un equilibrio, tutt'uno coi muscoli del selvatico nero.

Nuovi spari esplosero dal caseggiato.

Un inedito centauro di montagna varcò il passaggio nella recinzione a quaranta chilometri orari.

Mozziconi di rete graffiarono la pelle, strapparono stoffa e carne suina.

La bocca di Erimanto non emise un suono. Il buco agli antipodi del corpo risultò piú produttivo.

Si lasciò andare per terra, rischiando la testa sotto decine di zoccoli. Rotolò di lato, in mezzo a una piantagione di ortiche.

Poi cominciò a correre nel bosco, lasciando che le gambe puntassero la salvezza mentre il prurito lo spronava a non fermarsi.

DOCUMENTO 2
Dal taccuino di Cinghiale Bianco
Bozza di documento programmatico

UNICA SOLUZIONE:
GUERRA AGLI UMANI!

Sulla Terra, tutte le forme di vita collaborano alla conservazione dell'ambiente.

Tutte tranne una: gli Umani. La loro principale attività è distruggere il Pianeta.

Tale comportamento ha una sola spiegazione: gli Umani non fanno parte di questo mondo. Nel Dna della specie c'è qualcosa di alieno. Siamo il frutto della violenza di alcuni extraterrestri sulle prime scimmie.

Per questo nel codice genetico degli Umani è impresso a grandi lettere un totale disinteresse per la Terra, quando non un vero e proprio istinto distruttivo. Questo istinto ha finito per prevalere sull'eredità animale della specie, con le conseguenze che abbiamo davanti agli occhi.

Sotto il dominio degli Umani, la Terra è condannata. Dunque, sono condannati gli stessi Umani.

Se fosse possibile riportarli sul Pianeta degli Antenati, si salverebbero capra e cavoli, ma la tecnologia necessaria potrebbe vedere la luce troppo tardi. Un'incognita eccessiva per una scommessa cosí importante.

Scartando l'Esodo galattico, rimane una sola strada per limitare la catastrofe: sterminare gli Umani – che sono comunque condannati – e salvare il Pianeta.

In realtà, qualche luminare della genetica con istinto scimmiesco molto sviluppato potrebbe tentare la modifica del Codice genetico umano, sostituendo la parte aliena con geni di origine animale. Ma chi ci garantisce che lo lascerebbero lavorare?

No. L'unica soluzione è la Guerra agli Umani.

Ucciderli uno alla volta sarebbe lungo.

Indurli al suicidio, anche.

La sterilizzazione di massa incontrerebbe le stesse difficoltà della modificazione genetica. Possiamo anche accettare una verifica di questi programmi pacifici, ma non appena ci saranno interferenze, procederemo con i nostri obiettivi.

Una bomba atomica distruggerebbe tutto, non solo gli Umani.

La soluzione finale sarà dunque un'epidemia, studiata per colpire solo gli Umani e nel piú breve tempo possibile.

Ci stiamo lavorando. La chiameremo «Diluvio».

Nel frattempo, occorre colpire gli individui piú pericolosi. Quelli che piú somigliano ai nostri progenitori alieni e che sono dunque piú pericolosi dal punto di vista riproduttivo.

Scoprirete molto presto a chi stiamo pensando.

12. Jimi Hendrix Experience

Terza notte all'addiaccio. Le ossa sono fradice, l'umore ancora no. Migliaia di stelle fanno il tifo per il sottoscritto. La voce di Battiato mi invita al viaggio.

Ho consumato ieri la mia prima cena autosufficiente. Vellutata di semi d'acero arrostiti e pestati, castagne bollite con funghi porcini, more.

Se mi va male da supereroe, potrei tentare con un ristorante. *La grotta degli antenati*, cucina troglodita di prima qualità. Locale esclusivo ricavato in una *vera* caverna. Riscaldamento a legna. Mobilia di tronchi. Illuminazione con torce. Due-tre piatti dal prezzo irragionevole e camerieri in perizoma. Menu per bambini nel fine settimana. Cinquanta carte a testa, bevande escluse. Gradita la prenotazione.

La gente pagherebbe. La gente verrebbe da fuori provincia. La gente lo racconterebbe agli amici.

Ci devi andare aasssolutameeente. Devi assaggiare il fritto di sambuco. Devi raccogliere tu stesso gli ingredienti, perché «è il sapore delle tue mani che fa grande un grande piatto neandertaliano».

Pillole di filosofia fanno lievitare i prezzi. Niente è gratis.

Avevo raccolto queste castagne. Mi apprestavo a bollirle. Ho sentito che dovevo fare di piú.

Mi rifiuto di sottoscrivere le parole di Thoreau, quando dice: «Mettete un condimento in piú nel vostro piatto ed esso vi avvelenerà. Non vale la pena vivere di una cucina elaborata».

Certi dettagli sono importanti. La diga del castoro tiene soprattutto grazie a rami sottili. Cena spesso con pizza scongelata, piatto sulle ginocchia e tivú deficiente: tempo una settimana ti crolli addosso come un paracadute a fine volo.

Ecco perché ho cercato qualcosa da mettere sulle castagne. Foglie di nepitella, prugnoli, erba cipollina. Ho trovato un porcino. Ho impreziosito la cena senza spendere una lira.

– Ora vorrei trovare la grotta, – sostengo. Niente male. Tre giorni e già parli da solo.

Però ho fatto la triangolazione, so dove mi trovo. Riferimenti: monte Budadda, monte Ceraso, il passo della Locanda in Fiamme. Centinaia di anni fa ci passava una strada importante. Oggi è poco piú di un sentiero. Una locanda accoglieva i viandanti. Quando il proprietario era a corto di cibo, sgozzava gli ospiti, li macellava, buttava le carni nel paiolo e le dava da mangiare a quelli dopo. È andato avanti per un po', poi hanno incendiato lui e la locanda. Da lí, il nome del posto.

Sapere dove ci si trova è confortante, ma non sempre aiuta. Sulla cartina non è segnata nessuna grotta. Comincio a dubitare dei ricordi lontani.

Intorno, soltanto bosco e stille di luce disseminate tra l'erba. Quando le fronde si aprono, intravedo una valle stretta, dipinta in punta di pennello con minuscole macchie rosse, gialle, arancioni e verdi. Pelliccia vegetale dalle infinite sfumature. Il grigio dell'arenaria esce fuori solo in un punto, come libri di pietra inclinati su uno scaffale. Per il resto foglie, verdura, insalata.

Ora di pranzo. Gli occhi trasformano in cibo ogni cosa. Felci, corteccia, muschio. Un intero bosco da assaggiare.

Possibile che tutto sia già stato provato? Dove sta scritto che i rovi bolliti non sono una prelibatezza?

Per prima cosa, occorre accertarsi che non siano velenosi. Negli appunti per la sopravvivenza ho annotato la procedura. Esaminare una cosa alla volta. Assaggiare con la lingua. Tutto ciò che ha sapore sgradevole, acido o di mandorle, va fatto bollire. Se il sapore persiste, scartare. Se no, mangiarne un pezzetto. Aspettare qualche ora. Se non ci sono reazioni negative, farsene un'altra dose. Aspettare otto ore.

Se non succede niente, il cibo è commestibile.
Se succede qualcosa, è già troppo tardi.

Appare improvvisa, dove un secondo prima c'erano solo tronchi, rami e muschio. Indossa stivali da cacciatore, pantaloni alla zuava di velluto a coste, camicia di flanella rosso scozzese. Mi chiedo come ho fatto a non notarla prima. I lunghi capelli neri non si mimetizzano con niente. Il verde degli occhi spicca tra i mille verdi del bosco, come una stella ribelle nel cielo di Tokyo.

Avanza lenta, braccia ad angolo retto, gomiti lungo il corpo. Da ciascun pugno, sembra sporgere un'antenna sottile.

– Salve, – saluto per primo. Nessuna risposta. Non ho nemmeno l'acqua per offrirle un tè.

Ripeto l'approccio, mi sfilo anche le cuffie. La fata sembra in trance. In realtà ha sentito benissimo. Arriva a due passi, ricambia il saluto e butta lí una domanda: – Ha per caso visto un sanbernardo, da queste parti?

– Un sanbernardo? No. Dovrei?

– Stava pensando a qualcosa che ha smarrito?

– Be', piú o meno. Sto cercando una grotta. Credevo di ricordarmi dov'è e invece...

Annuisce con trasporto e soffia fuori un respiro che pare sollievo: – Bene. Troviamo questa grotta e facciamola finita.

– Magari. Mi dà una mano lei? Molto gentile.

– Non è gentilezza, – dice. – Lei mi impedisce di lavorare. Se trova la sua grotta è meglio per tutti.

Il tono è burbero. Lo sguardo no. Chiedo lumi sui presunti disturbi provocati dal sottoscritto. Non mi è chiaro in che senso.

– Si chiama risonanza, – spiega lei. – Succede quando due persone cercano cose simili. Si trovano a vicenda ma non trovano quel che cercano.

– Interessante. E lei, cosa stava cercando?

– Quel sanbernardo che le chiedevo.

– Ah. E il suo sanbernardo è simile a una grotta?

– Vabbe', che c'entra? Potremmo essere simili noi due, o avere motivi simili per cercare, o qualcos'altro del genere. La risonanza non è mai per caso.

Capisco. – Lei cos'è, detective?

– Quasi. Rabdomante.

– A-ha! Ecco cosa sono quegli aggeggi. Pensavo che si cercava solo l'acqua, con quella bacchetta a ipsilon...

– ...e invece puoi cercare qualsiasi cosa, anche a mani nude. Anche a distanza.

– A distanza?

Non perde tempo a rispondere. Stende una mappa su alcune piante di mirtillo e ci si inginocchia di fianco. Estrae dalla tasca un ciondolo e lo fa oscillare. Il peso in fondo alla corda è una piccola testa. Ha l'aria familiare.

– Mi parli di questa grotta, – dice rivolta alla testa. – Quanto è grande, cosa c'è intorno, che ci va a fare.

– Grande, non so, l'entrata sarà alta come un uomo e larga il doppio. Intorno, ricordo solo una piccola radura e qualche ginestra. Pensavo di andarci ad abitare.

Rumore di qualcuno che trattiene una risata. Forse solo il vento sulla cima dei faggi.

Mi porto alle sue spalle per osservare meglio le rabdomanzie. La mappa è una 1:25 000 dei sentieri della zona.

– Cosí non è orientata, – faccio notare al primo sguardo.

Lei non reagisce. Fissa il pendolo come per ipnotizzarsi. Dopo un minuto buono, punta il dito sull'angolo alto della carta e lo fa scorrere lento verso il basso, lungo il bordo. Un quarto d'ora per trenta centimetri. Quando si ferma, noto che il ciondolo non oscilla piú: s'è messo a ruotare. Stessa operazione sul lato alto. Di nuovo, il pendolo ruota e il dito si ferma. A questo punto, sceglie il rettangolo d'incrocio tra le due coordinate e lo suddivide con matita e righello in quadranti piú piccoli. Con lo stesso procedimento, ne seleziona uno e lo esplora con la punta della matita. Appena il ciondolo entra in orbita, segna il punto con una leggera pressione.

Fatto.

Un attimo prima che finisca in tasca, riconosco la testa penzolante: Jimi Hendrix, *I suppose*. Lei afferra la carta ai lati, la orienta senza bisogno di bussola, si alza in piedi e mostra il risultato.

– Ecco, dovrebbe essere qui. Saranno due chilometri. Vuoi che ti ci accompagno o la trovi da solo?

E io: – Se mi accompagni, posso offrirti un tè.

E lei: – Volentieri. Comincio a essere stanca.

Camminiamo dieci minuti senza parlare. Il terreno è ripido, scivoloso di foglie e umidità. Si procede lenti, qualche volta aggrappati a tronchi e piccoli arbusti. Bisogna fare attenzione.

Poi la pendenza si fa piú abbordabile.

– È una scommessa, vero? – domanda la maga.

– Che cosa?

– La grotta. Quant'è che devi resistere?

– Non saprei. Anche tutta la vita.

– Tutta la vita? O Madonna! Motivo?

– Fondare una civiltà, respirare meglio e trasformarmi in supereroe. Il mondo mostra la corda. E io con esso.

– Mmh, bel programma. Dieci a uno che non arrivi a metà novembre.

– Be', grazie per l'incoraggiamento. Quello del sottoscritto è solo un tentativo. Se dovesse concludersi cosí presto, spero gli verranno concesse altre chance, prima di gridare al fallimento. Gli scienziati di Babilonia collezionano milioni di risultati nulli, neutri o negativi, senza che nessuno osi mettere in discussione la loro fede. Vorrei mi si accordasse altrettanta indulgenza. Comunque, se il posto non è dietro la curva, temo di non arrivare nemmeno a stasera.

Sudato marcio. Dieci minuti di autonomia, prima di buttarmi nell'erba e lasciarmi morire. La valigia fa di tutto per staccarmi un braccio e riacquistare la libertà. Proprio questa mattina sono passato a recuperarla. Ci avevo lasciato dentro libri, sigarette e Cd.

Pensa all'umidità del bosco che ingrassa Omero fino a farlo scoppiare. Pensa ai funghi velenosi che si nutrono di Shakespeare e al muschio affamato sulle avventure di Salgari. Poi folle di vermi che pasteggiano beati con le copertine dei Lali Puna, e merda di cinghiale a corrodere per sempre i Velvet Underground. Imperdonabile.

La maga impugna le bacchette e rallenta il passo. I ferri ruotano e si dispongono in modo diverso. Deviano paralleli a destra e a sinistra. S'incrociano, uno dritto e uno storto. Divaricano, s'intersecano. Sulla punta o al centro. Lei ne segue le indicazioni, e io dietro.

Stacco un attimo gli occhi dai loro movimenti e la radura è lí, tempestata dal viola dei ciclamini.

L'inghiottitoio è nascosto al margine del bosco, coronato di pinnacoli ed erosioni a candela. Sul bordo della dolina, siepi di biancospino e ginestra proteggono la grotta come un piccolo bastione. Un tendaggio d'edera copre l'imbocco, scendendo a pioggia lungo la parete di gesso.

A una prima occhiata, la cavità sembra spaziosa e asciutta. L'acqua che l'ha scavata è sparita da un pezzo, forse scivolando verso rami inferiori. Uno strato di argilla sedimentato sul fondo è l'unico ricordo del torrente carsico. Regalo gradito: molto piú comodo e liscio, come pavimento, che il minerale tagliente delle pareti.

Merda di pipistrello a parte: una reggia, non c'è che dire.

Senza sbarre alle finestre, militi alla porta e botoli ringhiosi a scorrazzare in giardino.

13. La colazione dei campioni

La vita di provincia ha sempre piú estimatori.

Aria buona. Affitti abbordabili. Gente tranquilla e tanto verde.

Pochi rimpiangono la città, pur coi disagi del pendolare.

Jakup Mahmeti non faceva eccezione. Da quando stava a Castel Madero, gli affari giravano al meglio.

Poca concorrenza. Meno controlli. Ampio margine di manovra.

In città, come sempre, droga e puttane. In paese, spazio alle novità. Trasporto rifiuti, gladiatori, finti canili, armi e tagliole. Ragazze squillo in un paio di appartamenti fuori mano.

Tutte le sere, alle nove in punto, Mahmeti saliva in auto e raggiungeva la metropoli. Sbrigava le sue faccende e intorno alle cinque tornava verso casa. Qualche ora di sonno e prima di mezzogiorno era di nuovo in pista, pronto per un'altra giornata. Una giornata senza sbirri tra i piedi.

Settanta chilometri e ottocento metri di dislivello facevano la differenza. La polizia faticava a tenerti d'occhio. Dovevano pensarci quegli altri.

Il comando dei carabinieri di Castel Madero era una cosa ridicola. Quattro poveracci abituati ai ladri di polli. Non gli fregava niente di quel che facevi altrove. Di certo non si mettevano a dare una mano agli sbirri di città. Quanto al paese, gli stavano a cuore le solite cose: niente drogati in giro, villette al sicuro, scambisti fuori dai piedi, extracomunitari sotto controllo.

Facevano già gli straordinari per gli atti di vandalismo contro la nuova ferrovia. Il bracconaggio era competenza della polizia provinciale. I cani non rientravano nei loro interessi. Anche se il brigadiere non disdegnava qualche scommessa.

Mahmeti uscí dal bagno coi capelli ancora umidi. Nerissimi, corti davanti e lunghi dietro, nel taglio reso immortale da Pierre Litbarski ai Mondiali di Spagna. Attraversò il corridoio e sedette al tavolo di cucina. Ora di colazione. Versò su un piatto il contenuto di un sacchetto e cominciò a lavorarlo con la scheda telefonica.

La nota sul calendario diceva: Slo Import.

La nota nel cervello diceva: mandare qualcuno da *Body Moving*.

La prima questione si poteva mettere in coda. Una decina di cani da piazzare. Provenienza: Slovenia. Ammalati e senza speranza. Imbottiti di antibiotico per sembrare sani. Certificati da un veterinario di Nova Gorica. Prezzi stracciati.

L'altra faccenda era piú interessante. Poteva occuparsene Pinta, magari con qualcun altro.

A colazione, il Marcio aveva gli stessi gusti del capo. Uscí dai cessi passandosi un dito sulle gengive, mentre Pinta pagava il caffè. A casa ne aveva già bevuto uno, e certo non stava a farsi il secondo, se non era che il Marcio lo aveva tampinato per tutto il viaggio con la scusa che doveva cagare.

Il bar prescelto era di fronte alla palestra. Due skin con borse a tracolla attraversarono la Statale. Genere basso e tarchiato. Il Marcio si piegò verso Pinta, nascondendo la bocca col dorso della mano.

– Cazzo vogliono, questi?

Pinta non rispose. Si limitò a scuotere la testa e passare sull'altro lato.

Entrarono. Chiesero a un biondo enorme chi fosse il maestro Innocenti. Il palestrato volle sapere i loro nomi. Controllò via interfono se erano attesi. Indicò una porta.

Oltre la porta c'era un piccolo ring. La tribuna da tre gradinate lo affiancava su un lato. Due tipi muscolosi si fronteggiavano. Un terzo li osservava dal basso e urlava consigli. Lui.

Con un cenno del capo li invitò a sedersi sull'ultima panca della tribuna. Capelli e pizzetto ossigenati, abbronzatura da lampada, tatuaggi tribali e muscoli gonfi: il grande maestro di full contact sembrava un buttafuori da discoteca di tendenza. Forse lo era pure stato.

Senza perdere di vista il ring, Innocenti andò subito al nocciolo: – Come dicevo al vostro capo, ho fatto vedere ai ragazzi quel video, mi pare brasiliano, quello del cane e del negro. Cazzo, li ha fulminati. Se lo stanno passando, se lo guardano con gli amici e studiano le mosse. Battendo il ferro, posso convincerne un paio.

– È rischioso, – commentò Pinta. – Se si fanno male davvero?

Innocenti gridò qualcosa verso il ring. – Bisogna scegliere quelli giusti, – rispose. – Distinguere i figli di papà dai figli di puttana.

– Spiegati meglio –. Il Marcio fremeva per vedergli le carte.

– Io scelgo le persone, io garantisco. Faccio da filtro tra chi vuole combattere e voi. Filtro anche una percentuale e siamo a posto.

– Quanto?

– Diciamo un dieci per cento fisso piú un altro cinque per il ragazzo in caso di vittoria. Anche poco, ma qualcosa in ballo ci dev'essere.

– Quando pensi di poter cominciare?

– Massimo due settimane.

– Allora facciamo cosí, – stabilí Pinta in base alle indicazioni ricevute. – Un incontro di prova. Abbinato a uno dei nostri, come sorpresa della serata. Se tutto fila, se la cosa piace, andiamo avanti. Non a percentuale, però. Un tanto a botta.

Innocenti si morse il labbro. Toccò a lui chiedere: – Quanto?

– Due milioni per te piú uno di borsa. Finché funziona. Quando non funziona piú, si smette.

Il maestro rispose che ci avrebbe pensato. Pinta si alzò per congedarsi.

Appena fuori, il Marcio cominciò a dare in escandescenze,

a dire che bisognava andare piú cauti nell'allargare il giro, che Innocenti ci si poteva pulire il culo con le sue garanzie, che coinvolgere dei ragazzini era un azzardo troppo grosso, che se si andava avanti cosí, lui si tirava fuori da tutto.

– Poi, Cristo, ti pare che vieni a un appuntamento vestito da muratore?

Pinta afferrò la maglietta biancorossa tra pollice e indice di entrambe le mani. – Che c'entrano i muratori? È una maglia da calcio, scemo.

– Sí, vabbe', ma sempre uguale ti vesti? Quante cazzo ce n'hai, di 'ste maglie?

– Abbastanza per non puzzare di sudore come certi drogati.

– Eh, come t'incazzi! Volevo solo capire...

– Ma che vuoi capire, tu? È un voto, va bene? Una scommessa. Il Barletta venne in C1 e io mi porto la maglia fino a giugno. Problemi?

Il Marcio alzò le mani in segno di resa.

Zoppicando piú del solito, si accostò allo sportello. Era rimasto aperto. Si disse convinto di averlo chiuso e non ci fu verso di farlo salire. Qualcuno doveva aver manomesso l'auto.

Pinta dovette prendere le chiavi, mettersi alla guida, accendere il motore, uscire dal parcheggio, fare inversione.

Solo allora quell'altro si mise a sedere. Niente bomba.

Ma tempo un chilometro e il contenuto di tasche e portaoggetti era disseminato sul tappetino, costretto a rivelare possibili insidie e improbabili ordigni.

14. Lilith, Darwin e la rivoluzione animale

Puttana miseria! Vuoi vedere che se l'era perso?

Eppure non è che la sede fosse poi cosí grande. Un buco di sei per cinque al terzo piano di Molino Scaglia, proprio di fianco alla segreteria del museo. Il museo che era poi il mulino stesso. Sotto l'abitazione del mugnaio, la sala di macinazione e quella dei catini erano ancora intatte, uguali a settant'anni prima. Sciami di under dodici si aggiravano ogni mattina tra gli antichi macchinari: palmento, bilanciere, tramoggia. L'addetto di turno tirava l'apposita leva, apriva il condotto della bottazza, faceva scendere acqua nei catini. La macina si metteva in moto. Allora i bambini, a turno e senza spingere, potevano buttar dentro un po' di castagne secche, o di frumento, a seconda della stagione, raccogliere nella madia il loro pugnetto di farina, chiuderlo in un sacchettino di iuta e andarsene a casa contenti.

Il pomeriggio non c'era quasi mai nessuno. Ogni tanto un paio di escursionisti. Altre volte una famigliola. Morta lí.

L'associazione *Terra e libertà* aveva restaurato l'edificio con i soldi di un progetto europeo. Il Comune gliel'aveva dato in gestione. L'assemblea dei soci si teneva il mercoledí sera, quando i bambini se n'erano andati da un pezzo, e i villeggianti occasionali s'erano presi i loro dépliant, e le manutenzioni ordinarie, con le varie pulizie, erano belle che finite. Il collegio dei probiviri, invece, si riuniva di venerdí, ma cosa se ne facesse di tre probiviri un'associazione da trenta iscritti, non era chiaro a nessuno.

Nondimeno, come ogni venerdí, il presidente aspettava gli altri due preparando il tavolo per la riunione.

Mappe, cartine, documenti.

Il presidente continuava a scartabellare tra raccoglitori e carpette, armadi e scrivanie. Sollevava pacchi di fogli. Questionari di soddisfazione. Registri delle visite.

Vuoi vedere che se l'era perso?

Guardò nella cassaforte. Controllò tra i ritagli della rassegna stampa. Buttò all'aria le fotocopie con la storia del mulino.

Niente.

Si concesse un'ultima possibilità. Dopodiché, avrebbe accettato l'evidenza: se il libro non era lí, e non era nemmeno a casa, allora doveva averlo lasciato da qualche parte, magari sulla corriera, o alla fermata, oppure in banca di fianco allo sportello.

Infilò la chiave sotto la scritta EMLA e aprí il cassetto. Lo estrasse dalle guide. Rovesciò il contenuto sul tavolo e lo sparpagliò con le mani, come per cercare un anello in un mucchio di sabbia.

Due fotocopie di schedario attirarono la sua attenzione.

Pensava di averle buttate da un pezzo. Erano ancora lí.

Sulla prima, la fototessera sbiadita di una ragazza bionda, sguardo tagliente, sorriso appena accennato. Sotto, tre righe di testo.

Nome: Zoe. Cognome: Ortensi. Data di nascita: 17/10/76. Residente a: Zonca di Sopra. Note: Si dichiara lesbica – da chiarire. '93/2002: collettivo femminista *Le Furie scatenate*. Espulsa.

Il presidente ricordava bene. Sosteneva Zoe di essersene andata dopo una violenta discussione in merito al *traditional* «Sebben che siamo donne | paura non abbiamo». Secondo alcune, bisognava smettere di cantarlo, perché quel «sebbene» suonava offensivo, come se le donne, di norma, fossero timide e paurose. Altre sostenevano che no, non bisognava rinunciare a un inno carico di storia. Bastava un piccolo ritocco, nel rispetto della metrica: un minuscolo «poi» al posto di «sebben», ed ecco che la canzone tornava accettabile e battagliera. Zoe aveva sbattuto la porta e non s'era piú fatta vedere.

Il volto sul secondo foglio era quello di un uomo sotto la trentina, già stempiato e con la barba folta.

Nome: Ermete. Cognome: Treré. Data di nascita: 28/05/78. Residente a: Ponte Madero. Note: cane sciolto da sempre. Vanta partecipazione al blitz del '99 contro il viadotto della fondovalle. Non figura nell'elenco dei fermati. Dubbio.

In effetti, era difficile immaginarselo nudo, il corpo pitturato di verde, appeso nel vuoto insieme ad altre venti persone, con le imbracature da roccia agganciate al guardrail.

Probabile che l'aspirante attivista avesse citato l'episodio come credenziale. Oppure, era solo un contaballe compulsivo. Tutto inutile, comunque: il presidente escludeva a priori reduci di manifestazioni, provocazioni o attentati in nome dell'ambiente. Voleva solo insospettabili. Fedina penale intonsa. Persone come lui, incazzate per i lavori della ferrovia veloce o per l'apertura della caccia nella foresta di Coriano. Eventi concomitanti che avevano scosso la coscienza ambientalista della valle.

Il reclutamento era cominciato all'interno dell'associazione. *Terra e libertà* si occupava di «recupero e valorizzazione dell'antica civiltà contadina e montanara dell'Alta Val Madero». Gente sensibile, abituata a difendere il territorio.

Il reclutamento era stato un flop.

Su trenta soci, solo due avevano superato il test. Solo due fogli dello schedario iscritti erano stati fotocopiati per passare al cassetto EMLA. Talmente pochi che si potevano pure buttare.

Quanto agli esterni, meglio lasciar perdere. Per gli unici due contattati, non c'era stato bisogno di compilare scartoffie: troppo fuori di testa, inutile perdere tempo.

L'Esercito Maderese di Liberazione Animale si era fermato lí.

Due soldati semplici e un generale.

In altre parole, tre probiviri.

Quando tutti furono seduti, il presidente girò gli occhi attorno, intinse un *nacho* nella salsa piccante e cominciò a parlare sgranocchiando.

– Dunque... ho pensato parecchio al discorso di Erimanto, quello che liberare cinghiali è fare un favore ai cacciatori. In effetti, non fa una piega.

Ermete Treré, nome di battaglia Erimanto, allargò le braccia con soddisfazione.

– Invece con gli struzzi, zero problemi.

– Tombola! – commentò Zanne d'Oro ingollando con gli occhi al cielo una manciata di *tortilla chips*.

– No, scusa, mi spieghi che c'hai contro i cosi? Quelli una volta che li liberi sei a posto. E i cacciatori non credo che gli possono sparare, perché minimo sono una specie protetta, o no?

– Oh, ma mi fate finire? – si innervosí il presidente. – Cosa stavo dicendo? Sí, insomma, non fa una piega, anche se poi un animale in gabbia è un animale in gabbia, e tirarlo fuori è sempre meglio che lasciarcelo.

– Cioè, tu dici: meglio libero con una pallottola in fronte, piuttosto che vivo ma dietro le sbarre.

– Be', non proprio. Comunque c'è degli animali che si lasciano morire, piuttosto che starsene in gabbia. Ma non è questo il punto. Il punto è: cambiare strategia.

Cinghiale Bianco si alzò, fece il giro del tavolo e andò a raccogliere qualche ceppo per alimentare il camino. Quando tornò a sedersi, le patatine di mais erano quasi finite. I bagliori delle fiamme davano un tocco mefistofelico al suo volto scavato.

– Qualche giorno fa ho messo giú una bozza di dichiarazione. Pensavo che i tempi non erano ancora pronti, ma mi sa che mi sbagliavo. Cosí vi ho fatto una copia a testa: dateci un occhio e ditemi che vi sembra.

I fogli scivolarono sul tavolo. Grassetto, punto sedici, il titolo diceva: *Unica soluzione: Guerra agli Umani!*

– Ganzo! – commentò Erimanto qualche minuto dopo.

– Chi sono questi «individui piú pericolosi»? – chiese subito Zanne d'Oro.

– E 'sta storia dell'epidemia? Voglio dire: quella uccide tutti, eh? Noi compresi. A me sembra...

– Piano. Una cosa per volta. Purtroppo, il libro che mi ha ispirato questa roba non lo trovo piú. Si chiama *L'invasione degli Umani*, di Emerson Krott. Se vi capita, leggetelo, vale la pena. Comunque, provo a farvi un riassunto. In pratica, mette insieme Adamo ed Eva con l'evoluzione dalle scimmie. Dice che Dio è impossibile che ha creato l'uomo a sua immagine. L'uomo è troppo, diceeee, *intrinsecamente* imperfetto. Soprattutto perché noialtri dice che abbiamo un disperato bisogno di calore, sotto forma di cibo, temperatura e affetto. In particolare, il bisogno di combustibile dice che alla lunga porta all'estinzione del pianeta. Insomma, per tutti 'sti motivi, dice che Adamo ed Eva non erano uomini, ma scimmie, e che Dio somiglia piú a un gibbone che al classico vecchio con barba bianca.

– Già mi sta piú simpatico, – disse Zanne d'Oro. – Ma l'uomo, allora, com'è che salta fuori?

– Ci arrivo, ci arrivo. Lui dice che la Terra è stata visitata molto spesso da degli alieni, che dice che adesso non vengono piú, perché il loro pianeta è esploso, comunque erano dei cacciatori, venivano per far fuori i dinosauri e dài e dài quelli si sono estinti. Quando non ci sono piú dinosauri da cacciare, questi smettono quasi di venire, finché uno che passa di qui per caso, scopre che sulla Terra c'è un essere molto simile alle loro femmine, ma in meglio, perché quelle sono viscide e questa invece c'ha una bella pelliccia. L'alieno non capisce piú niente e va a finire che violenta Eva, la prima scimmia. Eva rimane incinta e partorisce Caino.

– Scusa un attimo, – interruppe Zanne d'Oro. – E Lilith?

– Chi?

– Lilith, la primissima donna. Quella fatta pure lei di fango, e non con la costola di Adamo. Che non voleva farsi mettere sotto e allora decide di andarsene e mollarlo lí.

Il presidente si allungò sulle ultime briciole di patatine di mais. – Vabbe', – disse. – Si vede che quando è arrivato l'alieno, lei se n'era già andata, no?

– No. Perché alcuni dicono che era lei, la madre di Caino.

– Cosa vuoi che ti dica? Forse a Krott non ce l'hanno detto.

– Be', peccato. Veniva fuori una storia migliore. Lilith che non ne vuole da Adamo, non gliela dà, e quando invece si trova davanti questo gran pezzo di alieno, decide che vale la pena. Poi scopre di essere incinta e allora se ne va, che di spiegare la storia ad Adamo non ne ha proprio voglia. Nasce Caino. Intanto Dio crea una donna piú sottomessa, per consolare il cornuto. Nasce Abele. Quando Caino fa i sacrifici, siccome è figlio del peccato, Dio non lo caga di striscio. Con Abele, invece, è tutto gentile. Allora Caino rompe la testa ad Abele, la rompe pure ad Adamo, e insieme con Eva dà origine all'umanità. Ve' mo' che storia, eh? Senza tanti stupri e maschi violenti che fanno i comodi loro.

– Okay, Lilith, gran bel personaggio, – concesse il presidente. – Dimenticanza grave di Krott, lurido maschilista. Ora che abbiamo ristabilito la verità, posso finire? Allora, Caino ammazza Abele, che era lo scimpanzé figlio legittimo di Adamo. Tutti poi deriviamo da Caino secondo l'evoluzione descritta da Darwin, ma con in piú il codice genetico di questi alieni, che della Terra non gliene fregava niente. Quindi adesso, se vogliamo colpire gli Umani col Dna alieno piú potente, dobbiamo cominciare coi cacciatori, perché questa cosa di ammazzare gli animali per divertirsi ci deriva dagli alieni, che venivano qua a fare i loro safari coi dinosauri. Chiaro il concetto?

– Chiaro. Ma quella storia dell'epidemia? – Erimanto si arrotolò la barba tra due dita. – Chi è poi che ci sta lavorando? Cioè, «Diluvio» è un nome geniale, e infatti dal diluvio due-tre persone si sono salvate. Magari anche quest'epidemia si potrebbe cosare in maniera che, non so, almeno noi tre, le nostre famiglie...

– Quella dell'epidemia è una puttanata, Erimanto. È per fargli paura. Se non gli fai paura, non ti stanno a sentire. Comunque, lo sterminio degli Umani è un'esigenza per il Pianeta. Su questo, c'è poco da discutere

– Ah, sí, sí, non discuto... E la cosa di colpire i cacciatori? Com'è che li vorresti cosare, di preciso?

– Guarda, mi è venuta in mente una roba proprio stamattina, mentre macinavo il grano per i ragazzini. Siete pronti, vado?

– Solo un'ultima cosa, – lo bloccò Erimanto. – Se non liberiamo piú i cinghiali, e nemmeno gli struzzi mi sembra di capire, non è che magari bisogna cambiare nome?

– Cambiare nome?

– «Esercito Maderese di Liberazione Animale». A 'sto punto, che senso ha?

– Giusto, – commentò Zanne d'Oro. – Che ne dite di «Esercito Maderese di *Rivoluzione* Animale»? Suona bene, no?

– Eh, sí, toccherà parlarne, – concluse Cinghiale Bianco. – Lo mettiamo in fondo all'odigí, d'accordo? E adesso, tenetevi forte. Ecco l'idea.

III.
Da Emerson Krott, *L'invasione degli Umani*, Galassie 1981. Capitolo 13

> Quando gli uomini cominciarono a moltiplicarsi sulla Terra e nacquero le loro figlie, i figli di Dio videro che le figlie degli uomini erano belle e ne presero per mogli quante ne vollero.
>
> *Genesi*, 6, 1-2.

Dopo quindici giorni di inutili ricerche, cominciava a sentirsi stanco, nidar Kram, stanco e depresso.

Il ritrovamento di un fossile completo di iguanodonte non era bastato a risollevargli il morale. Nessun indizio, nello scheletro maestoso della bestia, confermava l'ipotesi sui Viaggi. Non un osso scalfito da oggetti contundenti, da proiettili, da fluidi mortali o altro. Solo tracce di denti sulle ossa del cranio: le zanne di un predatore piú forte di lui. Il grosso erbivoro era stato ucciso e mangiato.

Già immaginava le facce degli altri nidrag, le espressioni supponenti, quando all'Istituto di Storia arcaica avrebbe reso noti i risultati della spedizione. Poteva infiocchettarla senza ritegno, giocare con avverbi e aggettivi, ma quelli non erano scemi. Tempo dieci minuti e avrebbero capito: nulla di nuovo, niente che già non si sapesse.

I frequentissimi viaggi di epoca kurmesiana, alla volta del terzo pianeta della galassia Nrod, erano noti da tempo grazie agli studi pionieristici di nidar Muwarz. Restava da spiegare perché i faticosi spostamenti erano cominciati e perché, soprattutto, erano bruscamente finiti, piú o meno ai tempi delle Trecento rivolte nell'emisfero occidentale.

Aveva la sua ipotesi, Kram, come tanti colleghi. Suffragata da sogni e visioni, piú che prove concrete.

La pelle squamosa di un sauro del Terzo pianeta, rinvenuta dalla sua équipe durante gli scavi a Bagbar, Emisfero orientale, faceva parte di quelle poche evidenze tangibili. Il nidar la indossava spesso come portafortuna. Era conservata alla perfezione e lucidata con un prezioso smalto cangiante. Le altre prove erano una mummia di iguanodonte di ottima fattura e un rudimentale proiettore di ologrammi, ancora funzionante, che riproduceva preistoriche navi-segugio schierate intorno a un bipede spropositato, squamoso, con arti superiori molto piú piccoli di quelli inferiori, coda gigantesca e denti acuminati.

I tre reperti risalivano tutti all'epoca kurmesiana, l'èra dei Viaggi.

Kram sosteneva che i misteriosi viaggiatori di quei tempi remoti si recavano sul Terzo pianeta per divertimento. Il divertimento consisteva nell'uccidere bestie sconosciute nella loro galassia, e farne mantelli, abiti, trofei mummificati.

L'intensità dei safari, la pressione della caccia, aveva portato la selvaggina all'estinzione totale. L'èra dei Viaggi era terminata di colpo, come la fiamma di una candela in una notte ventosa.

Da un certo momento in poi, nessuno era piú tornato sul Terzo pianeta.

La grande distanza e le scarse risorse non invogliavano a visitarlo ancora.

Dopo migliaia di anni, nidar Kram e il suo staff erano i primi a fare ritorno in quella galassia. Un ritorno costoso, finanziato a fatica dall'Istituto di Storia arcaica.

Se le prove non saltavano fuori, toccava inventarsi qualcosa.

15. Nazisti delle caverne

Molte ragazze hanno un affilato senso critico e lo brandiscono senza precauzioni. Il sottoscritto ne sa qualcosa. Frequentare una donna e mantenere l'autostima è una gara dura. Mia nipote di dieci anni non fa eccezione.

Gaia nemmeno.

Gaia mi osserva da un'ora. Abbiamo sorseggiato il tè, ci siamo presentati. Poi lei è rimasta lí, sul masso di fronte alla grotta, un occhio a un libro e uno alle mie faccende. Sto sistemando la nuova dimora. Domani costruirò una caldaia di sassi e una porta rudimentale per trattenere il calore. Oggi mi limito alle pulizie e alla preparazione del giaciglio. Un lenzuolo piegato a metà, cucito su due lati e riempito di foglie secche.

Gaia finge di leggere. Dice che spesso viene nel bosco apposta. Non mi è chiaro se per fingere o per leggere davvero. Forse tutt'e due. A casa sua c'è troppo rumore, dice. Colpa dei bastardi della ferrovia.

A un tratto alza la testa e fa: – Ma non sarai di quelli che fanno i primitivi, vero?

L'attacco frontale mi lascia interdetto. Prendo tempo. Cincischio qualche secondo, poi volto la testa e chiedo: – Dicevi?

– Mi domandavo a chi ti ispiri per questa impresa. L'Uomo di Cro-Magnon? L'*Australopitecus gracilis*? I Flintstones?

– Per la verità, mi rifaccio all'esperienza di Henry David Thoreau, non so se hai presente.

– Piú o meno. Ma se non sbaglio, quello s'era costruito una vera casa, con le assi e tutto il resto. Forse una grotta ha qualche comfort in meno.

Accidenti. La ragazza è ferrata, sull'argomento. Non l'avevo previsto. Colto di sorpresa, mi faccio scudo con una predica scomposta.

– Comfort? Il pianeta è allo sfascio. La massa degli uomini conduce vite di quieta disperazione. Questa spelonca sarà molto piú accogliente di un salotto qualsiasi, ingombro di noia e *inutensili* da spolverare.

Lei non alza neanche lo sguardo, quasi leggesse dal libro: – Interessante, – dice. – Convinci un miliardo di persone e il Pianeta si sentirà meglio.

– Per carità, – ribatto stizzito. – Il sottoscritto non vuole convincere nessuno. Fossi il Pianeta preferirei morire in pace, piuttosto che farmi salvare da chicchessia.

Gaia resta un secondo senza parole e il sottoscritto ne approfitta per incrementare il vantaggio.

Dimostrare che non dipendo solo dalla munificenza della Natura. Tutt'altro. Le mie capacità di supereroe troglodita mi sono indispensabili. Ad esempio: questo tronco d'acero non mi offrirebbe mai la sua linfa dolciastra, se non sapessi inciderne la corteccia con una V profonda e sanguinosa. Mescolata ad acqua bollente pare sia un prezioso sciroppo. Ottimo da bere caldo nelle notti d'inverno.

Per nulla impressionata dall'esibizione, la maga torna alla carica.

– Non mi hai ancora detto perché hai deciso di fare l'eremita. Delusione sentimentale? Affari a rotoli? Folgorazione religiosa?

– Ascolta, – esordisco, – riguardo alla delusione sentimentale, sí, d'accordo, la mia donna mi ha mollato, ma è lei che è rimasta delusa, incazzata a morte per via di quel nastro funebre trovato nei fiori che le avevo regalato; gli affari, be', quelli non rotolano, che rotolare è già andare da qualche parte e l'ultima folgorazione religiosa ce l'ho avuta a sedici anni, quando ho deciso di disertare la Chiesa finché sul calendario non si farà giustizia: dentro il Santo Ladrone, fuori Maria Goretti –. Un attimo prima di diventare cianotico, mi ricordo di prendere fiato. – E comunque: Non. Sono. Un. Eremita. Amo definirmi «supereroe troglodita». E questo è quanto.

– Supereroe troglodita? Cazzo, complimenti. E qual è la missione? Additare al popolo la via delle caverne? Uau! Gotham City può dormire tranquilla.

Acida, la ragazza. Ho già chiarito che ne penso, delle missioni salvifiche, ma per non restare indietro, punto sulla classica controdomanda da asilo: – Tu invece? Cos'hai da offrire al mondo? Coltivi la pace interiore? Boicotti una multinazionale? Raccogli fondi per la ricerca sul cancro?

– Nazista, – taglia corto lei. Il sarcasmo del sottoscritto l'ha messa alle corde. Tanto vale rincarare la dose.

– Nazista? E perché? Non mi risulta che Hitler abitasse in una caverna.

– Che c'entra? Metti che torna domani. Tu sei qui nella grotta e manco lo vieni a sapere. Continui a biascicare radici e sciroppo d'acero. Se lui non scoccia te, tu non scocci lui. In pratica, sei un nazista.

Davvero? Mi sfugge il senso del ragionamento, ma Gaia continua a incalzare.

– A quelli piacevano i Nibelunghi, agli altri gli antichi Romani, a te l'uomo delle caverne: non ci vedo una gran differenza. I mitici antenati, l'infanzia felice, i bei tempi che furono. Chiunque crede a queste balle ha qualcosa di nazista, in fondo alla zucca.

– Ipotesi intrigante, ma non vedo cos'abbia a che fare col sottoscritto. Non sono affatto interessato a come le cose andavano un tempo, piuttosto a come dovrebbero andare. Mi guardo bene dall'essere contro il progresso: semmai, lo anticipo. La vera Età della pietra è quest'epoca di barbarie. Vivendo in una caverna dimostrerò che si può essere felici anche senza casa e lavoro, senza *inutensili* da accumulare, senza sottrarre ad altri e al Pianeta piú di quanto ci occorre.

Gaia non si dà per vinta. Insiste, incalza, insinua: – Ti voglio vedere, col non sottrarre piú di quanto ci occorre. Gli esseri umani sono *programmati* per volere tutto.

– E io voglio vedere te, quando non avrai piú niente da volere, né il denaro per volerlo, né il tempo per pensarci. Meglio dare un'occhiata al software della specie, prima che l'hardware esploda per il sovraccarico.

Lei pianta lo sguardo nel libro con aria scocciata, spazza via la frangia e non dà segno di voler proseguire la discussione.

Starei volentieri a guardarla, come si guarda un gufo appollaiato tra i rami. Ma col gufo c'è giusto il rischio che scappi via. Lei potrebbe rimettersi a parlare. Meglio pensare alla grotta e a questo mal di stomaco in aumento costante. Che sia colpa della dieta degli ultimi giorni? Ho letto negli appunti che i bulbi di ciclamino sono molto nutrienti. Ma bisogna prima sottoporli a torrefazione, e non mi è ancora chiaro che cazzo significhi. Altra idea sarebbe usarli per composizioni floreali, con muschio, felci e pezzi di corteccia. Distribuirli porta a porta in cambio di patate e legumi: un guadagno proteico non indifferente. Almeno finché non avrò i primi raccolti di fave. A quel punto, sarò autosufficiente anche per le proteine.

– Ti sei offeso? – chiede la voce dopo un quarto d'ora di inattività.

– No, per niente.

– Peccato. Ci tenevo molto a offenderti.

Ride. Ammetto che lo fa in modo piacevole.

– Non ce l'ho con te. Sono nervosa per altri motivi, non farci caso.

Devo approfondire? Mostrare interesse? Essere comprensivo?

– Immagino per via del sanbernardo, – butto lí mentre sono già in piedi. – Hai provato al canile?

– E già.

– Magari è andato solo a farsi un giro.

– Lo pensavo anch'io, ma è passato troppo tempo.

Sul ramo di fronte, uno scoiattolo grigio si immobilizza di colpo e mi lancia occhiate eloquenti. Il richiamo sordo della ghiandaia sembra ribadire il concetto e suggerirmi la prossima battuta.

– Posso... aiutarti a cercare, se vuoi. Non ho molti impegni per i prossimi vent'anni.

– Molto gentile. Comunque, dieci a uno che non arrivi a metà novembre.

– D'accordo. Lo troviamo prima, il cane. Ma se vinco, devi invitarmi a cena.

Annuisce, solita risata, tutta fossette e denti bianchi e zigomi lucidi che sembrano saltarti addosso. Spero che il mal di pancia smetta presto di essere il mio primo pensiero. Vorrei dedicarmi ad altro, nei prossimi giorni.

Scrivere aforismi geniali.

Trovare il luogo adatto per una piantagione mista di fave e marijuana.

Aiutare Gaia a cercare il cane.

E farla ridere, di quando in quando.

DOCUMENTO 3

Da «La Gazzetta di Sant'Ubaldo»,
newsletter settimanale dei Circoli della caccia
dell'Alta Valmadero.

9. *Avvistamenti*.

Riguardo all'ultima segnalazione di Saverio Mucica, volevo dire che anch'io, domenica scorsa, subito sopra Zonca, mi sono imbattuto in tre cinghiali di circa due anni, dal comportamento piuttosto strano. Non la smettevano di girare in tondo, inseguendosi la coda e sbavando abbondantemente. Uno di loro faceva pure delle specie di capriole, ma diverse da quando si rotolano nel fango, molto piú nervose, a scatti, e di fronte, invece che laterali. Purtroppo non avevo con me le munizioni giuste (ero uscito a storni) e non me la sono sentita di sparare, ma spero che prima o poi qualcuno riesce a mettergli addosso una palla, cosí finalmente capiamo se è una malattia o qualcos'altro.

Enrico Solinas, Castel Madero.

Ringraziamo Enrico per il suo «avvistamento». Per adesso, ci siamo preoccupati di segnalare la cosa alle guardie forestali e alla direzione dell'Oasi monte Budadda. Chi avesse ulteriori notizie a proposito di cinghiali dal comportamento strano, è pregato di farcelo sapere, indicando con precisione la zona dell'incontro.

16. Idee

Forse stava correndo troppo. Un rilancio a ogni carta servita.

Meglio vincere in fretta, quando la imbrocchi. Se la partita si allunga, il banco rimedia.

Le idee erano buone. Il secondo incontro era andato alla grande. Quella sera debuttava la *Body Moving*. Si prevedeva il pienone.

Le idee erano le sue.

Prima idea: diversificare l'offerta. Incontri cruenti e incontri «sportivi». Per palati forti, cani addestrati contro carne da macello. Per padri di famiglia in cerca di emozioni, cani aggressivi contro allievi di full contact. Gladiatori consenzienti, proprietari anche, attività non troppo illegale.

La versione soft non presentava ulteriori problemi. Per l'altra, occorreva coinvolgere Fazbar.

L'ex marittimo del porto di Durazzo si occupava delle merci in arrivo da Ancona e dalla Puglia. Raccoglieva le ordinazioni, curava lo stoccaggio, gestiva la distribuzione. Mahmeti l'aveva incontrato una prima volta circa dieci anni prima. Fazbar teneva i contatti tra kosovari emigrati e ribelli. Mahmeti faceva parte del carico. Armi. Droga. Clandestini. Lo stesso di sempre. Il lavoro di Fazbar non era molto cambiato, da allora. Meno proiettili, piú carne umana.

Per Jakup Mahmeti, invece, era cambiato tutto. Nessuno lo chiamava piú Caffellatte, per via della voglia marrone che aveva sotto la mascella. In dieci anni, salendo due gradini per volta, era diventato il terminale del traffico. Quello che ramazzava i soldi.

In piú, nel suo amato paesino di montagna, si occupava di commercio di cani e combattimenti, era proprietario della *Tana del vagabondo*, riforniva di armi alcuni bracconieri e contribuiva alla tutela dell'ambiente, grazie al fratello Hashim e a certi amici di Andria.

Tutto grazie alle buone idee.

Seconda idea: filmare gli incontri e smerciare i video. Il successo della cassetta brasiliana prometteva bene. Il cinema è la fabbrica dei sogni.

L'ufficio di Fazbar era in città. Un po' di strada l'aveva fatta anche lui. L'albergo si chiamava *Eldorado Hotel*. I proprietari gli avevano ceduto la stanza. In cambio, Fazbar li riforniva di sguatteri a prezzi stracciati.

Mahmeti lasciò la Bmw nel parcheggio mezzo vuoto. Dai campi tutt'intorno trasudava nebbia. In sottofondo, un raga di marmitte e pistoni, lo svincolo autostradale a due passi da lí. Sull'intonaco giallino dell'edificio, la parola «Eldorado» sapeva di presa per il culo.

Nella stanza 416 aleggiava perenne un odore di pomata, causato, secondo le voci, dalla crema per allungare l'uccello che Fazbar si spalmava ogni mattina.

– Mahmeti! Ti aspettavo piú tardi, – esordí l'ipodotato offrendo la mano destra.

L'altro la strinse con riluttanza. Era ancora bella unta.

– Vuoi che ti faccio portare qualcosa? – domandò Fazbar premuroso.

– No, grazie. Ho fretta.

– Allora vieni, accomodati.

La mano asciutta indicò la porta del bagno. Fazbar era un maniaco di quelle stronzate. Azionò la doccia, il rubinetto e l'asciugacapelli.

– Parla pure.

L'altro ne approfittò per lavarsi le mani.

– Mi servono cinque uomini. Prima possibile. Piú robusti sono, meglio è.

– Nessun problema. Prima possibile è tra due settimane.

– Bene. Voglio le fotocopie dei passaporti.

Fazbar si grattò il riporto: – E a che ti serve? Per vedere se sono robusti?

– No. Per metterli in regola.

– In regola? Cazzo, Jakup, sei diventato *buono*?

Mahmeti espirò un sorriso.

– Quando arrivano, mi faccio dare i documenti. Gli dò un lavoro di copertura: al canile, nei boschi con Izet o da qualche imprenditore amico nostro che vuole steccare le spese di regolarizzazione. Se mi mollano, mi tengo i documenti, modifico la data di licenziamento, gli faccio scadere il permesso. I clandestini non hanno niente in mano. Li fai allenare, ma puoi perderli da un momento all'altro. Se invece gli dài qualcosa, poi li tieni per le palle, puoi ricattarli meglio, e tutto sommato spendi pure meno.

Il mento di Fazbar si allungò di qualche centimetro, tra stupore e ammirazione. Restò lí ad annuire, rimuginando il discorso. Poi, come risvegliato dall'ordine di un ipnotista, si diresse verso il tavolo per prendere le fotocopie.

Ancora due ore. Il combattimento fissato per le dieci. Geims Oliva detto Cuoio infilò il trasformatore nella presa di corrente e accese il tosacapelli. Voleva presentarsi all'incontro nel look migliore, anche se a guardarlo ci sarebbero stati solo un paio di amici. Innocenti era stato categorico: muto con tutti, pena l'esclusione.

Dallo stereo a palla, le urla lancinanti dei Rotterdam Terror Corps coprivano il ronzio della macchinetta. Cominciò a passarla sulle tempie. Giusto una ritoccata: da due millimetri a zero.

Aveva saputo dell'incontro solo una settimana prima. Aveva subito accettato, entusiasta. Giusto gli sarebbe piaciuto chiamare piú gente: suo padre si sarebbe divertito.

Non capiva per quale motivo lottare contro un cane fosse proibito. I combattimenti *fra* cani, quelli non piacevano neanche a lui. Crudeltà gratuita. Violenza forzata. Nessuno stile.

Prendi due cani. Mettili di fronte. Difficile che inizino a sbranarsi. Li devi costringere in qualche modo. Devi piegarne l'istinto a forza di botte, fame e privazioni.

Prendi due galli. Mettili nel proverbiale pollaio. Si caveranno gli occhi.

Prendi un semplice cane da guardia. Mettigli davanti un uomo. Gli salterà alla gola, è la sua natura. Altro che sfruttamento.

Tigre costretta a saltare in un cerchio di fuoco: legale.

Cervo sparato a tradimento: legale.

Chihuahua fasciato nel cappotto di lana: legale.

Topo strafatto di ormoni: idem.

Uomo contro cane: armi pari, pari dignità. Un abominio.

Per non parlare di quelle tizie che fanno le cose coi cavalli. Zoofilia. Supremo abominio.

Chiedete al cavallo. Preferisce scarrozzarsi uno psicolabile per la seduta di ippoterapia o farsi voler bene da qualche signorina?

Insomma, non era la clandestinità che affascinava Geims. Gli piaceva piuttosto sentirsi un pioniere, un precursore, protagonista di un'epoca da ricordare con gli accenti della leggenda, quando quello sarebbe diventato uno sport. Ammirato. Ben retribuito. Legale. L'epoca dei muscoli, del sudore, delle zanne animali piantate nella carne. E basta.

Altro che giapponesi a dire banzai e spaccarsi in testa le bottiglie. Altro che americani a fare il bagno nella merda, spruzzarsi gli occhi di peperoncino, buttarsi dalle scale a uso di una telecamera.

Geims Oliva detto Cuoio stava per diventare gladiatore.

L'incontro si teneva nell'area del nuovo parcheggio, grande spiazzo ancora sterrato dove nessuno avrebbe mai avuto bisogno di posteggiare tante auto. Quelli della ferrovia veloce lo avevano offerto al Comune in cambio di alcuni permessi. Strano modo di ringraziare. Asfalto chiama asfalto.

Il rudere delle Banditacce era riservato agli incontri hard: pubblico ristretto e selezionato. Pinta e il Marcio si erano dati da fare per trovare l'alternativa, fin tanto che il capannone non era finito. Avevano promesso al brigadiere di ridurgli il debito scommesse. La pattuglia dei carabinieri non sarebbe passata.

Come brontosauri in fila indiana, i lampioni illuminavano l'arena meglio del *Madison Square Garden*. Mancava giusto l'albero, per appendere gli attrezzi bonus, ma negli incontri soft se ne poteva fare a meno.

Anche la corda per trattenere l'animale si poteva evitare. Le bestie non erano addestrate per il combattimento. Nel caso specifico: il dobermann del tabaccaio di Coriano Valmadero contro Cuoio, un *gabberino* di vent'anni, equipaggiato con la solita armatura, piú, per l'occasione, un giornale arrotolato stretto e piegato in due. L'arma micidiale dei tifosi del Millwall.

Il dobermann non mangiava da due giorni.

Il *gabber* aveva inalato pasticche.

Dopo quel primo incontro, altri due animavano il cartellone. Innocenti sfidava un pitbull appena guarito da una frattura alla zampa, in modo da garantire la vittoria del maestro e stimolare la partecipazione di allievi. Infine, poiché la palestra *Body Moving* non aveva offerto ulteriore materiale umano, il nigeriano Sidney se la sarebbe vista col pastore tedesco di un camionista.

All'ultimo momento, Ghegno aveva rimediato una telecamera digitale con tanto di treppiede. Dava l'impressione di un evento televisivo. Per la verità, gli incontri hard si adattavano meglio a quel tipo di commercio. Ma intanto, valeva la pena provare. Valutare bene cosa poteva saltare fuori. Studiare luci e inquadrature.

Tutto pronto.

Cuoio distribuí una serie di *high five* ai pochi amici ed estimatori.

Il dobermann pareva una statua di Anubi.

Silenzio, come al solito, nonostante il centinaio di persone.

Jakup Mahmeti si toccò le palle da dentro la tasca.

Bisognava che il ragazzo non si facesse troppo male.

IV.
Da Emerson Krott, *L'invasione degli Umani*, Galassie 1981. Capitolo 13

Si lasciò penzolare, Eva la bruna, reggendosi al ramo con braccia robuste. Un rumore di frasche, nel fitto della boscaglia, l'aveva messa in allarme. Adamo si era appena allontanato, per raccogliere bacche succose e nutrienti radici sull'altra riva del fiume.

Impossibile fosse già di ritorno.

Ondeggiarono gli ultimi rami, sul limitare della radura. Si aprirono i cespugli, e un bipede sconosciuto venne fuori dalla macchia. Mai prima di allora, Eva la bruna aveva visto un simile animale attraversare i boschi e le paludi dell'Eden.

Pareva avere due teste, una sopra l'altra. La prima di rettile squamoso, la seconda molto simile ad Adamo, fuorché per la pelliccia, che non c'era. La pelle sul petto era rossastra, liscia e glabra, e lo stesso per l'interno di braccia e gambe, rivestiti, nella parte piú esterna, da squame di serpente lucide e regolari.

Terrorizzata dalla visione, spaventata, Eva si rifugiò sui rami piú alti dell'albero frondoso.

Troppo tardi.

Nidar Kram fece in tempo a notarla e rimase stregato. Somigliava molto alle femmine del suo pianeta, ma con piccole differenze che ne facevano una creatura straordinaria, quasi divina. Invece della pelle viscida che era solito carezzare, una folta peluria bruna la ricopriva da capo a piedi. Odore afrodisiaco, forte e pungente, emanava da tutto il corpo. E una meravigliosa, selvaggia agilità trasformava le movenze agitate in un esplicito invito sessuale.

Non seppe resistere nidar Kram, si aggiustò sulle spalle la

pelle di sauro e con balzi voraci raggiunse l'albero per tentare di arrampicarsi. Un'abilità assente dal suo corredo genetico.

Sconvolto dal desiderio, accecato dall'istinto, l'alieno si aggrappò al tronco e prese a scuoterlo di forza, con entrambe le braccia, quasi a sfogare sulla pianta due settimane di insuccessi e la rabbia feroce di quell'ultima frustrazione.

Fu sul punto di cadere, Eva la bruna. L'albero tremava come un ramoscello schiaffeggiato dalla bufera. Frutti maturi si spiaccicavano sulla radura circostante. Resistette, la prima scimmia. Abbracciò un ramo e tenne duro.

Tre metri piú sotto, Kram si sforzò di ritrovare il controllo. Smise di scuotere l'albero e si concentrò.

L'onda cerebrale investí Eva come vento caldo in una giornata afosa.

Sentí sciogliersi i muscoli, evaporare la mente, liquefarsi ogni possibile resistenza.

Docile e mansueta abbandonò la presa e si lasciò cadere a terra insieme a un paio di frutti.

Scosso da brividi, per non smarrire il contatto ipnotico sotto gli assalti dell'istinto, Kram afferrò la prima scimmia, la girò tra le braccia e la possedette da dietro.

Tre minuti piú tardi, orde di spermatozoi alieni partivano alla conquista del Dna terrestre.

Poi nidar Kram ebbe fame. Allungò una mano, raccolse un frutto, lo divorò in due bocconi e subito, preso da uno strano torpore, si addormentò soddisfatto, la pancia sull'erba morbida dell'Eden, coperto dalla pelle di iguanodonte che portava sulle spalle come portafortuna.

Ancora annichilita, Eva si appoggiò al tronco lí a fianco. Si appoggiò al tronco e pianse.

Proprio in quel momento, Adamo tornava dal fiume.

Vide le lacrime di Eva. Vide l'animale squamoso che le dormiva accanto.

– E questo chi cazzo è? – domandò feroce.

– Chi è? È... – Eva si asciugò gli occhi. – È un serpente, – rispose alla fine. – Un nuovo tipo di serpente, molto raro, nuovissimo. Mi sa che Dio l'ha fatto poche ore fa, poi ce l'ha mandato qui per farcelo vedere, vuole che gli diamo un nome, come al solito. Che te ne pare di Gecko? Carino, no?

La vista in bianco e nero, sfocata e imprecisa, non aiutava Adamo nell'identificare l'intruso.

L'istinto, tuttavia, lo invitava a controllare meglio.

Eva fiutò il sospetto del compagno e capí di doverlo fermare. In un eventuale scontro con lo straniero, il poveretto sarebbe finito a brandelli.

Prima che Adamo si chinasse sulla pelle squamosa che nascondeva le fattezze del nidar, Eva raccolse un frutto, di quelli che avevano fatto addormentare lo straniero, e subito glielo porse.

– Hai fame? Ti va un po' di frutta?

Adamo aggrottò le sopracciglia.

– Dài, assaggia, – continuò Eva staccandone un boccone. – Mmh, gnuono. Senti che profumo!

– Ma sei scema? – duro, Adamo. – Non è quel frutto che ci hanno detto che se lo mangi muori?

– Eh, seeh! L'ha mangiato anche il serpente, e guarda come dorme beato. Gli è successo qualcosa? È stato male? Ti pare che ci dev'essere un frutto cosí buono , che noi non lo possiamo mangiare e i serpenti sí? Che storia è, scusa?

Ostentava sicurezza, Eva, per salvare la pelle ad Adamo, ma non era poi cosí convinta. Gettò uno sguardo fugace alle foglie dell'albero e il dubbio di aver sbagliato pianta, nella fretta, la colse come uno spiffero gelido in mezzo alla nuca.

Nel frattempo, Adamo le dava ragione: – Giusto. Perché il serpente sí e noi no?

Afferrò il pomo succoso e se lo cacciò nella strozza.

– Cazzo, eraente uono! – fece in tempo a dire, mentre già le palpebre diventavano piombo.

Eva lo afferrò sotto le ascelle, per trascinarlo in mezzo ai cespugli e addormentarsi con lui.

Sperando che al risveglio non ci fosse traccia dell'alieno.

E nemmeno di Dio.

17. Sciopero delle more

E va bene, d'accordo. Ci ho pensato su.

Non escludo che il discorso di Gaia nasconda briciole di verità, a volerle cercare con attenzione.

Ribadisco con fermezza che il sottoscritto non ha la minima intenzione di salvare il mondo. Ma nemmeno di tenerlo all'oscuro. La nuova civiltà non è fatta per pochi eletti. I suoi principî sono chiari e distinti, nulla di esoterico. Ciascuno dovrà decidere che farne.

Intanto, ho una buona notizia per il genere umano. Tutti possono diventare supereroi trogloditi: non servono miracoli, radiazioni o costumi alieni. Bisogna solo volerlo. E per volerlo, non basta sapere che è possibile. Bisogna fidarsi.

Alla costante ricerca di scorciatoie per il nirvana, la maggior parte degli uomini si fida di inarrivabili farabutti, sorrisi geneticamente modificati pronti ad allungare la mano oltre il teleschermo per accaparrarsi mutande e portafogli di chicchessia.

Mi sono chiesto: ma questi disperati sono anche deficienti?

– No. Non credo.

Alle malie della réclame, preferirebbero ancora il parere di un amico. Ma gli amici con esperienze interessanti sono sempre meno. Il tempo è poco. Meglio restare nel gregge.

Sia come sia, il sottoscritto non ha molti agganci nei paraggi. A ben vedere, non conosce nessuno. Basterebbe convincere le persone giuste, non piú di tre o quattro, leader naturali della comunità, a salire fino alla grotta, a toccare con mano, a valutare i vantaggi della civiltà troglodita. Poi ci penserebbero loro a parlarne con gli altri. Abbiamo visto coi nostri occhi. Abbiamo sentito con queste orecchie. Quell'uomo *sembra* pazzo, in realtà è soltanto felice. Da piú di una settimana vive in una caverna e ancora non dà segni di cedimento: un qualsiasi lavoro può esasperarti molto prima.

Forte di questo obiettivo, ho riempito lo zaino con le leccornie che mi hanno tenuto in vita finora. More, castagne, funghi porcini e mazze di tamburo. Lazzeruoli, giuggiole e altri frutti dimenticati. Farina di ghiande, faggiole abbrustolite, radici di topinambur e bacche di prugnolo.

Ho in mente di cogliere due piccioni con una fava. Strano destino: credevo di guadagnarmi riconoscimenti e onori grazie allo studio delle religioni, diventerò famoso per il discorso agli operai della ferrovia veloce. Ne parleranno i giornali. Ne parlerà il paese. Sarà uno spot senza precedenti per la civiltà troglodita. Non da ultimo, potrebbe mettere a rischio la prosecuzione dei lavori, con grande sollievo dell'ecosistema.

– Insomma, due piccioni con una fava.

Non sempre ci è dato scegliere come passare alla Storia.

In effetti un camion, lanciato a tutta velocità tra le buche della strada, prova a inaugurare col nome del sottoscritto l'elenco di vittime per la costruzione della ferrovia. Vittime umane, s'intende. Le altre sono già migliaia.

D'istinto scarto di lato, quasi finisco nel fosso, stordito dal frastuono. Mi chiedo cosa succeda quando se ne incrociano due.

Sano e salvo raggiungo il cancello del cantiere. Cerco nei dintorni una posizione strategica. Pochi metri indietro, all'incrocio con la sterrata per il villaggio prefabbricato, un pioppo secolare offre riparo al viandante. Stendo la coperta sui pochi ciuffi d'erba scampati al fango e alle ruote dei camion. Dispongo in bell'ordine le primizie del bosco, decorando il tutto con ciclamini, pungitopo e agrifoglio. Un paio di pigne. Qualche ramo d'abete. Fatto. Non resta che attendere la fine turno.

Raggi di sole filtrano stanchi tra i rami piú alti. Centocinquanta milioni di chilometri non è un viaggio da poco. A fatica si aprono un varco nella polvere sospesa a mezz'aria. Dopo dieci minuti, le primizie del bosco sembrano fossili preistorici.

Alle cinque meno cinque il cancello si spalanca obbedendo a un comando remoto.

Eccoli.

Un velo di polvere li fa sembrare distanti.

Qualcuno in tuta da lavoro, qualcun altro già ripulito. Qualcuno isolato, altri in gruppo. Sigarette accese e saluti.

Avanzo di cinque passi e mi rivolgo ai primi. Non è facile. Sono sempre stato timido, fin da bambino.

– Buonasera, buonasera a tutti. Un attimo di attenzione, prego. Mi chiamo Marco Walden, abito in una caverna poco sopra il paese. Ho qui uno spuntino per voi, una specie di aperitivo. Sono prodotti del bosco, roba naturale, che cresce spontanea e appartiene a chi la raccoglie. Guardate! Chiunque di voi, in una giornata di svago all'aria aperta, può procurarsi altrettanto.

Alcuni si fermano incuriositi. Direi la maggior parte. Una donna si avvicina.

– Posso prendere un po' di castagne?

– Certo, signora, – ad alta voce, per farmi sentire da tutti. – È gratis, offre la ditta, cioè il sottoscritto.

Si avvicinano anche altri. Le mani si allungano sulle more, sui funghi.

– Forse non immaginavate nemmeno che queste montagne potessero offrirvi un valido sostentamento. Del resto, nessuno ha interesse a informarvi. Preferiscono tenervi qui, sotto sequestro, otto ore al giorno, a testa bassa, perché sanno benissimo che grazie ai prodotti del bosco potrebbero scomparire servi e padroni, scioperi e sindacati. Sanno benissimo che nessuno continuerebbe a lavorare per loro, vedendo che là fuori crescono frutti nutrienti, radici commestibili e germogli saporiti. Tutti farebbero come il sottoscritto e nessuno avrebbe bisogno di lavorare.

– Io mi abbuffo in mensa e a cena non tocco cibo, – grida uno spingendo per farsi avanti. – Che mi frega di 'ste radici? Per mangiare non spendo una lira.

Obiezione interessante. Aspetto che arrivi in prima fila e agguanti una manciata di nocciole. Lo affianco, per metterlo a suo agio con qualche pacca sulle spalle.

– Cazzarola, amico, tu sí che hai colto nel segno. Non è mica solo un fatto mangereccio. La pancia piena è importante, ma l'uomo non vive solo di quello, come diceva il vecchio Jesus.

– Appunto.

– Però il cibo è solo un esempio. Uno fra mille. Dietro molte necessità si nasconde un inganno simile. Se poi il costo della vita aumenta, la colpa è anche vostra. Lo sciopero dei falsi bisogni è l'unico davvero efficace. L'unico che può lasciarci liberi di desiderare qualcosa. Abolite la carne dalle vostre tavole. Accontentatevi di funghi e castagne. Abolite la televisione, e raccontatevi storie.

Ho finito. L'uditorio si allontana mormorando. Qualcuno scuote la testa, altri se la ridono. Un paio restano, per finire le ultime more. Castagne e porcini sono andati a ruba.

Un successo. Nessun leader naturale disposto a dare un'occhiata alla civiltà troglodita, ma un successo, comunque.

Potevo spingermi oltre. Potevo parlare della vita nelle caverne. Per il momento, preferisco gettare un seme. Regola numero uno: riempigli la pancia, poi il cervello. Mi aspettavo piú entusiasmo, ma le scoperte rivoluzionarie non si digeriscono su due piedi. Occorre meditare.

Ora raccoglierò quel poco che è rimasto e farò ritorno alla radura dei ciclamini, per spiare il sole mentre arrossisce dietro le ginestre. Sulle montagne piú lontane, ieri notte è caduta la prima neve. Uno spettro bianco aleggia sull'orizzonte. Oltre i mille metri, il bosco cambia già pelle, ispido e scuro quanto il dorso di un cinghiale. Piú in basso, ancora resistono i colori dell'autunno e il verde perenne degli abeti.

– Allora, come le sono sembrate? – domando all'ultimo appassionato di more, un alone viola intorno alla bocca.

– Proprio buone, complimenti. Come ha detto che si chiama, la ditta?

18. La Mossa del Cuoio

– Boh, – esordí Buzza mentre l'altro spingeva la Volvo agli ottanta. – A me questa dei dilettanti non mi convince proprio. Cazzo mi frega di andare a vedere il mio vicino di casa che prende dei morsi dal cane del barbiere?

– Guarda che non è una stronzata, – contestò il pilota. – Uno potrebbe dirti: cosa mi frega del mio vicino di casa che litiga alla tele con altri dodici coglioni. Invece funziona.

Buzza infilò tra i denti un brustolino: – Non dico che non funziona. Dico che a me non mi interessa. Vedrai: una volta è farlocco il cane, un'altra il gladiatore fa lo sborone poi si ritira al primo morso... Difficile che viene fuori una roba interessante.

L'altro spinse l'acceleratore piú a fondo. Rischiavano di perdersi il primo combattimento. Buzza era arrivato in ritardo, con la scusa che non trovava gli spicci. In realtà, non usciva di casa senza spararsi il balletto iniziale del suo quiz preferito. Le due vallette lo facevano sbavare.

– Per me, – riprese l'altro a fine curva, – piú c'è varietà, meglio è. Guarda il porno, per esempio.

– Il porno?

– Hai presente, no? Ci stanno le cassette con le casalinghe e quelle con le attrici, le riviste di pompini e quelle di certi scoppiati che gli piace solo dei piedi di donna premuti sull'acceleratore.

– Non dire cazzate...

– Giuro! Certi giornali fanno vedere *solo* delle torte alla crema spiaccicate sulle tette, nient'altro, ché ad alcuni gli piace solo quella roba, e il resto li eccita poco o niente. Capito?

– Ma te dove le hai viste 'ste robe?

– Sí, vabbe'. Nel retrobottega del Grullo non ci sei mai stato?

– E che mi frega? C'ho Internet.

– Okay, ma anche lí è la stessa roba, no? Solo ragazzine, solo tette enormi, solo tizie infangate...

– Che c'entrano i combattimenti con le tizie infangate?

– È la stessa roba. Piú c'è varietà, meglio è. Maestri di karate contro rottweiler, cinture nere di kung-fu contro mute di bassotti, dilettanti allo sbaraglio, veterani contro pitbull. Magari scopri che ti piace un sacco vedere dei negri esperti di capoeira contro i fila di linea dura, una roba tutta brazil.

Buzza storse la bocca: – A me piace se il cane è cattivo, addestrato bene, e se il gladiatore ha le palle e conosce un po' di trucchi. Il resto sono stronzate. Se un combattimento è brutto, è brutto e basta, anche se il tizio urla «Banzai» prima di colpire e il cane c'ha delle corna d'acciaio montate sulla testa.

La Volvo imbucò la sterrata che scendeva al parcheggio e andò a infilarsi tra le altre auto. Ce n'erano almeno sessanta. Utilitarie e berline. Piú una dozzina di moto.

Sotto la luce dei fari, il gladiatore skinhead scioglieva il collo con orgogliosa tranquillità. Dall'altra parte dell'arena il cane impazziva tirando sul guinzaglio, mentre il padrone, in piedi accanto a lui, indicava lo sfidante e ripeteva come un ossesso: – Attacca, Hrolf, attacca.

Pinta diede il segnale. Geims allargò le gambe, una davanti all'altra, lo scudo in posizione. Si era studiato la mossa per un'intera settimana. Se l'era studiata con Pancho, il suo terranova.

– Metti che funziona bene, è un attimo che passo alla Storia. La Mossa del Cuoio, ci pensi? La insegneranno ai giovani gladiatori. Se la passeranno da una scuola all'altra, con le diverse varianti. Sai che figata?

Il dobermann appoggiò le zampe anteriori sullo scudo. Grattava, spingeva, sembrava volesse arrampicarsi. Gocce di bava colavano sul plexiglas.

Cuoio fece resistenza, ben piantato sulle gambe. Elastico, pronto a scattare. Sbilanciò il busto in avanti, per mettere il cane sotto pressione. Poi, fulmineo, sfilò lo scudo, alzandolo in alto e verso destra. Nello stesso istante, indietreggiò col tronco e portò la gamba destra dietro, pronta a colpire. Com'era successo anche a Pancho, il cane si sbilanciò in avanti, privo d'appoggio. Rimase per un attimo disorientato, e proprio quando stava per avventarsi di nuovo, un calcio frontale gli spedí la testa all'indietro. La punta rinforzata degli anfibi incrinò la mandibola e la potenza del colpo lo scagliò a un paio di metri.

Geims non si trattenne. Strinse il pugno e lo agitò in aria due volte. L'urlo sommesso della folla riempiva le orecchie.

Mossa del Cuoio. Avrebbero addestrato i cani per imparare a evitarla.

Buzza rimase col brustolino incastrato tra gli incisivi. L'altro sorrise: – Visto?

Il cane tornò sulle zampe piú incazzato che mai. Incazzato, ma circospetto. Evitò assalti frontali e cariche alla cieca. Scoprí le zanne: una voragine di sangue. Minimo quattro denti avevano preso il volo. Provò un affondo sulla destra, fintò a sinistra, fece una specie di slalom sul posto. Saltò. La guardia del Cuoio era appena un po' fuori asse. Non riuscí a chiudere lo scudo abbastanza in fretta e dovette opporre l'altro braccio. Il cane chiuse le fauci. Nonostante la protezione, Geims sentí la stretta schiacciare la carne contro l'osso. Alzò il braccio di scatto. Il cane rimase appeso come una sanguisuga. Tenendolo staccato da terra, provò a colpirlo col taglio dello scudo.

La folla era tutta con lui.

Buzza inghiottiva semi di zucca senza nemmeno sbucciarli.

L'altro gridava di spezzargli le costole.

All'improvviso, il dobermann mollò la presa. Un fico maturo che si spappola a terra.

Ricadde male sulle zampe, perse un attimo l'equilibrio, si riprese.

Si riprese per modo di dire. Quasi non riusciva a tenere la testa sollevata.

Il tabaccaio guardava impietrito.

Buzza sputazzò una buccia sulla nuca del tizio di fronte.

Mahmeti guardava perplesso. I deficienti avevano esagerato.

Che cazzo sta succedendo?, pensò Geims. Possibile sia l'effetto ritardato della Mossa del Cuoio? Una di quelle mosse che dopo tre giorni muori?

No. Geims conosceva abbastanza i cani e conosceva bene anche la fattanza.

Quello non era stordimento da pacche. Era un'altra cosa.

Il cane spigozzava come un tossico, barcollava ubriaco, era strafatto di qualcosa. Qualcosa che aveva fatto effetto solo in quel momento. Qualcosa che qualcun altro gli aveva dato, per stare in una botte di ferro. Risultato sicuro: Cuoio vince, qualcuno incassa, nessuno si fa male.

Geims sentí la rabbia risalire le vene come un salmone a motore.

Scagliò per terra il giornale arrotolato. Sfilò dal braccio lo scudo e lo lanciò lontano.

Avanzò verso il cane, che con sforzi patetici cercava di abbaiare e di non cascare sul fianco.

Con la destra lo afferrò per la collottola, con la sinistra per la coda. Piegò le gambe, inarcò la schiena, lo sollevò sopra la testa, simile a Polifemo nella sua ultima scena, perlustrando il pubblico con lo sguardo.

Vide il tizio coi capelli bianchi e la maglia biancorossa che era venuto in palestra per parlare con Innocenti.

Vide pure l'amico suo, piú basso, coi capelli tirati indietro. Quello che non sbatteva mai le palpebre.

Fece due passi, piegò all'indietro le braccia, lanciò.

Il dobermann del tabaccaio travolse entrambi dopo un volo di almeno tre metri. Marcio finí col culo per terra. Pinta si appoggiò a quelli dietro.

Col dito spianato, furioso, Cuoio gli puntò la faccia.

– Geims Oliva è un gladiatore, no uno stronzo.

Girò i tacchi e si diresse fuori dal cerchio, seminando le protezioni che via via si staccava.

Pinta fece per andargli dietro.

Il braccio teso di Mahmeti intersecò le strisce della sua maglia. Pinta strinse i pugni, i denti, le chiappe.

Buzza stritolò il sacchetto di brustulli e lo lanciò lontano.

Poi, schifato, si voltò verso l'altro.

– Visto, la varietà?

DOCUMENTO 4

Da «La Freccia. Settimanale d'informazione del Comprensorio Valmadero».

Metodi da Br per gli ecoterroristi.

Ritrovata in un cestino, proprio come i famigerati documenti brigatisti. È la «Dichiarazione di guerra agli Umani», stilata dal sedicente «Esercito Maderese di Rivoluzione Animale», sigla finora sconosciuta, per quanto ricordi molto da vicino quella utilizzata negli ultimi mesi per firmare vandalismi contro jeep e auto di cacciatori, liberazioni di cinghiali dalle gabbie di monte Budadda, e il recente assalto contro l'azienda *Le tre campane*, nell'occhio del ciclone per uno strano commercio di suini. Il farneticante proclama, rinvenuto di fronte alla profumeria *Quel certo non so che* di Coriano Stazione, parla di sterminio del genere umano volto a salvare il Pianeta e di un misterioso virus killer che gli ecoterroristi avrebbero in preparazione.

Marchesi, a pag. 7 della Cronaca.

19. Cinghiali

Dalla cima del Belvedere, dove la chierica degli abeti lasciava posto al prato, si godeva il miglior panorama della valle. Certi giorni, nuvole basse si stendevano sui paesi come una tovaglia di lino e i crinali piú alti parevano briciole di un pranzo di giganti. Altre volte, nelle mattine fredde, schiene fitte di colline pascolavano fino al tramonto tra il Madero e l'orizzonte.

Di tutti i posti per la caccia alla lepre, quello era il preferito da Gilberto Rizzi. Bisognava alzarsi presto, prima dell'alba: lo schioppo già pronto, la cartucciera piena, il cane che si metteva a latrare appena sentiva passi giú per la cantina. Vestito con strati di cuoio, lana e fustagno, il cacciatore affrontava il gelo, inerpicandosi per il sentiero col cane al guinzaglio. Sulla vetta, tirava sempre un vento affilato, che agitava l'erba come volute di fumo. Rizzi si fermava un attimo appena, il tempo di impregnare gli occhi con visioni di cielo e di terra. Poi scendeva al passo, mollava il cane, si piantava all'incrocio di tracce diverse, puntava la doppietta e aspettava la lepre. Aveva un paio d'ore: alle sette tornava verso casa, svegliava la moglie, faceva una doccia e andava in ufficio.

Il sabato, anche senza lavoro, la sveglia non cambiava. La domenica c'era la battuta al cinghiale.

Rizzi non era il solo ad apprezzare i colori dell'alba che accendevano la valle. Dal monte Ceraso, con prospettiva diversa, Cinghiale Bianco amava seguire lo stesso spettacolo. Quel primo sabato di ottobre, lui, Erimanto e Zanne d'Oro, cercavano nella prima luce una specie di benedizione. Le cime dell'altro versante assorbivano raggi assonnati, e l'ombra scivolava lenta sul bosco come la sottoveste di una spogliarellista. Quando il sole li colpí sulla nuca, i tre si voltarono per sentirlo sbattere sulle palpebre chiuse.

Capirono allora di essere pronti.

Quel primo sabato d'ottobre il cane di Rizzi sembrava confuso. Annusava il bosco, le orecchie che sfioravano terra e la coda dritta, senza risolversi a seguire una direzione. Andava, tornava, girava in tondo, faceva un breve scatto a destra, uno a sinistra, tutto con strana incertezza.

Rizzi non staccava gli occhi dalla pista. Ogni tanto, senza guardarla, stappava la borraccia per un sorso di caffè. Pensava al solito appuntamento del sabato, dopo caccia, funghi o qualsiasi altra cosa.

Rina lo aspettava alle dieci, nel vecchio rudere delle Banditacce.

Ne scovarono uno dopo lunghe ricerche, sul giogo spelacchiato tra il Belvedere e Colle Torto. Cinghiale Bianco si appostò per tenerlo d'occhio. Gli altri due perlustrarono la zona. Il cane sentí Erimanto e prese ad abbaiare. Lui fece la cosa giusta: uscí allo scoperto, lasciò che il cacciatore lo notasse e si rituffò tra le felci, smuovendole con un bastone come un cercatore di funghi.

Fece un giro largo e tornò alla base. Zanne d'Oro confermò: il tizio era solo.

– Andiamo? – chiese Erimanto

– Non adesso.

– Se aspettiamo, quello l'ammazza, – obiettò Zanne d'Oro.

– Ammazza anche noi, finché ha lo schioppo in mano.

– E allora quando?

– Appena torna indietro, col fucile scarico, a tracolla. Vediamo che sentiero prende e lo precediamo.

Erimanto si pettinò la barba con le cinque dita.

– E il coso?
– Chi?
– Il cane.
– Il cane è da lepre, a noialtri non ci tocca.

Il cane abbaiò ancora. Aveva levato la preda. Rizzi fischiò per ricordargli la posizione e si sforzò di sciogliere i muscoli. Collo e spalle erano un unico nodo. Sentí l'animale scartare tra i cespugli per costringere la lepre a imboccare la traccia. Sentí il rumore della corsa sul terreno aperto. Sentí un latrato piú vicino.

La lepre passò in un batter di ciglia. Rizzi tirò il grilletto e la mancò. Il cane non la perse di vista.

– Sicuro che non ci tocca?

Al secondo passaggio, Rizzi fu piú attento, o piú fortunato. Il cane gli portò la lepre a due passi. La bestia era sfinita, stordita dagli spari e dalla stanchezza. Non fece in tempo a buttarsi nella macchia.

Un bel maschio, grosso, color terra secca.

Il cacciatore annotò sul taccuino le caratteristiche principali. Era la quarta, da inizio stagione.

Attaccò il cane al guinzaglio e imboccò il sentiero per le Banditacce, già pregustando la seconda preda.

Rina aveva piú o meno la sua età. Di corpo non era male, ma la faccia non si guardava due volte. Il naso le cascava in bocca, scavalcando un paio di baffetti appena accennati. La pelle pareva terreno lunare, disseminata di crateri. Capelli grigiastri, arruffati come fieno, e denti giallognoli completavano il quadro. Rina però faceva tutto. Chi la conosceva bene, sosteneva fosse una *linfomane*. Bastava qualche complimento, le parole giuste, e quella scordava ogni inibizione, pronta per le proposte piú strane.

Rina era quasi sempre puntuale. Quel giorno arrivò prima Gilberto.

Il cortile del vecchio casone aveva un che di artistico. Impronte di pneumatici si intrecciavano come tagliatelle in un groviglio di Pollock. Lattine vuote, bottiglie, preservativi e fazzoletti davano al tutto un sapore *pop art*.

Per Gilberto Rizzi era solo pattume. Un'incuria da segnalare. Legò il cane a un anello di ferro ed entrò nel vecchio salone. Il prato aveva vinto la battaglia col pavimento, mentre l'intonaco dei muri si era arreso all'umidità.

In un angolo, il materasso, fradicio nonostante il telo di plastica, e la pila di riviste, inzuppate come frollini.

Rizzi si preparò per l'attesa.

Il fosso subito dietro i ruderi era ingombro d'ortica e marciume. I soldati dell'Emra lo superarono a fatica. Sulla breve scarpata, fango liscio come ghiaccio sfuggiva sotto le suole. Aiutarsi a vicenda significava scivolare in due e gli arbusti del canneto non erano a portata. Erimanto riuscí ad arrampicarsi usando l'accetta come piccozza.

Una vecchia costruzione in sasso: archi di pietra e un glicine decrepito avvinghiato al muro.

Il cane, legato. Lui, dentro.

Nessun altro.

Cinghiale Bianco fece segno di indossare le maschere.

Zanne d'Oro si aggiustò la corda sulla spalla destra.

Erimanto domandò: – Da dove cosiamo?

Fissò lo sguardo sul seno enorme della donna mentre dita avide sbottonavano i calzoni. La distese sul materasso, puntellandosi con le braccia sopra di lei. Gli occhi rimbalzavano dai capezzoli larghi e scuri al microscopico perizoma che la copriva appena.

Sistemò meglio il pieghevole, indeciso se continuare di mano o preferire l'attrito col materasso. Col secondo metodo c'era da bagnarsi i pantaloni. Il materasso invece era già bagnato.

Sfogliò pagine a ritmo serrato finché la testa non gli crollò sull'ombelico di Anna Nicole. Sospirò tra i denti, scrollò l'arnese e lo rinfoderò. I fazzoletti li portava sempre Rina.

A sentire il cane, doveva essere arrivata.

Si affacciò nell'androne e controllò l'ingresso.

Un braccio lo afferrò sotto il mento.

Spire di nastro isolante gli avvolsero la faccia, lasciando scoperto solo il naso. Prima che l'adesivo incollasse le palpebre, distinse un'ombra dal volto mostruoso sferrargli un pugno nello stomaco. Poi una sventagliata di schiaffi. Dritto e rovescio, per molte volte. Piú che reagire, cominciò a dimenarsi, finché un laccio molto stretto non bloccò le caviglie.

La rapidità dell'azione lo aveva annichilito. Mani, braccia e dita mitragliavano il corpo. Il cervello era intasato di stimoli.

Gli legarono i polsi ad altezza palle. Lo trascinarono come un tronco nell'altra stanza. Lo fecero stendere a terra. Uno gli sedette sulle cosce. Un altro gli allungò le braccia sopra la testa e le bloccò col piede.

Il cane abbaiava. Dove cazzo era finita la Rina?

Con le orecchie sigillate dalla fasciatura percepí almeno tre voci. Attutite. Distinse qualche insulto e la parola «cinghiali». Distinse: «caccia». Distinse: «condanna».

– ...colpevolezza evidente. La giuria rivoluzionaria è dunque unanime: condanna!

Cinghiale Bianco rovistò nelle mani dell'uomo. Afferrò l'indice destro, lo raddrizzò, mentre con l'altra mano richiudeva a pugno le dita restanti. Spinse un ramo di quercia sotto il dito che preme il grilletto e si rivolse a Zanne d'Oro.

– Tienigli i polsi a terra.

La ragazza sedette sugli avambracci del cacciatore ed eseguí.

Cinghiale Bianco si mise in ginocchio, appoggiò la lama tra la prima e la seconda falange, sollevò l'accetta sopra la testa e diede un colpo secco.

Un urlo sordo rimbalzò sul nastro adesivo e si diffuse come scossa nel corpo dell'uomo. Le gambe scalciarono via il dolore. Il sangue colò sul legno, sull'erba, sul seno plastico di Anna Nicole.

I tre raccolsero il dito mozzo e si allontanarono in silenzio.

Rina Cappelli arrivò in ritardo di cinque minuti.

DOCUMENTO 5

Denuncia n. 1785 eseguita in data 6 ottobre dal sig. De Luca Gianni, residente in Castel Madero, via Brigate partigiane n. 8.

Oggi, domenica 6 ottobre, alle ore 8,15 circa della mattina, recatomi come di consueto al Circolo Arci Caccia di Castel Madero, situato in piazza dei Capitani, per predisporre la sala in vista del torneo di tressette, dinanzi alla saracinesca del locale constatavo la presenza di un piatto di plastica contenente qualcosa che a prima vista mi sembrò carne sanguinante. Avvicinatomi, constatavo che si trattava piú precisamente di un dito umano. Infilato sotto il piatto rinvenivo anche un pezzo di carta riportante la scritta «Mangiatevi questo, non gli animali. Esercito Maderese di Rivoluzione Animale», ottenuta incollando lettere diverse ritagliate da varie pubblicazioni.

Entrato all'interno del Circolo, mi affrettavo a richiedere l'intervento dei carabinieri.

Ignoro chi siano gli autori della scritta e della mutilazione, non ho sospetti verso nessuno in particolare, non conosco nessuna formazione col nome di Esercito Maderese di Rivoluzione Animale, ma ritengo assai probabile che il dito da me ritrovato appartenga al nostro associato sig. Rizzi Gilberto, impiegato pubblico e capo di una squadra di cinghialai, e che sia stato messo davanti all'ingresso del Circolo Arci Caccia come intimidazione e avvertimento ai cacciatori della zona.

20. Gendarmi

– Si può sapere che sta facendo? – domanda la voce da dietro le spalle.

Sbaglierò, ma mi pare abbastanza evidente: innalzo un muro di zolle per ridurre l'imboccatura della caverna. La Natura odia i gradienti e il calore tende a disperdersi, se non lo trattieni.

Quando l'attività che svolgi non ha nulla di misterioso e arriva uno e chiede di illustrargliela meglio, novanta volte su cento vuole rompere i coglioni.

– Pensavo a mia madre, – rispondo senza voltarmi.

Rumore di ingranaggi cerebrali.

– Non faccia lo spiritoso. Ha un permesso per questa costruzione?

Sono due. Carabinieri. Piú o meno la mia età. Cani lupo al guinzaglio e mitragliette a tracolla.

– Un permesso? No. Pensavo di aspettare il prossimo condono. Che ne dice?

– Dico che è meglio se la smette di fare il cabaret e tira fuori un documento.

– Che genere di documento, agente? Va bene la tessera Socio Coop?

– Se non ha un documento di identità, deve seguirci in caserma. Faccia lei.

Va bene, vada per la caserma. Un buon supereroe non può fare a meno di nemici.

Offro i polsi alle manette. Neanche mi considerano.

Una mano sulla spalla: – Andiamo.

Potrei accusare codici e legislatori, che considerano reato il non avere una casa. Lo stesso dicasi per l'aver freddo e accendere un fuoco, l'aver fame e raccogliere piú funghi del consentito. Potrei, ma non sono incline al vittimismo.

Tutti siamo fuorilegge, nessuno escluso. La ragazzina che copia la musica del suo gruppo preferito. Il farmacista che non chiede la ricetta all'anziano cliente. La famiglia che non mette a norma l'impianto elettrico. Nella prossima ora, chiunque potrebbe avere i carabinieri alla porta. Alla faccia della sicurezza.

I gendarmi marcano stretto. Sui fianchi, quando il sentiero lo permette. Uno davanti e uno dietro, nei passaggi da fila indiana. Mi tratterranno in cella? Mi daranno una multa?

Ricordo che da bambino non avevo idea di cosa fosse. Andavo in centro con mia madre a fare la spesa e spesso si parcheggiava la Cinquecento in sosta vietata. Facevamo il giro dei negozi, riempivamo sporte di plastica, ci raccontavamo favole senza capo né coda, e quando veniva il momento di tornare a casa ci accompagnava la speranza che non ci facessero la multa. Da come lei ne parlava, doveva essere qualcosa di molto doloroso. Allora conoscevo un solo supplizio che lo Stato poteva infliggere ai cittadini. Quello provocato da un ago. Mi convinsi che la multa fosse un tipo di puntura.

Mentre avanzo verso il capestro, il bosco dirada sul limitare di un pascolo e il sentiero sfocia in una cavedagna infestata di ortiche. Un piccolo frutteto rinsecchito resiste ancora agli assalti pionieri dei rovi. Quelli che lo piantarono, si sono arresi da un pezzo. Superata la curva, attraversiamo un borgo fantasma, otto case in sasso, i tetti di lastre d'arenaria, tenute in piedi dai rampicanti piú che dalla malta. Il selciato della piazzetta non s'è ancora convertito in prato. Al centro, un nespolo color tramonto posa per il terzo scatto di una cartolina «Quattro stagioni». La fontana del lavatoio continua a buttare acqua, mentre il pozzo è rimasto senza catena. Vorrei dare un'occhiata al forno comune, qualche mattone in pietra refrattaria potrebbe tornarmi utile per la caldaia, ma i gendarmi indicano la volante, posteggiata all'imbocco di una lastricata.

Se mai mi rilasceranno, devo ricordarmi di passare di qua e fare incetta di nespole. Magari potrei pure venderle, spacciarle per frutti esotici rari e costosi. Tanto è un pezzo che non se ne vedono in giro. Vanno tenute nella paglia due mesi, prima di consumarle. Troppo complicato. Quando ne scopriranno le insospettabili proprietà terapeutiche, qualcuno si affretterà a brevettare il principio attivo, e gli eredi di questo posto faranno un salto in farmacia a comprare capsule di estratto titolato.

I gendarmi mettono in moto, fanno manovra sulla piazzetta.

Penso ai bambini cresciuti in queste case e diventati adulti lontano. Penso alla generazione che per prima spezzò la consuetudine e intraprese al contrario il cammino del sottoscritto.

Penso a chi sprangò l'ultimo catenaccio, tolse la catena dal pozzo e si lasciò il nespolo alle spalle. Chissà quante volte l'aveva visto fiorire.

Il sottoscritto è qui da una settimana e teme già che lo facciano smammare.

Abitudine. Il vizio di mettere radici, anche quando una grotta, un bosco e dell'acqua sono tutto quello che serve. Una radura vale l'altra, finché non arriva qualcuno a rompere i coglioni. E in quel caso, perché restare?

Nella nuova civiltà, nessun luogo vale un assedio.

Escono. Mi fanno cenno di entrare.

Piante ingiallite sonnecchiano sugli schedari. La scrivania metallica esibisce stereotipi: fermacarte in vetro, portafoto con famiglia, orologio da tavolo a cristalli liquidi. Cinque sferette allineate penzolano immobili da un trespolo.

Lui è di spalle, alle prese con la macchinetta del caffè. Da quel che ho capito, vuole rivolgermi alcune domande.

Lui si volta, il bicchiere di plastica appoggiato alle labbra.

Lui è Survival, non ci sono dubbi. Pizzetto, capello riccio brizzolato, neo sulla guancia destra. Spalanca gli occhi, mezzo strozzato dal caffettino.

– Lei?

Sistema il colletto della divisa con gesto meccanico. Osserva ancora il sottoscritto, poi indica la sedia. Mezzo nascosto dal monitor del computer, qualcuno pesta su una tastiera.

– Allora, mi spieghi un po'... Che c'è andato a fare, in quella grotta?

– Vacanza, capitano. Una vacanza da me stesso.

Incrocia le mani sotto il mento barbuto, per concentrarsi meglio. Si lascia scappare un sorriso complice. Crede di aver capito.

– Non sarà che anche lei si allena per la sopravvivenza?

No. Niente del genere. Anzi, al contrario. Sono qui per essere felice, non per sopravvivere. Per diventare migliore, non per conservarmi come un surgelato. Noi supereroi non ci preoccupiamo della morte.

Voi chiamate naufragio ciò che il sottoscritto considera salvezza.

Voi dite: coi tempi che corrono, la situazione piú tranquilla può trasformarsi in tragedia. Hai un incidente in montagna, il cellulare non prende, l'auto è distrutta, piove, sei caduto in un burrone, hai una gamba rotta e rischi il congelamento. Devi affrontare le prossime ore. Cheffai?

Il sottoscritto comincia lasciando a casa la macchina.

Corsi davvero utili dovrebbero insegnare a vivere senz'auto. A disintossicarsi dal cellulare. Altro che tragedia.

Comunque rispondo che sí, la filosofia survivalista mi ha fulminato, e ho deciso di sperimentare la vita nelle caverne in vista del prossimo conflitto atomico.

Si congratula per l'idea. È sincero. Dice che è tempo di prendere in seria considerazione la possibilità di una fine del genere umano. Chiede spiegazioni su come intendo attrezzare il bunker. Rinforzarlo contro eventuali attacchi.

– Attacchi? Quali attacchi?

– Predoni. Briganti. Gliel'ho già detto l'altra volta: bisogna attrezzarsi per quando regnerà la legge del piú forte.

Ho una fionda modello professionale e un centinaio di biglie di ferro. Basteranno?

– Vede, colonnello, non sempre i piú forti hanno la meglio: l'uragano abbatte la quercia e carezza l'erba del prato.

– L'uragano. Ma il vento atomico spazza via entrambi. Non resteranno né erba né querce. Solo Ogm. Si è procurato delle sementi Ogm, vero?

– Per la verità no.

– Ma è fondamentale, scusi. Perché crede che gli scienziati si diano tanto da fare con gli Ogm? Selezionano prodotti capaci di resistere al vento atomico, alle mutazioni, al bombardamento radioattivo. Bisogna abituarsi a mangiarli fin d'ora: per lungo tempo, non avremo a disposizione altro.

Continua a esprimersi al futuro. Eppure, la soia normale non esiste piú da un pezzo. Le melanzane non modificate stanno scomparendo.

Il ritmo dei tasti si interrompe: – Maresciallo, devo scrivere tutto?

Martelli si aggrappa allo schienale della poltrona girevole. Allunga il collo verso il monitor: – Fa' vedere... Ecco, cancella da «vacanza». Riprendiamo da lí.

Resta appollaiato per controllare, dietro le spalle del dattilografo. Non resiste alla tentazione di dare un cricco alle sferette penzolanti. Un nuovo ticchettare si aggiunge a quello dell'alfabeto.

Abbandonando di malavoglia le questioni apocalittiche, il maresciallo riprende il filo dell'interrogatorio.

Vuol sapere se ho notato presenze sospette, dal giorno del mio arrivo.

Scuoto la testa. Tutti siamo sospetti. Dunque nessuno.

Vuol sapere se ho qualcosa contro la caccia.

– A dire la verità, trovo piú crudele l'allevamento intensivo.

Vuol sapere se conosco qualcuno, nella zona.

Sí. Una fata con gli occhi verdi.

Conclusione: invece di punirmi, mi studieranno.

– Facciamo cosí, signor Cavernicolo. Lei non dovrà andarsene, e nemmeno abbattere il suo muro di zolle. Posso chiudere un occhio, se mi assicura di non lasciare in giro rifiuti o danneggiare il bosco. In cambio, voglio un aggiornamento settimanale sul suo esperimento, su quello che fa e quello che vede. D'accordo?

Sulle prime, direi che puoi anche fotterti, sbirro. Non tutto il mondo è qui. Posso trovare un'altra grotta, in una landa piú ospitale.

Poi penso che dev'esserci qualcosa sotto. Ammesso che si sia bevuto la mia conversione al survivalismo, il suo atteggiamento non mi convince lo stesso. È chiaro, vogliono tenermi d'occhio. E non mi dispiacerebbe capire perché.

– D'accordo, colonnello. La terrò informata.

– Ci conto, – risponde con mezzo sorriso.

Gli stringo la mano, sperando di non dovermi pentire.

21. La manioca

– Che vi avevo detto? – esordí Fela raggiante, nell'inglese sporco che usava con gli altri. – Proprio oggi ho venduto l'ultima maschera. Cento euro. Venti a me, il resto a quello che me le passa.

– Bel colpo, – approvò Beko.

– Giusto per arrotondare. Con le quattro che ho venduto riesco quasi a comprarmi le Nike.

Sidney si strinse nelle spalle e finí di sbarbarsi il collo. La lampada a gas stava finendo e non consentiva operazioni accurate. Anche le pile dello stereo erano messe male. Il rap che ne usciva batteva ritmi trance.

Sidney disse: – Hai guadagnato bene perché il tipo aveva un avanzo. Se no venti euro su cento te li potevi scordare.

– Ti sbagli, – disse Fela. – Lui mi fa il venti perché ci conosciamo. È amico di un mio cugino di Lagos.

– D'accordo. Tu chiedigli di passarti altra merce, a questo amico, e vediamo quanto ti fa.

Fela allargò le braccia e le lasciò ricadere sui fianchi. Si rivolse all'altro:

– Ma tu hai capito come mai quest'uomo vede sempre tutto nero? Avete il petrolio anche negli occhi, lí a Port Harcourt?.

Sidney non fece in tempo a pregarli di non ricominciare. Non poteva nemmeno cambiare stanza: c'era solo quella. Affrettò i preparativi per uscire. Beko attaccò la solfa: – Te lo dico io perché fa cosí, Fela. Il fatto è che a lui piace lamentarsi, ma di cambiare non ne ha voglia per niente.

Si fermò un attimo, per vedere se la provocazione bastava. Sidney infilò i pantaloni senza dire una parola. La tensione avrebbe potuto accendere una lampadina, cosa che la corrente elettrica non faceva da mesi.

Fela si rese conto troppo tardi di aver innescato il meccanismo. Tentò di cambiare discorso.

– Sai, Sidney, non ci hai mai detto chi erano i due che hai fatto picchiare al posto nostro.

– Niente di grave. Due *hausa*, musulmani, se l'erano meritato.

Beko ignorò la questione e riprese:

– Sai cosa penso, Fela? Penso che al nostro amico, sotto sotto, non gli dispiace fare a botte coi cani, lasciare che gli stacchino una coscia mentre quelli scommettono.

Sidney si impegnò a non reagire. Mise il sedere sul materasso per allacciarsi le scarpe. Uno spillo di aria gelida gli si piantò dentro l'orecchio.

– Fela, e se invece delle Nike metti qualche soldo per riparare il vetro? O vuoi stare tutto l'inverno con un telo di plastica appiccicato con lo scotch?

Beko si alzò dalla sedia e fece segno all'altro di non rispondere. Mise la lampada al minimo e accese un paio di candele.

– Ti ricordi, Fela, cosa diceva Jimbo, di quelle ragazze che erano venute in Italia e si era scoperto che non facevano le pulizie?

– «Se vanno con gli uomini vuol dire che gli piace», – rispose Fela.

– Esatto, – concluse l'altro. – Forse aveva ragione.

Il muro di Sidney resistette ancora. Ormai si era messo il cappotto. Non c'era bisogno di ricordare quello che tutti sapevano benissimo, Jimbo compreso: erano i fratelli ad aver affidato le ragazze alla *madame*. Rimpatriate a forza, giacevano adesso in un campo di raccolta alla periferia di Lagos, nell'attesa vana che i parenti pagassero la cauzione di qualche migliaio di nairas. Ma a scoraggiarli, bastava già la vergogna.

Sidney sfilò dal rotolo due banconote da cinque e se le cacciò in tasca. Non trovava il berretto di lana. Beko esagerò: – Non succedeva lo stesso quando stavamo a Ponte? Lui non voleva neanche venire via. Si vede che le carezze di Omosho non gli dispiacevano.

Beko accompagnò le parole con spinte pelviche e corte vogate di braccia.

Sidney esplose: – Come hai detto?

Lo sguardo attonito di Fela si posò su entrambi. La notizia gli era del tutto nuova. Sidney lo prendeva nel culo da quello stronzo? E Beko come faceva a saperlo? Li aveva beccati?

Mentre i punti interrogativi arpionavano i pensieri, Fela capí che le cose si mettevano male.

– Ripeti quello che hai detto, avanti, – disse Sidney, immobile sulla porta.

Beko non si fece pregare. – Spiegavo al nostro Fela quanto ti piacesse la manioca di Omosho. Infatti...

Il tavolo si rovesciò sotto l'urto di Sidney che con un unico balzo tentava di mettere le mani su Beko. Gli precipitò addosso e finirono a terra. Sidney era molto piú grosso. Allenato a combattere coi cani. Incazzato da far paura.

Si ritrovò sull'altro in una manciata di secondi. Gli bloccò braccia e spalle sotto le ginocchia e alzò un pugno per vendicare le offese.

Fela lo afferrò da dietro, sotto le ascelle. – Basta! – gridò. – Che cazzo vi prende? Smettetela.

– Lasciami, – ringhiò Sidney torcendo la schiena. Fela era ancora piú grosso di lui.

– Lascialo, – disse Beko. – Fallo sfogare, una buona volta. Avanti, Sidney, rompimi la faccia, su.

Fela mollò la presa. La lampada a gas si era spenta, restavano solo le candele. La luce della fiamma rabbrividiva sulle pareti scrostate.

Sidney guardò Beko. Gli afferrò la faccia e con la mano la spinse di lato, come per cancellarla.

Sidney si alzò. Raccolse il borsone abbandonato in un angolo e ci rovesciò dentro una manciata di vestiti.

– E adesso che fai? – domandò Fela con aria stanca.

– Me ne vado.

– Te ne vai? E dove?

«Torna da Omosho», avrebbe voluto dire Beko. Ma non lo disse.

– Non lo so, – rispose Sidney. – Ma sono stufo che mi date addosso. Perché non cominciate voi? Pensate che quelli che vi dànno da lavorare sono gente a posto? Sí? Io non credo. Quindi forza, andate a denunciarli se avete tanto coraggio: assumono in nero, pagano troppo poco, se uno si sega un braccio sono affari suoi, minacciano, ci fanno pagare cento a testa per questo rudere, e se andate da un'altra parte niente lavoro...

Sidney raccolse altri vestiti dall'attaccapanni, riempí un sacchetto di plastica con dentifricio, spazzolino, gel e sapone. Arrotolò lenzuolo e coperte e li schiacciò nella sacca.

– Io almeno sto per mettermi in regola. Pulisco il loro canile e non mi lamento. Combatto coi cani, d'accordo, sempre meglio che vendere il giornale al semaforo. Se li mando a cagare, tanti saluti al permesso. Chiaro il concetto?

Afferrò la maniglia e fece per uscire.

– Ascolta, – provò a insistere Fela. – Non fare cazzate, dài. Fuori fa freddo, ti ammali, ti fai beccare dalla polizia. Beko stava solo scherzando. Vero, Beko?

L'altro si era seduto sul tavolo e imburrava una fetta di pane. Non disse niente.

Sidney sistemò la tracolla del borsone sulla spalla destra. Lanciò un'occhiata in giro per essere certo di non lasciare nulla.

– Se ho dimenticato qualcosa, passo domani, – disse. – Statemi bene.

Fela guardò il pavimento, sconsolato.

Beko addentò la fetta di pane.

Sidney calzò il berretto e affrontò la notte.

22. Phacocoerus Aethiopicus

Niente dura in eterno, è risaputo. Sul Pianeta c'è bisogno di spazio.

Lo stabilisce la fisica, lo insegna la biologia. Nessuno ci crede davvero.

Salta su uno e dice: ragazzi, qua finisce il petrolio. La gente a casa lo guarda e mormora: finisce? In che senso? Se finisci il burro, vai e lo ricompri.

Salta su un altro e fa: gente, l'ozono si sta consumando. Allora i consumatori si guardano perplessi, cercando di pensare all'ultima volta che hanno *consumato* qualcosa. I pantaloni si cambiano perché passati di moda. La tele si cambia perché non è ultrapiatta. Il frigo si cambia perché non merita riparazioni.

Poi un giorno salta su la Morte. Non dice niente: fa il suo lavoro e basta. La gente a casa chiede il replay. I consumatori, la moviola del colpo. Non c'è una volta che lo vedano partire.

Per fortuna, quasi tutto ha la sua alternativa. Sempre che qualcun altro non l'abbia già brevettata.

Certe sono immediate, altre richiedono tempo. Se manca la luce elettrica, accendi una candela. Se abbatti un albero secolare, ti servono un seme piú altri cent'anni. Se stermini le tigri, devi ripartire dal Big Bang.

E se invece di un solo pacchetto di cartine me ne portavo dieci, adesso non stavo qui, con ganja e tabacco già pronti sulla mano, per di piú insidiati da folate di vento, a strappare la prima pagina dell'*Odissea* e arrangiarmi con quella. Con tutto che non l'ho ancora imparata a memoria e pare che certa cellulosa sia pure cancerogena.

Mentre la brace si porta via la Musa, Troia e l'eroe dal molteplice ingegno, uno sbuffare rabbioso mi sottrae alla contemplazione del fumo.

Fossimo in Africa, non avrei dubbi: un facocero si accanisce a testate contro il tronco di un melo selvatico. La stazza è quella di un cinghiale, il corpo anche, ma la testa è schiacciata, le narici enormi, e in fondo al muso spuntano quattro zanne, non due, come se quelle superiori fossero piegate verso l'alto, libere di crescere a dismisura.

Non escludo che qualcuno possa introdurre facoceri, con la speranza che si accoppino ai cinghiali locali, dando vita a incroci dalla carne squisita e trofei con quattro zanne al prezzo di due. Possibile. Le scrofe dell'Est, gigantesche e prolifiche, si aggirano per questi boschi ormai da vent'anni.

Sia come sia, detto facocero si comporta pure in modo strano. Non sono un esperto di etologia, ma che i cinghiali ballino intorno agli alberi, non l'avevo ancora sentito dire. I facoceri può anche darsi, magari in coppia coi babirussa, non so. I passi sono piuttosto semplici: tre giri intorno al tronco col muso incollato per terra, muovendo la testa da una parte all'altra, in cerca di qualcosa. Alla fine del terzo giro iniziare a tremare, perdere bava dalla bocca, avventarsi sull'albero con le zanne e gli zoccoli, almeno cinque volte. Fare altri due giri. Terminare con sei piroette all'inseguimento della coda, poi quattro capriole in avanti e di nuovo *ad libitum* dall'inizio.

Se non fosse per la marijuana, farei fatica a mantenere la calma. L'intera coreografia non sembra studiata per trasmettere serenità e pace interiore. Alla seconda replica, una cosa appare chiara: il facocero è in astinenza da mele. Le cerca per terra, cerca di farne cadere. Invano, poiché l'albero è spoglio: il sottoscritto l'ha ripulito due sere fa.

Quasi potesse fiutare i pensieri, il facocero interrompe la danza e si mette a fissarmi, tremante. Un brivido piú forte degli altri lo scuote. Riprende con le piroette, ma non piú intorno all'albero. Questa volta viene verso la grotta. In bocca, l'imitazione suina di un pianto da neonato.

Forse non è il momento migliore per mettere alla prova un'ipotesi. Forse sarebbe meglio spegnere il joint, rotolare dentro e sbarrare la porta. Ma i muscoli scioperano, la porta non ha catenacci e le mele sono lí, a portata di mano. Tanto vale provare.

Mi infilo tra le ginestre e scendo alla grotta per prenderne una. Il facocero si blocca, sull'orlo della dolina, senza smettere di rotolarsi e tremare.

La mela è l'ultima, spero gli basti. In questi due giorni non ho mangiato altro.

La soppeso un secondo, poi lancio.

Il facocero alza il muso, segue la traiettoria. Fa uno sforzo per fermarsi, come se una volontà superiore lo stesse costringendo a quel circo. Brividi elettrici scuotono le zampe e la testa. Spalanca le fauci, salta a mezz'aria e inghiotte al volo.

Di colpo il tremore si arresta. Niente piú capriole, niente piroette. Le setole si sgonfiano, le fauci si asciugano. Lo sguardo si fa intimorito, quasi mansueto.

Abbassa la testa, gira gli zoccoli e scompare veloce nel fitto del bosco.

Passano sei ore. Sto mettendo a essiccare foglie di ogni genere, per individuare l'alternativa ideale alle cartine *king size*. A un tratto, il muso facocero si affaccia ancora tra i cespugli.

La testa è scossa dal solito parkinson, gli occhi allucinati, le zanne bavose.

Allargo le braccia, con gesto eloquente. Il sottoscritto ha finito le scorte.

Per tutta risposta, il poveretto si mette a vomitare una specie di zabaione, poi le zampe cedono di colpo, come colonne schiantate dal terremoto. Il facocero perde l'equilibrio, cade su un fianco, precipita ruzzolando lungo lo scosceso, fino a un passo dall'ingresso della grotta.

Ovvero a un passo dal sottoscritto. Che resta immobile, indeciso tra paura e compassione, cercando di evitare gesti improvvisi o equivocabili.

La bestia si rialza a fatica, mi guarda, fa uno scatto deciso in direzione del bosco. Si volta e mi guarda ancora. Un altro scatto, si ferma, volta di nuovo la testa. Lancia un grido e riparte.

Nel linguaggio dei cani significa: «Seguimi». In quello degli ungulati può voler dire tutt'altro. Uno spiacevole falso amico tra lingua canina e cinghiala.

Da quel che ricordo, non c'è un corrispettivo di Babele, nella storia del rapporto tra Geova e gli animali. Lungi dal voler attribuire un valore scientifico all'Antico testamento, memore dei drammi di Galileo e Giordano Bruno, decido lo stesso di seguire il facocero e vedere che succede.

Succede che lui continua ad avanzare, per quanto rallentato da capriole improvvise, piroette, attacchi di nausea. Per fortuna, il tragitto è breve. Ci addentriamo nella macchia per qualche centinaio di metri. Superiamo un paio di tronchi che sbarrano il passo. Approdiamo a un piccolo prato, ripido, a picco sulla valle, di quelli che viene voglia di correre e provare a volare.

Il facocero circonda un albero con i passi sgraziati del suo valzer silvestre. Non ci vuole molto a capire. Mi avvicino. Lui indietreggia. Afferro un ramo con due mani e mi tiro su, puntando i piedi sul tronco. Allungo il braccio e butto a terra una decina di frutti.

Il facocero mangia, si tranquillizza e scompare di nuovo.

Già che ci sono, decido di rimpinguare la scorta. Mele in tasca, nel maglione, ovunque.

Non vedo l'ora di raccontare a Gaia che il suo supereroe preferito ha addomesticato un cinghiale.

Animale schivo, selvaggio, a tratti feroce. Simbolo stesso del bosco e delle sue forze occulte.

Poi mi viene un dubbio, che mentre scendo diventa certezza.

La certezza che il facocero abbia addomesticato il sottoscritto.

23. Trappole

A lato della strada scorre un fiume di caffellatte. Ma non è il Paese dei balocchi. Niente alberi di sigarette, niente laghi di whisky.

Sull'asfalto della piazzola, mischio di pioggia e polveri di scavo. Matasse di nebbia trasformano il ripetitore in scultura metafisica, traliccio metallico sfumato nel nulla.

Due ombre si infilano tra cespugli fradici.

– Come mai non è venuto anche Boni?

– Che c'entra Boni? Un conto è quando andiamo per uccelli.

– Ah, okay.

– In queste robe non ci portiamo nessuno. E nemmeno ne parliamo in giro.

– Su quello puoi star sicuro.

Sicuro un cazzo. Quando uno si sbronza tutte le sere, non puoi aspettarti che vomiti acqua fresca. Devi solo sperare che non gli diano corda.

Lo stivale di Sardena scivola su una pietra umida. Lastroni della strada medioevale, forse romana, che raggiungeva il crinale in quel punto per poi scendere verso il passo della Locanda in Fiamme. Ne restano poche decine di metri, non abbastanza per attirare i turisti. Al contrario, la zona è quasi deserta: scarsa per i funghi, niente castagni, vegetazione troppo fitta per la caccia e panorama nascosto dagli alberi.

– L'hai sentito anche tu? – il compare si ferma di botto.

– Che?

– Il rumore. Come il verso di un animale.

Sardena tende l'orecchio. La pioggia gronda dagli alberi. Il bosco non ha altra voce.

Arrivato al confine dell'Oasi protetta, il selettore De Rocco passa una mano sul ciuffo bagnato.

Inutile proseguire: il cinghiale si è rintanato nel bosco delle Banditacce, intrico di acacie, rampicanti e rovi. Una bestia di grosse dimensioni, dal comportamento insolito. L'ha vista scalciare, girare in tondo come un cane prima di accucciarsi, scattare, fermarsi, rotolare sul fianco per diversi metri. Subito ha deciso di seguirla, di verificare, mollando il fucile e abbandonando l'altana.

L'occhio del selettore scruta il fitto del bosco. Il sole è appena tramontato, ma dalle Banditacce sgorga la notte. Brandelli di nebbia s'infilano a fatica tra gli arbusti. Il nome del posto non è casuale: facile immaginarsi un covo di banditi, in mezzo al groviglio, e viaggiatori terrorizzati, lungo l'antica strada.

L'oscurità montante e i vestiti bagnati convincono De Rocco a tornare verso la posta.

Appena due passi e qualcosa lo ferma.

Questa volta è Sardena a bloccarsi per primo, piede sospeso in aria, come una marionetta inceppata.

Non apre bocca. Solo un cenno. L'altro lo segue.

Le trappole sono cinquecento metri piú su, un punto di passaggio disseminato da merde di daino. Lacci di filo per freni da bicicletta. Roba fatta in casa, in attesa degli aggeggi promessi dall'albanese: tecnologici, infallibili, a uccisione immediata. Per il momento, bisogna accontentarsi del solito marchingegno: un alberello messo in tensione da una corda con in fondo il laccio. Legato alla corda, un gancio, o un bastoncino, si attacca a un piolo piantato per terra. La preda infila la testa nel laccio e sollecita la corda. Il gancio molla la presa. L'alberello è libero di tornare in posizione. Il filo di ferro si stringe e strozza l'animale, evitando di farlo strillare troppo, col rischio di attirare predatori o guardiacaccia.

Nel caso specifico, qualcosa non ha funzionato. L'alberello può essersi impigliato e il laccio non s'è stretto bene. La trappola può essere calibrata male, non abbastanza potente, troppo bassa.

Sardena si lascia attraversare dalle ipotesi, mentre arranca per la salita. Bisogna fare in fretta.

Un lamento ancora serpeggia fra i tronchi. Non certo un daino.

Pochi metri, un pertugio tra i rovi, spine che aprono la faccia.

Eccolo.

Per essere un daino è un po' troppo peloso.

A un tratto, non è piú il lamento a emergere come un assolo dal bordone della notte.

Voci umane. Concitate. Frasi confuse.

L'istinto dice: in guardia.

Il selettore rallenta il passo. Il cuore accelera.

– Deciditi, cazzo: gli sparo o no?

– No. Si è messo zitto.

– Sarà morto.

– Morto? Ma se respira ancora.

– Allora gli sparo.

– Sparati in mezzo alle gambe, piuttosto. Se lo rimettiamo in sesto, conosco uno che ce lo paga bene.

De Rocco si trova davanti un muro di sterpi. Concentrarsi sui movimenti gli fa perdere il filo del discorso. Ma non ci vuole un genio per capire: bracconieri.

Deve strisciare sui gomiti. Rannicchiarsi a terra. Avvicinarsi il piú possibile. Cogliere un dettaglio dei volti, dell'abbigliamento, del timbro di voce.

Oppure tornare indietro. Avvertire le guardie dell'Oasi, col rischio di arrivare tardi.

La scelta è già fatta. Infila un passaggio stretto in mezzo alle frasche. Zuppo di pioggia. Sempre strisciando.

Il gancio molla la presa.

La cima del piccolo faggio sferza l'aria come la coda di un rettile.

Il laccio mortale afferra la gola e stritola un urlo.

– Che cazzo era?

Sardena si fa strada con un bastone in mezzo a ginestre e rosa canina. Schianta rami a destra e a sinistra, un braccio a coprire il volto e la pila stretta in mano.

– Oh, dove vai, non mi lasciare solo, – protesta l'altro.

Sardena non sente.

Scosta le fronde di un nocciolo e ha di fronte la preda.

La luce della torcia illumina due suole, un paio di pantaloni, un giaccone da caccia.

Illumina dita che frugano nel sangue per far presa sotto il filo di ferro.

Illumina una testa, tutta occhi.

– Allora? Che è successo?

La preda guarda Sardena. La preda vede, anche se non sembra.

Il bracconiere solleva il bastone, si alza sulle punte, carica una martellata micidiale.

Il volto della preda si conficca nel terreno umido come un paletto appuntito.

– Oh, Sardena, allora? – la voce è dietro le spalle. L'alcolista non deve vedere.

Dietro-front immediato.

– Forza. Carichiamo il lupo e vediamo di sparire.

v.
Da Emerson Krott, *L'invasione degli Umani*, Galassie 1981. Capitolo 16

Alte salirono le fiamme dell'auto da fé, dita di fuoco si allungarono, come ad ammainare le stelle. Una folla smisurata si stringeva a fatica nell'imbuto centrale dell'Istituto, franava sul pavimento inclinato del cortile e andava a raggrumarsi contro le transenne che circondavano il palco e la platea dei nidrag.

Un vento di parole sferzò il volto del colpevole, una brezza di punti esclamativi gli scivolò sulle guance quando le irresistibili onde cerebrali di trentadue boia lo sollevarono di peso dalla fossa dei condannati e lo esposero alla gogna degli sguardi, facendolo fluttuare sopra il mare di teste mentre il nidar nidrasi dava lettura della sentenza.

– Popolo di Ush, il comitato scientifico dell'Istituto di Storia arcaica-Emisfero settentrionale, dopo aver esaminato con estrema attenzione il materiale che Kram A768 ha riportato dalla spedizione archeologica sul Terzo pianeta, è giunto alla conclusione inappellabile che tale materiale debba considerarsi contraffatto. L'analisi dei campioni di roccia...

Il sordo ribollire di migliaia di laringi, accompagnato come un tuono da lampi di indignazione, coprí la voce dell'oratore.

L'ex nidar Kram A768 non poté sentire le motivazioni dettagliate, i minuziosi riscontri della propria condanna. Poco gli interessava, del resto. Le prove, le avevano. La contraffazione era documentata. La sentenza ineccepibile. Le fiamme fredde che sventolavano sopra la catasta di tribetile, agendo sulle sonde che gli avevano applicato sul cranio, avrebbero cancellato per sempre dal suo cervello le nozioni di paleontologia e archeologia applicata. Tali nozioni, apprese con fatica durante gli anni della formazione accademica, erano considerate patrimonio dell'Istituto, e all'Istituto dovevano tornare quando chi ne beneficiava lo faceva in maniera nociva per il Consiglio dei nidrag, il venerabile consesso degli accademici in livrea.

In realtà, le fiamme fredde erano solo scena, squallido intrattenimento per il popolo dei curiosi, spettacolo di potere per i bastardi del Consiglio. Con piccole modifiche, semplici aggiustamenti, le sonde mnestiche avrebbero potuto funzionare anche senza, in maniera piú asettica e veloce. Comunque, che lo sottoponessero al trattamento nella stanza di una clinica o sulla pubblica piazza, all'ex nidar non interessava granché.

Per il genere di affari che pensava di impiantare nel terreno vergine della sua nuova vita, le conoscenze di paleontologia servivano meno di una caramella all'alito.

24. Intrusioni

Stivare provviste per l'inverno sarebbe un'ottima idea. Molti animali lo fanno. Potrei sperimentare una sorta di letargo, ridurre al minimo le funzioni vitali, accucciarmi in un angolo della grotta, dormire fino a primavera, svegliarmi solo per ravvivare il fuoco e sgranocchiare nocciole.

Masticando lento ci si sazia prima.

Sarebbe un'ottima idea, ma troppo complessa, per chi già si ingarbuglia con la spesa settimanale.

Dovrei risolvere calcoli dettagliati. Dovrei raccogliere legna a sufficienza. Dovrei essiccare quintali di castagne.

– No. Nada.

Il sottoscritto non è portato per il futuro.

Bel supereroe: vieni fin quassú per vivere in una grotta, e come al solito non hai un piano, due righe, uno straccio di programma.

– Va bene, – rispondo, – non sarà un programma, ma un'idea di quel che ci aspetta me la sono fatta uguale.

Avremo giornate di fatica e notti di quiete sotto lo sguardo della luna. Avremo albe nel cielo e nel cuore e pomeriggi annoiati a suonare un filo d'erba. Avremo certezze e smarrimenti. Ci sarà vita abbastanza per strisciare e far capriole. E la morte verrà, senza ospedali né dottori.

Allora, se passeggiando nel bosco incontrerai questo corpo troglodita, non darti pena di seppellirlo. Aggiungi solo tre manciate di terra. Una per i mancati ricordi. Due per le rare certezze. Tre per le cose oscure che resteranno nel buio. Niente bara, niente vestiti. E il lombrico, il cinghiale, la formica, e gli altri animali del bosco ne prendano e ne mangino tutti. Amen.

Piano. Il sottoscritto può morire di broncopolmonite *ma non* investito da un'auto. Può crepare di solitudine *ma non* intossicato dallo smog. Può avere carenza di proteine *ma non* colesterolo in eccesso. Il conto dovrebbe tornare pari.

Noi trogloditi non bramiamo piú le consolazioni di un'esistenza prefabbricata. Acquistare oggetti, acquistare salute, acquistare onori. Ci basta provvedere a noi stessi: niente soldi per la spesa, niente coda alle casse, niente surgelati che si squagliano perché hai scordato la busta termica.

La speranza di vita è ben poca cosa, quando resta l'unica di un'intera civiltà. Sessanta, settantacinque, ottant'anni: che differenza può fare? La stessa tra avere un televisore o due, un paio di jeans di marca o un'imitazione, andare a Tenerife o a Sharm el-Sheik. Scampoli di gratificazione per rattoppare malinconie. Quando tutto si assomiglia, la libertà di scegliere è un balsamo annacquato. Pochi gesti cambiano *davvero* l'esistenza. Tra suicidio e procreazione, ho deciso di stabilirmi quassú.

La corda del mondo è lí lí per spezzarsi, e io con essa.

Forse sarebbe il caso di sospendere le castagne, per qualche giorno. Mangiarne ancora potrebbe causarmi gravi disfunzioni. Dalla secchezza delle fauci al coma. Ho bisogno di altre proteine, al piú presto. In attesa delle fave, potrei nutrirmi di pesce. Un piccolo strappo alle regole vegetariane. Un buon antidoto per la coerenza a ogni costo.

Non ho ami. Non ho esche. Non ho canne. Tufferò in acqua la mano e raccoglierò i doni del fiume, come frutti maturi.

Con passo deciso mi appropinquo alla riva del Rio Conco. Nel punto dove attingo di solito, due grandi pietre piatte consentono di sdraiarsi e sfiorare l'acqua con la faccia. Allora, nonostante la povere che galleggia sulla corrente, alberi e cielo si riflettono insieme, e questi occhi impauriti paiono solo coleotteri sospesi a mezz'aria.

Immergo un braccio fino al gomito, col palmo rivolto in alto e il dorso a strisciare sul fondo. Me l'ha insegnato mio padre: certi pesci si addormentano sotto i sassi e se ti muovi con calma, arrivi a sfiorarli da sotto. Allora bisogna prendere un bel fiato, chiudere gli occhi, sollevare la mano e serrare le dita senza esitazioni. Se no il pesce scivola via e tanti saluti.

Quando hai scandagliato tutta la pozza, ritiri il braccio mezzo congelato. Ci aliti sopra, lo sbatti sul ginocchio, lo sfreghi con l'altra mano e riparti.

Primo tentativo, a vuoto. Secondo, anche.

Terzo ammollo. Le nocche strisciano nella fanghiglia. La mano si insinua tra le radici di un ontano. Il palmo avverte qualcosa. Non ho tempo di chiedermi se l'ho sfiorato davvero. Stringo le dita per afferrarlo e un brivido di repulsione sale lungo il braccio. Che sia un pesce, un pulcino, un ragno o dei vermi, non ho mai sopportato di chiudere la mano intorno a qualcosa di vivo.

Ma eccola, la mia riserva di proteine. Ecco il salvatore, che giunge a liberarmi dalla schiavitú della castagna. Gli fracasserò la testa su una pietra, lo pulirò con cura, lo immolerò su braci di frassino. Sarà delizioso.

Lui scodinzola. Si agita. Non si dà per vinto. Io lo osservo rapito e sento lacrime di una strana gioia scivolare sulle guance per tuffarsi nel fiume. Amo questo piccolo pesce, questo Cristo dei boschi che mi redime da una dieta monotona. Lo bacio due, tre volte. Premo contro il viso il suo corpo squamoso, in un abbraccio caldo e riconoscente.

– Grazie, pesce. Ti devo la vita.

Lo afferro per la coda e *spam!* L'impatto con la roccia mette fine alle sue sofferenze. Mezzo decapitato, lo adagio con cura su un letto di erba palustre.

Ma l'eccitazione non accenna a svanire.

Hai voglia di correre. Hai voglia di arrampicarti su un albero. Hai voglia di gridare a squarciagola.

Devo ricordarmi piú spesso di lasciar spazio allo stomaco. Anche se brama qualche frutto proibito. Certe astinenze sono la droga peggiore.

Raccolgo la preda e le dò una sciacquata. Rivoli rossastri si perdono nella corrente. Globuli rossi canteranno le gesta del mio redentore ai popoli della vallata e a quelli che dimorano oltre il mare. Nasceranno feste per onorarne la memoria. Allora il mio gesto sarà perdonato e si celebrerà quel giorno di ottobre, quando il Rio Conco fece dono di vita e proteine al fondatore della nuova civiltà, ed egli decise che mai piú avrebbe ucciso un animale senza il suo esplicito consenso.

Zanzare escluse, si intende. Schiacciarne una sul braccio, proprio mentre ti punge, è un esercizio salutare. Giusto per alimentare l'illusione che il mondo sia ordinato secondo giustizia.

Ritorno alla grotta colmo di speranze, saltando come una cavalletta tra i massi ricoperti di muschio.

Gaia è lí. Finge di leggere. Mi guarda e fa: – Ho saputo della tua impresa, giú al cantiere. Hai un futuro nelle televendite, altro che supereroe.

– Piantala, – dico.

– No, no, sul serio. Ti avanzano mica delle more?

– Spiacente. Successo pieno. Hanno spazzato via tutto.

– I miei complimenti. E della civiltà troglodita, che ne pensa il proletariato?

– Per il momento niente, ma è solo questione di tempo. Non puoi tirare i germogli per farli crescere. Intanto hanno la pancia piena. Lascia che ci ragionino su, poi ognuno farà come crede. Il sottoscritto non è un missionario, col Vangelo e la croce in mano.

E lei: – Dieci a uno che non li convinci nemmeno a venirla a vedere, la tua grotta.

– Dieci? Uno? Non ti sei resa conto che il sottoscritto ha rinunziato al denaro?

Queste scommesse cominciano a innervosirmi. Cerco di cambiare discorso, che altro deve fare un essere pacifico di fronte a continue provocazioni? Parlo dei miei progetti per la sussistenza. Parlo dei libri che mi sono portato e di quelli che potrebbe prestarmi lei. Parlo delle fave da semina che attendono solo di essere piantate.

Si rivela la mossa giusta. Gaia rinfodera il sarcasmo, e si offre di aiutarmi nella ricerca del terreno. La rabdomanzia, a quanto pare, è molto indicata per questo genere di cose. Un supereroe troglodita non può permettersi di ignorarla.

Due ore di esercizio e i tre concetti base: mente rilassata, non intromettersi, pazienza.

Punto di arrivo, una spianata grande come un campo da basket, circondata di pruni, ingombra di sterpi e cespugli. Le bacchette si incrociano di colpo, ma forse sono solo inciampato.

– Sarebbe questo il posto?

– Tu che dici?

Allargo le braccia: – Non saprei. Le bacchette si sono incrociate. Vuol dire che ci siamo?

– Boh? Se hai trovato quel che cercavi, sei arrivato. Altrimenti no.

– Va beeene, ma al sottoscritto serve un buon posto per piantare fave –. Giro lo sguardo intorno. – Potrebbe essere questo. Potrebbe non esserlo. Come faccio a saperlo?

Gaia siede sull'erba e non perde occasione per sguainare ironia: – C'è un solo modo per capirlo, supereroe: pianti due-tre fave e vedi che succede.

In certi momenti la detesto proprio.

Decido di ignorarla, per dedicarmi piuttosto all'esperimento di controllo. Cento passi indietro, un bel respiro, le bacchette in posizione. È piuttosto difficile farle restare dritte ed è inutile provarci muovendo i polsi o aggiustando le mani. Bisogna pensarle in equilibrio, allora i muscoli delle braccia si adattano da soli, con spostamenti troppo minuscoli per governarli col cervello.

Il sentiero si infila di nuovo nella radura dei pruni, inghiottito dall'erba.

Spruzzi di cavallette schizzano da sotto le suole.

Sto pensando alle fave, al terreno ideale, argilloso, compatto e in lieve pendenza. Perfettamente concentrato. Ma non riesco a proteggere la mente dall'immagine fugace di quanto successo un attimo fa, in questo punto preciso, le bacchette incrociate, o magari un piede appoggiato male.

Subito i due ferri si mettono a tremare e convergono con entusiasmo. Conferma o esempio chiaro di intromissione?

Mi chino a raccogliere una manciata di terra e la sbriciolo tra le dita con aria da intenditore. Non sarà proprio argilla, ma il posto è bello lo stesso. Sarà piacevole venirci al tempo del raccolto, coi pruni fioriti di bianco e i rami dei castagni che frastagliano il cielo. Sarà piacevole, anche se fave e marijuana si rifiutassero di crescere.

– In ogni caso, – interviene Gaia, – se siamo arrivati qui, un motivo ci dev'essere. È la termodinamica dell'investigazione: nessuna ricerca si conclude nel nulla. Basta che interpreti i risultati, e ti accorgi sempre di aver trovato qualcosa.

Sarà lo scetticismo del neofita, ma mi pare un'ipotesi azzardata. – Cosa vuoi interpretare, scusa? O il terreno è adatto per le fave, oppure non lo è.

– Ti sbagli. Metti che uno cerca un tesoro e pensa di trovarlo in un campo. Scava in lungo e in largo, sposta macigni, sradica sterpi. Non trova niente. Se ne va sconsolato. Il giorno dopo tu passi di lí e vedi un magnifico orto, già dissodato e tutto. Un vero tesoro, capisci?, e il tizio ce l'aveva sotto il naso.

Avrei qualcosa da obiettare – quello cercava dobloni d'oro, che gliene frega di un orto? Con quel che costa la verdura, uno può pure accontentarsi, ma non la chiamerei «interpretazione». Lei però mi ruba il tempo. Senza interruzione tra gesti e parole, estrae un coltello dalla tasca, lo apre e taglia un ramo biforcuto.

– Bene. Fine prima lezione. Adesso scusa, ma devo cercare Charles Bronson. Ho meno di due ore prima che faccia buio. Vieni con me o ti cronotrasporti nell'Età della pietra?

Decido di seguirla, protetto dal walkman, tra un piano, un basso e il mantra di *A Love Supreme*. Rinuncio ai rumori del bosco, crepitare di foglie e di pensieri, per incollare note di sassofono a ogni riflesso di sole radente, sulle piante di ginepro e sui sassi, e pulsazioni di basso sulle ombre lunghe di alberi e steli d'erba, un colpo di charleston per una castagna che cade e il ritmo del rullante su un volo di cornacchie.

Dalla spalla di Gaia pende una sporta di tela. Dalla sporta fa capolino la costa di un libro. Il libro è quello che sta leggendo. Ancora non ho capito quale. Provo a immaginare. Provo a sbirciare. Provo a dedurre.

Dei tre volumi che mi sono portato dietro, ancora non ho letto una pagina. Pensavo di avere piú tempo, invece sono sempre in giro, fa buio presto e la luce della fiamma che rimbalza tra le righe mi dà il mal di mare. Il fuoco è fatto per raccontare, non per leggere. Forse dovrei imparare a fabbricare candele, ma i manuali di sopravvivenza non dicono molto, in proposito. Spiegano tutto sulla cottura a vapore dentro una buca e l'essiccazione della carne su tralicci di legno, ma nessuno insegna a costruirsi un flauto, a ricavare colori dalle piante, a riempire l'attesa, mentre le castagne abbrustoliscono sulla brace.

Impostori. Questa «sopravvivenza» non vale due pernacchie nel sax tenore di Coltrane.

Adesso la bacchetta di Gaia è cosí reattiva che la punta arriva a sfiorarle il naso. Con l'ultima svolta, abbandoniamo il sentiero, per addentrarci in una distesa di felci, ancora fradice per le piogge della notte. Mi chiedo che sapore abbiano. Magari grigliate.

La piantagione ci inzuppa per bene, poi s'interrompe di colpo, sull'orlo di una piccola scarpata che scende verso una strada. Gaia si guarda intorno: il posto le è familiare ma non riesce a riconoscerlo.

Scendiamo sull'asfalto e lo percorriamo in salita.

Mezzo chilometro piú avanti, la maga mi strappa le cuffie.

– Senti?

Un attimo. Cancello l'eco del sax di Coltrane. Sintonizzo le trombe di Eustachio.

– Cani? – domando incerto.

– Il canile, dietro la curva.

– Charles Bronson è al canile? Non avevi detto...

– Infatti. Si vede che sono stanca. Cerchi un cane, ne trovi duecento. Tipico –. Gira i tacchi e scrolla le spalle. – Cambiamo zona. Qui è come usare la bussola di fianco a un magnete.

Torniamo nel bosco. Ci allontaniamo.

Dopo una mezz'ora, Gaia si ferma. È stanca. Le chiedo di continuare. Mi passa una foto di Charles Bronson e le bacchette ad angolo. Voglio sperimentare il potere della musica nel cancellare dalla testa interferenze, dubbi, treni di domande che sfrecciano veloci da un capo all'altro del cervello.

Di solito, se metto il volume abbastanza alto, faccio fatica a sentirmi i pensieri.

Rilasso le braccia agitandole verso il basso, infilo le cuffie e indirizzo la mente sull'oggetto.

Man mano che avanzo, la vegetazione si infittisce. Una zona del bosco che nessuno cura da tempo. Alberi talmente fasciati d'edera da sembrare un'unica pianta. Grovigli spinosi di rosa canina e pungitopo. Liane di vite selvatica da far invidia a Tarzan.

Okay, concentrato. Il cane. Scomparso. Gaia che mi osserva. Impronte di cane. Odore di cane bagnato. Orecchie di cane a penzoloni. Sanbernardo, fiaschetta di grappa, slavine. Scomparso. Montagne di fave. Oceani di marijuana.

Zero reazioni. Bacchette immobili. Equilibrio perfetto.

Non ero mai riuscito a tenerle cosí ferme. Non è affatto facile, camminando.

Potrebbe voler dire qualcosa. Potrebbe voler dire: sempre dritto.

Dov'è lo scomparso? Dove? Dov'è il sanbernardo?

Rami e arbusti mettono a dura prova l'equilibrio dei due pezzi di ferro.

Trascurare le interferenze. Sempre dritto. Non intromettersi.

Ehi, cazzo, adesso sí che sono concentrato. Dove devo andare? Eh?

Le bacchette virano di scatto sulla destra. Un movimento improvviso, rapido. Un segnale.

A destra c'è un muro di rovi.

In basso, ramoscelli spezzati. Impronte animali nel fango.

Impronte canine.

– Gaia, vieni a vedere!

Lei sta seguendo tutt'altra direzione. Si ferma, viene da questa parte, si inginocchia sotto il mio indice puntato.

– Un lupo, – sentenzia sicura.

– Lupo? Come lupo? Come fai a dire: lupo? Cane, vorrai dire. Sanbernardo.

– Sono di lupo, – insiste. – Da queste parti le conosciamo bene.

– Bene? Ma non erano estinti?

– No.

– Davvero? Non lo sapevo. Un mio amico abruzzese dice che gli ambientalisti li paracadutano dagli elicotteri, dice che li ha visti venire giú, una volta...

Non parla. Infila la testa in un pertugio tra i rovi, dentro fino alla vita. Il sottoscritto scruta le tracce perplesso. Sigaretta, una delle ultime.

Come un boccone indigesto sputato via dalle fauci del bosco, Gaia fa marcia indietro a tutta velocità.

Grida. Rotola sul marciume di rami e foglie. È sconvolta.

Non si capisce niente di quel che dice.

– Che c'è, che c'è? Cos'hai visto?

Riesce a dire solo: – Merda –. Poi lo ripete: – Oh merda!

Va bene. Provo ad affacciarmi, carponi nel buco. I rovi graffiano e strappano.

Foglie. Fango. Terra bagnata.

Un cappellino verde.

Un orecchio umano.

Il bagnato non è solo d'acqua.

Odore di muschio fradicio di sangue.

25. Notizia del giorno

Ore tre, pomeriggio. Telefonata in caserma. *Driiin.* Solita voce. Tono alterato.

– Pronto, sono Melandri. Mi spieghi cos'è 'sta storia del cadavere che...

– Marco De Rocco, trentasei anni, falegname. Strangolato col fil di ferro.

– De Rocco? Non dire cazzate.

– Se vuoi ripeto.

– Quando è successo?

– Non saprei. La ragazza che l'ha trovato è venuta qui ieri sera, verso le otto.

– Le otto? E non potevi chiamare subito? Devo venirlo a sapere al bar, come uno stronzo qualsiasi?

– Succede. E se ti sforzi un secondo, capisci anche perché.

– Non adesso. Sei stato sul posto, tu?

– Hai presente cosa ti avevo detto? Che dovevi piantarla di scrivere «I ciccí», per parlare di noialtri? Che ti costa scrivere «Carabinieri», eh? Sono solo nove lettere in piú. Ma tu niente. I Cc hanno detto, i Cc hanno fatto. Alla fine «i ciccí» si sono stufati. Basta esclusive. Basta trattamenti di favore. Basta tutto.

– Va bene, va bene. Prometto che scrivo carabinieri, promesso. E adesso mi spieghi che cazzo è successo?

«Non si sono accontentati di un dito, questa volta, e nemmeno di tutto il braccio».

Tre ore piú tardi, la frase iniziale dell'articolo terminò di danzare sul monitor.

Il taccuino era fitto di appunti. Gli avevano riservato un sacco di spazio. Gli avevano dato tempo fino alle otto.

Fattore umano. Il caporedattore si era raccomandato. La chiave del giornalismo moderno.

Doveva infilarci:

Le dichiarazioni del sindaco sullo sconcerto della comunità per il grave delitto.

Il ritratto della vittima nei ricordi dei vicini: gentile con tutti, gran lavoratore, tranquillo e riservato. Aggettivi da pianerottolo, ma un paio di foto degli intervistati significavano dieci copie in piú. Non potevi sputarci sopra.

Le piste di investigazione. Vaghe, a trecentosessanta gradi. Nessuno si sbilanciava.

La notizia, comunque, non attese la stampa.

Intorno a mezzogiorno fece la sua comparsa nella macelleria del paese e finí sopra il banco insieme a un paio di braciole. Il garzone che le affettava sommergeva di chiacchiere la cliente, perché non s'accorgesse di quanto grosse le stava tagliando. Al momento di pesare, gli riuscí perfino la mossa del dito, incagliato chissà come sopra il piatto della bilancia. La signora affrontò il salasso con animo forte e uscí in strada, mezzo chilo di carne freschissima appeso alla mano. Altrettanto fresche erano le notizie raccolte, ma tagliate troppo spesse e ingrassate con la frode.

Mezz'ora piú tardi, ne parlavano dal barbiere, e i particolari della vicenda aumentavano a ogni colpo di forbice, come il mucchio dei capelli sopra il linoleum.

Gli anziani della piazza non facevano un capannello cosí da quando il vecchio parroco era scappato con la slava. Arrivarono persino un paio di donne, ma non per discutere. Venivano a riprendersi i mariti, o i padri, che in mezzo al vociare s'erano persi il rintocco e rischiavano di perdere anche il pranzo.

Nel primo pomeriggio, al Circolo della caccia, era già tempo di riunione straordinaria. Il vile attacco alla categoria andava analizzato. Urgevano soluzioni. Occorrevano strategie.

Il tesoriere prese la parola sopra il vociare:

– Per me, l'importante è non farsi intimidire. Evitiamo pure le battute solitarie, ma al di là di questo, niente paura, ci comportiamo come prima. Piuttosto, chiediamoci il perché di tanto odio. Bisogna diventare irreprensibili, stare alle regole, mostrare che il cacciatore rispetta la natura piú di tanti ecologisti e...

– E darci una caterva di martellate sui coglioni. Neanche fossimo noi, i delinquenti! – La voce di Boni galleggiò sulle altre. – Odio nei nostri confronti? Ma in che film? Lascia stare, va', questo è un gruppo di scoppiati. L'avete letto il volantino: non è questione di caccia, di pesca o di tiro con l'arco. Qua si vuole sterminare il genere umano, partendo dai piú antipatici. Magari domani tocca ai macellai, dopodomani ai carnivori. Allora dico che è inutile una riunione tra di noi. Bisogna tirare in mezzo tutto il paese, altrimenti sembra che il problema è solo di noialtri.

– D'accordo, Boni, – concesse un paio di baffi dall'altra parte della stanza. – Giusto. Però non dimenticarti che l'attacco è contro di noi. Mi va bene parlarne insieme, col sindaco, col maresciallo, con chi ti pare. Poi però siamo noi che dobbiamo organizzarci. Primo, perché il problema ci riguarda piú degli altri. Secondo, perché conosciamo queste montagne come nessuno. Terzo, perché possiamo portarci dietro gli schioppi senza che nessuno dice beo.

La terza motivazione fece sussultare la sala. Il tesoriere appoggiò il mazzo di carte, che rimescolava per impegnare le mani, zittí i commenti favorevoli e si limitò a domandare: – Spiegati meglio, Casale. Non ti fidi dei carabinieri, della polizia, delle guardie forestali?

– I carabinieri fanno il loro mestiere e tante grazie. Ma anche noi dobbiamo metterci del nostro. Se non volete essere qui di nuovo, tra una settimana o tra un mese, a piangere un altro morto, bisogna organizzarsi, reagire.

Gilberto Rizzi agitò in aria la fasciatura per chiedere la parola. Nessuno interveniva mai per alzata di mano. Il piú delle volte ci si dava su la voce, ci si interrompeva, o si aspettava un varco di silenzio per infilarsi nella discussione.

Non fu tanto il gesto, quindi, a spegnere la disputa di colpo. In un'altra situazione l'avrebbero ignorato. Ma il moncherino del caposquadra era uno scettro di autorevolezza. Il suo parere era molto atteso.

– Capisco le preoccupazioni di Casale, le capisco forse piú di ogni altro, ma voglio invitare tutti alla calma. Col sangue freddo e gli occhi bene aperti, possiamo essere di grande aiuto alla comunità. Questa è l'unica reazione possibile. Le altre rischiano di finire male.

Mentre Rizzi proseguiva – durata prevista almeno un quarto d'ora – Casale valutava le facce. Dei dieci che pensava di arruolare, almeno tre si stavano ricredendo. Annuivano, abbassavano gli occhi, si mordevano il labbro. Poco male. Sette uomini sarebbero bastati.

– Anceschi, te che te ne intendi, – chiese una voce appena Rizzi ebbe concluso. – Non si potrebbe installare qualche telecamerina? Mica dico dappertutto, lo so anch'io che è impossibile, ma almeno nei posti piú battuti, dentro le altane, vicino ai ruderi... È un'idea.

– Corrado, ma cosa sei, scemo? Poi magari spari a un fagiano di troppo e quelli c'hanno tutto registrato. Lasciamo perdere, da' retta.

Ma nonostante l'invito, il problema videosorveglianza tenne banco ancora mezz'ora.

A notte fonda, la riunione si sciolse. Non le polemiche.

Le saracinesche dei negozi erano abbassate. Gatti famelici si contendevano un osso di pollo, tra il bidone dell'immondizia e la macelleria. Un vento gelido spazzava foglie e ciocche di capelli davanti all'ingresso del barbiere.

Gli anziani dei capannelli, rientrati in casa per cena, lottavano già con l'insonnia.

La notizia del giorno, rimasta sola, cercò l'ultima luce. Forse l'avevano tenuta accesa per lei.

Il forno era caldo, la stanza accogliente. Due giovani aspettavano che il pane lievitasse a dovere.

Uno disse: – Hai sentito del morto alle Banditacce?

– Brutta storia.

– Mio padre dice che è un rito ecologista, – continuò il primo.

– Figo, – disse l'altro, buttando un'occhiata sotto il canovaccio.

Le pagnotte, gonfie e soffici, erano pronte per l'infornata.

26. Questione di istinto

Come lottatore faceva schifo. Pinta se ne intendeva. Gli mancava la cattiveria.

Come investimento valeva meno di zero. Giusto impagliato poteva fruttare qualcosa. Comunque non molto: la cicatrice da fil di ferro sgorbiava il collo e svalutava il trofeo.

Come lupo, non era all'altezza della fama. La nonna di Cappuccetto Rosso lo avrebbe tenuto a bada con un ferro da calza. I tre porcellini se lo sarebbero sbranato.

Magari di notte, con un bosco intorno, chissà. Dentro una gabbia può sembrare mansueto anche Godzilla.

Lo avevano tenuto tre giorni senza mangiare. Abbastanza per farlo inferocire senza indebolirsi troppo. Gli avevano messo davanti un gatto nero che aveva avuto la sfiga di tagliare la strada al Marcio. Il gatto era malridotto. Stessa alimentazione dell'avversario condita con un paio di bastonate. Il gatto sanguinava.

Dopo due minuti, sanguinava di piú l'altro. Poco ci mancò che restasse accecato. Pinta non intervenne lo stesso. Le disfatte dei favoriti lo facevano godere.

Nel giro di un quarto d'ora, lo scontro era finito. Ai punti, avrebbe vinto il gatto. Aveva attaccato per primo. Aveva tenuto l'iniziativa. Era il vincitore morale, anche se il lupo se lo stava mangiando.

Finito con quello, toccava al nigeriano.

La bestia cattiva delle favole contro l'Uomo nero. Una sfida interessante. Peccato non fosse adatta ai bambini.

Prima di tutto, bisognava convincere il lupo. Altrimenti, tanto valeva abbatterlo. Farci una mummia. Al peggio, usarlo da cavia per un paio di pitbull. Ma con quel che era costato, Mahmeti non sarebbe stato contento.

– Tempo sprecato –. Il Marcio era in vena di polemiche. Prima che lui e Pinta gli rompessero le ginocchia, Io-sono-un-gladiatore Geims aveva mollato calci a ripetizione. Un paio se li era presi lui nelle costole. Faceva ancora fatica a respirare. La cosa lo rendeva nervoso.

– Il lupo non attacca l'uomo, lo sanno tutti.

– Neanche il cane, allora, – ribatté Pinta. – Ci vuole l'addestramento.

– Macché addestramento. È l'istinto che conta. Il lupo attacca solo in branco.

Pinta lasciò cadere le braccia lungo i fianchi. – Per fortuna abbiamo l'esperto! Cos'è, ogni dieci dosi regalano la videocassetta col documentario?

– Fottiti.

– E quel ciondolo da frocio, invece? Era dentro la bustina?

Dal polso del Marcio pendeva un piccolo amuleto a forma di testa. Il cocainomane lo contemplò per un lungo secondo, rigirandolo tra le dita.

– Jim Morrison non era frocio, ignorante.

Lo spazio allenamenti era in fondo alla porcilaia. Quella ristrutturata. Un rettangolo di otto metri per cinque, separato dal resto con una rete metallica. Un piccolo cancello metteva in comunicazione i due settori.

Dall'altra parte c'erano i box, venti, disposti su due file, un corridoio nel mezzo. Per prelevare gli animali si usavano gabbie di piccole dimensioni. Con un po' di pratica, si imparava a farceli entrare senza troppe storie. Solo quelli addestrati avevano l'onore del guinzaglio.

Il nigeriano finí di dare lo straccio e andò a prepararsi. Per via della ferita avrebbe dovuto aspettare piú a lungo, ma quando uno ha un debito di sessanta milioni, fa presto a dimenticarsi la mutua. Di lí a poco non sarebbe stato piú il solo gladiatore della scuderia. Se non si dava da fare, rischiava di perdere il posto.

– Hai notato com'è messo male Nigeria, negli ultimi giorni?

– No, – rispose Pinta. – Che ha?

– È sporco che fa schifo. Puzza. Quei cazzo di capelli gli stanno da tutte le parti.

– E allora?

– Allora c'è qualcosa, – disse il Marcio. – È sempre pulitino, in ordine, col nastro che gli tiene le trecce. Che cazzo gli prende, adesso?

– Perché non lo chiedi a lui? – La mano del Pinta indicò il gladiatore che usciva dal ripostiglio tutto bardato.

Il Marcio abbassò la voce. – Lui mica me lo dice. Si caga sotto appena gli parlo.

– Siamo a posto, Nigeria? – domandò Pinta. – Vedi di non far fuori anche questo, eh? Se non vuole combattere, gli molli qualche colpo. Ma piano. Molto piano.

I due andarono a piazzarsi di là dalla rete. Il nigeriano doveva salire sulla gabbia del lupo e sollevare il portello a ghigliottina. Pinta scommise con se stesso: l'animale non sarebbe nemmeno uscito. Per ogni evenienza, una scala a compasso aperta vicino al muro faceva da zona franca per il gladiatore. Pinta scommise ancora: non sarebbe servita.

– Metti che sta facendo cazzate in giro, – riprese il Marcio non appena varcato il cancelletto. – I carabinieri lo beccano, lo fermano, minacciano di rispedirlo da mamma Africa. Allora lui si gioca l'unica carta. Sai quale?

– No. E magari me la spieghi dopo, ti va? Voglio vedere quel lupo cosa cazzo combina.

Sidney aprí la gabbia.

Scommessa vinta.

Il nigeriano saltò giú e andò a piazzarsi di fronte all'apertura.

Pinta credette di sentire un ringhio. Sul muso del lupo fiorirono zanne.

Su quello del Marcio, una sigaretta e ancora parole.

– Vedi? Questione di istinto. E comunque, ascolta: quando

quello si trova davanti i carabinieri, tira fuori subito la sua storia di poveraccio, parla della gente cattiva che lo ha schiavizzato, parla dei combattimenti, magari si aspetta che per riconoscenza non lo sbattono a casa, gli dànno la cittadinanza onoraria. E intanto a noi ci portano dentro.

– Ma perché non ti godi lo spettacolo? – Pinta stava perdendo la pazienza.

– Spettacolo? Quale spettacolo?

In effetti, non c'era molto da vedere.

Alle spalle dei due annoiati spettatori, l'abbaiare dei cani si fece piú intenso, saturando l'ambiente di echi metallici. Un attimo dopo, Ghegno compariva all'ingresso opposto del capannone. Era l'ora della pappa. Quelli delle prime file sentivano il cigolare della carriola e davano il segnale. La carriola conteneva chili di carne.

Pinta si voltò, vide il mucchio di cascame, colli di gallina, interiora e ossa da spolpare. Percorse il corridoio tra le gabbie, pregando che la cagnara non gli risvegliasse il mal di testa. Salutò l'altro con un cenno, parlare era inutile. La mano pescò un brandello dal mucchio. Difficile dire cosa.

Con gesto plastico da lanciatore di baseball, Pinta inarcò la schiena, puntò il braccio libero verso l'alto, caricò la spalla e scaraventò il fagotto di carne oltre la rete, al centro dell'arena. Un filamento di grasso andò a impreziosire la spettinatura del Marcio. Il resto giunse a destinazione, appena dietro il nigeriano.

Se bisognava giocarsela sull'istinto, la fame era senz'altro il piú forte.

Marcio si passò una mano in testa con aria schifata.

Il lupo balzò fuori dalla gabbia.

Sidney ebbe un sussulto.

– Non fargliela toccare, – gridò Pinta avvicinandosi alla rete.

– Secondo me sbagliamo, – disse il Marcio.

– Perché? Guarda che adesso...

– Sbagliamo. Kunta Kinte deve dormire qui, sempre, non andare in giro per cazzi suoi. Ci sputtana.

Pinta cercò un tono accomodante. – Ascolta, Marcio, oggi è

lunedí: perché non inauguri la Settimana Senza Paranoie e ti metti tranquillo?

Il lupo giocava d'astuzia. Di attaccare un uomo armato di bastone non ne voleva sapere. Cercava di spaventarlo scoprendo i canini. Cercava di aggirarlo, guizzare di lato e impadronirsi del boccone.

– Non è un fatto di paranoie. Per quel che sappiamo, Nigeria può già essere d'accordo coi caramba. Noi diamo per scontato che è solo un *bovero negro*, ma intanto quello può avere microfoni ovunque, registrare ognuna delle nostre cazzate, senza che nemmeno ci viene in mente di dargli un'occhiata sotto i vestiti, quando arriva qui.

Pinta fece appello alla facoltà di non rispondere. Voleva concentrarsi sul lupo. Mahmeti non sarebbe stato contento.

– Sai che ti dico? – proseguí l'altro. – Quando abbiamo finito con questa roba inutile e si va tutti a casa, io prendo e mi incollo dietro il nostro amico. Voglio vederci chiaro, in questa faccenda. Quello ci sputtana.

– Ottima idea, – commentò Pinta, e per sottolineare il concetto, aggiunse una strizzata d'occhio e il pollice destro issato sopra il pugno.

Lo stesso gesto, rovesciato, avrebbe dovuto rivolgerlo ai gladiatori. Piú che un combattimento sembrava l'uno contro uno tra giocatori di pallacanestro. Il lupo cercava di segnare, il nigeriano difendeva. Forse bisognava invertire i ruoli.

– Lasciagli prendere un pezzo, – gridò Pinta. I cani avevano smesso di abbaiare. Tempo di sbranare la razione e avrebbero ripreso.

Il lupo scattò nel varco che il nigeriano gli concedeva. Afferrato uno scarto di braciola, cercò rifugio sull'altro lato per mangiarselo in pace.

– Adesso attaccalo, – gridò ancora Pinta.

Era la mossa giusta. È piú facile lottare se hai qualcosa da perdere, che attaccare per ottenerla.

Il nigeriano colpí il lupo sopra le scapole.

Al secondo tentativo, il randello si bloccò tra le fauci dell'animale.

– Questione di istinto, – commentò il Marcio soddisfatto, un attimo prima di frugarsi le tasche e intavolare nella mano il prezioso kit del perfetto cocainomane.

DOCUMENTO 6
Da «La Freccia. Settimanale d'informazione del Comprensorio Valmadero».

Non si sono accontentati di un dito, questa volta. E nemmeno di tutto il braccio. Hanno strangolato e ucciso un uomo di trentasei anni, con moglie e figli, onesto, incensurato, grande lavoratore, uno dei migliori falegnami della valle. Sulle indagini – coordinate dal maresciallo Martelli – vige come sempre il massimo riserbo, ma l'ipotesi di un collegamento tra questo omicidio e l'ignobile mutilazione subita da Gilberto Rizzi, è senz'altro prioritaria. Certo, non mancano discontinuità tra i due episodi – in primo luogo, l'assenza di rivendicazione per l'omicidio. Tuttavia, le diverse analogie che vanno delineandosi pian piano, formano un quadro sempre piú plausibile. In base a recenti indiscrezioni, l'interesse degli inquirenti si starebbe focalizzando sull'aspetto rituale che accomuna i due delitti. Entrambi gli avvenimenti hanno per palcoscenico il bosco, frequentato spesso, nel recente passato, da sette sataniche e pagane. In entrambi, il sangue scorre copioso, quasi fosse intenzione degli aguzzini utilizzarlo per macabre abluzioni. Tutti e due gli episodi richiamano alla mente dinamiche sacrificali, con arti mozzati e cadaveri offerti agli dèi della selva. Non a caso, proprio secondo Rizzi, durante il primo di questi cerimoniali i militanti dell'Esercito Maderese di Rivoluzione Animale indossavano maschere di legno di probabile fabbricazione africana, utilizzate dagli sciamani di tribú misteriose. Ce n'è abbastanza per pensare a una drammatica convergenza tra il mondo delle sette e il commando terrorista responsabile di diverse azioni nell'ultimo anno e mezzo.

Il sindaco di Castel Madero, Alfonso Taddei, ha espresso oggi in conferenza stampa, lo sdegno della comunità di fronte al tragico evento…

27. Fragili desideri

Ho finito le sigarette. Ho pochissima marijuana.

Ho cercato rifugio nel tè, ma alla terza boccata mi è venuto da vomitare. Forse non va aspirato.

Le foglie di pruno non sono ancora secche. Bruciano male e fanno troppa puzza.

La stagione dei funghetti è lontana come le rondini. Il sole della psilocibina è tramontato da un pezzo.

Solo le otto del mattino e già una giornata disastrosa mi si spalanca di fronte.

– Normale. I primi tempi sono sempre i piú duri.

Presto avrò le mie fave. Presto avrò ganja a sufficienza per alleviare le pene di Babilonia e ottenerne in cambio generose elargizioni. Patate. Tabacco. Pile per il walkman. Schiuma da barba.

Poi le dolci carezze della civiltà troglodita convinceranno altri pionieri a unirsi al sottoscritto. Qualcuno coltiverà patate. Qualcuno tabacco. Altri ricaveranno schiuma da barba dalla spremitura del sambuco. Altri ancora inventeranno un generatore elettrico alimentato coi rospi.

Per il momento, ci vuole pazienza.

Nell'attesa, un pranzo sostanzioso e saporito potrebbe darmi conforto, convincermi a non mollare.

– Melanzane sott'olio. Formaggio fresco. Pane di Altamura. Olive.

Non si può dire che il sottoscritto abbia grosse pretese. L'esistenza conosce già i suoi fardelli, inutile appesantirla oltre il necessario. Lo stile di vita essenziale non è solo etica, estetica e balle varie. Risponde a un desiderio primario. Consumando piú del dovuto, Babilonia consuma se stessa e va incontro al suicidio. Il sottoscritto preferirebbe evitare.

Problema: il sottoscritto non coltiva melanzane. Non è un esperto di produzione casearia. Sa confezionare un pane discreto solo se rifornito con gli ingredienti adeguati. Ulivi, da queste parti, non se ne sono mai visti.

L'unica possibilità è una politica del desiderio priva di mediazioni.

In una parola, rubare.

Attività reietta nella maggior parte dei codici morali.

Il che non spiega l'infatuazione di Geova per la figura del borsaiolo.

Nei Vangeli, l'unico individuo a ricevere da Gesú in persona la promessa del Paradiso è un ladro. Ad altri dice cose meno impegnative, tipo la tua fede ti ha salvato eccetera. Uno lo fa perfino resuscitare. Ma nessuno come Disma, il malfattore crocefisso. Ora: può pure darsi che Gesú, in quel frangente lí, non ci stesse tanto con la testa. *Ecce homo*, è comprensibile. Può essere che tra quelli che gli davano da bere l'aceto, quell'altro che lo insultava e la gente sotto che faceva casino, sente questo che sta dalla sua senza neanche bisogno di un miracoluccio, e lo prende in simpatia, se ne frega che è un ladro, gli promette il paradiso. E ci sta pure che quello, essendo un ladro, si approfitta un po' della situazione, giusto per andarsene in bellezza, con l'ultimo furto, il migliore.

La vita eterna.

Sia come sia, la Chiesa non può permettersi tanti distinguo. Il capo ha disposto e non si discute. Bene. La Chiesa definisce «santi» tutti quegli individui che senz'altro si trovano in Paradiso. Che fine ha fatto Disma, il santo ladrone? Ci sono santi crociati, santi inquisitori, santi come Paolo, un infiltrato dei Servizi di Roma che lavorava pure per il Mossad. Ma l'unico nominato da Gesú in persona, non c'è. Un santo ladro? Per carità! Chiamiamolo «buono» e tanti saluti.

Giusto in Brasile gli hanno dedicato una chiesa, Sao Dimas

si chiama, e sembra che da Roma non ci siano obiezioni. In fondo, non possono tirare troppo la corda. «Verrò come un ladro nella notte», non sono io ad averlo detto. E anche tutti quei pani, quei pesci... Se al posto degli evangelisti c'era un buon reporter, altro che miracolo. L'ipermercato di Betsàida svaligiato lo stesso giorno e nessuno che faccia due piú due. Del resto, la grande distribuzione è un pozzo senza fondo di sperpero e scialo. Tonnellate di merci finiscono nelle discariche prima che chiunque le possa comprare. Cicoria e spinaci a marcire sugli scaffali. Formaggi ammuffiti. Legumi in scadenza.

Sottrarre qualcosa allo spreco organizzato non mi pare un delitto. Al contrario.

Forte di questa assoluzione, infilo lo zaino e scendo verso il paese con i Boredoms infilati nelle orecchie.

Attraverso la radura dei ciclamini. Infilo il bosco di roverelle. Un sole freddo lampeggia tra i rami. Sbuco nel pascolo del borgo fantasma. Costeggio il frutteto. Voli di cornacchie si alzano dall'erba e dai mucchi di terra smossa dai cinghiali. Sul vecchio nespolo, foglie sempre piú rosse, i frutti quasi maturi. Dal forno comune sbuca il muso di una volpe. Merde di capriolo circondano il lavatoio.

Subito fuori dalla piazzetta, imbocco la scorciatoia che scende al Rio Conco. Seguo la valletta, attento a non scivolare sulle pietre umide, e raggiungo l'asfaltata un tornante sopra il ponte. Prima di ricevere il benvenuto a Castel Madero, comune d'Europa, comune denuclearizzato, gemellato con Erdekan (Urss), un cartello sottile mi indica la deviazione per il supermercato.

Rispetto ai centri commerciali della stessa catena, questo è la versione bonsai.

Dieci posti auto, sei minuscoli carrelli, tre vecchiette rinsecchite a zonzo tra due corsie. Giusto i prezzi non si sono ristretti.

Mi avvicino al banco verdura con aria interessata. Allungo la mano su un cespo di lattuga. Fingo di volerlo scrutare con attenzione. In realtà prendo tempo. Lancio sguardi obliqui all'intorno. Studio il campo di battaglia. Non sono esperto di furti alimentari. Per una lunga stagione mi sono dedicato allo sciacallaggio di compact disc. Prima che inventassero gli involucri antifurto e lo scambio in Rete.

Dalle caratteristiche del locale, direi niente telecamere. Solo specchi. Strumenti ambigui per antonomasia. Armi di resistenza nelle mani di Archimede. Preziosi alleati, quando passi il rasoio sull'ispido della barba. Allo stesso tempo, odiose metafore del tribunale della coscienza. Fonti inesauribili di narcisismo. E, per l'appunto, prolungamenti panottici di sguardi sbirreschi.

Difficile esprimere un giudizio.

Poco male. L'importante è localizzare. Valutare angoli di incidenza. Individuare punti ciechi.

Appoggio lo zaino tra i piedi. Quasi mi ci sdraio sopra, fingendo col braccio proteso di dover raggiungere un cavolfiore. Intanto, l'altra mano lavora sui lacci dell'apertura. Afferra le primizie piú vicine: manciate di bietola, patate, zucchini. Le fa scivolare all'interno.

Finita l'operazione, si passa al reparto scatolame. Stessa tecnica. Mais, fagioli, germogli di soia.

Tra un barattolo di pelati e una confezione di pesche sciroppate, l'occhio inciampa su un vasetto di spalmabile al cioccolato.

Attenzione.

Qui non si tratta di prima necessità, alternativa irrinunciabile alla dieta neandertaliana.

Si tratta di uno sfizio. Qualcosa di superfluo. Desiderio trasformato in cibo dagli stregoni di Babilonia.

Che fare?

Cosa significa impadronirsene? Significa riappropriarsi di quel desiderio, rubato al sottoscritto per imprigionarlo in una crema al cacao? O piuttosto, significa perpetuare il circo dei bisogni indotti, nonché un sistema produttivo che genera ingiustizia e disastri ambientali? E attraverso il furto, non si partecipa forse a un piccolo sabotaggio del sistema stesso?

Guardo meglio, senza perdere di vista gli specchi. I vasetti di spalmabile sono piú di uno, per soddisfare esigenze diverse. Tra questi, spicca il modello biologico, solo cacao del commercio equo e nocciole coltivate su terreni sottratti alla mafia.

Forse è meglio sifonarsi quest'ultimo. Per non perpetuare eccetera.

Forse no, trattandosi di sabotaggio.

Nel dubbio, li intasco tutti e due. Al mio fianco, una minuscola vecchia strizza l'occhio divertita. Si china sul pozzetto dei surgelati, ne estrae un pollo avvolto nel cellophane, viene verso il sottoscritto, mi sfiora, lascia cadere il volatile dentro la zaino. Senza voltarsi, passando oltre, fa un cenno col dito dietro la schiena: a dopo. Quindi si ferma davanti alle bottiglie, arpiona un puro malto e se lo infila nella manica della giacca, bloccata sul polso dall'ermetica aderenza del velcro.

L'addetta ai salumi deve aver notato qualcosa. Grazie allo specchio la vedo alzarsi e venire da questa parte. Buon segno: le armi del nemico gli si ritorcono contro. Ho qualche secondo per prepararmi all'impatto.

– Cercava qualcosa? – domanda con fare sospetto.

E il sottoscritto: – Sí. Carote sotto spirito. Ne avete?

– Eh? Mai sentite dire. Sicuro che esistono?

– Per la verità no, ma ne facevo voglia. Magari può suggerirne la produzione a qualche rappresentante, quando ha l'occasione. Per il brevetto, possiamo metterci d'accordo.

Annuisce con un sorriso di circostanza e torna ai suoi prosciutti. Il sottoscritto, rapido come un'erezione mattutina, punta l'uscita e si ritrova fuori.

– Giovanotto... – la voce della vecchia chiama da dietro l'angolo.

Sta sfilando da sotto la gonna una confezione di mozzarella. Tolgo lo zaino dalle spalle e le allungo il pollo.

Mentre lo sistema nella sporta, mi guarda e fa: – Io vengo tutti i martedí, e lei?

– Mah, non so, è la prima volta che...

– Guardi, se non le è troppo scomodo, non è che verrebbe di martedí, verso quest'ora?

– Veramente...

– È un buon posto, sa? Si spende bene. E vede, quel suo zaino... È cosí bello grande, comodo. A me, sotto la gonna, ci sta al massimo una bistecchina, ma lí dentro... Insomma, veda lei, se ce la fa...

Lascia la frase sospesa. Raccoglie le sue cose, sistema i vestiti e si avvia.

– La saluto, eh? Di nuovo.

– Arrivederci, – rispondo. – A martedí.

Gira la testa e mi strizza l'occhio ancora una volta.

Chissà se tornerò davvero.

Chissà se non le andrebbe, dopo la spesa, di accompagnarmi alla grotta. Ho come l'impressione che sia sola, da queste parti. Niente figli. Niente nipoti. Un nipote troglodita potrebbe anche farle comodo. In fondo, ho tutto quello che serve: una bocca per divorare pietanze e fare domande, due orecchie per ascoltare storie e referti medici, lo zaino per stivare la refurtiva.

Di nuovo me lo carico sulle spalle e imbocco la via del ritorno.

Devo pensare bene a dove nascondere la roba. Non per via dei topi, dei pipistrelli o delle cavallette depigmentate che abitano le fenditure del gesso. No. Per Gaia. Vedendo questi prodotti non saprebbe trattenersi dal deridermi. Le sfuggirebbe l'aspetto del sabotaggio. Ne dedurrebbe che sono ancora dipendente dalla mia ex civiltà. Non si renderebbe conto che l'importante è non comprare, sostituire l'acquisto con qualcosa di attivo e di ludico. Non vedo differenza tra allungare una mano per cogliere una mela e fare altrettanto per sgraffignare un risotto.

Raggiungo la grotta, accompagnato da pensieri confusi.

La porta è accostata. La porta sono cinque roverelle legate insieme, fissate allo stipite con una fune piú grossa e spalmate di fango. Serve solo a trattenere calore: niente catenacci, niente lucchetti. All'interno, filtra già pochissima luce. Le braci pulsano nella stufa di pietre e argilla. Una scia di fumo scorre sul soffitto e va a infilarsi nell'apertura sopra la porta.

L'aria ha un sapore affumicato. Sembra di respirare würstel.

Il rotolo di coperte è la prima cosa che noto.

Poi le scarpe.

La testa che spunta all'estremità opposta è tutt'uno col buio.

Cristo, un altro morto? No.

A prima vista, si direbbe che dorma.

28. Decorazioni di Natale

Lo cercavano da mezz'ora. Senza risultati.

Fasci di torce elettriche si incrociavano sul terreno, schiene curve, bastoni improvvisati a rovistare nell'erba

– Per me se l'è ripreso, – ribadí Erimanto un'ennesima volta.

– Per me possiamo lasciar stare, – disse Zanne d'Oro, ingannata e delusa dalla forma di un sasso.

– Tra un quarto d'ora ce ne andiamo, – sentenziò Cinghiale Bianco. Anche lui cominciava a disperare. D'altra parte, teneva molto a un certo stile comunicativo, e senza quelle due falangi la rivendicazione poteva risultare monca, almeno quanto la mano destra dell'ultima preda.

Si sa che la fretta non giova alla cura dei dettagli. Un appostamento sbrigativo, una scelta avventata, e proprio sul piú bello saltano fuori quegli altri, con cani, fucili e compagnia. Quegli altri che nessuno ha visto, nascosti nei dintorni, una battuta collettiva scambiata per caccia solitaria. Forse una trappola, addirittura. Non c'è tempo di bloccare il braccio come si deve, di calare l'accetta, di raccogliere il moncherino e metterlo al sicuro nel sacchetto freezer. Bisognerebbe scappare, e basta. Ma la rivendicazione va fatta, serve adesso, per dimostrare che con la gente strangolata non si ha nulla a che fare. Altro genere, altro stile, altra modalità.

Per questo Cinghiale Bianco afferra la mano del cacciatore, seleziona il dito indice, lo porta alla bocca e morde secco, gli incisivi che stritolano l'articolazione. Sa di poterlo mozzare. Tempo fa ha letto sul giornale di una lite tra automobilisti finita nello stesso modo. Uno dei due arringa l'altro con l'indice puntato. Quello non ci pensa due volte, scatta in avanti, afferra il dito tra i denti e stacca la prima falange. Cinghiale Bianco fa lo stesso. Solo che le falangi sono due.

Per qualche minuto custodisce il dito tra lingua e palato, poi il sangue, l'affanno e un conato di vomito costringono ad aprire la bocca. La mano non è abbastanza lesta per afferrare al volo il prezioso cimelio. Cade nell'erba alta: non c'è tempo di raccoglierlo.

– Magari se l'è mangiato un cane, – provò a ipotizzare Zanne d'Oro.

– I cani non mangiano carne umana, – disse Erimanto.

– No? E chi l'ha detto?

– Un coso, alla tele. E comunque, volevo dire che per me tocca cambiare strategia un'altra volta.

– Ancora?

Zanne d'Oro scostò col piede un cespuglio di pungitopo. Erimanto riprese: – Quassú il novanta per cento delle persone nasce già con la doppietta in mano. Se cosiamo i cacciatori, la gente rischia di non capire.

– E che ti frega? – domandò il presidente. – Dobbiamo sterminare gli Umani, mica fondare un partito.

L'altro si irrigidí, un ciuffo di barba incastrato tra le dita. Fissò per un attimo i compari, mentre il fascio della torcia disturbava le stelle. Poi esplose in una risata liberatoria. – Caaazzo, Bianco, per un attimo ho pensato che dicevi sul serio.

– Tutti devono pensarlo. Se non li spaventi, non ti ascolta nessuno.

– Hai ragione, ma cosí spaventi solo i cosi, e gli altri si sentono tranquilli. Delle due, meglio partire dai colpevoli di ogni giorno, quelli che pensano di avere la coscienza a posto e coso. Che so: ingozzare di letame chi mangia certi hamburger. Sequestrare il televisore a chi guarda certe trasmissioni. Cose del genere.

– Ma tu non eri quello degli struzzi? – domandò Bianco un po' spaesato.

– Fosse per me, – aggiunse Zanne d'Oro. – Andiamo dagli

operai della ferrovia e tagliamo una mano a tutti. Se vogliamo parlare di danni all'ambiente, sono loro i piú pericolosi. E vedrai: se gli chiudono il cantiere perché c'è troppa polvere, quelli vanno a piangere dal sindacato e vogliono che riapre.

Per non dover rispondere, il capoccia guardò l'orologio.

– Possiamo andare, – disse.

– E la rivendicazione?

Cinghiale Bianco frugò una tasca e ne estrasse un foglio spiegazzato. Lettere e caratteri di riviste formavano la scritta «Questo potete ficcarvelo nel culo».

– È da buttare, – disse alla fine.

– E se trovassimo un altro coso? – domandò Erimanto

– Mica li vendono al supermercato.

– Però al supermercato vendono il sapone. Io col sapone so fare certe sculture...

– Vuoi metterci un dito di sapone? Sai che non è una cattiva idea? Bionda, tu che ne pensi?

– Penso che va pure meglio. Tipo supposta.

– Allora d'accordo, – stabilí eccitato il presidente. – Si fa cosí. Dito di sapone e foglietto. Mi pare grandioso.

Tra mucchi di foglie e ricci di castagne, iniziò la discesa verso valle. Ripida, senza sentiero, in una notte blu scuro ingombra di stelle. Riflessi azzurri fasciavano l'erba e i tronchi, come un televisore acceso in una stanza buia.

Piú in alto, incastrate su un ginepro tipo decorazione natalizia, due falangi di Sauro Boni indicavano la luna oltre la cima degli abeti.

29. Un'ora d'anticipo

– Pensala come ti pare, Pinta. Secondo me, bisogna parlarne con Mahmeti. Punto.

– Cazzo c'entro io, Marcio? Parlaci tu con Mahmeti, non ho capito...

Pinta si strinse nella coperta. La maglia da calcio non era il massimo, per quella notte. Faceva un freddo porco e il camion era già in ritardo. Non proprio le condizioni ideali per sorbirsi un *Marcio's Late Night Show*. Auto sporadiche sulla Statale movimentavano il paesaggio acustico, fatto di foglie, vento, grilli e acqua sporca.

– Dài, Pinta, non fare lo stronzo. Lo sai che col gran capo non ci pigliamo bene.

E Pinta: – Vuoi sapere perché? Numero uno, perché usate la stessa droga. Numero due, perché lui se la sa gestire, e tu zero. Per quello ti schifa.

– Stronzate! Lo sanno tutti che è stato il mal di schiena e quella cazzo di pomata Incas, – protestò il Marcio. – Comunque, non è questo il punto. Il punto è che il negro ci sputtana, prima o poi. Bisogna per forza che dorme nel canile.

– Sbagliato. Hai detto che ha conosciuto due italiani? Magari se sparisce, quelli lo vengono a cercare. Allora sí che scoppia il casino. Ma te lo ripeto: per me se la fa nelle braghe, non racconta niente a nessuno.

Il Marcio scattò sul sedile: – Ma allora non stai ad ascoltare! Ho detto: con tutti i carabinieri che ci sono in giro adesso per la storia dei satanisti...

– Ecoterroristi. Cazzo c'entra Satana?

– Vabbe', insomma, quello che sono sono, fatto sta che tempo due giorni, se quello continua a stare nella sua bella grotta, va a finire che lo beccano, lo interrogano come sospetto, «Che ci farà mai questo negro in una caverna in mezzo al bosco?», scoprono dove lavora, vengono a romperci le palle *di sicuro*, e se poi lo incastrano per qualche motivo, quello apre i rubinetti e comincia a raccontare di me, di te, di Mahmeti e delle nostre mamme. Ci sputtana a vita, te lo dico io.

La fiamma dell'accendino illuminò l'abitacolo del Transit. Una grossa berlina si infilò nel parcheggio e andò a piazzarsi sul fondo, davanti alla fila di pioppi che nascondeva la vista del fiume e della Statale. Pinta intravide un volto scuro, femminile, al posto del passeggero. Accese gli abbaglianti e li puntò contro il buio. La luce sfiorò il lunotto dell'auto. Un minuto dopo, la berlina faceva manovra e usciva dallo spiazzo. Niente puttanieri, *please*.

Cinque pachidermi di gomma e lamiera riposavano nell'angolo piú buio del quadrilatero sterrato. I conducenti facevano altrettanto, dopo ore di asfalto e una scopata veloce prima di crollare dal sonno. Non c'era motivo di disturbarli.

– D'accordo, lasciamo stare Mahmeti. Per il momento, ce la caviamo da soli: prendiamo da parte Nigeria e gli facciamo un bel discorso. Punto.

– Gliel'abbiamo già fatto, il discorso. E abbiamo pure gonfiato i suoi amici. Che altro vuoi fare?

– Metti che nel combattimento di venerdí Nigeria si fa male. I suoi amici italiani se ne accorgono, lo mettono sotto, lui dice che è successo sul lavoro. Ma quelli non lo mollano, sai come sono questi amici dei negri, iniziano a dirgli che deve far causa al padrone, che senz'altro ha trascurato le norme di sicurezza, e dài e dài e dài, finché quello non esplode, si mette a piangere, fa la sua sceneggiata, e chiede che lo aiutino contro quei cattivoni che lo fanno combattere coi cani. E allora tanti saluti al buon vecchio Pinta e a Jakup Mahmeti *vengo da Albània*.

Pinta uscí dall'auto per andare a pisciare. Dove s'erano ficcati quelli di Fazbar? Un'ora di ritardo e nemmeno una telefonata. C'era da preoccuparsi? Forse. Per il momento, era piú preoccupato che il Marcio si accorgesse del ritardo. Due paranoie al prezzo di una.

– Sai che non c'è soluzione? – lo avvertí una voce subito dietro le spalle. – Mi sa che è meglio se lo facciamo sparire, il negro. Tanto adesso ne arrivano altri e andiamo avanti lo stesso. Spediamolo in Germania, non so, Mahmeti dovrebbe averci dei parenti. Altrimenti lo facciamo fuori come quel cacciatore, col fil di ferro e tutto, cosí è sempre colpa dei satanisti, o quel cazzo che sono.

Pinta si voltò di scatto, uno strano sorriso stampato in faccia. Un getto caldo raggiunse le scarpe del Marcio e il bordo dei pantaloni.

– Pinta, cazzo fai?

– Cazzo fai tu. Sei venuto a reggermi l'uccello?

In quel momento, i fari di un grosso furgone illuminarono la notte. Pinta rialzò la lampo e si avvicinò in fretta.

Niente da fare. Il mezzo fece manovra sulla ghiaia e imboccò di nuovo la strada, in direzione opposta.

Il Marcio colse la palla al balzo: – A che ora è che dovevano arrivare?

– Piú o meno adesso, – mentí Pinta con un brivido

– E allora che siamo venuti a fare, con un'ora di anticipo?

Il cervello di Pinta arrancò in cerca di una scusa.

– Me l'ha detto Mahmeti. Arrivano verso le quattro, ma tu fatti trovare lí un'ora prima.

Il Marcio rifletté un attimo, poco convinto.

– Se t'ha detto cosí dev'esserci un motivo, scusa. Non gli hai chiesto come mai?

E Pinta: – Lo sai com'è con Mahmeti: prima esegui, poi domandi.

– Stronzate, – lo liquidò l'altro. – Tu domandi, eccome. Tu lo sai perché siamo venuti in anticipo, ma non me lo dici, perché Mahmeti di me non si fida, e allora ti ha chiesto di star zitto. È cosí, vero?

– Vaffanculo, Marcio. Mi fai venire mal di testa.

Per la seconda volta, un'aurora artificiale spuntò da dietro l'angolo, preannunciando il sorgere di due soli abbaglianti. La ghiaia crepitò sotto i pneumatici.

Grazie a Dio, erano loro.

Pinta mise in moto il Transit e andò a parcheggiare di fianco al camion, lo sportello posteriore girato verso il fiume.

Gli altri erano tre. Uno gli venne incontro con la mano tesa, uno rimase alla guida, l'ultimo si mise ad armeggiare con il portello. Dentro erano cinque. Tutti sul metro e ottanta, tutti grossi. Sguardi storditi dal viaggio e dall'aria viziata. Pinta se li immaginava legati. S'immaginava che i guardiani li minacciassero coi fucili. Si aspettava tentativi di fuga.

Invece niente. Uno dopo l'altro gli slavi scesero, si stirarono, si sgranchirono, presero una boccata d'aria e scomparvero nel Transit.

Quello della stretta di mano passò a Pinta un pacchetto di passaporti tenuti insieme con l'elastico.

– Per metterli in regola, – aggiunse con un ghigno.

Pinta li infilò nel cappotto, spense la sigaretta e salí al posto di guida.

Il Marcio era già a bordo.

Stava preparando un tiro.

Non alzò nemmeno la testa. Disse: – Adesso me la spieghi, questa cosa dell'anticipo?

30. Castel Madero

Il comune di Castel Madero farà sí e no duemila abitanti. Mille il capoluogo, il resto le frazioni.

Fino all'Ottocento era un punto di passaggio importante, sulla strada romana che scavalcava le montagne al Passo delle Vode. Poi hanno aperto la fondovalle e il paese è rimasto tagliato fuori. I ruderi del castello e il palazzo dei Capitani testimoniano ancora l'antico splendore. Per il resto, non c'è motivo di spingersi quassú. Le trattorie cucinano bene ma senza essere famose. Il borgo è grazioso, arroccato, ma un paio di inserti anni Sessanta guastano senza scampo l'atmosfera medioevale. I dintorni sono belli ma poco battuti, con sentieri segnati male e niente rifugi. La sagra della castagna la fanno già ovunque. Inutile ramazzare le briciole. Con lo sci, non c'è da sperare. Il Belvedere e monte Budadda sono esposti a sud: la neve si squaglia alle dieci di mattina e ghiaccia alle tre del pomeriggio. L'albergo per ultrasessantenni non è mai decollato. Resta in fondo al paese, col suo cemento rosa e i terrazzoni puntati sulla valle, monumento sgraziato alle illusioni del turismo.

Un tempo, nelle domeniche di sole, truppe di villeggianti marciavano compatte sulle rive del Madero, armati di griglie, canne da pesca, nonni anchilosati e metri di salsiccia. Radioline si rimpallavano i risultati delle partite. Salici e ontani rubavano freesbee ai bambini. Contenitori minuscoli vomitavano immondizia. Chitarre, *ghettoblaster* e suonerie cellulari si sfidavano in gare di decibel. L'acqua del fiume *era* fresca. Le pozze *erano* limpide. I boschi golenali straripavano pattume.

Da quando i cantieri per la ferrovia veloce hanno colonizzato la riva opposta, nemmeno un bagno ristoratore spinge piú qualcuno in Alta Valmadero.

Bisogna volerci capitare. Proprio come il sottoscritto.

A ricordarti che aspetto devi avere, bastano duecento metri e uno sguardo. I duecento metri tra il cartello CASTEL MADERO e la prima casa del paese. Lo sguardo di una vecchia affacciata sul davanzale. Dev'essere di quelle che stanno lí tutto il giorno, programmate per il saluto o il sospetto. Viene da pensare che le paghi il Comune.

Barba di due settimane. Profumo di bosco. Vestiti puliti, lavati nel torrente e sgrassati con la cenere. Fossero pure stirati bene, non ci sarebbe nulla da eccepire. Ma col fondo del bollitore pieno d'acqua calda, non te la cavi ancora come un vero ergastolano. La vecchia si gira e ti guarda storto.

Non può sapere che in un giorno nemmeno troppo lontano, il sottoscritto scenderà in paese come un liberatore, col suo corteo di bestie selvagge, lupi, tassi e cervi dalle corna imponenti. Nessuno baderà alla piega dei suoi vestiti, e la barba lunga fino al petto verrà lodata come simbolo di saggezza. I festeggiamenti dureranno settimane, con musica, danze e castagnaccio. Allora i bambini spegneranno il televisore e chiederanno ai matti di raccontare altre storie. Ognuno avrà qualcosa da insegnare: i fornai a fare il pane, i contadini a coltivare lattuga, gli imbranati a non prendersi sul serio.

Poi la festa finirà, e il supereroe troglodita farà ritorno alla sua dimora, sulle montagne. Tutto sembrerà tornare come prima, finché un bambino non farà cuocere la sua pagnotta, per offrirla allo scemo del villaggio in cambio di nuovi racconti.

Per il momento, mi accontento di lanciare un «buongiorno» all'indirizzo della vecchia. Non ricambia, attanagliata dal dubbio. Un sospetto che saluta è difficile da catalogare.

Evito di metterla in ulteriore imbarazzo chiedendo dove si trovi la caserma dei carabinieri.

Al primo bar che incontro, raccoglierò informazioni.

Non in quello di Gaia, se possibile. Non deve sapere che ho seguito il consiglio.

Viene a trovarmi l'altro giorno, e subito trova da ridire sulla traccia di sentiero che a forza di andirivieni s'è stampata sull'erba, tra la grotta e il limitare del bosco.

Dice: è cosí che nascono le autostrade. Davvero? Non per vendere piú automobili? Sí, magari anche quello, però anche l'abitudine è una brutta bestia, e se dieci giorni di civiltà troglodita hanno già il loro impatto ambientale, non ci si può lamentare per i viadotti di Babilonia. Giusta osservazione, che mi offre l'opportunità di precisare quanto segue: Popoli, governi, nazioni e cani sciolti, ascoltate. Il sottoscritto ha un impatto ambientale. Se qualcuno pensava che avrei recuperato l'armonia con la natura, si è giocato male le sue illusioni. Tale armonia è impraticabile. L'Uomo Nuovo non conosce purezza, per fortuna. È un meticcio, col cervello a mollo nei gas serra e i piedi nel fango del Neolitico. Basta col culto dell'ineluttabile: traccia un sentiero, diventerà autostrada, dunque non muoverti, non fare nulla, l'umanità è condannata. Questa pista nel bosco è soltanto foriera di incontri. Senza di essa, non avrei ricevuto le visite del facocero e del nuovo coinquilino. Facocero? Sí, un cinghiale a quattro zanne. Lui mi porta dove ci sono i meli, io raccolgo per entrambi. Caspita, bella simbiosi. E come si chiama, il tuo nuovo amico? Non si chiama: è un cinghiale. Era per quello che mi hai chiesto il manuale sul comportamento... Sí, era per quello. Be', te l'ho portato. *Cinghiale. Conoscere per capire. Manuale pratico per la gestione del Sus scrofa*. Forte, no? Aspetta, prima devi spiegarmi la storia del coinquilino. Sí, un onest'uomo, costretto al vagabondaggio dalla vostra civiltà e accolto a braccia aperte dalla nuova. Un ragazzo nigeriano senza casa. Fantastico. Se cercava una casa, ha trovato la persona giusta. Pensa che strano: uno taglia la corda da questa civiltà e va a stare in una grotta. Un altro non vede l'ora di farne parte, e anche lui si piazza in una grotta. Cos'è, una specie di foresteria? No, soltanto l'unico approdo rimasto, a prescindere dai bisogni. Un approdo felice, se ti organizzi bene e porti da casa qualche maglione. Bravo, e se uno non ce l'ha, il maglione? Se ha una famiglia da mantenere? Cosa fa, mette in una busta un chilo di radici e gliele spedisce a fine mese? Che ne sai dei veri bisogni, tu e i tuoi maglioni? Hai ragione. Forse ne capisco poco. Fino all'altro ieri credevo di aver bisogno di un lavoro decente, figurati, e di *inutensili* a centinaia. Oggi so una cosa: Babilonia intende suicidarsi, il sottoscritto preferirebbe evitare. Comunque mi piacerebbe conoscerlo, questo tuo coinquilino, cosí magari lo avverto che i carabinieri possono passare di qui da un momento all'altro. Non sono sicura che gli faccia piacere. Ma scusa, non ti avevo chiesto di non dire che c'ero anch'io? E infatti non gli ho detto niente, ma quanto pensi che gli ci vuole a trovarti? Stanno perlustrando il bosco e le montagne, e uno scoppiato come te fa proprio al caso loro. Magari ci farei un pensiero.

Mentre ce lo faccio, lei tira fuori un secondo manuale. *Arredare con la natura*. Dice che insegna a fare i comodini coi ceppi di abete, le sedie di pietra, i piatti d'argilla. Può esserti utile. E il sottoscritto: Grazie, tesoro, ma vedi, «civiltà troglodita» non è il nuovo reparto Ikea. Lei mi spernacchia, borbotta qualcosa sulla paura di essere questo o quello che alla fine non ti fa essere nulla, poi molla il libro e se ne va scocciata. Il sottoscritto riflette. Una visita al maresciallo risolverebbe molti problemi. Sono già in ritardo di quattro giorni, rispetto ai patti.

Alla fine, ho seguito il consiglio. Ma non voglio dargliela vinta.

Sto pure costruendo il comodino come illustrato sul manuale. Magari dopo si monta la testa.

Sulla piazza principale, i bar sono due. Ne scelgo uno. Entro. Ordino un cappuccino.

Gli avventori sono intenti in discussioni accese. Alcune riguardano le carte. Altre una scultura di sapone. Il barista sistema un rotolo di carta dentro il registratore di cassa aiutandosi con qualche bestemmia. Il mio cappuccino è l'ultimo dei suoi problemi. Gli unici occhi interessati al sottoscritto appartengono a un'enorme testa di cinghiale che sporge dal muro sopra i liquori.

Forse una telecamera nascosta.

Le pupille di vetro sembrano ammiccare, mentre sul bancone plana il cappuccino.

Quel cappuccino che non potrai pagare.

– Senta, mi scusi...

Lui è già sparito. Tu sei nella merda. Inguaiato da un'abitudine. La fata te l'aveva detto che era una brutta bestia.

Tiri indietro il busto, neanche ti avessero servito un cubo di criptonite. Centoventi gradi di torsione per offrire un sorriso al popolo dei tavolini.

– Il cappuccino di chi era?

L'indice puntato sulla tazzina, come se la cosa non ti riguardasse. Il tono gentile di chi si preoccupa per le consumazioni altrui.

Giocatori di tressette e professionisti della logorrea si interrompono per una consultazione. Il responso è un'alzata di spalle e un paio di musi allungati.

Il cinghiale scuote la testa con malcelato paternalismo.

Apri la bustina dello zucchero e la rovesci nella tazza. Tanto per darti un contegno. Il cappuccino ti piace amaro.

Bene. Rapida valutazione delle alternative: fingere subito un malore e stramazzare al suolo. Bere il cappuccino, ormai troppo dolce, fingere un malore e stramazzare al suolo. Battere una mano sulla fronte, farfugliare qualcosa a proposito di un elettrodomestico rimasto acceso e fuggire. Barattare la consumazione con cinque bulbi di ciclamino, o mezzo chilo di muschio da presepe, o una bottiglia di acqua di sorgente per fare il tè alla maniera di Lu Yü.

Il sottoscritto vuole restare in buoni rapporti con Babilonia. Primo, perché essa si ostina a mantenere un apparato di polizia. Secondo, perché preferisco violare un confine, piuttosto che tracciarlo.

Prima o poi doveva capitare. Tanto vale affrontare il problema. Niente svenimenti, niente fughe. Sei pur sempre un supereroe. Costoro devono imparare a rapportarsi col sottoscritto, e viceversa. Il sottoscritto ha rinunciato al denaro. Vogliamo fargliene una colpa? No. La nuova civiltà è pronta a farsi conoscere. Siamo una realtà solida, ormai: il supereroe troglodita, la caverna, il facocero, e il nostro amato ospite della Nigeria. Nascosto in mezzo ai cespugli, casomai arrivassero i carabinieri prima che le due civiltà stipulino un accordo sull'immigrazione clandestina.

Cosa posso barattare? Non ho altro che un bastone da passeggio, intagliato a mano, altrimenti dovranno credermi sulla fiducia. Bulbi di ciclamino? Ne ho quanti volete. Castagne? A bizzeffe.

Saranno interessati alle castagne? Ce le hanno sotto casa, ma forse gli manca il tempo di raccoglierle. E il tempo costa caro. Per fare un chilo di castagne ci vuole mezz'ora di raccolta. Con una telefonata di mezz'ora un consulente aziendale guadagna abbastanza da comprare una bici da corsa. Nello stesso tempo, un addetto alle pulizie accumula la somma per un panino al salame. Un baratto equo deve tenere conto di certe differenze. Se il consulente vuole le mie castagne, si prepari a sganciare la bici.

Il barista ricompare con una pila di piatti.

– Mi scusi, avrei da farle una proposta, – attenzione catturata. – Vede, mi mancano i soldi per pagarle il cappuccino e vorrei proporle, se non le dispiace, un piccolo scambio.

– Uno scambio?

– Esatto. Vede questo bastone cosí ben istoriato? Ebbene, ritengo che il suo valore complessivo superi di gran lunga quello di un cappuccino, però sarò ben contento di lasciarglielo come cauzione, finché non avrò trovato qualcosa di piú adatto. Le interessa una composizione di ciclamini per la sua signora?

– Ciclamini?

– Quei fiori rosa che...

– Ho presente, grazie. Facciamo che lei mi lascia un documento e va a cercare i soldi. Ce l'ha un documento?

– Un documento? – la faccia piú dispiaciuta del mio repertorio. – Lei pensa davvero che questo splendido bastone da passeggio valga *meno* di un pezzo di carta con la fotografia del sottoscritto e i suoi dati anagrafici? Se non fosse che è una persona cortese, penserei che sta cercando di offendermi.

Un sorriso nervoso. Mano a sorreggere il mento. Occhi attenti valutano il mio grado di pazzia. I matti vanno assecondati. Non si sa mai.

– Mi dia pure il bastone, allora. Quando mi porta i soldi, glielo restituisco. Fanno un euro e venti centesimi.

Bene. Siamo arrivati al nocciolo. Mi preparo a illustrare il rapporto del sottoscritto con il denaro, quando un piccoletto compare sulla porta. Si aggrappa allo stipite, quasi a trattenere lo slancio.

– Ci sono quelli della tele! Venite!

Il barista mi dimentica sul bancone insieme a un paio di tazzine. Quelli della statua di sapone scattano in piedi e quasi rovesciano le sedie. Un sessantenne sguscia fuori dal bagno armeggiando con la cintura. Sul tavolo del tressette cala un re di denari giocato troppo in fretta. Non c'è tempo per litigare, solo un'occhiata storta. Carte e bicchieri rimangono in posizione, pronti a riprendere. Un grumo di corpi tra l'attaccapanni e la porta.

Sono del telegiornale nazionale, tivú di Stato.

Lo schieramento di teste impedisce di vedere cosa stanno riprendendo. Scalo il basamento di un lampione e provo a farmi un'idea. Difficile capire. Fari incandescenti puntano una zona della piazza che non avevo notato, delimitata con nastro giallo. Classica aiuola, classico monumento ai caduti, classiche merde di cane che insidiano le suole dei piú incauti.

Dal vociare sconnesso estraggo informazioni basilari: Un altro dito amputato. Tale Sauro Boni. Sempre la stessa squadra (*di calcio? Di cosa?*) Passati alcuni giorni. Il dito di sapone ritrovato proprio lí (*Sauro Boni aveva un dito di sapone?*) Ecoterroristi. Satanisti. Ecoterroristi satanisti. Maschere da sciamani. Pena di morte.

– Sono il presidente del Circolo della caccia, – si fa largo una voce seguita dal corpo che l'ha modulata. – Vorrei fare una dichiarazione, è possibile?

Chiacchiericcio in aumento. Colli tesi modello struzzo. Il presidente scambia qualche parola con la troupe. Lo fanno aspettare. Scalpita.

Ancora un paio di inquadrature al campanile della chiesa.

Tocca a lui.

– Gliela facciamo davanti al Circolo, va bene?

Accento forestiero da operatore della tivú di Stato, occhi pesti che hanno odiato la sveglia.

Continua ad accorrere gente. Un canone parlato saluta l'arrivo di tal Rizzi Gilberto. Girasoli antropomorfi si orientano per guardare. La troupe prende accordi anche con lui.

Pure il sottoscritto ha qualcosa da dire. Sto gettando le basi di una nuova civiltà. Interessa la notizia? O preferite parlare di un dito di sapone?

Si allestisce la scena. Il presidente dei cacciatori sistema la cravatta. Dai capannelli alle spalle degli operatori si stacca un gruppetto. Il gruppetto fa un mezzo giro e si piazza dietro l'intervistato. L'intervistato spiega un foglio. Il gruppetto, uno striscione.

FERMATE I VERI ECOTERRORISTI.

NO ALLA GALLERIA DI MONTE BELVEDERE!

Teleaccento non si scompone. Tono annoiato, sigaretta: – Vi togliete, per favore? Stiamo solo registrando, su.

Quelli si guardano. Lo guardano. Arrotolano lo striscione e se ne vanno.

Uno della troupe li aggancia per un braccio. Sfiora un orecchio con labbra baffute.

– Posso avvertirvi io, per la prossima diretta, – un'occhiata furtiva, sopra la spalla. – Solo centocinquanta carte. Ce l'avete un cellulare?

Concluse le interviste mirate, si passa a quelle casuali. Che in un paese di mille abitanti funzionano come provini.

Ci sono le telecamere in piazza. Tu devi far finta di passare di lí. Devi avere una faccia normale. Devi prepararti la battuta. Non importa sapere con precisione la domanda. Anzi, meglio non ascoltarla, per non confondersi. Mentre te la fanno, ripassi quel che devi dire. Se la battuta fila via bene, se è proprio del tipo che mancava per completare la raccolta, se suona spontanea e comprensibile, hai buone probabilità che la tengano.

Quelli del Circolo della caccia si sono mobilitati in massa. Hanno chiamato rinforzi dalle frazioni, dai comuni vicini. L'appostamento è la loro specialità. Nascosti dietro l'angolo, preparano facce e risposte, attenti a non dimenticare nulla. Il contributo del prelievo venatorio nel regolare l'ecosistema. Il clima d'odio contro i cacciatori. Le norme troppo restrittive che inducono al bracconaggio.

I piú vecchi si sono portati le sedie.

Parte uno, attraversa la piazza, si fa intervistare, imbocca la via del mercato, gira dietro il municipio, svolta a sinistra, torna al via, relaziona, mette in guardia il successivo, lo incoraggia a partire.

Penso alla faccia di Gaia, se vedesse il sottoscritto disquisire di civiltà troglodita al telegiornale delle venti. Non potrebbe piú bollarlo come progetto individualista. Dovrebbe riconoscere l'impegno nel coinvolgere altri simpatizzanti. Già l'accoglienza offerta al buon Sidney ha vanificato molte critiche. Babilonia è incapace di ospitare chicchessia. Tra la stanza degli ospiti e le sbarre di una cella non c'è tutta questa differenza. Mezzi diversi per lo stesso risultato: isolare il forestiero e impedirgli di nuocere.

Ma non è di questo che devo parlare. Occorre prepararsi un discorso. Breve, efficace, puntuale. Qualcosa che non possano fare a meno di mandare in onda.

Ce l'ho. Vado.

La barba incolta non contribuisce a rendermi televisibile. I vestiti spiegazzati nemmeno. Ma di normali ne hanno già fatti una decina. Interessa lo strambo di turno?

Interessa.

– Signore, permette una domanda?

– Prego.

Bla bla bla. Non farti fregare adesso, non ascoltare. *Bla bla bla*. Concentrati sulla battuta. *Bla e bla?*

Mi perdo il punto di domanda, non il microfono sventolato sotto il naso. Tocca al sottoscritto.

– Per me, io sono contro la caccia, però tagliare le dita alla gente non è mica la soluzione. Uno ci arriva per mancanza di alternative. Allora vorrei lanciare questo appello ai cosiddetti ecoterroristi: di deporre le armi e unirsi alla civiltà troglodita. Vivere nelle caverne è possibile. Il sottoscritto lo sta dimostrando. Mangio tuberi, mi scaldo col fuoco e sono felice. Tutto qua.

Non male. Anche se l'attacco qualunquista è un'arma a doppio taglio. Potrebbero tenere quello e cestinare il resto.

– Davvero lei vive in una caverna? – Fuori onda, solito accento e sorriso curioso. – E dove?

– Proprio qui sopra. Il sottoscritto e un ragazzo di colore.

– Però! Ed è molto che lo fate?

– Abbastanza per non smettere piú.

Pollice e indice massaggiano gli angoli della bocca: – Senta, le spiacerebbe se uno di questi giorni veniamo a dare un'occhiata, a fare qualche domanda?

– Il bosco è di tutti, potete venire quando vi pare.

– Già. E quanto ci si mette?

– Piú o meno un'ora. Prendete il sentiero che costeggia il torrente, subito fuori dal paese, su per la strada. Salite fin verso...

– Magari se scende lei viene tutto piú facile. Vogliamo fare lunedí?

Vogliamo. Ci si accorda per le nove, di fronte alla chiesa.

Mentre mi allontano, il prossimo intervistato sbuca da dietro l'angolo. Mani in tasca, cappello, sguardo distratto.

– Scusi, permette una domanda?

Giro intorno alla chiesa e sono di nuovo sulla strada di casa. Ho diverse cose da fare, prima che faccia buio. Finire il comodino. Essiccare castagne. Spolverare il bosco dai detriti della ferrovia.

La vecchia è sempre lí, il sospetto anche. Ritira i panni preoccupata dal cielo grigio. Un minuto e si mette a piovere.

Al secondo tornante il paese è già cinquanta metri piú sotto, chiazza grigio scura nel verde fradicio della valle. Sui tetti d'arenaria spiccano il campanile squadrato e le mura del castello, aggrappate a una roccia dell'altro versante.

Quando la strada scavalca il Rio Conco stringo il bastone intagliato e imbocco il sentiero che risale il vallone. Sono contento di non aver concluso il baratto. Nulla è fatto per essere scambiato, nessuno si fa trapiantare un polmone al posto di un rene. Per questo il sottoscritto è contro ogni salario. Da lavoro dipendente. Da lavoro autonomo. Dal solo fatto di esistere. Quest'ultimo, per carità, mi spetterebbe con gli interessi: per anni si è tratto profitto dal mio corpo, dalle mie relazioni, dai miei desideri, senza degnarsi di pagarmi uno stipendio, un affitto, un contratto d'uso.

La buona notizia è che non passerò a riscuotere. Mi riprendo la vita, e tanti saluti.

Pioggia battente. Meglio allungare il passo.

Giú a Castel Madero, gli operatori della troupe stivano macchinari nei furgoni e i vecchi soci del Circolo della caccia sgombrano il campo in cerca di riparo. Sidney ascolta lo scroscio dell'acqua in mezzo all'abetaia, mentre la vecchia, finito il turno di guardia, chiude le persiane e accende il televisore.

E intanto i castagni di monte Budadda, i faggi e i grandi pioppi lungo il fiume, allargano i tronchi di un altro millesimo di millimetro. Forse per ricordare qualcosa che a tutti gli altri è sfuggito per sempre.

Facessi come loro, non mi sarei dimenticato di parlare col maresciallo.

VI.
Da Emerson Krott, *L'invasione degli Umani*, Galassie 1981. Capitolo 22

> C'erano sulla Terra i giganti, a quei tempi – e anche dopo –, quando i figli di Dio si univano alle figlie degli uomini e queste partorivano loro dei figli: sono questi gli eroi dell'antichità, uomini famosi.
>
> *Genesi*, 6, 4.

Era di quelli che si vergognavano, il nuovo cliente, di quelli che arrivavano dopo il lavoro, con ancora addosso la livrea da funzionari, l'ampio sorriso caimano e il *device* per il controllo di oggetti che faceva capolino dietro le orecchie.

L' ex nidar ordinò alla sedia fluttuante di prelevare il nuovo venuto, di accogliere quelle chiappe impacchettate nella miglior lana di vetro del pianeta, e di portarle a destinazione, un metro esatto dal bordo della scrivania, dove una pianta alfabetica piegava e ripiegava il fusto per comporre all'istante la tradizionale formula di benvenuto, seguita dalle parole «Kram A768, direttore generale».

Il dito indice dell'ex paleontologo scivolò lungo le costole fino a incontrare i tasti del modulatore. A memoria li scorse e selezionò *Vendita pacchetto-Voce standard*.

– In cosa posso esserle utile? – domandò infine Kram con la voce standard da venditore che il ragazzo della Chord gli aveva impostato qualche giorno prima, per sostituire l'ormai inutile *Accademico di storia arcaica-Tono convincente*, che nel momento del bisogno non aveva convinto nessuno.

– Volevo… ecco… qualche informazione sui vostri viaggi, se possibile.

– Certo, ci mancherebbe! Come saprà… – e nonostante il modulatore, la voce di Kram assunse una sfumatura ironica, poiché sapeva benissimo che il cliente sapeva, e che la domanda serviva giusto da apripista, un modo come un altro per prenderla alla lontana. – Come saprà, i nostri viaggi si dividono in due categorie: cacce in riserva e appuntamenti fissi. Nella caccia in riserva, è lei che deve stabilire il contatto con la preda, ovvero, se posso esprimermi in termini piú schietti: avvicinarla, catturarla, possederla. Nella versione appuntamento, invece, una volta giunto sul Terzo pianeta, è nostra cura metterla in contatto con una scimmia debitamente ammaestrata che esaudirà ogni suo desiderio, suicidio escluso, per l'intera giornata. Come capirà, i prezzi delle due proposte sono molto differenti.

– Capisco, – pigolò il cliente. – E quanto verrebbe a costare, l'appuntamento?

Sorrise Kram, e tracciò una crocetta mentale sul taccuino delle statistiche. L'ennesimo vergognoso, l'ultimo timido di una lunga serie che indicava nell'appuntamento la sua formula ideale. Sicura, meno forte sul piano emotivo, altrettanto soddisfacente su quello sessuale.

Scivolò lungo lo schedario, la mano glabra di Kram, aprí un cassetto e sfilò dal classificatore il contratto richiesto.

31. Zanne e panna montata

Si era fatto dare un cesto dalla moglie, di quelli che da novembre a maggio servono per la frutta, e il resto dell'anno per raccogliere funghi. Perché solo i barbari usano i sacchetti di plastica, che trattengono le spore e impediscono di fecondare il bosco per l'ultima volta.

Comunque, non era per i funghi che se l'era fatto dare. Ci aveva messo dentro un pezzo di cacio, ancora umido di latte, di quello che gli portava Cotenna quando scendeva dagli stazzi, per ringraziare che nessuno gli andava a controllare il porto d'armi. Ci aveva messo una mezza forma di pane pugliese e due uova fresche.

Ma non c'erano nonnine malate ad attenderlo al di là della selva, soltanto un cavernicolo indisciplinato che non si faceva vedere da troppo tempo. E al posto del cappuccio rosso, il maresciallo Martelli portava un berretto nero con una fiamma al centro.

Se lo calò sui ricci, aggiustò l'automatica nella fondina e liberò con un rutto i primi gas della digestione.

Il Marcio non ci sapeva fare. Odiava il fai da te, il bricolage, i lavori manuali. Lo mettevano di cattivo umore. Gli mancava la pazienza, piú che l'abilità. Preferiva spendere cento sacchi di elettricista, che smontare un interruttore e collegare due fili. Se toglieva viti da un aggeggio, al momento di rimetterle ne mancava sempre una. Se tagliava una corda, un filo, un cavo qualsiasi, da troppo lungo diventava sempre troppo corto. Il nastro adesivo si attorcigliava su se stesso. La colla gli appiccicava le dita. Certi oggetti ce la mettevano tutta, per farlo infuriare.

Di fronte alla prospettiva di aggiustare qualcosa, si rifugiava sempre nelle stesse due frasi.

La prima era: «Se si rompe, è da buttare. Punto».

La seconda: «Meglio chiamare un tecnico».

Ma in quel frangente, che tecnico poteva chiamare? C'era senz'altro qualcuno piú esperto di lui, con quei trabiccoli, qualcuno che in dieci minuti risolveva il problema, ma in certi casi due persone sono già una folla. Doveva prendersi le sue responsabilità, come col pedinamento del negro e la scoperta della grotta.

Afferrò le pinze con rabbia e strinse il filo di ferro perché aderisse alla corda.

Doveva risolversela da solo. Dopo, l'avrebbero ringraziato.

Caratteri cubitali lo domandavano da una locandina.

Grappoli di salsiccia di cinghiale ribadivano il concetto.

Il vento mescolava la domanda con l'eco di spari lontani.

Sulla piazza, i volti dei vecchi galleggiavano come punti interrogativi.

Il paese cercava risposte. Martelli aveva poco da offrire.

Come ogni servizio pubblico, anche la tutela dell'ordine risponde a criteri economici. Finiti gli slogan, cominciano i costi. Il modo migliore per contenerli: vendere risultati senza spendere energie. Una vera indagine richiede tempo. Occupa personale. Affatica meningi. Per fortuna c'è una scorciatoia. Anzi, un paio.

Se hai sotto mano un sospettabile con le spalle scoperte, vendigli lui. Non noteranno la differenza.

Se hai un infame, fagli vendere chi vuole. Apprezzerà lo scambio: lui canta quelli giusti, tu chiudi un occhio sulla tara. Due o tre che c'entrano di striscio, ma stanno sull'anima al tuo nuovo socio. Accontentalo e mettiti la coscienza in pace: il proverbio cinese della moglie che sa comunque perché la picchi, si applica bene anche in questo caso.

Purtroppo, entrambe le opzioni erano impraticabili.

La storia dei satanisti era fumo purissimo. Qualche nota di folklore che la stampa aveva amplificato volentieri. Piccoli vantaggi. Se i veri colpevoli la bevevano, potevano fare il classico passo falso per eccessiva sicurezza, pensando che le indagini fossero in mano a un visionario. Altrimenti, serviva a intimorire i satanisti: per un po', niente messe nere e galli decapitati nei ruderi sparsi della Valmadero.

E a proposito di galli, gli mancava quello da far cantare: solo qualche tossico che voleva inguiarne altri, e basta. In piú, nutriva dubbi in merito alla strategia. Per i furti albanesi nei rustici chic-freak aveva funzionato bene, ma con troppi effetti collaterali. Il piú seccante si chiamava Caffellatte, ma guai a chiamarlo in quel modo, adesso. Da spacciatore di seconda fila a imprenditore di alto livello. Niente piú nomignoli per Jakup Mahmeti. In meno di un mese aveva bruciato la concorrenza, chiuso la stagione dei furti, guadagnato il rispetto dei tutori della legge. Non di tutti, comunque. A Martelli, stava ancora sul cazzo.

Che dire poi dell'ipotesi terrorista? Il maresciallo era perplesso. Gli esperti di comunicati farneticanti avevano espresso riserve sull'attendibilità della dichiarazione. Guerra agli Umani: o era un falso, una copertura per altri interessi, oppure si trattava di un gruppo fuori del comune. E per quanto fosse «fuori», non riusciva a capire con che logica degli ecologisti ucciderebbero un cacciatore con un laccio da bracconiere.

Il saluto di una vecchia, china sulla balaustra del terrazzo, interruppe il fluire dei pensieri. Il maresciallo Martelli ricambiò, portando la mano alla visiera.

Cento metri piú avanti, all'altezza del ponte sul Rio Conco, imboccò un sentiero tra le felci che saliva nel bosco.

– Permesso? C'è nessuno?

Per tutta risposta, un oggetto metallico colpí l'interno della saracinesca, abbassata per metà. Il brigadiere Corradi, piegato in due a sbirciare dentro il garage, balzò all'indietro e finí col culo per terra.

L'oggetto metallico erano le pinze del Marcio, scagliate in un impeto di rabbia e impotenza.

– Marcio, sei lí? – domandò il brigadiere di nuovo in piedi.

Il brigadiere? E chi cazzo l'aveva mandato? Gli avevano letto nel pensiero, per caso?

Abbrancò gli aborti di trappola appena partoriti e cercò di pensare a dove nasconderli. Si perforò la mano col fil di ferro, vomitò una bestemmia da indemoniato, eruttando pezzi in ogni direzione, con conseguente rovesciamento dai rispettivi supporti di bottiglie, latte d'olio e attrezzi vari.

Sgusciò fuori dal garage succhiandosi la stigmate, incurante del business che poteva ricavarne.

– Che vuoi?

Il brigadiere evitò di tendergli la mano.

– Il solito, – disse.

L'altro sputò sul taglio e aiutandosi con le dita ci convogliò saliva e sporcizie varie.

– Quanto? – domandò a medicazione ultimata.

– Stavolta tutto.

– Tutto? Non se ne parla.

– Parlo col capo, allora.

– Il capo vuole che me le sbrigo da solo, certe faccende.

– Già. E immagino che non sarà contento se al prossimo incontro compare all'improvviso una pattuglia e porta un po' di gente a fare un giro in caserma. Giusto?

– Brigadiere, – tagliò corto il Marcio con tono di rimprovero. – Ma perché dobbiamo fare sempre a chi ce l'ha piú duro? Immagino che il maresciallo Martelli non sarebbe contento di vedere certe foto, o di ascoltare, che so, la registrazione della nostra ultima chiacchierata, ricorda?, quando abbiamo cancellato quella metà del debito...

– Non mi sfidare, hai capito? – ringhiò il brigadiere. – Non ci provare nemmeno.

Il Marcio non disse nulla. Lasciò che l'altro smaltisse l'orgoglio ferito con un paio di minacce, mentre pensava a come far fruttare l'ennesima richiesta di alleggerimento. Doveva essere ridotto male, il brigadiere. Aveva moglie e figli e la paga non permetteva troppi sfizi. Era la seconda volta in dieci giorni, che tornava alla carica.

– Possiamo metterci d'accordo, brigadiere. C'è un piccolo extra che mi farebbe comodo.

– Gli extra li chiedi alla filippina, okay?

– D'accordo, diciamo che è un favore. Ti faccio uno sconto extra per un servizio extra. Va bene cosí?

– Che roba è?

– Niente di straordinario. Hai presente quel negro che combatte per noi?

Vuota. Nella grotta non c'era nessuno. Solo un odore stagnante di legna bruciata, bozzoli informi di sacchi a pelo e una piramide di mele.

Martelli si guardò intorno. Il cavernicolo doveva essere in giro a procurarsi la cena. A meno che non gli fosse successo qualcosa, nel frattempo. La settimana era volata e lui non si era fatto vedere.

Chissà come si era nutrito in quei giorni, chissà se il calore del fuoco gli era stato sufficiente. Come si era organizzato per l'acqua? Quanto pensava di resistere, ancora?

Aveva piú voglia di fargli quelle domande, che di mettersi a parlare di terroristi, morti ammazzati e traffici di cinghiali.

Il cavernicolo si era sistemato piuttosto bene. Mancava giusto qualche ritocco. Perlustrando i cassonetti del paese poteva rimediare il materiale per una vera canna fumaria, ed evitare che il fumo stagnasse quando il vento lo intrappolava all'interno. Ammesso che l'opzione «riciclaggio» lo trovasse d'accordo, perché sull'argomento c'erano parecchie divisioni. La scuola piú pragmatica sosteneva che per cominciare tutto fa brodo: consigliavano di tenere il serbatoio dell'auto sempre pieno, per garantirsi una fuga veloce, e in seguito centellinare benzina fino all'ultima goccia. Per altri ci voleva un taglio netto: abituarsi da subito alla nuova vita, senza strumenti e risorse che non si era capaci di riprodurre da soli. Chissà se il cavernicolo si era posto il problema.

Chissà se avrebbe accettato una mano, di quando in quando. Magari la domenica, giusto per passare il tempo.

Se lo stronzo gli diceva quanto c'era da camminare, di sicuro non accettava. Gli facevano male i piedi, e il dubbio di aver sbagliato strada lo affaticava piú della salita. Tutto per qualche centinaio di euro e un africano rincoglionito che aveva deciso di tornare nelle caverne.

Incrociò la casetta in cemento del Consorzio energia idroelettrica, mezza sepolta dall'abbraccio dei rovi. Era la strada giusta. Ultimo punto di riferimento prima dell'arrivo.

Il brigadiere Corradi si asciugò il sudore e ripassò il nocciolo del discorso: bisognava spiegare al negro che abitare in una grotta è proibito dalla legge, che se non se ne andava da lí erano guai seri, che l'unico motivo che li tratteneva dal rispedirlo in Nigeria era che gli amici della *Tana del vagabondo* avevano promesso di regolarizzarlo entro l'anno, quindi che non facesse cazzate.

Facile. Se non era per la scarpinata nel bosco, un affare.

La radura comparve improvvisa, oltre un ceduo di faggi e carpino. Sul lato opposto, una parete scendeva a picco, mostrando in piú punti il suo cuore di gesso. La grotta doveva essere là sotto.

Il brigadiere si avvicinò.

Ci fu un rumore come di ferraglia. Sporse la testa tra le ginestre e guardò meglio: in fondo alla conca, una porta di tronchi, socchiusa.

Già che c'era, dopo tanto camminare, voleva fare un buon lavoro. Soddisfazione personale. Il negro doveva prendersi paura.

– Avanti, – gridò . – Esci con le mani in alto, niente scherzi.

Il rumore si interruppe.

Il brigadiere scese la dolina, spalancò la porta con un calcio e puntò la pistola all'interno.

– Mi hai sentito, negro? Vieni fuori, subito.

Gambe larghe, ginocchia piegate, mani giunte sul cannone d'ordinanza. La silhouette di Corradi, incorniciata da uno squarcio di rami e cielo, pareva la locandina di un film d'azione.

– Metti giú, va', – consigliò Martelli senza alzare la voce. L'amplificazione naturale permise al brigadiere di sentire lo stesso.

Si rialzò sulle ginocchia. – Maresciallo? – Abbassò l'arma. – Maresciallo, è lei? – La ripose nella fondina. – Maresciallo! Mi lasci spiegare, vede...

Martelli ripose gli attrezzi – s'era messo lí a intagliare un comodino – e avanzò verso il sottoposto.

Nel solito squarcio alle spalle del brigadiere, comparve una macchia scura.

Dalla stazza e dai lievi grugniti, pareva un cinghiale. Dalle zanne, un facocero. Dai movimenti, un cane. Girava su se stesso come un derviscio peloso, e ogni quattro o cinque piroette prendeva a rotolarsi nell'erba. La danza macabra di un dio della selva.

Seguendo lo sguardo del superiore, il brigadiere si voltò.

Vide il cinghiale.

Il cinghiale adesso era fermo. Sbavava, le zanne avvolte da una specie di panna montata. Negli occhi, quasi una richiesta.

Corradi non la colse. Sparò in aria per levarselo di torno e se lo ritrovò addosso, senza nemmeno il tempo di reagire.

Quando Martelli estrasse l'arma, il brigadiere era già a terra, che gridava aiuto, con uno squarcio in pancia e il muso dell'animale affondato sulla faccia.

32. TeleVisioni

Gaia guardava la tele. Evento assai raro, al bar *Beltrame*. Non che ci fossero restrizioni, in proposito. Il fatto è che l'apparecchio funzionava solo a schiaffi, e solo con certi schiaffi della proprietaria. Cosí Gaia, senza passare per despota, poteva scegliere cosa guardare e cosa no. E i tifosi, prima di una partita importante, minacciavano spesso di andare a vederla a casa di qualcuno, poi, dieci minuti prima, «di passaggio», facevano sempre la loro visita di controllo e Gaia Beltrame li premiava, ripetendo il miracolo dei ceffoni.

Una voce familiare uscí dal televisore. Gaia alzò lo sguardo dalle tazzine.

La voce del cavernicolo. Intervistato a *Tg2 Dossier*. Invitava gli ecoterroristi a deporre le armi e unirsi alla civiltà troglodita.

Si era bevuto anche l'ultimo neurone, a quanto pare.

A quando un talk-show disinvolto in diretta dalle caverne, inframmezzato da spot di automobili e centri commerciali?

Cinghiale Bianco guardava la tele, appesa al soffitto come un monitor da stazione. A tratti, per alleviare il torcicollo, abbassava la testa sullo schermo della macchinetta e con l'indice puntato fingeva interesse per il catalogo del videonoleggio *Il ciclope*. Aperto ventiquattr'ore. Tessera gratuita. Buono pizza ogni dieci prelievi.

Cinghiale Bianco non era lí per le agevolazioni.

Questione di prudenza. Prevenire passi falsi. Evitare inutili rischi.

La visione di *quel* programma poteva risultare pericolosa.

Se gli scappava uno sguardo, un commento a fior di labbra, un silenzio troppo eloquente, non doveva esserci nessuno – né a casa sua, né al bar, né tra i familiari di Erimanto o Zanne d'Oro – pronto a ricordarselo davanti a un tribunale.

L'andirivieni dei noleggiatori era quanto di piú simile a *nessuno* gli fosse riuscito di trovare nei pressi di un televisore acceso.

Lo speciale su Castel Madero era partito alle nove, dopo una pubblicità di detersivi.

In apertura, avevano letto la Dichiarazione di guerra: ora il mondo era avvertito. Il mondo non aveva piú scuse.

Le ipotesi dei carabinieri facevano ridere. Le interviste ai cacciatori facevano ridere. E anche il tipo con la barba lunga e i vestiti spiegazzati non era male. Veniva da pensare che fosse un attore, un figurante qualsiasi, pagato per dire la sua battuta. Un mezzuccio da quattro soldi per attirare altrove le simpatie ecologiste: il buon selvaggio contro gli spietati assassini. Poteva darsi. In caso contrario, era un povero illuso. Anche tornando nelle caverne, gli Umani non si libereranno mai dei loro impulsi distruttivi. Il Dna non è un pranzo di gala. Inutile ritardare il meccanismo.

Il Buon Selvaggio andava fermato. Non doveva indebolire la rivoluzione animale con miraggi e facili scorciatoie.

Il Buon Selvaggio era un mito pericoloso.

Se davvero esisteva, bisognava mozzare un dito pure a lui.

Sigla finale. Ultima occhiata al televisore. Sorpresa: due telecamere a circuito chiuso, appollaiate ai lati dell'apparecchio, tenevano d'occhio i dintorni. Altro che *nessuno*.

Cinghiale Bianco raccolse le borse della spesa e si allontanò in fretta, maledicendo gli Umani, la tecnologia e le sue infide sottigliezze.

Matteo Lamara, di professione barista, guardava la tele. Distratto dal baccalà in umido che si era cucinato, seguiva le interviste senza attenzione, finché sullo schermo non vide comparire la faccia del matto, che nella confusione del giorno prima se n'era poi andato senza pagare il cappuccino. Se lo facevano parlare in tivú, non poteva essere un matto pericoloso. Uno di quelli che è meglio non insistere, rischi di farti spaccare la testa per un euro di consumazione.

Appoggiò la forchetta e guardò meglio. Non voleva scordarsela, quella faccia.

Cominci col far credito a uno e finisce che devi farlo a chiunque.

Manuel Carena, detto Marcio, guardava la tele. O meglio: saltava da un canale all'altro, spinto dall'inerzia di una serata vuota.

Le ucraine lo avevano appena scaricato, per accontentare le bizze di un paio di clienti da servizio completo. Cena piú letto piú colazione in camera. In teoria, un'ottima occasione per spassarsela: spaventare i due fighetti, stangare le troie, rompere il muso a qualche albanese e scopare gratis. Purtroppo, l'albanese in questione era quello sbagliato. Le biondone della steppa lavoravano per Mahmeti.

Coca, ne restava un quartino. La playstation era dal tecnico. Con la Serie oro di «Playboy» aveva prosciugato in mezz'ora le ultime gocce di energia.

Alla fine si era appostato sul divano per vedere se il tigí locale dava notizie del brigadiere Corradi, azzannato da un cinghiale nei pressi del paese. Se l'era sciroppato fino all'ultimo servizio. Una dissertazione sulle diverse qualità di castagne reperibili nella zona.

Mezzo ipnotizzato dal flipper di immagini, colse con la coda dell'occhio un'inquadratura familiare. La piazza di Castel Madero, secondo canale.

L'amico di Nigeria che parlava della *sua* grotta.

Il potenziale sputtanamento che assumeva proporzioni cosmiche.

Fela guardava la tele. Ci capiva poco, ma la guardava lo stesso.

Mancanza di alternative. Il televisore lo avevano trovato di fianco a un cassonetto. Funzionava, ma era un modello preistorico. McGuffin Electric, mai sentito nominare. Molto poco disposto a stringere legami duraturi con la parabola che aveva prosciugato i loro risparmi. Bastava uno spostamento minimo, una cimice equilibrista a spasso sui cavi, per far saltare l'immagine e tanti saluti all'African Independent Tv.

L'unico davvero in grado di rimettere ordine nell'accrocchio di fili, connettori e morsetti era il perito elettronico Sidney Kourjiba.

Ma Sidney se n'era andato, e il segnale della parabola l'aveva seguito.

Restava la tivú italiana. Meglio che niente. Almeno si esercitava con la lingua.

Il programma parlava di un uomo ucciso e di altri con le dita mozzate. Di piú, non era riuscito ad afferrare. Soprattutto, gli risultavano oscure le interviste. La gente parlava veloce, con accenti strani, e si mangiava le parole. In particolare un signore, che mostrava il dito amputato e sputazzava sul microfono. Parlava di come un gruppo di tre persone, i volti coperti da maschere africane, lo aveva aggredito nei pressi di una cascina. Fela non riuscí a decifrare nemmeno una frase.

Riconobbe invece l'ultimo intervistato. Quello che aveva mandato in bestia il capoccia, con la storia del tè a ogni costo. Ma usava termini troppo complicati, e Fela, frustrato dal vocabolario e stanco morto per la giornata nel bosco, decise di spegnere e andarsene a dormire.

Alberto Drago guardava la tele, giusto gli ultimi dieci minuti, prima che il padre lo chiamasse per scendere al forno e attaccare il lavoro. Da tre giorni, lui e il Molesto cercavano notizie sui riti ecologisti. Non c'era niente sulle enciclopedie della biblioteca. Niente sui motori di ricerca on-line, provate tutte le parole-chiave, le combinazioni booleane, i termini inglesi. Volevano saperne di piú. Senza arrivare a uccidere qualcuno con un fil di ferro, erano comunque determinati a provare. O a saperne abbastanza per far credere che anche loro, nel bosco delle Banditacce, quando c'era il novilunio... Gli amici di Ponte avevano rimediato un paio di belle scopate, con la storia delle messe nere. Gli amici di Ponte erano metallari darkettoni e rimorchiavano metallare con la mini di cuoio, le autoreggenti strappate e il piercing sulla lingua. *De gustibus*. Drago e il Molesto preferivano un altro genere. Per esempio due ex compagne delle medie, capelli giamaicani e brillantino sul naso, che avrebbero fatto faville in un rito ecologista organizzato come si deve. Un po' rave nei boschi, un po' culto dionisiaco.

Forse il selvaggio che diceva di vivere in una grotta poteva avere qualche dritta. Di sicuro ne sapeva, di riti ecologisti. Si poteva provare a contattarlo, magari.

Una voce chiamò dall'altra stanza.

Ne avrebbe parlato col Molesto alla prima infornata di baguette.

Il maresciallo Martelli guardava la tele, nel salone dell'ex convento, ex Camera del lavoro, ex Casa del fascio e ora caserma dei carabinieri di Castel Madero.

Era in ritardo, e i Duri a Morire non l'avrebbero aspettato. In fatto di puntualità, le regole del gruppo erano molto rigide. Le catastrofi piú comuni non concedono il quarto d'ora accademico.

Pazienza. Dieci minuti di Primo soccorso si possono sempre recuperare. Lo speciale su Castel Madero era quasi alla fine.

Intervistato in piazza, il survivalista cavernicolo lanciava un appello equivoco agli autori delle mutilazioni. Ridotto all'osso, decriptato, sfrondato dalle ambiguità, significava una cosa sola: incontriamoci.

Forse aveva sbagliato, nel giudicare il soggetto. Si era lasciato prendere dalla simpatia per il suo esperimento, aveva pensato di tenerselo buono, di usarlo come una specie di informatore. Ora le cose si complicavano.

Il cavernicolo conosceva la ragazza che aveva trovato il corpo di De Rocco.

Il cavernicolo mandava messaggi agli ecoterroristi.

Il cavernicolo bucava l'appuntamento settimanale e non si faceva trovare.

Potevano essere coincidenze, chiaro. E allora? Le coincidenze tornano sempre utili.

Bisognava trovare il cavernicolo. Saggiarne la buona fede. Capire cosa farci.

Yogur Casale guardava la tele, audio azzerato, cellulare all'orecchio.

Dieci chiamate nel giro di un'ora. Senza sosta. Il timpano destro bruciava come scottato dal sole.

Rinaldi gli aveva sottoposto una teoria sul modo migliore per scovare i Tagliadita.

Taverna lo aveva intrattenuto con elucubrazioni tattiche in merito a una trappola per incastrare i Tagliadita.

Il Giando gli aveva suggerito un piano geniale per catturare i Tagliadita e costringerli a parlare.

Sua moglie lo stava minacciando di altre mutilazioni, se anche quel mese faceva tardi con l'assegno.

Casale riuscí a sbrigarsela in fretta, spense il telefono, rialzò il volume e invitò la figlia a raggiungerlo, che iniziavano le interviste, e tra una e l'altra doveva esserci pure il babbo.

Invece niente.

L'avevano tagliato, per far spazio a uno scemo che diceva di vivere in una grotta. Che si dichiarava contro la caccia. Che insomma gli ecoterroristi li capiva, e li invitava pure ad andarlo a trovare.

Un infame.

L'infame che serviva per confezionare la trappola.

Daniele Sardena guardava la tele, l'indice in posizione e l'orecchio teso. Sullo schermo scorreva il «dietro le quinte» di un calendario sexy, di quelli che un tempo si regalavano dal barbiere. Appena i passi di sua moglie sfioravano la stanza, il dito scattava sul telecomando e ai corpi sinuosi delle modelle si sostituivano i baffi di un mezzobusto da tigí.

Incapace di rinunciare a quell'attività digestiva, Sardena aveva ormai sviluppato un'erezione zapping. La durata dei suoi amplessi si era allungata di conseguenza, ma per quanto cercasse di spacciarlo per sesso tantrico, sua moglie era ben lungi dal nirvana.

L'ultima intermittenza si trascinò piú del solito, sebbene la donna fosse a distanza di sicurezza.

Dopo il telegiornale era partito un servizio su Castel Madero e i terroristi dei boschi.

Sardena non si perse un'inquadratura, dall'inizio alla fine.

Quindi sollevò il bicchiere d'amaro e brindò con Petra & Rhonda a un avvenire migliore.

Doveva ringraziare il cielo, accendere un cero alla Madonna e ricordarsi di portare le arance a quei cari ragazzi. L'idea che l'omicidio De Rocco fosse da attribuire alla loro banda, sembrava ormai assodata, e lo speciale del tigí contribuiva a suggellarla, abolendo parole come «presunto» e condizionali dubitativi.

Altro che deporre le armi e unirsi alla civiltà troglodita! Quelli dovevano continuare, insistere, che da quando erano in giro loro le battute al cinghiale si erano ridotte del settanta per cento, i cacciatori restavano a casina, e gli affari d'oro coi ristoranti e l'allevamento li faceva soltanto lui.

Gli spietati terroristi erano collaboratori ideali. Lavoravano bene e lo facevano gratis.

Petra ammiccò e iniziò a sfilarsi le mutande.

Il dito di Sardena schiacciò di nuovo il pulsante.

Adelmo Asturri detto Pinta non guardava la tele. Forse l'unico, tra i 2063 residenti del comune di Castel Madero. Pari allo 0,048 per cento. La mora che si agitava sotto di lui non intaccava la statistica. Abitava a Casiglio di Sopra, frazione di Coriano. Era stata lei a chiedergli di spegnere. Per lui, la luminosità azzurrina del tubo catodico non era niente male per fare atmosfera. Cancellava la cellulite e faceva sembrare la pelle piú liscia. Lei non voleva distrazioni.

Il telefono del *privé* le diede il primo dispiacere intorno all'una meno un quarto. Pinta allungò un piede verso il muro e staccò la spina con un calcio.

Un minuto dopo prese a squillargli il cellulare. Fece tacere anche quello.

All'una meno dieci, il telefonino «d'emergenza», noto soltanto a Mahmeti e a pochi altri, inondò la roulotte con la *Cavalcata delle Valchirie* versione suoneria. Pinta dovette rispondere, nonostante gli improperi della donna.

– Pinta, cazzo, dove t'eri cacciato? Hai visto la tele? Siamo nella merda, bello, te l'ho detto che quel negro ci sputtanava. Ascolta...

– Ascolta tu, stronzo, – lo bloccò il Pinta.

Appoggiò l'apparecchio sul cuscino e provò a riprendere da dove s'era interrotto.

DOCUMENTO 7

Da «L'Opinione» di martedí 17 ottobre.

Forse malato di encefalite il cinghiale che ha assalito i Cc

CASTEL MADERO. Era quasi certamente pazzo, il grosso cinghiale che nel pomeriggio di venerdí ha assalito il brigadiere Ugo Corradi, provocandogli gravi ferite all'addome e al volto, con una lesione all'occhio sinistro definita dai medici «molto seria». Era pazzo, proprio come le famigerate mucche delle nostre stalle, malate di encefalite spongiforme, un morbo che fino a oggi nessuno aveva riscontrato sui cinghiali. Lo confermerebbero le prime analisi eseguite su un esemplare dal comportamento analogo abbattuto lunedí nei dintorni di Coriano.

«Le ricerche, – spiega il professor Impellizzeri, della clinica veterinaria di San Michele all'Argine, – hanno finora dimostrato un collegamento evidente tra l'encefalite bovina e l'alimentazione con farine animali. Il caso di un selvatico, pertanto, è quantomeno imprevisto, sebbene il cinghiale sia una specie onnivora, che può anche nutrirsi di carcasse predate in precedenza da altri animali».

A questo proposito, è bene ricordare che dieci giorni fa, un commando del sedicente Esercito Maderese di Rivoluzione Animale ha fatto fuggire dalle stalle dell'agriturismo *Le tre campane* almeno una quindicina di cinghiali. Impellizzeri non esclude che questi esemplari potessero aver contratto la malattia all'interno dell'allevamento e siano dunque gli «untori» dell'attuale epidemia.

Sulla stessa lunghezza d'onda anche il maresciallo Giorgio Martelli, intervenuto prontamente per mettere in fuga l'animale e soccorre il Corradi.

«Non vogliamo provocare inutili allarmismi, – dichiara, – ma nemmeno possiamo negare il collegamento tra le diverse circostanze: da una parte questi *ecosatanisti*, dall'altra i cinghiali impazziti».

Non piú tardi di dieci giorni fa, del resto, in un volantino giudicato inattendibile, il gruppo sosteneva di essere al lavoro su un'arma chimica per sterminare il genere umano. Forse il genere umano è un obiettivo troppo altisonante, ma che dire della selvaggina di un'intera vallata, da trasformare in minaccia per l'uomo, con altissimi rischi di contagio?

Per ora è soltanto un'ipotesi, forse fantasiosa. Ma la fantasia, negli ultimi tempi, è ormai abituata a inseguire la realtà.

33. Luce in fondo al tunnel

Sei venuto a sederti quassú, dopo giorni merdosi. Giorni di nebbia, freddo e pioggia a non finire. Giorni di meteoropatia e voglia di mollare. Giorni di nausea per ghiande e castagne, rinfrancati solo da una frittata, con germogli di vitalba e tarassaco. Le uova: abbandonate da qualcuno all'ingresso della grotta, insieme a pane e formaggio. Qualcuno, forse Gaia, nonostante lo neghi. Gaia che schifa il sottoscritto per via dell'apparizione televisiva. Grazie: non l'hai detto tu che sono un pericoloso individualista? Che quantomeno dovrei allargare la civiltà troglodita e diffondere l'idea per salvare il mondo? Sul mondo, mi sono già dilungato. È troppo giú di corda, e io con esso. Ma una civiltà deve poter contare su piú individui, reti di socialità che producano benessere. Gaia dice che nella società repressiva, l'emancipazione del singolo non torna *mai* a suo vantaggio. Gaia legge i libri sbagliati. La luce in fondo al tunnel non è *sempre* un treno in direzione opposta.

Il sottoscritto è un pragmatico: la civiltà troglodita non possiede ancora mezzi adeguati di comunicazione. Di fronte a tale evidenza, ha deciso di utilizzare quelli altrui, per quanto li disprezzi cosí come sono. L'Uomo Nuovo è come un seme in una discarica. Fiorirà nell'immondizia o non fiorirà affatto.

– Va bene, va bene. Ho fatto saltare l'intervista, contenta?

Credo di aver capito, in realtà, che Gaia e il sottoscritto la pensano allo stesso modo, sulle questioni importanti. Forse faremmo meglio a smetterla di discutere, e sfogare la tensione sessuale nella maniera piú consona.

Ma tu eri troppo di cattivo umore, ieri pomeriggio, e lei aveva fretta di riaprire il bar.

Cosí è passato un altro giorno merdoso e adesso sei venuto a sederti quassú, appena sveglio. E sono bastati dieci minuti per cancellare ogni amarezza.

Mi piacerebbe capire come funziona. Come funziona che la luce giusta, i colori dell'autunno che colano dalle montagne e veli di foschia su una manciata di case e prati dànno conforto immediato a questa solitudine. Quasi che cime e crinali fossero un branco di bestie selvatiche, accucciate intorno al sottoscritto per leccargli le ferite. Tutta la psicoanalisi del mondo e le diverse terapie, tutti i Krishna, i Geova e i mille altri nomi di Dio e dei suoi profeti, tutta la letteratura, le teorie sociologiche, le battaglie vinte e i rari trionfi, nulla sa fare altrettanto, in cosí poco tempo e senza sforzo. Nulla è cosí a portata di mano, cosí dolce, come l'abbraccio della valle sui nervi del sottoscritto. La stessa valle che sa essere orribile e spaventosa, quando il vento la infila da Est, e gli alberi grondano, fradici di pioggia. La stessa valle che ammazza di noia chiunque vi cerchi altro, se non creste boscose in fila per l'orizzonte.

Passa un'ora. La foschia si dirada su un cielo elettrico.

Torno verso la grotta. Ho la gola secca e diverse faccende da sbrigare. Pulire tuberi per la cena di stasera. Migliorare l'illuminazione interna. Ascoltare Marvin Gaye fino a diventare nero.

Scendendo dal cocuzzolo, intravedo qualcuno di fronte alla porta di roverelle. Sento voci. Mi fermo.

Non ho voglia di incontrare nessuno. Grazie, non compro niente. Sí, la Bibbia la leggo. Lei la legge? Mi sa spiegare come mai il Buon ladrone non è tra i santi del calendario?

Mi disseterò giú al torrente e aspetterò che se ne vadano.

Una coppia di fagiani si alza dal fitto del bosco, lanciando richiami alla vetta del Ceraso. Appena si allontanano, torna il silenzio. Un silenzio troppo vuoto, qualcosa non torna. Forse anche il Re del mondo ha deciso di starsene zitto, una buona volta. Ha tutta la mia approvazione. Meglio godersi il panorama. Meglio tacere, che essere fraintesi.

Ma quando aggiro l'ultimo costone, e le erbe amanti dei terreni umidi allargano le foglie e si alzano fino alla coscia, capisco cosa manca, nel silenzio della mattina.

Manca l'acqua. Manca la corsa del ruscello sulle marne scure.

Affretto il passo, mi faccio largo tra le felci, raggiungo il sentiero che scende dalla grotta.

Via. Piú veloce della lepre.

Il cadavere del Rio Conco è lí, sdraiato nell'erba. Un filo d'acqua increspa a fatica la superficie dei sassi. Cola dal muschio come bava sulla barba di un moribondo. Cola come sangue da una ferita letale.

Mi inginocchio. Appoggio la mano di traverso sul letto del torrente. L'acqua fatica ad aggirare la diga del palmo. Prova a infilarsi tra le dita. Ne raccolgo una cucchiaiata e la porto alle labbra. È sempre fresca, ma il sapore di polvere è piú concentrato.

Polvere. La polvere del cantiere per la galleria. La galleria che scava sotto il Belvedere. Sotto il Belvedere pieno di sorgenti.

Se fossi stato piú convincente, quel giorno al cantiere, se davvero avessi preso due piccioni con una fava, se non mi fossi accontentato di rimpinzarli di more, forse il Rio Conco sarebbe ancora vivo.

Se invece di scegliermi questa grotta sperduta andavo a vivere dentro la galleria appena scavata, e mi incatenavo ai caterpillar e alle perforatrici, e cucinavo per tutti frittelle di sambuco, raccontando storie meravigliose per distrarre gli operai dal lavoro, forse il Rio Conco sarebbe ancora vivo.

Sarebbe ancora vivo, ma a nessuno fregherebbe granché. Il paese prende acqua dal Madero, e le frazioni hanno le loro cisterne. Se non ci fosse il sottoscritto, che abita nella grotta qui sopra, e ogni mattina viene ad attingere acqua preziosa, e una volta – ma una soltanto – ha persino mangiato un pesce che il torrente aveva deciso di offrirgli, se non ci fosse il sottoscritto, la morte del Rio Conco non cambierebbe la vita di nessuno. Non ci sarebbero funerali, né pianti, né parenti della vittima straziati dal dolore. Giusto qualche fungarolo se ne accorgerebbe -Toh, è andata via l'acqua -, poi di nuovo a testa bassa tra le piante di mirtillo a cercare porcini.

Tanto meglio.

Vorrà dire che farò i bagagli. Troverò un'altra sistemazione.

Per fortuna, non tutto il mondo è qui. La nuova civiltà respinge con fermezza il concetto di casa.

Del resto, nemmeno la vecchia ce l'aveva poi tanto chiaro. Cosa significa «casa», quando il viaggio piú lungo per tornarci dura al massimo ventiquattro ore? Torno a casa o ci sono già? La Nuova Zelanda è il cortile sul retro, coi panni stesi, squadre di bambini e la palla ovale invece che tonda.

È deciso. Risalgo il sentiero che porta alla grotta. Non farà in tempo a diventare autostrada.

I due seccatori di prima se ne sono andati. O hanno subito una mutazione. Adesso sono due sbirri, con tanto di cani lupo. Non sempre le mutazioni migliorano la specie.

Amen. Andrò a piazzarmi sul sentiero che sale dalla strada. Aspetterò Sidney, per evitare che arrivi alla grotta e finisca nei guai. Insieme lasceremo che se ne vadano, insieme decideremo sul da farsi. Quasi dimenticavo che la civiltà troglodita si compone ora di due individui. Sidney ne è cittadino regolare, anche perché la nuova civiltà non riconosce il concetto di cittadinanza. Per quanto riguarda l'intesa bilaterale con la Comunità europea circa il trattamento degli extracomunitari, non ci sono stati ulteriori sviluppi. Vorrà dire che mi atterrò alle procedure, per il momento: il mio rapporto con le forze dell'ordine è già abbastanza incasinato. Appena possibile, regolarizzerò Sidney come collaboratore domestico. Gaia dice che ci vogliono soldi: per aprire le pratiche e quant'altro. Ma immagino che con un quintale di castagne e qualche ciclamino ci si possa pure mettere d'accordo. Il precedente del cappuccino è già giurisprudenza.

Viene il buio e un crepitare di pneumatici su una sterrata lontana.

Nel frattempo i carabinieri avranno ispezionato la grotta coi cani antidroga. Forse avranno trovato i semi di ganja. E magari un Cd fatto in casa di Nick Cave & The Bad Seeds.

Le accuse a carico del sottoscritto lievitano col passare del tempo.

Qualcuno sale. Rumore di passi e rami spezzati. Abbraccio il tronco di un abete e cerco di assumerne le sembianze.

Un piumino giallo e un paio di pantaloni scuri. Senza testa. O con la faccia e i capelli del colore della notte.

Sidney.

– Oh, capo. Successo qualcosa?

– Siediti.

Adocchia una pietra e ci si appoggia sopra.

– Successo che noi dobbiamo andare. Giú al fiume è finita l'acqua. Su alla grotta, troppa gente. Anche carabinieri, okay?

– Okay. E dove andiamo noi?

– Non so. Dove portano le gambe.

Silenzio. Il compare valuta la situazione. Se ci fosse ancora, sentiresti il Rio Conco strisciare nella notte. Ma il Rio Conco non c'è piú e il sottoscritto è rimasto l'unico, a percepire la differenza di questo silenzio. Ci sono senz'altro migliaia di valli, migliaia di ruscelli che scorrono nei boschi, con acque piú pure, piú fresche e nessuna galleria che si mangia le sorgenti.

Non tutto il mondo è qui. Ma il Rio Conco, quello non può spostarsi. E il sottoscritto ha un debito, col Rio Conco. Per via di un pesce che un giorno l'ha sfamato e dell'acqua polverosa che ha bevuto ogni mattina.

– Andiamo dai tuoi amici, no? Bisogna pure che fate pace, un giorno.

– No, capo. Niente amici.

D'accordo. Provo a rispolverare i luoghi della memoria, visitati durante il tirocinio assenteista al Comune di Ponte.

Le baracche lungo il Madero non sono utilizzabili. La moquette di preservativi non è il genere che preferisco.

La roulotte in fondo alla Cavata è piuttosto male in arnese. Un condominio di bisce. Decine di famiglie da sfrattare.

Ci sarebbe il borgo del nespolo. Farlo risorgere, attingere al pozzo con una nuova catena. Poi una mattina ti svegli e c'è un'équipe di architetti che misura planimetrie, sfoglia mappe catastali, studia il passaggio della fibra ottica. Pronti a trasformarlo in *buen retiro* per raffinati clienti. *Vade retro*. La nuova civiltà non è un semplice trasloco. Noi trogloditi vorremmo smettere di abitare, e incominciare a vivere.

– Capo, senti, e se non è grotta?

E io: – Se non è grotta... va bene uguale. L'Uomo Nuovo non conosce purezza. Basta sia vicino.

E Sidney: – Allora io trovato. Domani si va.

– Aspetta. Fammi capire. Dove...

Un punto luminoso, reso intermittente dagli alberi, si affaccia nel bosco. Appare e scompare come una lucciola gigante. Poi il fascio di due torce cancella strisce di notte, all'inizio della salita.

A quanto pare c'è una festa, alla grotta, e nessuno mi ha avvertito. Il Raduno nazionale dei rompicoglioni. Non mi mancano certo i titoli, per partecipare, ma nessuno mi ha invitato. Sono offeso. Sono addolorato.

Prendo cappello e mi dò alla macchia.

– Sai arrivarci anche col buio?

– Penso che sí. Andiamo?

34. Santini rock

Stava seduto a un tavolo d'angolo, da solo, e ogni tanto la fissava, sforzandosi di non farsi vedere. Fatica inutile. Una vera barista capta le occhiate con la schiena. Interpreta sguardi. Sbircia tra vetri, specchi, bottiglie e cromature di macchina espresso per sorvegliare il locale dietro le spalle.

La faccia non le era nuova. Dov'è che l'aveva già visto?

Una bionda coi riccioli unti fece l'ennesimo tentativo di ordinare un gin tonic. Gaia finse ancora di non vedere. La ragazza aveva il vomito in canna. Non sarebbe toccato a lei passare lo straccio.

Due tavoli piú in là, cinquantenni al quarto bicchiere sputazzavano sentenze e arachidi salate.

Gaia si diresse verso gli scaffali per ricollocare una pila di volumi. Lo sguardo del tizio le planò addosso un istante dopo. Decise di ignorarlo.

Tre-quattro clienti occupavano le poltrone del reparto lettura. Sergio, il postino, era l'unico a non dormire. Quando Gaia si affacciò sopra le sue spalle, per sbirciare cosa lo teneva impegnato, si voltò di scatto, come uno scolaro sorpreso a sfogliare un porno durante la lezione.

– Ga-gaia, ciao… Come va?

– Ciao, Sergio. Problemi?

– Nonononono, ero… ero solo molto immerso, sai, la lettura…

– Non dev'essere granché, quella roba. Garantisco sulla qualità di tutto il catalogo, tranne quel romanzo lí. Me l'ha portato un tizio, uno che non conosco, che dice che l'ha trovato alla fermata della corriera. Però ancora non sono riuscita a leggerlo. Com'è?

– Ah, be', non un granché, infatti, un po' troppooo…

– E piantalo lí, allora. Chi ti obbliga? – Sfilò un volume dalla pila. – Leggi questo, piuttosto. Lo conosci Boris Vian?

Con la destra gli allungò il libro sotto il naso, mentre la sinistra afferrava *L'invasione degli Umani* per sgombrarlo dal tavolo come una tazzina vuota. Sergio si piegò in avanti e ci piazzò sopra i gomiti.

– Fi-finisco giusto il capitolo, eh? Solo il capitolo, grazie, poi… poi leggo quel Vian, sicuro, me lo porto a casa, semmai, eh? Grazie.

Gaia mollò la presa, appoggiò Vian sul tavolo, e ritornò perplessa dietro il bancone.

Mentre asciugava bicchieri, rovistò la memoria in cerca dello sfondo adatto per inquadrare il tizio che non smetteva di osservarla. Era appena tornato dal bagno, e a quanto pareva non c'era stato solo per pisciare.

Nei tre mesi di ristrutturazione del *SuperBar*, la teppaglia aveva scelto il *Beltrame* come sostituto temporaneo. In quel periodo, Gaia era diventata esperta in fisiognomica delle sostanze.

Gli occhi dell'uomo lo bisbigliavano. Le mani lo dichiaravano. Un grumo rossastro sotto le narici lo gridava forte e chiaro. COCAINA.

Decise di prenderlo in contropiede, e mentre usciva da dietro il bancone, si ricordò all'improvviso dove l'aveva visto.

Il canile. Il tizio che l'aveva ricevuta. Quello scortese.

Attraversò la sala, facendo girare la testa ai soliti quattro o cinque, arrivò dritta al tavolo d'angolo, si mise a sedere e gli piantò gli occhi in faccia.

– Allora?

– Allora che?

– Vuoi farmi qualche proposta o sei di quelli che guardano e basta?

Il Marcio non era abituato alle donne aggressive. Gli scombinavano la sintassi.

– Sto solo una birra. Problemi?

Gaia fece segno di no. Che bevesse pure. Incrociò le mani sotto il mento, gomiti piantati sul tavolo e sguardo adesivo.

– Giochiamo a chi ride? – domandò il Marcio dopo un minuto buono, sforzandosi di apparire tranquillo. Non gli era ben chiaro cosa convenisse fare. E a monte, non gli era ben chiaro cosa stava succedendo.

Siccome era tornato alla grotta e non ci aveva trovato il cavernicolo, aveva deciso di puntare la ragazza. Il piano prevedeva un finto interessamento per il povero Sidney, allo scopo di capire quanto aveva raccontato agli amichetti italiani. Se ancora non si era sbilanciato, bisognava farlo fuori l'indomani, senza troppi preparativi, sulla strada per il lavoro. Dopo che il brigadiere Corradi s'era fatto intrugliare i connotati da un cinghiale impazzito, non c'era alternativa allo sputtanamento.

Nigeria. Doveva. Morire.

Se invece aveva già spifferato la sua triste vicenda ai due negrofili, allora bisognava organizzare un brutto incidente, nella loro bella grotta: convincere una frana a seppellirli, strangolarli col solito laccio – se gli riusciva di montarlo –, avvelenarli con qualche fungo, farli mangiare dai cinghiali pazzi, se possibile.

Ora il dubbio era: perché la ragazza lo aveva preso di mira? Solo perché l'aveva fissata una volta di troppo? Oppure sapeva qualcosa, e faceva cosí per innervosirlo, costringerlo a un passo falso, come il tenente Colombo?

Mentre il Marcio si interrogava, Gaia non smetteva di osservarlo, dall'altra parte del tavolo. Lo osservava sistemarsi i capelli, lisciandoli sulle tempie e sulla nuca. Lo osservava controllare l'ora sul Rolex taroccato. Lo osservava tirare su col naso, massaggiarsi le narici tra pollice e indice, annusarsi il palmo della mano. Lo osservava girare lo sguardo intorno, con affettata noncuranza, e spazzolarsi la forfora dalle spalle della camicia. Lo osservava bere birra, un sorso ogni venti secondi, per darsi contegno e impegnare le mani.

Eppure, a dispetto di tanto guardare, si accorse del ciondolo solo quando il cocainomane allungò il braccio per offrirle una sigaretta.

Il ciondolo pendeva da una bracciale d'oro sul polso sinistro. Roba da papponi.

Il ciondolo rappresentava Jim Morrison, cosí com'è immortalato sulla stele funeraria del Père Lachaise.

Jim Morrison, Freddy Mercury, Kurt Cobain, Jimi Hendrix.

In regalo ogni settimana con *La grande enciclopedia del rock*, a fascicoli. Busti in piombo dei piú famosi musicisti scomparsi. Non proprio di buon auspicio. La serie si era fermata a quei quattro. La grande enciclopedia non era andata oltre *B, Blondie*.

Gaia ricordava la sfortunata pubblicazione dai tempi della libreria. Ricordava di averne ordinate cinque copie, all'inizio inizio. Di essere presto scesa a tre. Per poi arrivare a una sola con il quarto e ultimo fascicolo. Morale: in tutta Castel Madero, l'unica acquirente della *Grande enciclopedia* era anche l'unica che la smerciava. Non c'erano altre edicole, né chioschi. I santini rock non potevano essere molto diffusi, in paese. Gaia non dubitava di essere anche l'unica a possederli.

E quello con Jim Morrison stava attaccato al collare di Charles Bronson, a suo modo un fanatico dei Doors. Bastavano due accordi di Manzarek per mettergli in moto la coda.

Gaia spalancò gli occhi, lasciò che fuoco e fiamme uscissero dalla finestra accostata, e con uno scatto della mano afferrò il polso del Marcio.

– Carino questo! Chi è, Che Guevara?

– Macché Che Guevara. Questo qui è Jim Morrison. Che Guevara portava il berretto.

– Aaah, non dire cazzate, – lo schifò Gaia, e sempre tenendolo agganciato per il polso, convocò la ragazza dei tabacchi. – Mindy, scusa un attimo, puoi venire?

Quella appoggiò il *Codice di Diritto qualcosa* e si diresse ancheggiando verso il tavolo. I soliti cinque o sei si voltarono famelici.

– Che c'è?

– Di', ti pare Jim Morrison, questo?

– Potrebbe anche.

– E Che Guevara? – si inserí il Marcio con aria seccata.

– No, Che Guevara no, – concluse la ragazza dopo lungo scrutare. – Mio fratello c'ha la maglietta ed è parecchio diverso. Ha la barba, mi pare.

Il Marcio si riprese la mano, trionfante.

Gaia gliela restituí, non meno soddisfatta. Si trattenne dal fare altre domande. Voleva evitare che il bastardo si insospettisse troppo. Voleva riflettere bene sul modo migliore per incastrarlo.

Dal canto suo, il Marcio uscí dal locale glassato di sospetti come un profiterole. La dinamica dello scambio lo lasciava perplesso. Si era fatto prendere dalla sfida – Che Guevara o Jim Morrison? – e aveva trascurato il controllo della situazione. Ora si sentiva a disagio. Sentiva che qualcosa gli era sfuggito.

Qualcosa che riemerse, come peperonata digerita male, al primo tornante in direzione del *privé*.

Il rigurgito diceva: la barista si è presentata al canile qualche settimana fa.

Diceva: proprio mentre tu e Pinta mettevate sotto Nigeria per quel fatto dei suoi amici.

La barista cercava un cane, ma erano scuse.

La barista era *già* amica di Nigeria. Dunque sapeva un sacco di cose. Dunque li teneva d'occhio.

Arginare lo sputtanamento diventava sempre piú difficile.

Il finto incidente alla grotta non poteva aspettare.

VII.
Da Emerson Krott, *L'invasione degli Umani*, Galassie 1981. Capitolo 32

> Guai, guai, immensa città, del cui lusso arricchirono quanti avevano navi sul mare! In un'ora sola fu ridotta a un deserto!
>
> *Apocalisse* di Giovanni, 18, 19.

Tutto era pronto, tutto secondo i piani. Mancava solo il segnale, il via libera definitivo. Tyrmil guardò le compagne e sorrise, fiera di averle accanto in quel momento glorioso. Le cariche esplosive attendevano solo di brillare, piazzate in cinquanta posti differenti, grazie alla collaborazione di un paio di sorveglianti. Stava per pagare, Kram il bastardo. Stava per pentirsi amaramente delle sue geniali intuizioni. I maschi della specie non avrebbero piú attraversato le galassie per fare violenza alle scimmie del Terzo pianeta di Nrod. Quello scempio stava per finire. Fiamme purificatrici avrebbero sommerso i capannoni, le darsene, le enormi navi cargo, i grandi vascelli di bracolite, equipaggiati con i motori piú potenti del pianeta e le attrezzature da ibernazione piú confortevoli e sicure. L'esplosione avrebbe ridotto tutto in cenere, polvere sottile di impalpabile purezza.

Ciò che le femmine del pianeta non sapevano: l'esplosione poteva fare peggio. Poteva innescare imprevedibili reazioni, quel vindice boato. Nei propulsori delle maestose navi da crociera, dormivano particelle, ioni, flussi di neutrini e antimateria. Il calore dell'incendio poteva sciogliere catene, liberare mostri. Una bomba dallo smisurato potere, una deflagrazione capace di cancellare per sempre l'intero pianeta.

La prima epoca dei Viaggi si era conclusa con l'estinzione dei grandi sauri.

La seconda stava per concludersi con l'estinzione della specie.

Difficilmente ce ne sarebbe stata una terza.

Tyrmil scrutò il cielo in attesa del segnale, fiera del gesto che la consegnava alla Storia, ignara che la Storia stava cambiando recapito.

Un tracciante luminoso attraversò il firmamento.

Tyrmil collegò i tubi, innescò il timer e si allontanò col sorriso sulle labbra.

35. La Vergine Cornuta

Fu una volpe l'ultima a entrare.

Aveva cacciato tutta notte. Corvi da adulare per una fetta di formaggio non ne aveva trovati, e l'uva era sempre troppo in alto. Per cinque giorni di fila, si era nutrita di vermi. Per altri due, non aveva toccato cibo. Si aggirava impazzita, come se faggi e castagni fossero sbarre d'acciaio e il bosco una gabbia odiosa e troppo angusta. Sgusciava tra i cespugli, lanciando bestemmie stridule alla fame e alle poche stelle di un cielo svuotato.

Giunta alla radura dei ciclamini, le parve di distinguere un odore preciso, molto piú sottile dell'aroma di resina che sprigionava dalle cortecce, piú labile del sapore di funghi che scendeva giú fino allo stomaco, per quanto sepolto da strati di foglie marce, cataste casuali di legna bagnata, mucchi di terra grufolati dai cinghiali, folate di vento umido intrise di notte.

Si bloccò, annusando il buio perché le indicasse una direzione, mentre il profumo del sangue risvegliava ogni cellula del corpo affamato.

Veniva dalla grotta.

Sapeva di pollo.

Un gallo, per la precisione. Lo avevano portato lí la sera prima. Lo avevano decapitato sulla caldaia di sassi, scambiandola per altare del sacrificio. Col sangue ancora caldo avevano tracciato simboli sulle rocce piú lisce. C'erano il pentacolo rovesciato e il tridente di Nettuno, il sole degli Irochesi e la sillaba OM, il simbolo della pace e quello della Mercedes. C'erano candele alla citronella e bacchette d'incenso. C'erano un paio di profilattici e una manciata di fazzoletti di carta: il rito ecologista era riuscito.

Solo in parte, per la verità. L'uomo selvatico non s'era fatto trovare. Al suo posto, un messaggio, scritto a carboncino su un frammento di compensato appoggiato in vista contro la parete.

«Incontriamoci», diceva. «Venerdí notte. Villa Rivalta».

I due apprendisti fornai avevano memorizzato luogo e data.

Poi avevano improvvisato il rituale e sgozzato il gallo.

Le ragazze c'erano state quasi subito.

Per la conformazione carsica del terreno, rigagnoli rossi sgorgati dal collo del pollastro erano confluiti in una piccola conca, che già trecento anni prima aveva fatto da recipiente per il sangue del bandito Scardazzo.

Decapitato pure lui, la testa esposta su un palo, lungo la strada per la Locanda in Fiamme. Si diceva fosse bellissimo, con volto angelico e occhi di demonio, ma le donne accorse là sotto non ebbero modo di verificare. La grossa pietra usata dai traditori per colpirlo nel sonno gli aveva sfondato il cranio.

Traditori, chiaro, perché le milizie del capoluogo, comandate dal preside Giuseppe Zanca, lo braccarono senza successo dalla primavera all'autunno dell'anno di grazia 1668, poi, svernate a bassa quota, di nuovo con maggior vigore fino alla Pasqua successiva.

«Vivevasi nella provincia in grande aspettazione, – scrisse il Palmizi, – delle operazioni dello Zanca, che risalito infine alle montagne si immortalò con una vera prodezza, non già cimentandosi co' banditi, ma demolendo e bruciando Cafaggio, Monforte, Solagna, Verano, San Nicola, Piantalascia, Le Stole, Cesa Grande e Rubiata, in breve tutti i villaggi del Castelmadero, a eccezione delle chiese, con l'ordine di ammazzar muratori, falegnami e quanti mai contribuissero alla proibita ricostruzione».

La distinzione tra acqua sporca, pesci e bambini che fanno il bagnetto era troppo sottile per il preside della Milizia.

Per oltre due anni la popolazione della zona subí la legge dei militi, che mangiavano a sbafo e insidiavano le donne. Nel 1671, infine, un gruppo di cinque – tra contadini e pastori – stanchi della situazione, imboccò il sentiero per la Grotta da Lustro. Attesero nella penombra il ritorno del bandito. Lo uccisero a tradimento, mentre sognava di sesso con la moglie dello Zanca.

Con intenzioni simili, Yogur Casale aveva radunato una squadra di sette uomini, armati di fucili e bastoni, e già da una settimana perlustrava le macchie.

Subito prima della volpe, in ordine rigoroso, furono questi i penultimi a entrare.

Dopo un pomeriggio di ricerche infruttuose, avevano deciso per una visita al famoso cavernicolo. Quello che invitava i bastardi a deporre le armi e mettere su una comune di naturisti. La decisione non era improvvisata: «passavamo di qua e abbiamo pensato di». Yogur aveva un piano. Il piano consisteva nell'usare Neandertal come esca. L'esca doveva attirare i Tagliadita con ulteriori proposte. L'esca non poteva rifiutarsi: se lo faceva, stava con quegli altri. L'esca era in trappola, ed era trappola essa stessa. Geniale.

Sicuri del piano, Yogur e i suoi non avevano previsto che il cavernicolo poteva non essere in casa. Né avevano previsto di trovarci un gallo sgozzato, moccoli di candela e sangue dappertutto.

– Per me è una messa nera.

– Cazzo dici? Le messe nere si fanno in chiesa.

– Ah, be', se sei esperto...

– Lo sanno tutti, dài.

E Casale: – Guardate qua –. Il raggio della torcia illuminò caratteri a carboncino su un pezzo di compensato. Una decina d'occhi si affollò per guardare. Una mano lo sollevò da terra. Casale proseguí: – Quello li ha chiamati, loro sono venuti, non l'hanno trovato e gli hanno lasciato un appuntamento.

– E 'sto casino? – chiese Rinaldi che non capiva.

– È una firma. Per far capire che sono loro: sangue, animali, riti. Probabile che c'è sotto un qualche significato, il gallo, i segni sul muro, i goldoni, non so, qualcosa che Neandertal capisce senz'altro, perché pure lui dev'essere di quelli che adorano il bosco, e bevono il sangue degli uccelli e si scopano i buchi fatti per terra...

– Cosa si scopano?

– Lascia perdere, Giando. La cosa importante è che siamo arrivati al momento giusto. Lui non sa niente. Noi sí. E loro non sanno che noi sappiamo.

– E quindi, scusa? Tutto il discorso di usare Neandertal come trappola?

– Quello è andato. La trappola se la sono fatta da soli.

Casale raccolse una pietra e la scagliò nel buio. La pietra colpí il muso di un caprone, disegnato col sangue sulla parete opposta.

– Andiamo.

Sottili strati di calcare si infransero come ghiaccio. Scaglie di intonaco naturale franarono al suolo. Del caprone rimasero un po' di barba e le corna d'ariete. Solo che adesso parevano spuntare su un'altra testa, abituata all'aureola, piuttosto che a simili sporgenze.

I tratti del volto si distinguevano appena, ma le braccia allargate, l'abito bianco azzurro e il biscione accoccolato sotto i piedi non lasciavano dubbi.

Frate Bartolo da Rocca Madera aveva disegnato la sua Madonna con colori naturali. Erbe, bacche, foglie, radici. Depositi di calcio l'avevano coperta di una patina spessa, cancellando cosí l'unica traccia del suo passaggio. Nessuno sapeva che la Grotta da Lustro aveva ospitato un eremita, al pari di quelle sotto il Peschio Calerto, famose per una storica visita di Francesco d'Assisi, che lí aveva pregato, in estasi, su una grossa roccia. Si diceva che il corpo del santo aveva lasciato un'impronta sulla dura pietra. In effetti, la roccia in questione sembrava un inginocchiatoio. Se poi fosse nata prima la roccia o la leggenda, restava questione per i soliti scettici.

La ronda dei cacciatori girò i tacchi senza notare l'apparizione mariana. L'unica che poté assistervi fu la volpe affamata.

Aveva appena cominciato a sbranare il gallo, quando l'istinto le disse che qualcosa non andava.

Si fermò, annusando l'aria.

Odore di bruciato e un'eco lontana di pietre smosse.

Strinse la preda tra le fauci e puntò l'uscita.

Era dall'altra parte della radura, ormai al sicuro, quando il boato e lo spostamento d'aria la mandarono a sbattere contro un tronco d'acero.

Stordita, si volse a guardare.

Un uomo di corporatura normale si allontanava zoppicando tra le siepi di sorbo.

La grotta di frate Bartolo e del bandito Scardazzo, di centinaia di pastori sorpresi dal temporale e di uno strano supereroe stanco di se stesso, era un cumulo di sassi e detriti oltre il bordo della dolina.

Di lí a poco, già la eleggevano a riparo serpi, talpe e porcospini, nella pioggia sottile che prese a scendere sul bosco.

36. Superman & Lenin

Ancora mezz'ora. Massimo per le nove doveva rientrare.

Mindy aveva un'autonomia limitata.

Poteva reggere una, due ore, secondo il genere di *avance*. Di solito odiose, perché scollatura, seno abbondante e modi sensuali la facevano ritenere indegna di un approccio cortese. Sempre che qualche avventore ne fosse davvero capace.

Un lunedí mattina, al sesto commento sulle sue tette, Mindy aveva reagito. Si era slacciata la camicetta, aveva avvicinato il muso del tizio alla sorgente di tanta ammirazione e gli aveva massaggiato la chierica con uno shampoo al cappuccino. Bollente e schiumoso. Nei mesi successivi ci aveva preso gusto. Con o senza zucchero. Con o senza cucchiaino. Altri due clienti: due fatture del lavasecco da rimborsare, una minaccia di denuncia per lesioni.

Ancora mezz'ora.

Gaia aspettava in fondo al sentiero, a due passi dalla strada asfaltata, nascosta dal tronco cavo di un castagno. Sidney doveva passare di lí, proveniente dalla grotta e diretto al canile. Gaia aveva con sé le foto di Charles Bronson. Gliele avrebbe mostrate. Gli avrebbe domandato se, per caso, si ricordava un cane come quello. La macchia bianca in mezzo al muso, simile a un osso da cartoni animati, lo rendeva inconfondibile.

Ma Sidney tardava. Poteva essere a letto con l'influenza. Poteva essere già passato. Poteva non essere di turno. Quella sera c'era la partita di Champions e il bar *Beltrame* restava aperto fino alle undici. L'indomani era il giorno libero di Mindy. Se Gaia non risolveva la questione, rischiava di passare troppo tempo. Tanti saluti a Charlie e al ciondolo di Jim Morrison.

Analisi della situazione: mancava meno di mezz'ora. Per salire alla grotta ci voleva piú tempo, anche correndo. Per cercare qualcuno con le bacchette ci voleva piú calma. Niente conti alla rovescia. Per andare in auto fino al canile ci volevano dieci minuti, ma era difficile non farsi notare. Tuttavia, sembrava l'unica soluzione.

Venticinque alle nove.

Gaia corse verso l'auto, due tornanti piú sotto. Saltò a bordo e mise in moto. Sgommò sulla strada bagnata, evitò per un soffio l'autocarro che scendeva in senso opposto, raggiunse gli ottanta, scalò sotto curva, la tagliò contromano e sfrecciò tra spruzzi di fango davanti al cartello «Castel Madero». Una vecchia la osservò passare scuotendo la testa.

Da Castello imboccò la strada per il canile, stretta da non passarci in due. Alberi sulla destra, pronti per il frontale, dirupo sulla sinistra e giú in fondo il Madero.

Parcheggiò nell'unica piazzola disponibile, all'incrocio con la sterrata che saliva da San Cristoforo. Uscí dall'auto, si piegò a metà e vomitò la colazione su ciuffi di mentuccia.

Era ancora piegata, cercando di pulirsi la punta delle scarpe, quando una voce la sorprese alle spalle.

Si voltò piano. Sidney non aveva mai visto niente di simile. Guance color cetriolo. Le possibili sfumature della pelle bianca continuavano a sorprenderlo.

– Sidney! Be'... da dove salti fuori?

– Da lí, – rispose il gladiatore indicando la sterrata.

– Scusa... ma che giro hai fatto? Dalla grotta...

– Grotta finito. Basta, – le braccia di Sidney cancellarono l'aria. – Noi ora dentro vecchia chiesa.

– Vecchia chiesa? Quale vecchia chiesa?

C'è questa pieve in rovina, abbandonata da almeno vent'anni. Solitaria, nel mezzo del querceto, su uno sperone di arenaria che svetta come un cassero da un baluardo di cipressi. Nel punto piú scoperto della roccia, c'è incastonata una statua della Madonna di Lourdes, ancora intatta, circondata da vasetti di plastica e coccio. Neri, verdi, arancioni. Vuoti. Fantasmi di fiori che aleggiano sopra.

La chiesa vera e propria sembra uscita da un bombardamento. Il tetto è crollato. Il campanile giallo e rosso sta su per miracolo. Dei muri laterali, uno è sommerso di vitalba e ortiche. Sull'altro, si riconoscono ancora tre piccole cappelle, intonacate di bianco e d'azzurro. L'abside è sbrindellata, come un *Tetris* venuto male. La facciata è ancora intatta, col portone d'ingresso quasi sul ciglio della roccia, la balaustra in ferro a impedire cadute e due scale laterali, scavate nella pietra, che salgono dalla radura ai piedi del contrafforte.

Sotto la pieve scoperchiata, una piccola cripta è sfuggita alla rovina. Vuoi perché scavata nella roccia, vuoi perché l'ingresso dalla navata è bloccato sotto i resti del tetto. L'unico accesso possibile è una minuscola botola sul pavimento della canonica. Dieci gradini di ferro piantati nel muro e un cunicolo stretto e buio chiuso da una porta.

L'altare in marmo bianco, tutto scolpito, meriterebbe un trasloco. Le colonne che sorreggono la volta sono eleganti e sottili. Gli affreschi con la vita di San Cristoforo non sono proprio capolavori, e alcuni episodi mi lasciano perplesso. Io sapevo che c'era questo gigante, Cristoforo. Un giorno arriva un bimbo e chiede di portarlo di là da un fiume. Lui lo tira su, pensa sia leggero, invece quello è sempre piú pesante e Cristoforo rischia di annegare. Arrivato di là chiede spiegazioni, e pare che il piccolo sia il Re del mondo, e che portando lui, Cristoforo si è caricato sulle spalle il mondo intero. D'accordo. Però queste sono due scene soltanto. Le quattro restanti non tornano proprio, ma tanto meglio. Quando illustrerò le altre pareti con le leggende di San Disma, nessuno verrà a criticarmi per gli episodi inventati. Che qualcosa toccherà inventarlo per forza, se si vuole andare oltre il classico Buon ladrone giovane, brigante alla frontiera con l'Egitto, che incrocia sulla sua strada la famiglia di Gesú. E invece di sgozzare Giuseppe, stuprare Maria, mangiarsi l'asinello e vendere il bambino agli sgherri di Erode, si lascia commuovere come un fesso – o come un santo – e li accoglie per una notte nel tepore della sua tenda.

Tanto per dire che un po' di vita eterna il buon Dio gliela doveva da tempo.

Un altro genere di affreschi, invece, ricopre da capo a piedi le pareti della vecchia canonica.

Sul muro della cucina, a fianco di una credenza sopravvissuta ai saccheggi, c'è ancora un calendario del 1986. Apri uno dei cassetti e ci trovi un pacchetto di figurine della Coppa del mondo. Il bimbo che l'ha dimenticato avrà quasi trent'anni, ma sarebbe contento lo stesso di trovarci Zaki Badou e completare l'album.

Se l'avessero trovato certi fantasmi, il portiere della Nazionale marocchina, a quest'ora stava appiccicato su una finestra, come nume tutelare, o sopra una bruciatura di sigaretta in qualche giacca sintetica. Ma non hanno avuto tempo di cercarlo, quei fantasmi, i primi a ripopolare la canonica dopo l'abbandono. Arrivavano col buio e col buio ripartivano. Invisibili, per non rompere l'incantesimo e svanire per sempre.

Poi di case vuote da abitare ne hanno scoperte altre, piú comode, lungo la strada. Ce ne sono sempre di piú, da queste parti. I lavori per la ferrovia non piacciono a nessuno.

La canonica della pieve è rimasta di nuovo sola. Per terra: vestiti, cartacce, scarpe spaiate, fogli di giornale, arnesi, buste affrancate. Fossimo a New York, finirebbe tutto in un museo, ma siamo a Castel Madero, e invece della Statua della Libertà abbiamo una riproduzione in gesso della Madonna di Lourdes. E allora questa rimane spazzatura, sul pavimento sudicio di un rudere abbandonato.

Mesi dopo il secondo esodo, sono arrivati gli alunni dell'Istituto tecnico di Ponte. Trenta chilometri di motorino per fumarsi qualche canna, sfasciare vecchi mobili, scopare su materassi ammuffiti, marchiare il territorio con spray e pennarelli.

LARA E MARISA TROIE

MARCO T.V.T.B.

DOVE SONO I CARNACCI?

Passato l'esame, un manipolo di periti è diventato satanista. Trenta chilometri sull'auto di papà per fumarsi qualche canna, celebrare messe nere, scopare sugli altari, annerire i muri col fumo di piccoli fuochi, scriverci sopra col coltello.

CHI ENTRA MUORE

QUESTO È IL SANTUARIO DI SATANA. LA TUA ANIMA È FOTTUTA

666, THE NUMBER OF THE BEAST

L'edificio ha assunto un aspetto lugubre. Gli altri studenti si sono spaventati. I genitori di alcune ragazze si sono spaventati. I genitori di alcune ragazze hanno chiamato i carabinieri. I carabinieri hanno piantonato la pieve giorno e notte per un paio di settimane. Hanno proceduto a una serie di fermi. Hanno fatto qualche interrogatorio. Il giornale locale ha descritto i periti di Satana come «una congrega di maniaci assettati di sangue, dediti alla violenza e allo stupro». Due mesi di fuoco, legna bagnata e niente arrosto. La messa nera è finita. I satanisti sono andati a stare lontano e l'auto di papà non è piú a disposizione.

San Cristoforo al Bosco è diventato un posto *horror*. Un posto da evitare. Il posto preferito per le prove di ardimento di un gruppetto nazi.

Scritte in vernice rossa, questa volta. Su muri neri di fumo graffiati col coltello. Su scritte a pennarello grosso, verdi, fucsia e blu. Su strisciate di matita colorata nelle vecchie aule di catechismo.

QUANDO VENITE QUA NON DOVETE AVER PAURA DI SATANA, MA DI NOI. SS

JUDEN RAUS. NEGRI PURE

NÉ USA NÉ CINA. NAZIFASCISMO

E i Motorpsycho assalteranno le orecchie con le chitarre tra i denti, senza che nessun altro possa ascoltarli, a eccezione del bosco e di una poiana nel cielo di marmo. Dicono che la musica non ha senso, se ti lascia da solo. Stessa cosa per i libri, le felci bollite allo sciroppo d'acero, le idee che ammuffiscono sotto la scatola cranica. Un potenziale argomento a sfavore, per questi primordi di civiltà troglodita. Dovrei forse togliermi le cuffie, e chiedere ai cipressi cosa gli va di sentire?

Dove stavo prima, a conoscere i Motorpsycho eravamo in tre. Non posso affermare che questa condivisione mi ha cambiato la vita.

Al massimo ci si poveva collegare al sito della band, e scambiare opinioni con fini intenditori, capaci di mettere a confronto *Blissard* con *It's A Love Cult*. A questo proposito, ritengo che l'invenzione di un computer portatile alimentato a dinamo – un'ora di pedalate per una e mezza di attività – porterebbe grosso giovamento al futuro di noi trogloditi, spesso dispersi tra vallate lontane, coi passi resi inagibili dalla neve. Se Babilonia può farci questo regalo, un minuto prima di suicidarsi, promettiamo di moderare i toni, quando racconteremo ai nostri figli di auto, petrolio e acqua potabile per pulirsi il culo.

Sperando che i Motorpsycho stiano dalla nostra, e vengano a fare un concerto, di quando in quando, al tempo del disgelo. Allora scenderemo a valle, da grotte e capanne, e balleremo insieme per una notte intera, e al posto del palco ci sarà un fuoco enorme, e le fiamme lambiranno le cime degli abeti, e le ragazze saranno tutte piú belle di come le ricordavamo all'inizio dell'inverno. E nessuno sarà triste, se i Motorpsycho resteranno bloccati sul San Gottardo, perché Milvio si sarà costruito una chitarra, e Greta un flauto col sambuco svuotato, e Zelmo racconterà del fulmine caduto a pochi passi dalla sua baracca. Le notti da una diventeranno tre, le coppie otto dalle quattro iniziali, e qualcuno deciderà pure di fermarsi lí, che le terre vicino al fiume gli sembreranno piú grasse, e gli alberi piú radi, e il cielo piú spazioso per stivare desideri.

Dieci alle nove. Inutile farsi illusioni. Gaia aveva sforato.

Il fuoristrada avanzava a marce ridotte, aggrappandosi con le ruote scolpite ai lastroni della mulattiera. Eserciti di ortica tentavano di sbarrargli il passo, mentre i roveti allungavano tentacoli spinosi, troppo sottili per poterlo trattenere. L'ultimo mezzo a motore doveva essere passato non meno di dieci anni prima.

Quando sbucò sul piazzale erboso della vecchia pieve, il cavernicolo era lí, di spalle, intento a zappare e a dissodare il terreno. Non si accorse di nulla. L'udito da supereroe aveva bisogno di una revisione.

Gaia parcheggiò di fianco al rottame arrugginito di un'auto, modello irriconoscibile, che qualcuno aveva trascinato fin lí e bruciato, per gioco o necessità. Sopra la carcassa, le chiome dei cipressi erano come caramellate.

Due passi piú in là, dietro l'angolo della canonica, un cinghiale col muso da facocero affondava le fauci in un vecchio lavandino strabordante di mele.

Il cavernicolo continuava a zappare. Movimenti ritmati, quattro quarti rock da far invidia a un metronomo. Carica, affonda, strappa, raccogli. Gaia si avvicinò attraverso lo spiazzo. Arrivata a cinque metri, notò un paio di cuffie, piantate nelle orecchie dello zappatore. Raccolse un sasso e glielo lanciò in mezzo alle scapole. Il cavernicolo si girò di scatto, brandendo la zappa come una clava. Vide Gaia, capí che voleva parlargli, lasciò scivolare le cuffie sul collo e l'arnese in mezzo all'erba rachitica.

– Complimenti! Vedo che almeno il facocero è stato avvertito del trasloco.

E lui: – Be', sai, per quanto il sottoscritto non sia vincolato dal giuramento di Ippocrate, sento comunque una certa responsabilità nei confronti...

– Responsabilità un corno. È da stamattina che vi cerco, te e il tuo amico. Mi serve una mano per quella faccenda di Charlie. Posso contare sul mio supereroe preferito o è troppo impegnato a curare i pazienti?

– No, macché, direi di sí, dipende...

– Dipende? Come dipende? Dipende da cosa, oh? Batman non dice: «Dipende». E nemmeno quel nazista di Capitan America. Una povera ragazza indifesa ha bisogno del tuo aiuto e tu le rispondi «Dipende»!

Il cavernicolo alzò gli occhi e chiese consiglio alle nubi.

– Va beeene, non dipende, mi sono sbagliato. Però anche tu: arrivi, mi tiri un sasso, mi fai le domande a bruciapelo mentre ascolto il mio gruppo preferito...

Lei sorrise: – Sí, guarda, lasciamo perdere. Prometto di non rinfacciarti il walkman troglodita in nessuna occasione. Facciamo finta che non è mai esistito, d'accordo?

– Fa' un po' te. Il sottoscritto propugna l'essenzialità, non la privazione.

– Benissimo. Allora, me la daresti una mano per quella faccenda di Charlie?

– Senz'altro, signorina Beltrame, – il troglodita scattò sull'attenti, pugno verso il cielo, nell'imitazione di Superman *e* di Lenin. – Posso chiederle di cosa si tratta? Sia chiaro, le faccio questa domanda per meglio pianificare l'intervento, non certo per valutarne l'opportunità. L'impegno del sottoscritto è già garantito.

E lei: – Ascolta: Charles B. è al canile.

– Al canile?

– Sí. Uno dei tizi che lavora lí dentro porta nel braccialetto un ciondolo di Jim Morrison che gli avevo attaccato al collare. L'ha visto anche la mia aiutante. E Sidney ha riconosciuto Charlie dalle foto. È sicuro.

– Perfetto. Se passi dai carabinieri puoi dire al maresciallo Martelli che il sottoscritto ha qualche linea di febbre, ma si presenterà quanto prima per un colloquio chiarificatore?

– Ma quali carabinieri! Ancora devono trovare l'assassino di quel poveretto, figurati cosa gliene frega del mio cane. Poi Sidney non può testimoniare, lo sai.

– Capito. Qui entra in gioco il sottoscritto. Cosa...

– Niente di speciale. Un paio di notti in bianco non ti fanno problema, no?

– Affatto. Anzi, stavo pensando se noi trogloditi non dovremmo trasformarci in animali notturni. Non so. In attesa della mutazione, un litro di caffè sarebbe una garanzia in piú. E poi?

37. Effetto paradosso

L'inaugurazione era fissata. Mancavano tre giorni. Gli ultimi ritocchi.

Alle prove generali, Mahmeti aveva storto il naso. L'abbaiare degli altri cani rischiava di sporcare i rumori della lotta. Provvedimento numero uno: isolante acustico sulle pareti. Provvedimento numero due: microfoni a bordo ring e altoparlanti sparati sul pubblico. Adrenalina a seicento watt.

L'impianto stereo era ancora da ultimare. Idem quello video. Telecamere puntate sull'incontro e schermi al plasma su pareti opposte. Riprese dall'alto, riprese dal basso, controcampo e primo piano. Meglio della *Domenica sportiva*.

Mahmeti l'aveva pensata in grande. Le solite buone idee. C'erano pure le tribune laterali e i riflettori. Il sapore ruspante del combattimento andava a farsi benedire, d'accordo. I fanatici della prima ora potevano pure rimanerci male, fare i nostalgici, rimpiangere la polvere e la notte. Alla fine, scuciti cinquanta euro, sarebbero tornati a casa contenti. Quella roba stava al piazzale delle Banditacce come San Siro a un campetto di quartiere.

Di tutte le novità, quella che piú elettrizzava il Marcio era il ring acquario: quattro lastre di plexiglas spesse due dita e alte almeno tre metri, delimitavano senza scampo il perimetro dei combattimenti. Il pubblico poteva stare tranquillo. Non che a Mahmeti interessasse la sicurezza dell'impianto, ma un cane inferocito può sempre strappare la corda che lo trattiene, e uno spettatore azzannato non è l'ideale per nessuno spettacolo, tanto piú se clandestino. I cani continuavano lo stesso a essere legati. La corda scavalcava le pareti sopra una carrucola per finire in un piccolo argano: azionando una leva, la matassa poteva svolgersi, bloccarsi, fare marcia indietro. Sempre per evitare che gladiatori sopraffatti finissero sbranati.

Nobile precauzione. Che non impediva ai piú di vedere in quei muri trasparenti un'affascinante trappola mortale. Il gladiatore non aveva vie di fuga, come in un vero Colosseo. Quando si trovava spalle al muro, lo era in senso letterale. Il Marcio era convinto che il ring acquario avrebbe compensato senza dubbio la perdita di contatto col cuore della lotta. Altoparlanti e telecamere potevano fare il resto. Vuoi mettere gli schizzi di sangue stampati sulla vetrina?

Un tubo d'acciaio per ponteggi correva sull'apertura alta del ring congiungendo lati opposti. Era il sostituto tecnologico dei rami del castagno. Ci stavano appese le armi bonus: un bastone, un coltello legato per il manico (che quindi andava afferrato per la lama) e una catena da motorino con lucchetto monoblocco. Quest'ultima era il personale contributo del Marcio all'intera baracca. Aveva regalato un quartino di coca a uno dei gladiatori slavi perché alla prova generale facesse di tutto per utilizzarla. Voleva fare bella figura davanti al gran capo. Occasione per parlargli a quattr'occhi di quel negro che rischiava di sputtanare l'universo.

Lo slavo si era impadronito dell'arma al quinto tentativo. Era alto un metro e un cazzo ma aveva buona elevazione. Il Marcio lo aveva incitato oltre il vetro.

Lo slavo si era messo a roteare la catena per tenere a distanza l'avversario. L'arma sembrava funzionare: spettacolare, utile, non decisiva. Un paio di colpi sulle costole avevano strappato al mastino altrettanti guaiti. Proprio da quelli, Mahmeti aveva intuito la necessità di eliminare i rumori di fondo e amplificare il combattimento col dolby surround.

Intanto l'animale s'inferociva vieppiú.

Spaventato, lo slavo mulinava l'attrezzo a velocità sorprendente. Forse sperava in un decollo verticale con fuga dall'apertura là in alto.

Preso dalla furia, aveva sottovalutato forza centrifuga e potere lubrificante del sudore.

La catena era scivolata via dai pugni serrati. Catena *e* lucchetto.

L'impatto col plexiglas non era stato disastroso, ma una ragnatela di crepe prima dell'inaugurazione non è di quelle cose che mettono il buon umore.

Mahmeti aveva controllato il danno di persona. Poteva anche andare peggio. Il materiale era resistente. Non altrettanto la faccia del Marcio. Se non l'avesse tamponata subito con entrambe le mani, probabile che calcinacci di carne sarebbero caduti sul pavimento.

Ora, un'improvvisa apparizione ne metteva a repentaglio la convalescenza. Dal mento alla fronte sentí il volto spaccarsi di nuovo, come terra assetata.

Con sfacciata negritudine, Sidney era entrato nel suo campo visivo, armato di secchio e spazzolone.

Nemmeno per un minuto accarezzò l'idea che si trattasse di un fantasma. Troppo facile.

Nemmeno per un secondo pensò a una somiglianza ingannevole. I cinesi sono tutti uguali. I negri no, si distinguono dai capelli.

Quelle treccine erano inconfondibili. Nigeria era vivo, vegeto e vaffanculo.

Prese un lungo respiro. Non abbastanza per calmarsi. Strinse il pugno, fece nevicare un pizzico di coca sull'incavo tra pollice e indice, lo portò al naso e inspirò ancora. Molto meeeglio. Puro effetto paradosso: sostanza eccitante per placare l'eccitazione. Privilegio riservato ai cocainomani piú intossicati. Unico svantaggio, la breve durata.

– Hai visto Pinta? – domandò il Marcio a un elettricista che montava faretti.

– Chi?

– Pinta. Quello grosso, coi capelli bianchi...

– Non lo conosco.

Si rivolse a un altro. Lo conosceva, ma era appena arrivato. Provò un terzo. L'aveva visto da poco, poi piú.

Anche il Marcio l'aveva visto da poco. Fino a due minuti prima era lí che controllava i lavori. Poi era sparito. Classica persona che si fa di nebbia, quando ne hai bisogno. Il Marcio voleva chiarirsi le idee sul da farsi, con quel negro e coi suoi amici. Pinta era l'unico a conoscere le sue valutazioni. L'unico che poteva ascoltarlo. Ma era sparito. Piú o meno mentre Nigeria entrava dalla porta laterale.

Marcio riavvolse il cervello e tornò all'inquadratura di quell'istante. Mise il fermo immagine, poi avanti piano. Mentre sulla sinistra si apriva la porticina e Nigeria faceva la sua comparsa, a destra, sotto il montante di un riflettore, Pinta distoglieva lo sguardo dal lavoro degli operai e lanciava un'occhiata sopra la spalla, all'indirizzo del nuovo entrato, rimanendo cosí finché quello non gli restituiva lo sguardo. Quindi faceva un gesto impercettibile col capo e si allontanava senza avvertire nessuno.

Riesaminato piú volte con la moviola del ricordo, il gesto impercettibile si rivelava per quel che era: un cenno d'intesa.

Ma che intesa poteva esserci tra Pinta e il nigeriano?, si domandò il Marcio esplorandosi l'orecchio con l'unghia del mignolo.

Tra il nigeriano che li avrebbe senz'altro sputtanati e Pinta, che non voleva convincersi del problema?

Tra il nigeriano che doveva morire la notte prima sotto un cumulo di sassi, muschio e cespugli, e Asturri Adelmo detto Pinta, l'unico che conosceva le valutazioni dello stesso Marcio a proposito del negro e dei suoi amici?

Tra quel nigeriano, che invece era comparso lí fresco come una rosa e si era messo a pulire per terra come tutte le mattine, e Pinta, che non voleva credere in una sua possibile azione di sputtanamento, ma che era perfettamente al corrente – ed era l'unico ad esserlo – delle valutazioni in proposito del qui presente Carena Manuel detto Marcio, lo stesso Pinta che gli lanciava un'occhiata furtiva, condita da impercettibile cenno d'intesa, poi spariva nello stesso istante che il negro redivivo si affacciava nella stanza?

L'effetto paradosso era già finito, sepolto da una slavina di interrogativi.

Il Marcio digrignò i denti. Piú zoppo che mai, si diresse verso l'uscita per prendere aria. Il maestoso ring acquario aveva smesso di eccitarlo, trasmettendogli soltanto claustrofobia.

Passando davanti al nigeriano, sputò sulle mattonelle un grumo di catarro.

Sidney fece finta di niente e lo assorbí con lo straccio bagnato. Doveva finire la stanza entro le undici, poi andarsi a cambiare per lo *sparring* col lupo.

Pochi istanti prima, un cenno di Pinta gli aveva confermato l'appuntamento.

38. Eco dei boschi

– Non per cosare, eh, Blanco, ma qui dice che le vittime dei cinghiali pazzi sono già quattro, capito? E i cosi ammalati dice almeno sette.

– E allora? Paura che ci rubano il lavoro?

– No, no, però dice che vista la situazione, dice che anche l'Oasi di monte Budadda verrà aperta alla caccia, prima o poi, perché altrimenti i cosi malati si rifugiano lí dentro e coso.

– Bene. Vorrà dire che a monte Budadda ci apriamo la caccia anche noi.

– Però a questi gli tagliamo la mano, – intervenne Zanne d'Oro. – Cacciare nell'oasi è piú grave.

– Sí, d'accordo, – concesse Bianco. – Ma non facciamo confusione. Il nostro segno di riconoscimento è il dito. Ci vuole coerenza.

– Senti, Blanco, – domandò Erimanto. – Perché piuttosto non cosiamo gli struzzi?

– E dài con 'sti struzzi. Qui consegnano i boschi alle doppiette e lui pensa agli struzzi.

– Ma vedi, Blanco, almeno con quelli vai sul sicuro. Invece questa cosa dei cinghiali, non so, io mi sento pure un po' in colpa.

– In colpa di che? – domandò Zanne d'Oro storcendo la bocca.

– L'avete detto voi che 'sti cinghiali si sono cosati coi pastoni dell'allevamento. Eh, va bene, e chi è che li ha tirati fuori, dall'allevamento?

– E questa sarebbe la colpa? Gliele ho messe io le schifezze nei pastoni?

– Be', certo che no, però se non c'era qualcuno che li andava a liberare, non c'erano nemmeno i cinghiali pazzi in giro, e senza quelli in giro nessuno andava a cacciare nell'Oasi, con tutto che adesso finiranno per sparare magari a un cervo o a un pettirosso o a coso.

– Che ci provino: è la volta buona che gli tagliamo la mano!

– Ma anche tu sei fissata con questa cosa della mano! – esclamò Bianco. – Non è che c'è sotto altro? Poi, scusa, Erimanto: i cinghiali dell'allevamento li usavano già i cacciatori, per ripopolare. Sono loro che han fatto partire l'epidemia! E comunque, per il momento, niente mano e niente Oasi. Dobbiamo beccare il cavernicolo.

– Eh, a proposito. Qui dice che l'altra notte i carabinieri stavano facendo un sopralluogo e dice che hanno trovato la Grotta da Lustro distrutta da una frana.

– Distrutta? E il cavernicolo?

– Qua non ne parla.

– Ma voi siete sicuri che era la grotta giusta?

– Sicuri... Abbiamo preso il Catasto delle cavità naturali, ne abbiamo cosate una decina e quella era l'unica con i sacchi a pelo e coso.

– Quand'era che avete lasciato il messaggio?

– Tre sere fa.

– E se non l'ha visto?

– Pazienza. Andiamo all'appuntamento e vediamo se arriva. Magari l'ha visto, ma ha degli altri impegni.

– Checcazzo, – si stizzí Bianco. – Se moriva lí sotto ci toglieva un sacco di problemi. Lo rivendicavamo come attentato e tanti saluti.

– Però l'hai detto tu che bisogna essere coerenti, – intervenne Zanne d'Oro. – Meglio fargli fuori il dito.

– Come fargli fuori il dito? – domandò Erimanto perplesso.

– Certo. E perché pensi che lo vogliamo incontrare, scusa?

– Io avevo capito che lo si voleva convertire, insomma, convincerlo che i nostri metodi sono piú efficaci dei suoi e coso. Tagliargli un dito mi pare una vigliaccata.

– Una vigliaccata? Come una vigliaccata? Ma senti questo! Li vuoi distruggere gli Umani o no? Sí? Be', allora: primo, viva i cinghiali pazzi e speriamo che se ne mangino qualcuno; secondo, azioni dimostrative contro chi vuole metterci una pezza, tornare alle origini, o far diventare buona la tecnologia. Sono discorsi pe-ri-co-lo-si. Basta coi tarallucci e il vino. Chi è colpevole deve pagare. E siccome tutti gli Umani lo sono, o lo saranno presto, o non potranno fare a meno di diventarlo, bisogna cominciare a far pulizia, dalle merde piú grosse giú giú fino ai riccioli di polvere e agli acari del materasso. Altro che liberare struzzi e convertire cavernicoli.

Erimanto si strappò dalla barba un buon paio di ciuffi.

Poi disse: – Ci devo pensare, Blanco. Cosare un dito a uno, cosí... Ci devo proprio pensare.

– Tu pensaci, – rispose il presidente, – pensaci pure. Ma sappi che la maggioranza ha deciso. Se ti tiri indietro, sei fuori.

– Ma tu sei sicuro che se la bevono?

– Certo. Solo i cani si annusano la merda.

– Tu dici? A me quella del pronto soccorso non sembrava convinta.

– Macché. Secondo te quella sa distinguere una ferita da zanna di cinghiale da una da corona di bicicletta?

– Probabile. Sai quanta gente casca in bici, ogni domenica? Saranno esperti, di 'ste ferite. Certi sgraffi te li fai solo sull'asfalto.

– D'accordo. Il Bollettino semestrale di Feritologia esprimerà i suoi dubbi in un articolo di quindici pagine. Nel frattempo, noi avremo avvertito i giornalisti, mostrato la ferita neanche fossi Padre Pio, sfoderato le carte dell'ospedale e una storia da premio Nobel. Quelli pubblicheranno, tu diventerai la quinta vittima da cinghiale pazzo, un povero escursionista sulle pendici di monte Budadda, la gente andrà fuori di testa, il sindaco si farà venire i capelli bianchi e l'Oasi aprirà alla caccia nel giro di una settimana.

– Non fa una piega, Stecca. Sei un grande.

– Macché grande, se non era per la tua caduta... Piuttosto, va meglio il ginocchio?

– Pronto?

– Oh, Sardena. Qui è arrivato tutto.

– Tutto cosa?

– Quegli affari per gli animali.

– Ah.

– Te n'eri dimenticato?

– Eh, un po'.

– Guarda: meglio che te li vieni a prendere prima possibile. Il capo non ne vuole sapere di quella roba. Sai, per la storia del tizio strangolato... Uno può anche fare due piú due.

– Appunto. Neanche io posso mettermele in garage, scusa.

– Problema tuo. Prima passi, meglio è.

– D'accordo, Marcio. Vedo d'organizzarmi in settimana.

– Eh, bravo, fai cosí. A proposito, senti una cosa...

– Di'.

– Non è che me ne presti un paio, di quegli aggeggi?

DOCUMENTO 7

SCOMPARSO

Sanbernardo di due anni, pelo folto, macchia bianca a forma di osso sul muso.

Sparito da casa (zona Case Murate) lo scorso 4 ottobre.

Ricompensa di settecento euro per chiunque fornirà informazioni utili al ritrovamento.

Gaia Beltrame, 323/6879542

39. A che punto è la notte?

Dopo un'ora di sforzi nel tentativo di addormentarmi, scopro che è piú riposante lasciar perdere, incrociare le mani dietro la nuca e fare il test di Rorschach con le sagome dei castagni. Funziona bene, meglio che per le nuvole, e non c'è tramontana che può scombinarti un'intuizione.

La notte è passata a scrutare la strada, con una coppia di barbagianni a farmi coraggio, qualche fetta biscottata e un thermos di caffè caldo per sciogliere il sonno. In realtà, ci ha pensato il freddo a tenermi sveglio. Il caffè si è reso utile come antigelo. Risultato: imbottito di caffeina, non riesco a chiudere occhio. Gli alberi finiscono per somigliarsi tutti. Pose diverse di una stessa allegoria. L'Insonnia.

Fare la sentinella è un compito ingrato. Magari anche denso di pregnanza filosofica, non lo nego, ma appena la notte infiltra le giunture, anche la pregnanza va a farsi benedire.

Tempo fa, durante un vagabondaggio sui monti della Laga, mi sono messo in testa di fotografare l'alba. Il cielo terso prometteva bene, e per sicurezza ho puntato la sveglia alle quattro e mezzo. Ma era ancora buio pesto quando sono uscito dalla tenda, e ho dovuto aspettare un'ora sotto la sferza del vento. Nel frattempo, posizionavo e riposizionavo il cavalletto, per essere certo dell'inquadratura. Cambiavo tempo di esposizione e apertura del diaframma, cercando di prevedere quanta luce sarebbe entrata nell'obiettivo al momento di scattare. Mi chiedevo in quale punto esatto sarebbe salito il sole. Forse non mi ero orientato bene, forse la montagna sulla destra l'avrebbe coperto. Ogni piccola variazione di luce mi faceva riesaminare le variabili. Quando la linea dell'orizzonte cominciò a scaldarsi, andai a mettermi in posizione. Mi avevano detto che il fenomeno è piuttosto rapido, che in pochi minuti il sole acquisita troppa potenza, perde il colore romantico, e diventa impossibile da impressionare su pellicola.

Avevo le ultime due foto del rullino. Mi ero svegliato alle quattro e mezzo. Non potevo permettermi errori.

Intanto la luce aumentava. Il profilo dei monti sussurrava il suo antico linguaggio. La fascia bassa del cielo si riempiva di sfumature. Lo spettacolo era già talmente incantato che non potevano esserci dubbi: quella era l'alba, e il sole doveva essere sorto da qualche altra parte, forse proprio dietro la montagna. Scattai la prima foto. Aspettai qualche secondo, mentre le sfumature si allungavano. Scattai ancora e riavvolsi il rullino. Il sole non aspettava altro. Saltò fuori, quasi lo stessi tirando con un mulinello da pesca. Si scrollò di dosso l'orizzonte, fece un lungo sbadiglio arancione, si tuffò nell'unica nuvola del circondario e ne riemerse sparando raggi all'intorno, come se posasse per un santino sull'onnipresenza di Dio.

– In compenso, niente freddo, – e il termometro segnava meno sei. Perché puoi coprirti quanto vuoi, ma non hai speranze se lasci la testa vuota, col gelo che ti entra dentro e fa corrente nei corridoi del cervello.

La sentinella lo sa, ma deve fissare l'orizzonte e non distrarsi. Non può alzare gli occhi sulle stelle e nemmeno prepararsi al cambio o chiedersi a che punto è la notte. Il cambio non sempre arriva, non sempre le notti finiscono all'alba.

Il sottoscritto ha scrutato la strada e non è passato un cane. Nove ore per niente. Non permetterò a nessuno di raccontarmi che l'attesa basta a se stessa.

Almeno non adesso, con tutto il sonno arretrato e troppa, troppa caffeina.

Lo sgabuzzino delle scope faceva da spogliatoio. Sidney entrò, ripose secchio e spazzolone, cominciò a cambiarsi. Una piccola finestra aperta consentiva l'ultimo sguardo sul cortile. L'ultimo controllo, prima di immergersi nell'allenamento.

Dall'ingresso del Capannone randagi spuntava il muso di un furgone sconosciuto. Non quello verde scuro della Guardia zoofila e nemmeno il Transit di servizio al canile. Un Maivistoprima cabinato alle prese con operazioni di carico e scarico. Operazioni che non era dato vedere, ma che era facile immaginare. Il capannone conteneva una sola merce. Cani. Tra questi, un sanbernardo di nome Charles Bronson.

– Allora? Basta seghe!

La voce di Pinta chiamava impaziente. Il tempo a disposizione era scaduto. Sidney afferrò la ricetrasmittente nascosta nella camicia, la accese e cominciò a urlare sottovoce. Sperando che il sonno del cavernicolo non fosse già troppo profondo.

Col Mago di Vattelappesca il numero di stronzi era salito a ventuno. Ventuno chiamate a vuoto da quando aveva messo in giro gli annunci. Sette mitomani da quattro soldi, due rabdomanti, tre maniaci sessuali – eccitati dal semplice accostamento tra nome femminile e numero di cellulare –, quattro maghi o giú di lí, due muti che avevano riattaccato, due nonne malate in astinenza da chiacchiere tipo sala d'aspetto, una risata satanica che annunciava di aver sbranato il cane e foderato cuscini con la pelliccia. Gaia pensò che alcuni avrebbero chiamato *a prescindere* dall'annuncio. Ho smarrito un pitone di otto metri. E giú telefonate. Qualche mitomane in meno, qualche maniaco sessuale in piú.

Si versò due sorsi di rum tre anni, li buttò in faccia a una gastrite incipiente e caricò l'espresso per i nuovi arrivati.

Squillò il telefono. Gaia sbirciò il numero sul display. Era quello del cellulare che aveva prestato al cavernicolo.

– Pronto?

– Pronto, ascolta: furgone in avvicinamento, procedo con la fase due. Sidney non è sicuro, ma io procedo. Un supereroe non può starsene con le mani in mano.

– Aspetta. Qua non ha chiamato nessuno.

– Be', non è detto che ti chiamano subito. Intanto lo portano giú, lo ficcano da qualche parte, controllano che sia tutto okay. Quando poi ti chiamano è troppo tardi, se lo sono già messo in giardino, ti dicono che l'hanno trovato lí stamattina e tu devi startene zitta e pagare. Io procedo.

Spengo il cellulare. Infilo il sentiero tra grovigli di vitalba. Raggiungo la strada scivolando col sedere sull'erba umida. «Fase due» è un nome altisonante, da James Bond della selva. Trattasi di piazzare sull'asfalto dieci chiodi a quattro punte costruiti dal sottoscritto. Nelle ultime notti insonni ho studiato lo schieramento, ispirandomi al WM dell'Inghilterra anni Cinquanta. Avrei preferito due belle strisce chiodate larghe quanto la strada, ma la ferramenta di Coriano non le tiene piú. Bisogna accontentarsi e fare pure in fretta.

Otto... nove e dieci. Un colpo di clacson al tornante qua sopra. Calcio d'inizio. Mi precipito nel fosso a lato della strada sperando che sia asciutto. Alzo la testa quel tanto che basta per spiare la scena dietro ciuffi di tarassaco.

Forerà. Sarà costretto a fermarsi. Distratto dal cambio di ruota, non si accorgerà di un supereroe dal passo felpato, pronto ad avvicinarsi e dare un'occhiata al carico del furgone. Guarda caso, il povero Charles Bronson. Ingabbiato, pronto per la consegna. Settecento euro sull'unghia. Quanti per te? Quanti per quelli del canile?

Un calcio in culo a tutti e due.

Arriva. Viene giú come un pazzo. Novanta, cento all'ora. Anche se nota qualcosa, non avrà tempo di frenare.

Eccolo. Ruote anteriori sulla linea d'attacco e...

...Goal! Il mezzo perde il controllo, slitta via. *Boom!*, un'altra ruota, scarta di lato, viene da questa parte, abbasso la testa, il parafango rischia di farmi lo scalpo, giú, checcazzo, le ruote davanti si piantano nel fosso a un palmo dalle spalle, terremoto di fango ed erba, rumore di lamiera accartocciata, poi lo schianto, il botto, il silenzio.

Solo Jennifer Lopez da un'autoradio a palla e la grancassa cardiaca del sottoscritto.

– Non si sa mai, capito? Ma quando poi succede, allora meglio sapere.

– Meglio sapere, maresciallo. Ma se invece di studiarmi il Manuale di sopravvivenza, come si salta da un treno in corsa eccetera, se invece mi imparavo a usare il computer, non era piú buono ancora? Dico per l'Arma, non per me.

– No, errore. Se tu impari a usare il computer, poi mi muori per acciuffare un tizio che si butta dal treno in corsa, vedi che l'Arma non ci fa un grosso affare. Carabiniere deceduto. Investimento formativo buttato nel cesso. Delinquente a piede libero. Abbastanza, no?

– Abbastanza sí. Però c'è una cosa che non capisco. Dico sul treno in corsa. A sentire il libro, uno prima di buttarsi deve: imbottirsi con qualcosa sotto i vestiti, legarsi un giubbotto intorno alla testa con una cintura, studiare bene che nel punto dove atterra non ci siano alberi, rocce, ostacoli. Raggiungere se possibile l'ultima carrozza del treno... Oh, maresciallo: ma una volta che ho fatto 'ste cose, non sarà che il delinquente è già scappato? A meno che pure lui non s'è letto il libro e perde tempo con la cintura, il giubbotto e la carta igienica sotto la maglietta.

Il maresciallo Martelli si limitò a scuotere i ricci e a indicare lo spiazzo di fianco all'ambulanza. L'altro scalò marcia e parcheggiò. Due barellieri trasportavano il corpo di Sardena. Era conciato male. A giudicare dalla faccia, ci aveva sfondato il parabrezza. A giudicare dal furgoncino, se l'era cavata con poco. Appoggiato col tettuccio al tronco di un abete, pareva una stele d'acciaio e lamiera, eretta da qualche setta tecnologica, col cofano piantato nell'erba, e le ruote posteriori agganciate ai rami bassi.

– Vedi uno cosí? – osservò il maresciallo. – Andava troppo forte e ha perso il controllo. Se sapeva come rallentare, strisciando la fiancata sulla scarpata di destra, a quest'ora era tutto intero. La sopravvivenza non è istinto. È scienza.

– È scienza, maresciallo.

L'appuntato si fece un giro intorno al furgoncino. Dagli sportelli dietro usciva una valanga di scatoloni.

– Ma se voleva frenare, non bastava che se la prendeva piú calma? – domandò quasi a se stesso, mentre frugava tra i cartoni. Un paio s'erano sfondati nell'impatto.

– E questo che è?

La mano dell'appuntato sollevò un cappio di fil di ferro e uno strano congegno a incastro tenuti insieme da una bava da pesca.

– Maresciallo... Venga un po' a vedere.

40. Medioevo 2000

Tutto pronto.

Pitbull. Cavalli. Lance e corni da caccia.

Al noleggio cani ci pensava Taverna, il veterinario. *Gratis et amore Dei*. Quelli del canile, ogni tanto, ci andavano giú pesante. Il dottore chiudeva un occhio sui lividi piú grossi. Ne chiudeva due sulle ferite da ricucire.

Quale che fosse lo scambio, Yogur Casale se ne infischiava.

Rinaldi scese dall'auto e gli andò incontro eccitato.

– Allora? Vado con la novità?

– Dopo, Rino. Le novità mi rovinano la mira.

Per le lance c'era un rigattiere di Ponte. Le ritagliava da vecchie cancellate. Grattava via la ruggine, bilanciava il tutto e non faceva domande. Tanto meno andava in giro a parlare. Rinaldi lo aveva incrociato un paio di volte sul pianerottolo delle ucraine. Bastava quello a tenerlo per le palle.

Quale che fosse la ragione, Yogur Casale se ne infischiava.

– Guarda che è una bomba, eh? Ti dico...

– Dopo, Rino. Dopo.

I cavalli non erano un problema. Telefonata al maneggio Cinque Cerri. Prenotazione. Quattro per l'intera mattinata. Solo che a galoppare nel bosco, tra rami bassi e cespugli, c'era il rischio di qualche graffio di troppo. Per quello il Giando si era dato da fare. Aveva scovato uno stock di finimenti medioevali nel magazzino comunale di Castello. Risalivano all'ultima Giostra dei briganti, antica disfida messa su nel '94 per affollare di turisti qualche stand gastronomico. Poi una freccia scagliata male aveva centrato l'occhio di un bambino. Tanti saluti alla giostra e ai prodi balestrieri.

Le bardature non erano niente male. Cuoio spesso un dito e colori sgargianti. Un tocco scenografico a tutto l'insieme. Pare che il Giando le avesse avute sottobanco. In cambio: dosi di ketamina, anestetico per cavalli con effetto dissociativo, molto apprezzato da un usciere ventenne. Inutile dire che il prezioso farmaco proveniva dalle scorte di un certo veterinario. Cucinata nel forno di casa per ottenerne cristalli, ridotta in polvere con un macinino da sale grosso, tagliata con efedrina. Pronta da sniffare in righe di pochi centimetri e precipitare chiunque in fondo al magico *K-hole*.

Quale ne fosse l'origine, Yogur Casale se ne infischiava. Ci metteva i corni da caccia, lui, uno a testa, direttamente dalla collezione personale di attrezzi della civiltà contadina.

Ma soprattutto, ci aveva messo l'idea.

Lui, Taverna, Rinaldi e il Giando. I quattro cavalieri dell'Apocalisse.

Procedono in fila indiana, lungo la mulattiera, diretti alla foresta di San Crispino.

Dietro le schiene, tipo faretra, custodie in pelle per stecche da biliardo. Dentro: le lance, svitate in due pezzi. In uno zaino da montagna, i finimenti. Pronti da indossare sul posto. I pitbull trottano a fianco dei cavalli. Strana scelta, ma non casuale. Nella caccia col fucile, ti serve un segugio che stani la selvaggina e la tenga in movimento, non troppo veloce. In quella medioevale, ci pensano i cavalli a stancare la preda. Se si infratta, non deve aver tempo di riposarsi. Un cane possente come il pitbull intimorisce il cinghiale e riesce a smuoverlo piú in fretta. All'occorrenza, può anche inchiodarlo, se un paio di lance infilate sulla schiena non lo convincono a lasciarsi morire.

Anche la scelta del luogo è originale. Alberi non troppo fitti, terreno in pari. Una faggeta ad alto fusto vecchia quanto la valle. I cavalli hanno bisogno di spazio. Spazio significa sottobosco quasi assente. Sottobosco assente significa nascondigli rari e poco estesi. Significa niente branchi in giro, poca selvaggina, tutt'al piú maschi solitari. Prede ideali per la caccia medioevale, che non può contare sui grandi numeri. I colpi sono limitati, l'inseguimento è rischioso: un solengo da un quintale è già un ottimo bottino per quattro cavalieri.

Quelli dell'Apocalisse conoscono la foresta come il salotto di casa: i cespugli piú impenetrabili, le siepi di prugnolo. Passano da uno all'altra, battendo la zona palmo a palmo. Scrollano roveti con la punta delle lance. Spronano i cani ad addentrarsi nelle macchie. Scrutano gli intrichi piú fitti. Gli avvallamenti piú protetti. In attesa del grugnito rivelatore tra mille latrati o dell'ombra scura che schizzi fuori dal groviglio.

Taverna inspira fino a riempire i polmoni. Gli piace quel mescolarsi di odori, di cavalli e di terra, di foglie cadute l'anno prima e rivoltate dagli zoccoli, di corteccia umida e di muffe. Gli animali prendono un profumo diverso quando escono dalla stalla.

I cani scompaiono in un intreccio di rosa canina. Come un'antica processione, a ogni sosta si ripete il rituale. Uno dei cavalieri si ferma all'inizio del nascondiglio. Un altro raggiunge l'angolo opposto. I due restanti, al passo, bordeggiano la macchia da poca distanza.

Ogni volta può essere quella buona. Mano destra stringe la lancia, mano sinistra aggrappata alle briglie. Gli occhi fanno avanti e indietro lungo rami spinosi. Le orecchie valutano l'abbaiare dei cani.

Niente da fare. La piccola muta torna allo scoperto e precede i cavalli lungo le navate del bosco. Avanza scomposta, in attesa della stazione successiva, su e giú per la distesa di foglie brune, compatta e uniforme come una spiaggia bagnata.

Il cavallo rallenta, supera un vecchio tronco caduto, radici all'aria. Raggiunge i cani nei pressi di un macchione. Taverna fa cenno agli altri e va a piazzarsi in cima. Il rituale procede liscio. Rinaldi e Casale risalgono sui lati. Il Giando tiene d'occhio l'imboccatura.

Ma non sempre è questione di occhi.

Il *rouff* della bestia che parte ha una frequenza diversa dal latrare dei cani. Difficile non riconoscerlo.

A seguire, rumore di arbusti travolti dalla corsa.

Poi il selvatico nero erompe dalla macchia a testa bassa.

Taverna sprona il cavallo e lo lancia all'inseguimento.

Succede cosí. Sul primo chilometro, il cinghiale mantiene un certo vantaggio. Niente di strano. La partenza lanciata gli consente un allungo. Inutile sprecare energie per riprenderlo subito. Basta non perderlo di vista, mentre i cani si impegnano per non farlo rintanare. Taverna lo sa, il difficile è trattenere se stessi e l'animale, trovare il giusto passo, mantenere la pressione sul fuggitivo e arrivargli addosso un po' per volta. E anche cosí, al galoppo ma senza strafare, in mezzo agli alberi, con le buche, i sassi e i cespugli improvvisi, non è tanto semplice restare in sella, evitare che il cavallo si prenda una storta o peggio. Perché il cinghiale non conosce ostacoli, salta dove nemmeno i cani, scende a rotta di collo per dislivelli da stambecco, infila siepi spinose a tutta velocità. E finché ti mantieni distante, per quanto veloce, hai sempre tempo di scartare, bloccarti, al limite tentare il balzo. I veri problemi arrivano dopo.

La bestia perde terreno. I cavalli superano la fila dei pitbull e mangiano il vantaggio. Taverna vede avvicinarsi la preda, contro il grigio dei tronchi che riempie l'orizzonte. Venti metri. Vede la schiena irsuta sballottata dalla fuga. Vede setole impiastricciate di fango, muso basso a sfiorare il terreno. Arriva anche il Giando. Fa segno di stare a sinistra, lui coprirà l'altro fianco e attaccherà per secondo. Un solo colpo spesso non basta. Il cinghiale si inferocisce e diventa pericoloso. Meglio piazzare l'uno-due e sperare che i cani arrivino in fretta. Taverna chiede al cavallo l'ultimo scatto, per affiancare l'animale ed essergli sopra.

Il cavallo prende velocità. Il cavaliere prende la mira. Non può guardare avanti, deve concentrarsi sulla preda. Qualsiasi ostacolo si presenti, non avrà tempo per reagire né spazio di frenata. Deve affidarsi agli occhi, agli zoccoli, all'istinto del cavallo come fossero suoi.

Un centauro vero se la caverebbe meglio, sul piano della simbiosi.

Un centauro vero – due occhi soltanto – andrebbe a sbattere al primo tronco.

Il cavaliere inspira, raccoglie le energie e le concentra nella spalla destra.

Ci vuole forza abbastanza per spingere il ferro fino al cuore. Il contraccolpo può sbalzarti di sella. Ci vuole forza abbastanza per scrollare dal braccio la paura, avvinghiata lí sopra come una scimmia. Paura di colpire troppo piano. Paura di colpire troppo a destra. Paura che il cinghiale si volti e venga dritto contro il cavallo. Paura della paura del cavallo. Paura della paura del cinghiale.

Un centauro vero tremerebbe dai capelli alla coda. La divisione dei corpi e del lavoro offre ancora qualche vantaggio: uno corre, l'altro trema.

Il cavaliere si piega in avanti, testa sul collo dell'animale, odore di criniera che riempie le narici. Punta la lancia un metro sopra il bersaglio. Di scatto, drizza il busto, inspira ancora. Trattiene il fiato un secondo, due, in equilibrio perfetto. Poi colpisce, tutt'uno col respiro che scappa tra i denti, il braccio che frusta l'aria e la fronte appoggiata alla groppa del cavallo.

Con un attimo d'anticipo, il cinghiale scarta di lato, secco, senza mettere la freccia. Parte per la tangente ed evita la lancia. Parte e taglia la strada al Giando, che se lo trova davanti, quasi tra le zampe del cavallo, ed è talmente vicino che vale la pena tentare, torsione del busto verso sinistra, affondo istintivo col ferro nella destra, la punta entra nel fianco, appena dietro la zampa, spezza le costole e scappa via, trascinata dalla corsa.

Il Giando si ferma, disarmato. Taverna prosegue, Rinaldi lo affianca. Il cinghiale è agli sgoccioli: lento, pesante, ferito. Sa che la fuga non può piú salvarlo. Sente gli zoccoli pestare il terreno dietro di sé. Sente le urla degli uomini incitarsi a vicenda. Sente i cani esultare all'odore del sangue.

Ha una sola possibilità. Voltarsi di scatto. Fare la faccia truce. Sbattere le zanne tra loro come per volerle affilare. Sperare che i cavalli si spaventino.

Ha una sola possibilità. La sceglie.

Taverna, d'istinto, trattiene il cavallo. Vede il ciuffo di pelo dietro la testa del solengo drizzarsi come una fiamma. Sente il rumore delle difese che scheggiano le coti.

La scimmia è ancora lí, formato gorilla. Per togliersela di dosso, ci sarebbe da caricare un verro di centocinquanta chili, pronto a difendersi e a sventrare il cavallo. Tutt'altro che una buona idea.

Meglio tenersi il gorilla e contare sul gioco di squadra.

Rinaldi arriva da destra.

Casale da sinistra.

Eccesso di zelo. Chi non ha vie d'uscita, combatte fino alla morte.

Il cinghiale parte a muso basso contro il cavallo di Taverna. Il cavallo imbizzarrisce, alza le zampe anteriori. Il cinghiale gli passa sotto, come un toro ingannato dalla muleta. La caccia medioevale diventa corrida. Il gorilla diventa King Kong.

Mentre il cavallo scarta sulla destra e appoggia gli zoccoli a terra, Taverna perde l'equilibrio, cerca di sostenersi sulle staffe, scivola di lato. Afferra la lancia con due mani, la punta verso il basso. Piú per appoggiarsi ed evitare la caduta che per colpire il solengo in corsa. Ma invece della terra nera che ingrassa sotto le foglie, la punta di ferro incontra la schiena dell'animale. Il peso del cavallo che viene giú dall'impennata, del cavaliere che scivola dalla sella e di King Kong appollaiato sulla sua groppa, spingono l'arma dentro il corpo del selvatico, aprono le carni, spezzano le vene, precipitano il metallo verso gli organi vitali.

Taverna molla tutto, si aggrappa alle briglie e torna in sella con un colpo di reni.

Casale e Rinaldi evitano il frontale per un soffio.

Il cinghiale non fa nemmeno due passi. Piega le zampe e casca su se stesso, fulminato.

I cani gli arrivano addosso entusiasti.

La digitale del Giando scattò le foto di rito. I quattro cavalieri accosciati, stretti in un unico abbraccio dietro la preda insanguinata, distesa come una porchetta sul vassoio. Qualche inquadratura coi cavalli. Pose da San Giorgio e il drago. Ancora la preda, le zanne bene in vista.

Finito il cerimoniale, Taverna si dedicò all'asportazione della testa, per facilitare il trasporto. Alla pagliuzza corta, uno dei quattro doveva poi trottare fino al paese, recuperare il gippone e portarlo sulla sterrata da tagliaboschi, due chilometri piú giú.

– Questo te lo metti in salotto, eh? – disse Casale sollevando il trofeo per le zanne.

L'altro non rispose, ubriaco di troppe sostanze. Sbalzi di pressione gli gonfiavano il cervello.

Casale invece era eccitato, aveva voglia di parlare. Lasciò perdere Taverna e cambiò argomento.

– Allora, Rino, quella novità?

Rinaldi si appoggiava alla lancia come se le foto non fossero finite.

– Ah sí, certo, – si riprese, – venite qua, che interessa anche voi –. Attese che la combriccola si radunasse, mentre i cani, legati a un tronco sottile, banchettavano col sangue rappreso. – C'è questo mio amico postino che l'altro ieri è andato dalla Beltrame a farsi un amaro. Avete presente che quella tiene dei libri, no?, e li dà in giro da leggere. Bon, dice che tra questi libri ce n'è uno, non mi ricordo come si chiama, uno che la Beltrame non voleva nemmeno fargli leggere, cercava delle scuse, glielo voleva portare via, ma insomma, dice che lui l'ha letto lo stesso e che è uguale spiccicato al proclama dei Tagliadita.

Girò intorno lo sguardo per godersi l'effetto della notizia. Ottenne una domanda.

– In che senso uguale?

– In che senso... Dice le stesse cose. Che un giorno sono venuti gli alieni, che hanno scopato con le scimmie e che da lí è saltato fuori tutto quanto, paro paro quello che c'è nella dichiarazione.

Taverna tentò un'obiezione. – Scusate, ma non l'hanno beccato ieri, il tizio che ha strangolato De Rocco?

– Chi, Sardena?

– Quello che s'è rovesciato col furgone.

– Naaa. E tu ci credi? Sardena non c'entra, è uno a posto. Gli hanno trovato quelle trappole, e lo fanno passare per il cattivo. Ma non hanno una prova, te lo dico io.

– Appunto, – proseguí Rinaldi, – dobbiamo starle addosso, alla tipa. Minimo minimo ha degli intrallazzi coi Tagliadita, minimo, mentre qua si rischia che mettono dentro uno che non c'entra, solo perché traffica con degli aggeggi illegali.

Casale lo fissò dritto negli occhi.

– Okay, – disse. – Ma non dimentichiamoci Neandertal. Venerdí ha un appuntamento con noi.

Sollevò un dito e lo passò sulle guance. Prima una, poi l'altra. Il dito era sporco di sangue fresco.

– *Augh!* – risposero gli altri.

41. Arothron Hispidus

Dimmi come hai fatto, solo questo. Come hai fatto a dire sí anche stavolta. D'accordo, il supereroe. La civiltà troglodita che vuol essere sexy, ospitale e altruista. Ma c'è dell'altro. Non dico che il sottoscritto sia innamorato di questa fata, però farebbe di tutto per averla vicino, no? Oltre non ti puoi sbilanciare. L'eremitaggio non aiuta un'analisi lucida dei sentimenti. Tempeste ormonali si scatenano in un bicchier d'acqua. Fatto sta che quella arriva e dice okay, il piano uno non ha funzionato, dice, ma ho qui pronto un piano due che fa proprio al caso nostro.

– Nostro? In che senso «nostro»?

Fa finta di non sentire e comincia a spiegarti che Sidney le ha detto che stasera, venerdí, lui proverà a lasciare aperto un cancelletto laterale nella recinzione del canile. E già questa cosa che Sidney e la fata si mettono d'accordo senza coinvolgere il sottoscritto non è che mi fa tanto piacere, voglio dire, se non era per te quelli manco si conoscevano e adesso invece fanno comunella e organizzano piani. E oltre questo cancelletto, ci sarà aperto pure un vasistas, e lí vicino una scala, lunga abbastanza per salire su, entrare nel capannone, trovare Charles Bronson e portarselo via. Il tutto senza che nessuno si accorga di nulla perché stasera, venerdí, il personale del canile sarà impegnato in un'altra faccenda, di cui non sappiamo nulla, ma sappiamo che nessuno ci verrà a disturbare, se promettiamo di fare pianino e starcene zitti e quieti e non ficcare il naso in quell'altra faccenda.

– Ma siamo proprio sicuri?

– Sicuri. Sidney dice sicuri.

Almeno da quel che Gaia era riuscita a capire. Spizzichi di inglese. Bocconi di italiano. Gesti. Come faceva a essere sicura? Che glielo domandasse lui, se teneva alle certezze. Tanto era inutile. Sidney non ne voleva parlare, scuoteva la testa a ripetizione e gli venivano due occhi come se qualcuno stesse per mangiargli il cuore. Ma a guardarli bene, anche gli occhi del cavernicolo non scherzavano niente. Agli albori, c'erano supereroi tutti d'un pezzo, stile Batman. Poi, supereroi con superproblemi, modello Uomo Ragno. Adesso, l'ultima frontiera: il supereroe cagasotto. La società dell'incertezza si specchia nei suoi paladini.

Detto questo, Gaia non era da meno. Se la fifa facesse ingrassare, poteva riciclarsi come donna cannone.

– Ci sei? – domandò all'ombra che le passava di fianco.

– Andiamo.

Senti qua che tono di voce deciso. Dove hai imparato a bluffare cosí?

Si scende dal fuoristrada e si sale a piedi, senza torce né niente, in una notte troppo calda per questa stagione. Campane di fondovalle battono le undici. Nuvole scorrono alte come messaggi dal cielo. La strada è un bianco neon polveroso, acceso dai raggi di luna.

Rumore di auto qualche curva piú sotto. Aggrappati alle ginestre, risaliamo la scarpata fino al margine del bosco. Due grosse berline, forse station wagon, a fari spenti.

Deve aver a che fare con il mistero di Sidney.

– Tagliamo per il bosco?

Gaia annuí.

Una spina piantata sotto l'unghia le impediva di aprire bocca senza ululare bestemmie.

Cercò di succhiarla, di squizzarla, di tirarla via. Intanto avanzava, sperando che la paura restasse incagliata tra i ginepri.

O forse no. Forse non le dispiacevano quelle dita gelide appoggiate sulla nuca. Piccole dosi di morbo diventano vaccino. Paura liofilizzata e diluita te la propinano ogni giorno, dentro qualunque sbobba. La mandi giú a chili e nemmeno te ne accorgi. Ti ingozzi fino a scoppiare e non sai nemmeno che sapore ha.

In Giappone mangiano certi pesci dal veleno mortale. Piatto raffinatissimo. Cinque anni di pratica per imparare a servirlo. Il sapore del veleno deve pizzicare la lingua. La lingua, il giorno dopo, deve poterlo raccontare. I ristoranti di Shibuya contano molto sul passaparola.

Gaia non era coraggiosa. E nemmeno amava il rischio.

Stava facendo una puttanata, ma esserne fiera le piaceva lo stesso.

– Perché ti fermi?

– Ssssh.

Il cancello principale del canile è aperto per metà. Voci in avvicinamento. Devono aver lasciato l'auto nel prato qui sopra. La luce di una torcia illumina due volti. Una specie di buttafuori li accoglie sulla soglia. Piú che una perquisizione, pacche sulle spalle. I due si avviano nel buio del cortile. In fondo, un capannone illuminato. Sulla strada, altre auto in arrivo.

Gaia fa cenno di proseguire. Vuole sbrigarsi, il piano prevede di attraversare la sterrata trecento metri piú su, infilarsi nel bosco sull'altro lato, tornare verso il canile, individuare il cancelletto, entrarc.

Facile. Tutto liscio.

Peccato che il cancelletto sia rimasto chiuso.

– Fa' provare.

Gaia strattonò la maniglia. Era chiuso davvero.

– Andiamo via, – disse il cavernicolo

– Aspetta.

– Aspetta cosa? Se non ha aperto qui, non ha fatto neanche il resto.

Gaia non si lasciò ingannare dal ragionamento farlocco. Sidney poteva aver fatto il resto ma non essere riuscito a occuparsi del cancello.

– Scavalchiamo e andiamo a vedere.

E il cavernicolo: – Non se ne parla.

– Va bene. Vado da sola, – rispose Gaia, sperando che la civiltà troglodita fosse uguale alla precedente, quanto a orgoglio maschile.

– Okay, andiamo a vedere. Però alla prossima si torna indietro, niente cazzate.

Questa cosa del supereroe mi crea sempre piú problemi. Purtroppo adesso non c'è il tempo, ma mi piacerebbe chiarire la questione. Il sottoscritto è supereroe *troglodita*, dove troglodita è complemento di limitazione. In una civiltà non ciclica, votata al fallimento, con masse di individui che conducono vite di quieta disperazione, meri attrezzi dei loro attrezzi, alla costante ricerca di scorciatoie per il nirvana, ebbene in tutto questo il sottoscritto, vivendo in una caverna, si configura come supereroe. Ma non sa scalare grattacieli, e non vola piú veloce della luce, e a dirla tutta non è ancora riuscito ad accendere un fuoco col seghetto e la selce artificiale. Quando la civiltà troglodita vedrà davvero la luce, il sottoscritto sarà uno fra i tanti, appena capace di far crescere qualche fava e due-tre piantine di marijuana.

Nel frattempo, in attesa di quel giorno glorioso, lancio la giacca sul filo spinato che sovrasta il cancello e inizio ad arrampicarmi. Allungo una mano per aiutare la fata. Atterro dall'altra parte.

A detta di Sidney il capannone giusto è quello in angolo, sull'estrema destra. Seguiamo la recinzione fino al punto indicato. Eccolo.

La scala c'è, sdraiata lungo la parete che fronteggia il bosco. Una lunga scala di legno, di quelle per raccogliere la frutta.

Il vasistas… Il vasistas è aperto, tutto regolare.

Cerco di chiuderlo con la forza del pensiero, ma la telecinesi non rientra nei miei poteri. Cerco di far sparire la scala, ma quella resta al suo posto, niente miracolo.

Tocca afferrarla, tirarla su e cominciare a salire.

Il vetro era inclinato verso l'interno. Gaia ci si sdraiò contro. Recuperò la scala. La appoggiò alla parete interna. Manovra complessa: spazio ridotto, attrezzo di grosse dimensioni, angolature rompicapo, equilibrio precario.

Neanche fosse il pulsante di un juke-box, appena il piede toccò il primo piolo, la cagnara partí all'unisono portandosi dietro odore di merda, carne andata a male e bestiame.

Le indicazioni di Sidney: terza fila di gabbie, sedicesima dal fondo. Gaia accese la torcia, puntando il fascio sul terzo corridoio. Musi di labrador. Musi di setter. Musi di maremmano. Nasi infilati tra le sbarre. Zampe aggrappate alle gabbie. Il clangore del metallo accompagnava la danza dei prigionieri: rincorsa, salto contro la rete, mezza piroetta, di nuovo rincorsa.

Quattordici, quindici. Sedici.

Un pastore tedesco.

– Non era un sanbernardo?

– È un sanbernardo.

– Allora Sidney ha contato male.

Mi lancia la torcia. Dice: sai com'è fatto un sanbernardo? Intanto prosegue al buio. Immagino sappia riconoscere il suo Charlie anche solo dall'odore. Ci dividiamo. Sarò in grado di distinguere un sanbernardo da un mastino?

Fila due. E se ne trovo uno? Ammesso che urlare sia una buona idea, non credo possa sentirmi. Un dobermann. Un cocker. E questo? Se ne trovo uno, faccio dei segnali luminosi contro il soffitto. Un dalmata, un affare grosso e nero che può essere tutto ma non un sanbernardo, un altro pastore tedesco...

Il fascio di luce illumina due gambe e un muso di cane. Le gabbie sono finite. Le gambe sono di Gaia e il muso è quello di un sanbernardo, suppongo.

L'ha trovato. Gli ha messo il guinzaglio. Possiamo andare.

– Basta, Charlie. Smettila

La fase di rientro presentava qualche imprevisto. Dettagli tecnici non calcolati a dovere. Salire una scala di legno con in braccio un sanbernardo che non sta nella pelle dalla felicità, e vuole leccarti la faccia e dimenare la coda, è piuttosto arduo se non sei trapezista. Gaia si offrí di fare da parapetto, occupando il piolo subito sotto quello del cavernicolo e salendo insieme a lui, che stava aggrappato alla scala con i cinquanta chili di Charles Bronson in bilico sulle braccia.

Arrivati in cima, il sanbernardo decise che ne aveva abbastanza. Si liberò dall'abbraccio mentre Gaia recuperava la scala, scivolò sul vetro del vasistas neanche fosse un toboga da piscina e atterrò sano e salvo quattro metri piú sotto

Gaia lo vide intero ed evitò per un soffio di farsi venire un infarto. Sudore a litri la bagnava dalla vita in su, solito mal di testa e schiena gelata, nonostante l'aria calda di quella notte. Se non raggiungeva un luogo orizzontale e bianco nel giro di mezz'ora, rischiava il cedimento strutturale.

Era tutto finito. Aveva ritrovato Charlie. Aveva vinto lei.

La mano del cavernicolo fece segno di aspettare. Di avanzare piano. Di dare un occhio nel punto indicato.

Luci da un capannone sulla destra. Faretti puntati sullo spiazzo di fronte. Voci.

– Io vado, eh? – avvertí Gaia. – L'hai detto tu, niente cazzate...

42. La voce della coscienza

Qualcosa si è spezzato. Inutile negarlo.

Venerdí sera, Zanne d'Oro sputa sulla pietra e ripassa il filo dell'ascia. Poltiglia grigiastra ricopre la lama. Il gesto circolare della mano sembra ipnotizzarla. Un prototipo di automa arrotino.

Anche Bianco è piú nervoso del solito. Raccoglie le maschere afro e le infila nello zaino. Lo sguardo vaga per la stanza. Cerca la corda, o forse altro. Si sforza di comportarsi come se niente fosse. Apre di nuovo lo zaino per infilarci il rotolo di nastro adesivo. Con scatto improvviso, tira fuori una delle maschere e la manda in frantumi contro il muro. Non serve piú. Erimanto s'è dato.

– Non ci pensare, Blanco, – cerca di calmarlo la bionda.

– Giusto. È solo un infame.

Zanne d'Oro scuote la testa: – Vedi che sbagli? Se lo chiami cosí, come fai a stare calmo? Ti metti a pensare che tra noi c'era un infame, almeno potenziale, e che tu ci sei stato a fianco tanto tempo senza nemmeno accorgertene. Ci pensi, ci ripensi, e finisce che perdi il controllo, sei poco lucido, fai cazzate.

Il presidente guarda la bionda e aggrotta le sopracciglia. Un misto di curiosità e di sfida.

– Interessante. E come dovrei chiamarlo, secondo te?

– Egoista. Uno che ha perso la concentrazione per dare ascolto ai dubbi.

– Egoista, – Bianco si lascia andare a un sorriso beato. – Mi sento già piú calmo. Egoista –. Chiude gli occhi, come se recitasse un mantra. – D'accordo. Ma perché proprio egoista?

– Perché va dietro a se stesso invece che all'illuminazione comune. Sempre a far domande, a chiedersi perché questo, perché quest'altro. Che bisogno c'è? Abbiamo un compito, abbiamo un obiettivo. Cosa vuoi di piú? Fallo bene, fallo meglio che puoi, e stai sereno. Ogni domanda è una distrazione inutile. Eri convinto all'inizio? Basta. Non inquinare quell'intuizione. Anzi, guarda: dimenticala proprio. Non starci nemmeno a pensare. Lasciala perdere e procedi.

Bianco annuisce con una certa ammirazione. Raccoglie la corda e comincia ad arrotolarla sull'avambraccio destro.

– Mi piace. Però, aspetta: non è lo stesso discorso dei nazi?

– In che senso?

– Che loro obbedivano solo a degli ordini e nient'altro.

– C'è una bella differenza. Io dico di ascoltare la voce della coscienza, non gli ordini.

– D'accordo. E Hitler? La sua coscienza gli diceva di sterminare gli ebrei. Magari se gli venivano dei dubbi capiva che non ha senso prendersela con una razza soltanto. Magari ci pensava lui a far fuori il genere umano e ci toglieva un sacco di lavoro.

– Hitler era un pezzo di merda, Blanco. Se un pezzo di merda ascolta la sua coscienza sente solo scoregge.

– Quindi uno prima di tutto dev'essere sicuro di *non essere* un pezzo di merda.

– Esatto.

– E se gli viene il dubbio?

– Allora è un pezzo di merda. Meglio che si fa da parte, risolve i suoi problemi, e solo dopo può riprendere con la voce della coscienza e tutto il resto.

– Un po' come ha fatto Erimanto. Un pezzo di merda.

– Diciamo egoista, Blanco. Egoista.

Con sforzo evidente, Cinghiale Bianco ritrovò la concentrazione.

– Egoista, sí, egoista. Pezzo di merda è il cavernicolo.

– Esatto, – concluse Zanne d'Oro. – Andiamo alla villa e facciamogli lo scalpo.

43. Lady K

Per i cavalli di notte, s'erano giocati il Kappa. Niente Quadri e Fiori. Niente Re. Semmai una regina. Lady K.

Ai rumeni del maneggio era piaciuta subito. Avrebbero fatto qualsiasi cosa per averne ancora. Bene: dieci cristalli per quattro stalloni. Da mezzanotte alle cinque.

I rumeni del maneggio si erano presi il rischio. Aprire le stalle di nascosto dai padroni. Far uscire i purosangue. Spararsi la ketamina.

Yogur montò il piú scuro, quasi nero. La notte era calda e solenne. I quattro cavalieri si avviarono, bordeggiando un pascolo, in direzione opposta rispetto alla casa e alle orecchie dei proprietari. Un gospel di rane sovrastava il ritmo felpato degli zoccoli. Folate di vento rovistavano le ginestre.

L'intera valle era come sospesa sul culmine di un balzo.

I cani non stavano nella pelle.

Cominciava la caccia.

Villa Rivalta distava dal maneggio tre chilometri e mezzo. Percorso comodo: prati non troppo ripidi, sterrate, sentieri larghi come viali alberati. Vecchia residenza estiva di una nobiltà decaduta e scomparsa, il rudere sorgeva al centro di un'abetaia fitta e secolare, ettaro di bosco che aveva attirato mille progetti, tutti naufragati. Forse per via di quel cimitero di famiglia che si diceva irraggiasse la stessa sfortuna toccata in sorte al blasone o per quella minuscola cappella che lo costeggiava, e pare che se scrivevi un nome sul muro esterno, la persona che lo portava era destinata a morire entro la fine dell'anno.

Del vecchio ingresso monumentale restavano solo le torrette di sostegno. Il ferro pesante del cancello se l'erano portato via da tempo immemorabile. Imboccato il viale che tagliava in due l'abetaia, il Cavaliere Quasi Nero sollevò il braccio. Gli altri lo affiancarono.

– Dividiamoci, – disse Casale.

Come col cinghiale, ognuno prese la sua direzione. Tranne Rinaldi, che doveva condurre i cani. Niente pitbull, questa volta. Solo bracchi. Esperti nell'arte di stanare la preda. Silenziosi e furtivi.

Il prescelto legò il cavallo al tronco di un albero, mentre gli altri avvitavano le lance, pronti a piazzarsi. Alla casa mancavano sí e no duecento metri, ma Rinaldi trattenne i cani fino all'ultimo. Per abitudine, rischiavano di fissarsi sulle tracce fresche di qualche altro animale e a quel punto era difficile distoglierli dalla pista. Meglio condurli all'uscio della villa. Mollarli dentro. Dare inizio alle danze.

Non c'erano dubbi, ormai. Puzzle completo. Immagine nitida. L'incidente di Sardena poteva sviare soltanto un cieco. Se era coinvolto, lo era da fornitore. Punto e basta. Gli interrogativi sospesi erano atterrati su una pista di analogie sospette.

Tenere d'occhio la barista si era rivelato molto interessante.

I Tagliadita indossavano maschere afro? Coincidenza! Neandertal aveva un amico africano.

Nel bar della Beltrame c'era un libro sospetto? Coincidenza! Neandertal se la intendeva con la barista.

I Tagliadita si dedicavano a rituali ecosatanisti? Coincidenza! Neandertal si era trasferito in una chiesa in rovina, molto apprezzata per messe nere e altre schifezze.

Rinaldi sorrise, mentre slegava i cani sulla porta del rudere.

Con quel tris in mano ci si poteva divertire.

Fu questione di un attimo. I bracchi erano ben addestrati. Le prede non si aspettavano nulla. Semmai, loro stesse aspettavano prede.

Una corsa scomposta attraversò il piano superiore. Le scale. La porta.

Due ombre con teste animali comparvero sullo spiazzo lastricato, chiuso all'intorno da una balaustra in pietra e da schiere di abeti. L'incombere della canizza spazzò via ogni indecisione. D'istinto scelsero di dividersi. I cani no. I cani scelsero la preda. D'istinto, la meno veloce.

Zanne d'Oro costeggiò il muro. Scavalcò la balaustra in acrobazia, distaccando gli inseguitori quel tanto che bastava per individuare un rifugio. Gettò la maschera, si guardò intorno, contò fino a tre e riprese a correre.

Il cancello del cimitero di famiglia era arrugginito e mezzo scardinato. Inutile sforzarsi di aprirlo. A parte la sfilza di punte sulla cima, gran parte dei cancelli sembrano fatti apposta per essere scavalcati. Appigli, punti d'appoggio, sostegni.

Uno dei cani si rese conto subito che l'inseguimento era finito. Si bloccò di fronte alle sbarre e prese ad abbaiare a fermo, come quando la lepre infila un cespuglio troppo fitto e diventa impossibile andarle dietro. Gli altri due fecero alcuni tentativi per passare dall'altra parte, ma le decorazioni della cancellata non lasciavano spazio. Poco male: la preda era piú o meno in trappola. Tanto valeva dedicarsi a quell'altra.

Sentendo allontanarsi i latrati, Cinghiale Bianco si era rilassato. Aveva rallentato il passo, ripreso fiato. Facile che Zanne d'Oro si fosse rifugiata su un albero, stile giaguaro inseguito dai pecari.

L'abbaiare, infatti, sembrava provenire da un unico punto, immobile, come di un cane alla catena. Il che faceva pensare a un assedio di quel tipo. Cinghiale Bianco si domandò se un randello, la maschera e un po' di chiasso potevano bastare a mettere in fuga gli aggressori.

Un rumore di zoccoli lo distolse dalle strategie. Si voltò. Nessuno in vista.

Possibile che qualcuno cavalcasse a quell'ora? Forse non erano proprio zoccoli.

Qualunque cosa fosse, si stava avvicinando.

Fermo davanti al cimitero, il bracco non smetteva di abbaiare.

Giando arrivò per primo, seguito da Rinaldi e dal dottore.

Il cancello aveva conosciuto tempi migliori. Era piantato in terra e inchiodato dalla ruggine. Non c'era verso di aprirlo, ma abbatterne una metà sembrava possibile. Specie se uno come il Giando aveva deciso di entrare.

Zanne d'Oro sentí la massa di ferro crollare sull'erba e sulle lapidi. Sporse la testa dal nascondiglio e li vide.

Schierati in riga, le lance alte sopra le teste, pronti ad avanzare.

Per arginare il panico, Zanne d'Oro provò ancora a contare. Restare nascosta non aveva senso, il cane l'avrebbe scovata comunque. I muri di cinta non offrivano appigli: aveva controllato. L'accetta che teneva in cintura poteva tornarle utile, ma fino a un certo punto. Si diede dell'imbecille per non averla usata contro i cani. Primo, non voleva fargli male. Secondo, era convinta che se ne sarebbero andati presto, richiamati da qualche bracconiere che andava in giro di notte per sparare ai caprioli.

Arrivata a quarantanove, decise di uscire allo scoperto e provare a capire chi aveva di fronte.

Giando le fu subito addosso. Mirò alla spalla e affondò la lancia. Zanne d'Oro deviò il colpo con l'avambraccio: perfetta scelta di tempo. Ottimo taiji. Nell'altra mano, l'accetta. Fece una torsione col busto, scartò di lato e piantò la lama sopra il ginocchio del cavaliere.

Giando urlò come una bestia al macello.

La mossa colse tutti di sorpresa. Doveva sfruttare l'impasse. Puntare l'uscita, ripararsi tra le lapidi, superare il placcaggio avversario e andare in meta.

Poteva farcela. In mezzo alle tombe, i cavalli non avevano campo libero. Uno dei cavalieri era piú o meno fuori uso. Gli altri due avevano un colpo a testa, con quelle cazzo di lance. Doveva costringerli a tirare quando voleva lei, apparire vulnerabile, mentre era pronta a scartare di lato e finire la corsa alla croce successiva.

Poteva farcela, ma aveva fatto male i conti.

Il bracco saltò fuori da dietro una lapide. I denti strinsero la carne del polpaccio. Zanne d'Oro perse l'equilibrio.

Rinaldi le atterrò sopra buttandosi dal cavallo.

Le puntò la lancia in mezzo agli occhi.

Le tolse di mano l'accetta.

Gliela piantò nella coscia senza nemmeno guardare.

Lo spettro sbucò dal bosco come palla d'acciaio da una bocca di cannone. Torrente nero di agilità e potenza.

Piantò gli zoccoli, si girò di scatto, riprese la corsa.

Cinghiale Bianco sembrava pietrificato davanti all'apparizione di un demone silvestre.

Il Cavaliere Quasi Nero roteò la lancia nella mano per impugnarla al contrario. Punta rivolta alle spalle, manico pronto a stordire.

Cinghiale Bianco provò a correre

Il Cavaliere Quasi Nero gli andò dietro al galoppo.

Cinghiale Bianco voltò la testa, vide alzarsi il braccio.

Sentí un colpo secco sopra l'orecchio.

Andò giú.

Sacco di pelle senza corpo dentro.

44. Negrofilia

Luci. Fari puntati nella polvere davanti all'ingresso del capannone. Voci.

Gaia non ne vuole sapere. Ha ritrovato il cane. Niente complicazioni.

Gaia raccoglie la scala e punta la rete. Può farcela da sola. Il sottoscritto ha deciso di restare.

Senza dubbio, si tratta dell'avvenimento che Sidney ci ha pregato di lasciar perdere.

Qualcosa di losco. Di illegale. Di proibito.

Ho già sviscerato prima le caratteristiche base del supereroe troglodita. Il sottoscritto non ha mai brillato per audacia. Nella civiltà che ha finto di coccolarlo per oltre vent'anni, il coraggio non ha senso alcuno. Il giudizio su un uomo dipende dalle sue abilità di eterno neonato. La quantità di latte che riesce a succhiare dalla Tetta Globale. Bene che vada, il coraggio non serve. Altrimenti è pure d'ostacolo.

Chissà. Forse l'aria dei boschi aiuta a espellere certe tossine. Ci vuole fegato per farsi troglodita. Senza dover picchiare qualcuno, maneggiare un'arma, gonfiare i muscoli, attaccare la vita a un elastico, vincere gare di cazzo duro. A differenza della Tetta Globale, Madre Natura sa svezzare i suoi figli.

Sagome di abeti contro il cielo stellato. Il vento caldo della notte finisce per sciogliere l'incertezza. Le luci nel buio sono un irresistibile richiamo. Sciami di falene sembrano lí per dimostrarlo.

Fatto sta che corro verso la rete, aiuto Gaia a scavalcare, fuggo i suoi richiami razionali e mi precipito verso il capannone.

Appoggio la scala al muro esterno. Divoro gradini di legno. Mi affaccio al lucernario.

Uno spazio ampio, illuminato bene. Al centro, un grosso cubo di materiale trasparente. Intorno, piccole tribune gremite. Una cinquantina di spettatori per lato. Vociare diffuso, anche attraverso il vetro. Quasi tutti seduti. Pochi, appena arrivati, puntano veloci gli ultimi posti.

I tre sulla soglia si sporgono all'esterno. Un'occhiata in giro, uno sguardo reciproco, rientrano. Fanno qualche passo indietro, confabulano con un quarto tizio. Uno di loro si avvicina al portellone scorrevole e lo spinge fino in fondo.

Le tribune cadono in penombra. Sul cubo centrale, incrocio di riflettori potenti.

Un uomo con cane al guinzaglio compare sulla scena. Apre una porticina, entra nel cubo, lo attraversa. Difficile capire cosa sta facendo. Quando si allontana, il cane è legato a una corda, tesa, che gli permette pochissimo movimento.

Poi entra un altro uomo. Senza cane. Un uomo di colore. Indossa un paio di scarpe e dei pantaloncini da basket. Per il resto è nudo, ma ricoperto da pezzi di armatura: parastinchi, ginocchiere, protezioni per le spalle e gli avambracci. In mano regge uno scudo. Trasparente.

Entra nel cubo anche lui. Raggiunge il centro, mentre il cane tira disperato sulla corda che lo trattiene. Rivolge al pubblico il suo saluto. Tribuna Uno. Tribuna Due. Alza la testa da questa parte.

Un attimo. Pochi fotogrammi.

Sidney.

Il pubblico applaude, sventagliare di mani. Suona una specie di gong. La corda che trattiene il cane si molla di colpo. Il cane balza in avanti. Sidney alza lo scudo.

Ecco l'evento misterioso.

Uno dei figli migliori della civiltà troglodita si batte contro un nobile animale davanti alle schiere eccitate di Babilonia.

Puro sport? Impossibile.

Lavoro? Ignobile coercizione? Differenze sottili.

Sidney colpisce alle costole con un calcio basso. Colpo difensivo, poi contrattacco. Schiacciandolo con lo scudo, si butta a peso morto sull'animale. Lo blocca a terra. Lo martella di pugni alla testa, accoppiati a ginocchiate laterali sulla spina dorsale. Una, due, tre volte. Molto professionale.

Il cane si divincola come un rettile. Scivola di lato, sguscia via da sotto lo scudo. Sidney non fa in tempo a reagire. Perde l'equilibrio, finisce per terra. Il cane si gira e gli si avventa contro.

Sidney sul fianco, alza il ginocchio, provaaa...

...aaaallungo le braccia, zero appigli, la scala cede, mi scortico i gomiti, sbatto il mento contro il muro, atterro male sull'anca. Capisco subito che farò fatica a rialzarmi: niente di rotto, ma distorsioni ovunque.

E soprattutto, questa voce decisa che ordina di star fermo e una pistola puntata a ribadire il concetto.

Sono due. Sidney l'aveva detto di prendere il cane e filare.

Mi scortano fino a una roulotte. Mi spingono dentro, su un divanetto scolorito. L'anca pulsa come un cuore fuori posto.

Uno si appoggia al tavolo, l'altro passeggia nervoso.

– Sai chi è questo? Eh? Lo sai chi è? Lo sai?

Scatta da questa parte come in preda a un raptus. Mi afferra i capelli con la sinistra. Alzo la testa. La destra mi spara un ceffone a tutto braccio subito sotto la tempia. Cado sul lato opposto, cercando di ripararmi da una seconda scarica. Abortita.

– Questo è il cazzo di cavernicolo, capito? L'amico di Nigeria e della barista. Quello che non era pericoloso. Quello che non ci sputtanava, no, quando mai?, inutile parlarne a Mahmeti, tempo sprecato, eh? Vero?

Sta parlando con l'altro, ma a quanto pare vuole una risposta dal sottoscritto. Mi si avventa contro e continua a ripetere come un ossesso: – Vero? Eh? Vero, pezzo di merda? Vero? – mentre una gragnola di pugni mi tempesta le costole piú o meno con lo stesso ritmo. – Continui a pensare che il negro non gli ha raccontato tutto? Dici ancora che sono un paranoico, eh? Lo dici ancora?

– Calmati, Marcio, – fa quell'altro.

– Sí, va bene, okay, – fissa il pavimento come per concentrarsi e riprendere il controllo. Annuisce. Si deterge il sudore col dorso della mano. Fa due passi indietro e si viene a sedere proprio sulla mia anca. Affonda il braccio come per estirpare un'erba cattiva e ancora una volta mi tira su per i capelli.

– Mi sono informato, sai? E già. Vedi questo stronzo? Dice il brigadiere che non è nessuno, non ha nemmeno i documenti, se sparisce non ci fa problema. È un barbone, capito?

Molla la presa sui capelli e si alza. Va a piazzarsi dritto davanti all'amico.

– L'ho sempre detto che li dovevamo ammazzare. E stavolta lo facciamo –. Si gira verso di me, stira un sorriso, passa il pollice lungo la gola, lascia ciondolare la testa. – Ho anche pensato come. Senti: finito l'incontro, di là, mandiamo via un po' di gente. Restano solo la crema e le telecamere. Poi portiamo dentro questi due e li facciamo sbranare, come nell'antica Roma. Che ne dici, eh?

– Calmati, Marcio.

Il Marcio si mette sull'attenti. – Sono calmissimo –. Fa un respiro profondo, si concentra, riprende: – Però a Mahmeti glielo dici tu, d'accordo? Lo sai che con me...

– Scordatelo.

– Come?

– Scordatelo, Marcio. Non siamo all'asilo.

Il Marcio la prende male. Una smorfia di rabbia. Un pugno contro il muro. Urla. – Sei un bastardo, Pinta. Io vi tiro fuori dalla merda e tu neanche un favore mi fai –. Butta le mani avanti e si aggrappa alla maglia dell'altro. – L'ho sempre saputo che fai comunella col negro, è per questo che...

Pinta fa due passi avanti e gli pianta un destro sotto il diaframma, dal basso in alto, reggendolo per la spalla con l'altra mano. Roba da togliere il fiato a un orso.

Il Marcio si piega, sputazza, sembra voler vomitare lo stomaco.

– Cala le mani, Marcio. Mi va il sangue al cervello.

Per tutta risposta, il Marcio scarica la rabbia con un calcio sul ginocchio del sottoscritto

– Sei ridotto da schifo, – dice quell'altro mentre apre la porta. – Vado io, d'accordo. Sentirò che ne pensa il gran capo della tua antica Roma, contento?

L'esagitato alza lo sguardo, sorride, vorrebbe rispondere qualcosa ma il pugno di prima gli guasta la dizione. L'altro sparisce dietro la porta.

Sidney l'aveva detto di prendere il cane e filare.

Lo zigomo comincia a gonfiarsi. Fitte di dolore si infiltrano nell'anca sempre piú a fondo. Il ginocchio è poca roba, ma la mitragliata di pugni deve avermi incrinato almeno una costola. Comunque niente, rispetto a un cane che ti sbrana vivo.

L'allucinato mi sta fissando con uno strano sguardo curioso. Neanche fossi atterrato adesso da un'altra galassia.

– Senti un po', me la togli una curiosità? – Un tono cordiale, sospetto. – Ma voi amici dei negri, voglio dire, com'è che avete 'sta simpatia per i bingobongo? Cioè, voi li aiutate, gli date una mano, cercate di risolvere le loro sfighe. Perché? Perché loro sí e, che so, un negoziante nisba? Un negoziante che apre il suo negozio in un posto dove non si vende niente e dopo un po' si ritrova sul lastrico. Perché tra la sfiga di essere africani e quella dei negozianti, voi negrofili preferite la prima? Non l'ho mai capito. Me lo spieghi tu?

Resto un attimo ammutolito.

La bocca della pistola minaccia di parlare prima del sottoscritto.

Devo trovare una risposta. Evitare di contraddirlo. Magari ha parenti bottegai.

– Be', vedi, è... è un fatto di numeri: i negri sono centinaia di milioni. I negozianti falliti, molti meno.

Il Marcio sorride: – E gli stronzi cavernicoli, un paio soltanto. Posso farvi fuori senza rimorsi o siete protetti dal Wwf?

A quanto pare, Mister Mahmeti ha detto sí.

Sulle tribune attorno al cubo trasparente non è rimasto nessuno. Si muore solo per le telecamere.

Provo a fissarmi su qualche particolare. Occupare il cervello mentre mi avvicino all'arena. Come sulla Laga, per distrarsi dal freddo.

Tremo. La pelle tesa, trafitta da minuscoli aghi.

Sembra incredibile poter morire cosí.

La luce dei fari è uno schiaffo sugli occhi. Ci siamo.

Prima di entrare, un ultimo sguardo cieco verso Sidney, costretto ad assistere dalla gradinata piú bassa.

Il lupo va e viene lungo il perimetro della gabbia di vetro, come una tigre allo zoo.

Non l'hanno nemmeno legato, per l'occasione. Combattimento senza regole. Niente protezioni. Niente scudo.

Il Marcio apre la porta. Un spinta. Dentro.

Sidney l'aveva detto di prendere il cane e filare.

Sudore gelido dalla testa ai piedi. Il lupo scopre le zanne, ringhia. Io resto immobile. Fase di studio. Respiri il piú possibile regolari.

Dagli spalti vuoti sembrano piovere grida e incitamenti. Fischi a due dita. Consigli strategici da stadio.

Da come mi osserva, il lupo deve aver capito che il sottoscritto è la cena di stasera. L'unica occasione di sfamarsi dopo chissà quanto tempo e per chissà quanto ancora.

Sempre immobile, lo lascio avanzare.

Se è solo questione di fame, ci si può mettere d'accordo. Inutile farsi male a vicenda. L'esperienza col facocero insegna.

Infilo la mano in tasca e lancio sul pavimento brandelli di fette biscottate, residui della cena da sentinella. Forse non è il suo piatto preferito, ma almeno il gesto dovrebbe apprezzarlo. Se poi è di quei lupi che vanno a caccia nei cassonetti, può aver mangiato di peggio, nella sua carriera.

Tanto a questo punto mi ammazzano lo stesso. Ma con un colpo in testa è sempre meglio che sbranato.

Nel frattempo il lupo considera l'offerta con attenzione.

Poi qualcosa lo distrae. Alza il muso, le orecchie tese.

Cani.

Abbaiare confuso subito fuori dal capannone.

Il Marcio si precipita a controllare. Uno sparo. Due. Il Marcio rientra zoppicando di corsa, come un paperotto inseguito da Godzilla. Godzilla è una muta di randagi. Altri spari. Urla.

Sidney capisce subito. Ne approfitta. Con un montante preciso stende il tizio che gli sta di fianco, corre verso la porta del cubo, apre. Mi precipito fuori, inseguito dal lupo.

Sidney fa segno di infilarsi nello spazio tra una gradinata e l'altra. Lo seguo. Si appende a uno dei sostegni e salta giú dal ponteggio che sostiene le tribune. Il sottoscritto sempre dietro. L'atterraggio sbilenco riattiva all'unisono tutti i colpi che ho preso. Fitte all'anca. Fitte al ginocchio. Fitte ovunque.

In quello che sembra un muro compatto, le mani benedette di Sidney aprono un porticina.

La porticina dà sull'esterno. Un incubo col tasto di uscita.

Resta da scavalcare la rete, ma diciamo che il piú sembra fatto. Alle spalle, impazza la cagnara. Di fronte, un braccio emerge dall'erba alta alla base della recinzione.

Gaia è nascosta lí sotto, insieme al cane e alla scala.

Che fosse una maga, me ne ero accorto dall'inizio.

45. Mondo Cane

Abbaiano. Mordono. Alla faccia del proverbio.

Cane morde cane. Cane morde uomo. Uomo urla, cane abbaia. Uomo spara, cane guaisce.

Jakup Mahmeti scende di corsa dal *suo* posto. Ultima gradinata della tribuna. Nessuno alle spalle. Un principio sempre valido.

Ha visto scappare i due morituri senza poter intervenire. Il vetro dell'arena li ha protetti. Inutile sparare. Meglio conservare proiettili per farsi largo tra i cani.

Due colpi in aria e uno a segno. Due colpi in aria e uno a segno. Il branco si apre come un mar Rosso pulcioso. Pinta e il Marcio imitano il capo. Ghegno è per terra e ci rimarrà un pezzo. Mahmeti raggiunge il portellone. Apre.

Di là dalla rete, tre ombre si allontanano sulla strada. Sbattere di sportelli, accensione di motore, ruote che scheggiano la sterrata.

Mahmeti si dà dell'imbecille. Ha finito i colpi.

I due scagnozzi lo raggiungono a ruota. Troppo tardi.

– Deficienti! – grida l'albanese. Poi punta la Mercedes. Gli altri dietro. Mahmeti li blocca indicando la Panda col braccio teso. – Voi quella.

Sale, apre il portaoggetti, fruga. Scatola di salviette, atlante stradale, preservativi, mentine. La Tomcat 7.65 è finita sul fondo. Leggera, supercompatta. Ottimo ferro di riserva.

Il caricatore: pieno.

Mahmeti lo rinserra. Mette in moto. Taglia la strada alla Panda e infila il cancello per primo.

– Auguri, Marcio, – Pinta schiacciò l'acceleratore per star dietro alla Mercedes. – Stavolta il gran capo ti fa tagliare le palle.

Il cocainomane non gli diede retta. Recitava il suo mantra. Fissava un punto oltre il parabrezza. Oltre le stelle di quella notte calda. Oltre lo spazio.

– Io l'avevo detto che ci sputtanava. L'avevo detto subito.

Il cocainomane era a un passo dal Nirvana.

Centoventi all'ora, strada bianca. La Mercedes pattinava, peggio che sul ghiaccio.

Tempo tre minuti e raggiunse due luci rosse, in fondo a una nube di polvere. A giudicare dalla forma, i disperati avevano un fuoristrada. A giudicare dal rumore, il fuoristrada era sul punto di fondere.

Un'occhiata al retrovisore: nessuna traccia di fari. Mahmeti maledisse la fretta. Errore tattico: sul mezzo piú veloce dovevano salire due uomini. Uno per guidare, uno per sparare.

Strinse il volante in una mano. Rallentò. Non tanto per le difficoltà di guida. Il problema era mirare.

Abbassò il finestrino. Respirò sabbia.

Sparò due volte, senza illudersi troppo. Sparò in mezzo alle luci.

Niente.

Appoggiò la Tomcat tra le cosce. Schiacciò l'acceleratore. Incollò il muso della Mercedes al culo del fuoristrada. I passeggeri abbassarono la testa come sagome di tiro a segno.

Mahmeti sporse di nuovo la mano. La mano stringeva di nuovo la pistola. Di nuovo la pistola sparò.

Il fuoristrada sterzò improvviso. Mahmeti pestò il freno. L'auto fece ancora trenta metri e un mezzo testacoda. Mahmeti si voltò a guardare, sputando chewing-gum di fango.

Il fuoristrada non era *fuori strada*. Aveva svoltato in mezzo al bosco. Mahmeti corse. Raggiunse il punto dove l'aveva visto sparire. Le luci rosse si allontanavano, risalendo una mulattiera. Mahmeti sparò per ingannare l'attesa. Il bersaglio era già troppo distante.

In quel momento, i fari della Panda spuntarono dalla curva. Il capo fece segno di fermarsi, salí a bordo, indicò un punto nel buio.

L'auto ripartí sobbalzando come un dromedario, ma molto piú lenta di qualsiasi quadrupede. Le pietre della mulattiera erano troppo anche per la 4x4.

Serviva una buona idea. Una delle solite. Di quelle che avevano permesso a Caffellatte di diventare Mahmeti.

Due minuti piú tardi, i fari dell'auto illuminarono la sagoma del fuoristrada. Piantato di traverso da un parte all'altra della mulattiera.

Mahmeti capí subito che non si trattava di un guasto.

Capí che il nemico ragionava piú in fretta di lui.

Se ragionava anche bene, erano guai per tutti.

Eccoli. Spengono il motore, scendono, discutono.

Gaia si chinò sul ciglio del sentiero, uno scivolo di sabbia e arenaria modellato a gradini dalla mano dell'acqua. Carezzò la testa di Charles Bronson, la accostò alla propria. Cercò di tranquillizzarlo. Fargli capire che non doveva abbaiare.

– Sicuri che funziona? – bisbigliò il cavernicolo.

– No. Hai un'idea migliore?

– Io mi infratterei.

– Adesso? Se esci dal sentiero ti sentono fino in paese.

– Fermiamoci, allora. Meglio il bosco che quattro mura.

– Oh, ma li hai visti dove sono? Manca poco che se hanno una pila ci vedono anche da lí.

– Dovevamo infrattarci prima.

– Sí, e Charlie? Glielo dicevi tu di star zitto?

– Te l'ho detto: per me se ne tornava da solo. Qualunque cane sa tornare a casa. Quelli tosti, avvertono pure qualcuno.

Lo sguardo di Gaia lo sfidò a ripetere il concetto. Il cavernicolo la fissò dritto negli occhi. Sorrise, tanto gli parvero grandi.

– Facevo giusto per ripassare, eh? Se dite che siete convinti...

Gaia ne aveva abbastanza. Girò sui tacchi e riprese il sentiero, attenta al frusciare di ogni passo.

Il cavernicolo si voltò, in cerca di comprensione.

Sidney lo afferrò per le spalle, lo fece ruotare su se stesso e lo piazzò sulla retta via come un automa di latta.

46. Castagna western

Giustizia è fatta. Proprio come nei film.

Ombre di cavalieri in fila lungo il crinale. Sfondo stellato. Vento sottile a inclinare gli abeti.

Al centro del drappello, legati sullo stesso cavallo, due fuorilegge, schiena contro schiena. Sconfitti.

In fondo al sentiero le prime luci del paese.

Lieve scalpitare di zoccoli, mezzo nitrito.

Musica di Morricone e titoli di coda.

I rumeni del maneggio li accolsero con ampi sorrisi. A giudicare dalle facce, Lady K li aveva portati lontano. Brandelli di cervello si erano smarriti sulla via del ritorno. Il piú basso dei tre aveva un taglio fresco sulla mandibola. Probabile non ricordasse nemmeno come se l'era procurato.

Presero in consegna i cavalli. Li riportarono nelle stalle.

Tornate quando volete. Tornate presto. Portatevi dietro Lady K.

I Giustizieri recuperarono le auto. Taverna si portò a casa il Giando, per medicargli la ferita. Gli altri proseguirono. Il taglio della donna poteva aspettare.

Arrivati alla stazione dei carabinieri, parcheggiarono di fronte alla cancellata.

Casale accese il cellulare e compose il numero. Dall'altra parte, la voce giovane di un ragazzino di leva. Vai con le spiegazioni.

– Mi chiamo Yogur Casale e ho qui due dei famosi Tagliadita, qui con me. Li abbiamo beccati in *fragrante* e ve li abbiamo portati. Siamo qua fuori, di fronte al cancello. Se volete venirveli a prendere...

Il ragazzino disse di attendere. Casale rinfoderò il cellulare. Fece una leggera torsione e sparò in faccia ai prigionieri con la pistola a tre dita. Sul volto, una via di mezzo tra ruggito e risata.

Dalla stazione uscirono in due. Attraversarono il giardinetto, fecero scattare il cancello, videro un uomo sbracciarsi da un'auto e si avvicinarono.

Dal posto di guida, Casale indicò col pollice il sedile posteriore.

– Eccoli lí. Già impacchettati.

Uno dei due carabinieri si sporse all'indietro e guardò attraverso il finestrino del passeggero.

L'altro continuò a fissare l'autista.

– Signor Casale, – disse alla fine, – lei sa di aver commesso un reato, vero?

Casale rise di gusto. Sbirciò l'espressione dell'altro. Passò al sorriso ingenuo.

– Cioè... Come *reato*?

– Reato: la legge del nostro paese vieta di incaprettare un individuo, chiudergli la bocca col nastro isolante e trasportarlo contro la sua volontà.

– Sí, d'accordo, – ammise Casale. – La legge. Forse però non ci siamo capiti: questi due, questi qui dietro, non sono due cosí, purchessia. Questi sono i famosi Tagliadita, chiaro?, e ce ne sono pure altri, se ci diamo una mossa.

Niente da fare. L'uomo in divisa non sentiva ragioni.

Rinaldi uscí sull'altro lato. La cosa sembrava andare per le lunghe. Il tono della discussione si accendeva.

– Allora va bene, facciamo cosí, – Casale incrociò i polsi e li offrí al carabiniere. – Liberiamo questi bastardi e in galera ci andiamo noi –. Rivolse a Rinaldi le guance paonazze. – È cosí che funziona, no? Giustizia!

Il compare si sforzò di mantenere la calma.

– Io la capisco, – disse rivolto al graduato, – lei deve far rispettare la legge, senza eccezioni... Però, vede, questo è un caso molto, molto particolare. Sono sicuro che il maresciallo Martelli capirebbe. Se ci fate parlare con lui, sistemiamo tutto. Davvero.

Il maresciallo Martelli non era in servizio. Lo si poteva disturbare solo per emergenze.

Emergenza: concetto sfuggente.

I due commilitoni confabularono qualche minuto. Ponderarono la situazione.

Alle tre e un quarto del mattino, il cellulare del maresciallo prese a squillare.

Quaranta minuti piú tardi, Martelli era dietro la scrivania, di fronte a Casale e Rinaldi. Nell'altra stanza, i colleghi Talarico e Di Fusco si occupavano dei prigionieri.

– La cazzata l'avete fatta, poco ma sicuro, – Martelli fece planare lo sguardo sull'uditorio. Il tono lasciava intravedere scappatoie. Persino Casale si rese conto che il momento richiedeva diplomazia.

– D'accordo, – disse. – La cazzata. Siamo stati impulsivi. Ce li siamo visti di fronte, con 'ste maschere afro, l'accetta e compagnia bella, e abbiamo reagito. Magari abbiamo pure esagerato, guarda: però se non era per noi quante altre dita andavano a finire nel piattino? Invece cosí...

– Cosí niente. Cosí viene fuori che noialtri contiamo zero e chi gli va si può mettere al posto nostro e fare lo sceriffo. Altro che invece.

Le guance di Casale avvamparono di nuovo. Rinaldi riuscí ad anticiparlo.

– Se questo è il problema, maresciallo, possiamo risolverla tra noi. Sa cos'è successo stanotte? È successo che mentre tenevamo d'occhio una certa zona, abbiamo visto in giro questi tizi sospetti. Subito ci siamo rivolti a chi di dovere, siete arrivati voi, c'è stato un po' di *colluttamento* e i due sono stati catturati. Merito nostro, merito vostro e cazzi amari per i bastardi.

Palline d'acciaio cominciarono a ticchettare, penzolando sulla scrivania.

Martelli aggrottò le labbra e si lasciò andare sullo schienale, mani dietro la testa.

La porta della stanza si aprí di colpo e Talarico infilò dentro il busto.

– Ha appena telefonato il signor Drago, maresciallo. Quello del forno.

– Be'?

– Pare che ha trovato uno nel giardino sotto casa che...

– *Uno* chi?

Talarico fece spallucce: – Dice che è amico del figlio, si fa chiamare il Molesto. Sembra che il figlio doveva restare in casa per via di una punizione e questo Molesto è andato a pigliarselo con una scala sotto la finestra, tutto vestito in modo strano, con una maschera da africano sopra la faccia.

– Ma che cazzo è, Halloween? – sbottò Martelli spalancando le braccia.

– Non lo so, maresciallo. Pare abbiano confessato di avere un appuntamento col tizio della caverna, e allora il signor Drago l'ha presa male e...

– Va bene, Talarico. Di' a questo Drago che passiamo domani.

– Comandi, maresciallo.

La porta si richiuse. Martelli buttò sul pavimento uno sguardo storto. Poi lo alzò su Rinaldi, altrettanto obliquo.

– Ci penserò, – disse alla fine. – Ma per stanotte, ve ne state qui. Ho un paio di cosette che devo chiarire.

Rinaldi allargò le braccia, annuí comprensivo, sorrise. Martelli altrettanto. Casale non sorrise per niente.

– Le cosette dopo, eh, maresciallo? Che se facciamo in fretta, prendiamo pure quegli altri.

– Quali? Il Molesto?– domandò Martelli con un certo sarcasmo.

– Macché. Gli altri *veri*. Per quanto ne sappiamo, ci sono dentro anche un negro e un barbone. Stanno nella canonica di San Cristoforo. E forse pure la Beltrame.

Martelli si lisciò il pizzetto d'ordinanza con aria incredula. O forse furba.

– La Beltrame? Va bene, Casale. Noi tutori dell'ordine andiamo a dare un'occhiata. Con voialtri, ci si vede domattina. Buonanotte.

47. La notte di San Cristoforo

– Lo facciamo esplodere! – disse il Marcio senza darsi tempo di pensare.

Pinta lo squadrò con aria di rimprovero.

Mahmeti fece segno di tacere.

– Ho con me un paio di candelotti. Sono rimasti sulla Panda dall'ultima volta, quando ho fatto esplodere la grotta. Li piazziamo sotto il fuoristrada e *pum!*, lo si fa saltare in aria. Che ne dite?

L'albanese fece due passi, gli agguantò l'orecchio e ci accostò le labbra come a un microfono di carne.

– Zitto! – ringhiò.

Rimasero in silenzio per un minuto buono. Non altrettanto un paio di civette. Unico suono di spicco nel frusciare del bosco.

– Lontani, non sono, – sentenziò Mahmeti. – O sulla strada, per fare poco rumore, o nascosti qua intorno.

Con un cenno invitò Pinta a seguirlo.

Arrivato all'auto, aprí lo sportello del guidatore. Si piegò e ficcò dentro il busto, come a cercare qualcosa tra i sedili. Pinta fece lo stesso dal lato opposto. Appuntamento sotto l'*Arbre magique*.

– Diamo un'occhiata in giro, – decise il gran capo. – Poi?

– Niente occhiata, ci basta sentire il cane. È del tipo che sbavano e fanno casino.

– Va bene. Poi?

– Non so, – rispose Pinta. Non succedeva spesso che il capo chiedesse un parere. – E se hanno chiamato i caramba?

La faccia sudata del Marcio spuntò dietro il gomito di Pinta. Sfilò di tasca un cellulare marziano e lo sventolò soddisfatto sotto i nasi altrui.

– Se non piglia questo, non piglia nessuno. Almeno fino in paese.

– Okay, Marcio, ottima notizia. Piuttosto: sapete dove porta, la strada?

Pinta indicò una direzione tra i tronchi d'abete. – Dev'esserci una chiesa abbandonata. Poi penso finisce.

– Ascoltate, – si eccitò il Marcio. – Io un'idea ce l'avrei...

– Anch'io: smetti di esistere. Subito. Prima che ti devo aiutare.

Il Marcio rimase a bocca aperta. Masticò saliva. Scivolò via lungo la schiena di Pinta e si allontanò zoppicando, gli occhi come due vongole appena sgusciate, la gamba quasi di legno. Appoggiato al fuoristrada, estrasse il kit del perfetto cocainomane e si preparò la pista delle quattro di notte.

«Smetti di esistere». Le parole del capo gli addentavano il cervello come un esercito di leoni. Gettò uno sguardo alla Panda: la discussione procedeva. Mahmeti parlava. Pinta annuiva. Due profili sfocati oltre il parabrezza dell'auto.

Marcio strizzò gli occhi. Provò a leggere il labiale. Tirò mezza riga, casomai servisse. Si concentrò sulle labbra dell'albanese. Per un attimo, ne distinse il movimento. Gli parve quasi di sentirne la voce.

«Basta, dobbiamo ammazzarlo».

Poi l'incantesimo svaní. I volti tornarono imperscrutabili.

L'altra mezza riga non diede risultati.

Le rovine di San Cristoforo svettavano alte sopra i cipressi. L'oscurità del bosco le rendeva lugubri. Il fiato corto e la paura le rendevano accoglienti. Giudizi superflui. Non stavano aggiornando la guida Michelin. Il punto era: sicure o pericolose, rifugio o trappola.

A detta di Gaia, sicure. Sidney le aveva parlato della cripta, della botola, dell'accesso principale bloccato sotto le macerie. Senza neanche volerlo, l'aveva convinta. Con quattro mura intorno, senza svolazzi di uccelli notturni e affacciarsi di volpi in mezzo alle felci, era senz'altro piú facile tenere Charlie tranquillo.

Il cavernicolo era ancora perplesso. Giusto per sport, continuava a declamare la sua Arte della guerra. Diceva: se ci trovano all'aperto, possiamo ancora scappare, se ci trovano là sotto, ci tocca difenderci. Nessun luogo vale un assedio.

Sidney non lo stava a sentire.

Charles Bronson inghiottí il lampo di una lucciola.

Gaia armeggiava col cellulare.

– Prende? – chiese il cavernicolo.

– Ancora no.

– Cosa facciamo? – domandò Sidney.

– Intanto entriamo. Voglio fare un tentativo. Ce l'avete una mappa dei sentieri?

«Dobbiamo ammazzar*lo*». Marcio ripercorse la frase finché il crepaccio del pronome non gli si spalancò dinanzi. Doveva scoprire cosa c'era sul fondo, ma temeva di sporgersi troppo e cascarci dentro. Di affacciarsi sull'orlo e trovarsi riflesso, nell'acqua cristallina di un fiume sotterraneo.

Brutto segno. Era la prima volta che la coca gli dava certe allucinazioni.

Doveva fare qualcosa. Doveva agire, prima che la psicosi impregnasse i neuroni.

Un'idea ce l'aveva. Fanculo quei due che non l'avevano ascoltato.

Raccolse una grossa pietra. Sfondò il finestrino del fuoristrada. Alzò la chiusura, attento a non tagliarsi.

Dentro. Giú il freno a mano. Via la marcia.

Fuori. Dietro. Una bella spinta. Un'altra.

Dài, Marcio. Chi è che vogliono ammazzare? Spingi, bello. Dài. Col cazzo che lo ammazzate. Carena Manuel detto Marcio è fon-da-men-ta-le. Guardate qui. Guardate come risolve la *situéscion*. Date un'occhiata, invece di chiacchierare.

Il fuoristrada scivolò in avanti di un paio di metri e andò a conficcarsi contro un abete.

Il paio di metri era sufficiente. La Panda poteva passare.

Per evitare sorprese, Marcio aprí il coltellino svizzero e lo affondò nei pneumatici.

Ottimo lavoro.

Non visto, si concesse un dito a culo all'indirizzo degli altri due.

Poi li chiamò con un fischio.

Dimenticando, nell'eccitazione del momento, di non saper fischiare.

Carta topografica, pendolo, matita.

Gaia ci sa fare. Lavora di fino, alla luce tremula delle torce. Obiettivo: localizzare gli inseguitori, prima di chiuderci là sotto.

Se sono tornati indietro, tanto vale uscire, provare a raggiungere il paese, ripensare il piano.

Se vengono a piedi per la mulattiera, con tutti i tornanti, abbiamo almeno un'ora di tempo. Tempo magari per scendere nel bosco, trovare campo per il telefono, chiamare rinforzi. Tempo per inventare qualcosa.

Se stanno arrivando, bisogna spegnere le torce, barricarsi subito e incrociare le dita.

Sulle prime, qualunque rabdomanzia pareva impraticabile. Troppo pochi elementi. Non sappiamo come si stanno muovendo, se a piedi o con altri mezzi. Non abbiamo nulla che gli sia appartenuto, da usare come esca per il pendolo. Non abbiamo foto, dagherrotipi, cianografie. Per fortuna, abbiamo Sidney.

– Va bene anche disegno? – ha domandato con un mezzo sorriso, appena afferrata la questione.

Cosí adesso abbiamo questi tre identikit in stile afrocristiano che guidano il pendolo nelle sue oscillazioni. Pare che Sidney sia specializzato in icone. I suoi Cristi con treccine, sguardo bizantino, aureola dorata e sfondo di giungla sono molto richiesti dai parroci di Lagos.

Risultato: Dio ha i capelli bianchi, il naso schiacciato e la maglia del Barletta. Jesus gli occhi piccoli, una voglia sotto la mascella e il taglio alla Litbarski. Lo Spirito Marcio è un po' stempiato, senza collo, barba sfatta e sguardo elettrico.

La Santissima Trinità di Castel Madero.

Gaia riesce a isolare un quadrante di cinque centimetri per lato. Poco piú di un chilometro. Il quadrante è cruciale: quasi al centro c'è il punto dove abbiamo lasciato il fuoristrada. Gaia lo suddivide in quattro parti uguali. Fa oscillare il pendolo. Il pendolo sceglie: in basso a sinistra. Una porzione di mappa che sta *oltre* il punto cruciale. Gli inseguitori hanno superato il blocco.

Mi intrometto.

– Puoi capire se sono sulla mulattiera, a che punto stanno?

Nessuna risposta, ma la tecnica cambia. Con la punta della matita segue il tracciato della strada. Nell'altra mano, il pendolo. La matita avanza. Il pendolo oscilla. La matita avanza. Il pendolo cambia direzione di quarantacinque gradi. La matita segna il punto.

Secondo tentativo. Reazione mezzo centimetro piú avanti.

Gaia segna il punto.

– Eccoli, – dice. – Vengono di qua. In mezzo minuto hanno fatto questo tratto –. Misura la distanza tra prima e seconda rilevazione. – Sei millimetri.

Sei millimetri. Sei per venticinque fa centocinquanta. Centocinquanta metri in trenta secondi. Trecento metri al minuto. Sei per tre diciotto.

– Diciotto chilometri all'ora, – calcolo

– Sono passati, – conclude la fata. – Sono in macchina.

Sidney si alza e inizia a raccogliere le cose.

Sidney non verrà, nella cripta. Abbiamo deciso di separarci. Il mondo non può permettersi di perderci entrambi. La nuova civiltà collasserebbe prima della vecchia.

Ci guarderà scendere nel bunker, spingerà una credenza sopra la botola, andrà a mettersi in salvo tra i rami di un faggio e terrà d'occhio la pieve. In caso di pericolo ci avvertirà, modulando il verso di qualche uccello africano.

Andrei anch'io, se potessi. La fata me l'ha pure detto, che sa cavarsela da sola.

Per carità, non lo metto in dubbio.
Ma mentre lo fa, preferisco guardare.

Mele.
Aveva. Bisogno. Di mele.
Il corpo del facocero era un concentrato di brividi. Ciuffi di peli si alzavano sulla schiena, come un riporto scompigliato dal vento. Mezza pinta di saliva colava dalle fauci tremanti. I muscoli guizzavano, sordi alle volontà del cervello.
Ormai ci aveva fatto l'abitudine. Prima che il corpo partisse per la tangente, il facocero riuscí a dirigerlo sul trottoio.
Uscí dalla macchia di pruni, rivolse il muso alla luna e puntò dritto sul deposito di mele che l'Uomo delle caverne aveva approntato per lui.

Sul sedile posteriore si ballava lo shake.
Al Marcio sembrava di avere una maraca al posto della testa. Invece dei sassolini, «dobbiamo ammazzarlo».
Magari era proprio quello, che andavano a fare. E lui, coglione, li aveva pure aiutati.
In fondo, che speranze avevano di ritrovare i bastardi? Zero. Potevano essere ovunque. Potevano essersi nascosti, aspettando il momento per saltare fuori, riprendere il fuoristrada e andare dritti dai carabinieri.
Fortuna che il fuoristrada l'aveva sistemato per bene, ma il problema restava.
Potevano essere andati a Nord come a Sud. Lungo la strada o in mezzo al bosco. Verso monte o verso valle. Inseguirli non serviva a un cazzo. Solo una messinscena per non farlo pensare.
Una brusca frenata lo incastrò tra i sedili davanti.
– Perché ci fermiamo? – domandò preoccupato.
– Per sentire il cane.
Pinta rimase in ascolto un paio di minuti. Niente. Un gesto di Mahmeti lo invitò a ripartire.

Dopo due chilometri, stesso schema. Frenata. Ascolto. Niente.

Come messinscena era un po' complicata. Come inseguimento, anche.

– Il cane è l'unica speranza di beccarli, – spiegò Pinta alla sosta successiva. – Non credo che hanno fatto la strada. Comunque, arriviamo alla chiesa, diamo un occhio in giro e scendiamo in paese. Se hanno tagliato per il bosco, arriviamo comunque prima noi.

– Cos'è, una gara? – scherzò il Marcio. – Io pensavo che gli andavamo dietro.

Pinta lo mandò a cagare con la mano e riprese la guida.

Terza fermata.

– Meglio arrivare in paese prima, no? Per controllare la situazione.

Marcio annuí. Sguardo attento. Pensavano di rincoglionirlo a forza di cazzate?

Quarta fermata. Tiro di coca. Dito passato sui residui. Dito passato sulle gengive. Partenza.

Alla quinta fermata, Marcio non scese nemmeno. Per precauzione.

Da lí in poi, decise, qualsiasi tappa poteva essere l'ultima.

Niente da fare. Charles Bronson non ne vuole sapere. Punta le zampe, oppone resistenza.

Abbaia.

Di scendere sotto, non se ne parla proprio.

– Dài, Charles. Forza.

– Magari soffre di claustrofobia, che ne sai?

A malincuore, Gaia è costretta a desistere. Il cane si accuccia vicino alla botola.

– Visto? Fa la guardia. Si rende utile. Cosa ci veniva a fare in cantina?

La risposta della padrona è una smorfia stizzita, molto simile al muso del suo protetto. E a quello del vero Charles Bronson, per i prodigi della proprietà transitiva.

Scendiamo.

La luce delle torce illumina il cunicolo. La porta sul fondo. L'altare in marmo al centro della cripta. Gli affreschi di San Cristoforo. La scena del diavolo che scappa di fronte alla croce e del gigante Cristoforo che osserva stupito.

– Ti sei incantato? – domanda Gaia tornando indietro.

– No. È che non mi tornano delle scene, in questa storia.

– Come no, scusa? Allora: il padrone di Cristoforo muore. La gente dice: se l'è portato il diavolo. E siccome Cristoforo vuole servire il piú potente della Terra, decide di andare dal diavolo –. La luce della torcia si sposta sulla scena incriminata. – Ma quando vede che il diavolo ha paura della croce, allora lo molla. Scena tre: trova un eremita con una gran croce sull'uscio di casa. Gli chiede che deve fare per servire il signore della croce, e quello gli dice: prega. Ma Cristoforo non c'è portato, s'annoia. Allora l'eremita gli dice: digiuna. Ma Cristoforo non ce la fa, ha troppa fame. Quello allora gli indica un fiume, e gli dice di aiutare la gente a traversarlo, che di certo il signore apprezzerà e non tarderà a mostrarsi. Il resto lo sai, no?

– Be', piú o meno. Il bambino leggero, il bambino pesante. Poi? L'ultima scena?

– Quella? Cristoforo non ci crede: come fa un bimbo a essere signore del mondo? Allora il bimbo gli dice di piantare il suo bastone per terra, che il giorno dopo lo troverà pieno di rami, foglie e nidi d'uccelli. Il miracolo avviene e il selvaggio Cristoforo si converte. Capito adesso?

– Capito. E tu come lo sapevi?

– Mio fratello ci ha fatto il chierichetto, qua dentro. Per l'esame da titolare doveva sapere tutta la storia. Sai quante volte ce l'ha ripetuta? – Scuote la testa, come per far uscire un vecchio ricordo. – Magari finiamo di portar giú la roba, che ne dici?

Dico che ha ragione. Meglio darsi da fare e non lasciare indizi. Sono stato lí lí per morire già una volta, questa notte.

Odio dovermi ripetere.

Muso nell'intreccio dei rovi, il facocero si fece largo a testa bassa, mentre le fiamme dell'astinenza accendevano il suo mondo in bianco e nero, colorando le ombre e la notte col verde sempreverde dei ginepri e il giallo ormai perfetto dei polloni di castagno.

Impantanata la schiena nella melma di un rigagnolo, tremiti e spasmi parvero dargli tregua, assieme al prurito.

Ma mentre per quello era la giusta medicina, per tutto il resto non era che un palliativo.

Aveva bisogno di mele.

Ogni nuovo risveglio esigeva una dose maggiore.

Le due della sera prima non sarebbero bastate.

Alla sosta successiva, non scese nessuno.

Pinta spense il motore. Mahmeti abbassò il finestrino. Marcio tese l'orecchio.

Lo scirocco colava dal cielo come melassa. Lento e grasso. Odore di funghi saliva dal cuore del bosco. In fondo al silenzio, un ronzio appena accennato, sottile e continuo. Forse il respiro delle montagne. Forse le trivelle della galleria ferroviaria.

– Ripartiamo? – La domanda del Marcio era la punta scoperta in un iceberg di ansie.

Non ottenne risposta, neppure uno sguardo.

Bene, pensò. Ultimo atto. Ultima possibilità di salvare la pelle. Il posto era remoto, sperduto. Un grumo secco nel culo del mondo. Nessuno avrebbe sentito nulla. Nessuno avrebbe trovato il suo corpo, prima che i cinghiali lo consumassero fino all'ultima falange. Ancora pochi istanti. Mahmeti si volta e fa fuoco. Un bel buco in testa e tanti saluti. Poi l'avrebbero squartato: le interiora attirano le bestie.

Si concesse l'ultima valutazione. Aprire lo sportello e rotolare tra gli alberi o puntare la pistola sulla nuca del capo? Si diede dieci secondi. Strinse i denti. Cominciò a contare.

...sei, cinque... Si interruppe. Sudava a dirotto. Il conto alla rovescia spezzettava ogni ragionamento.

Prese un respiro profondo. Allungò le dita sulla maniglia. Le rimise a posto.

Espirò fino a svuotare i polmoni. Si raccomandò a Padre

Pio. Controllò che la Glock avesse il colpo in canna. Come dicono gli americani, «Quando la tua vita è al dunque, affidati a una .45».

L'abbaiare di un cane perforò il silenzio.

Il dito del Marcio sussultò sul grilletto.

La pallottola perforò l'imbottitura dello sportello e rimbalzò nel sedile.

Cinque dita piú a sinistra e il ginocchio del pistolero non sarebbe piú stato lo stesso.

Spesso capita cosí. Capita che tra mille occasioni, pretesti e possibilità, uno si va a scegliere il momento peggiore, la situazione piú scomoda e confusa. Fatto sta che la stanza è umida, il pavimento sporco e il sottoscritto è appena scampato a morte certa. Odori ammuffiti completano il quadretto. Da una feritoia dietro l'altare, un raggio di luna si proietta sul muro. Unica concessione a una certa atmosfera.

Eppure basta sederci un attimo, riprendere fiato, scambiarci uno sguardo appena piú lungo del solito, e già i volti si avvicinano, le labbra si sfiorano, i vestiti si aprono in mille pertugi.

L'ho sempre detto che c'è un modo piú piacevole per sfogare certe tensioni.

Lei ha la pelle del collo liscia, quasi bambina, e i lobi carnosi, ideali da mordere.

Lei sorride, un sorriso verde come gli occhi.

Lei mi carezza la barba talebana, mi stringe, mi avvinghia le gambe tra le sue.

Al piano di sopra, Charles Bronson abbaia. Magari è geloso.

Lei si stacca di colpo.

Uno sparo. Uno soltanto. Vicino.

Organi, buchi, ossa del sottoscritto si restringono come anemoni spaurite.

Onde sonore affollano la vallata.

Sgusciano via dal fitto del querceto. Scivolano su spiazzi

d'erba e piante di mirtillo. S'inseguono lungo rigagnoli e corsi d'acqua, su su fino alle sorgenti. Rimbalzano sulle rocce scoperte delle cenge piú alte e tornano indietro, scegliendo percorsi e angoli diversi.

Nel frattempo, gli orifizi del corpo tornano di dimensioni accettabili.

– Facciamola esplodere! – gridò il Marcio sottovoce, per rimediare con un'idea brillante al disastro di poco prima.

Sguardi storti piombarono sulla proposta. A vuoto. Lo sniffomane era di nuovo *in pista*.

– Sono là dentro, no? – si affrettò a spiegare. – Bene. Con una sola bombetta risolviamo i nostri problemi. Disgrazia, tragedia, catastrofe: edificio pericolante crolla, morti alcuni escursionisti. È un attimo. Liscio come l'olio. Niente complicazioni. Niente...

– Chi ti dice che sono dentro? – interruppe Pinta con tono seccato.

– Ragiona, Pinta. Non fai questo casino per poi mollare il cane in un rudere in mezzo al bosco.

– Chi ti dice che è il loro cane? – lo incalzò Mahmeti con una punta di interesse.

– D'accordo, – il Marcio allargò le braccia. – Può essere anche un randagio. Va bene. Un randagio qualsiasi. E a noi che ci frega? Se c'è solo un randagio, accoppiamo solo il randagio. Se invece sono dentro, facciamo filotto. Tanto vale tentare, no?

Mahmeti restò in silenzio. Non era abituato alle idee altrui. Doveva concentrarsi. Evitare di lasciarsi convincere troppo in fretta. Attendere che le controindicazioni affiorassero nel cervello. Col Marcio era un'operazione delicata. Aveva il dono di stordirti a furia di stronzate. Di ipnotizzarti con finte sicurezze.

Quello tentò di rincarare la dose.

Mahmeti alzò una mano e ottenne silenzio. Finí di fumare. Schiacciò la cicca nel posacenere.

– Va bene, – disse alla fine, – ma bisogna essere sicuri. Non possiamo metterci a scavare, dopo. Dobbiamo saperlo prima.

Sapere se sono là dentro oppure no. Se dobbiamo preoccuparci ancora o se siamo tranquilli.

Una mano si allungò sulla spalla di Mahmeti. Una stretta forte.

– Grazie, capo.

– Risparmia le frocerie e diamoci una mossa.

– E come? – domandò Pinta dubbioso. – Li becchiamo dalle voci?

– No. Lo sparo del genio l'hanno sentito e adesso non parlano per un pezzo. Scendiamo giú. Voi restate sulla porta. Io giro intorno per vedere se c'è un'altra uscita. Poi uno entra, l'altro lo copre. Se possibile, evitate di sparare. Cerchiamo di non lasciare tracce. Una pistola puntata basta e avanza. Quando quello che è andato dentro esce fuori e dà l'okay, allora si fa saltare tutto.

– Fantastico, – s'infervorò il Marcio. – Se possibile, *quello* vorrei essere io.

Mahmeti annuí. Poi sbandierò la Tomcat.

– Quanti colpi abbiamo?

Pinta tagliò l'aria con la mano. Marcio controllò.

– Uno, – mentí. Meglio stare in campana. Autonomia di fuoco e dimensioni del sesso sono di quegli argomenti che la sincerità non paga.

– E io tre, – concluse il capo, fissando il parabrezza in uno sforzo di riflessione. Altra cazzata: le pistole avevano calibri diversi. 7.65, Beretta 9 mm e Glock .45. Impossibile spartirsi le munizioni.

– Tu questa, – disse infine a Pinta porgendogli la compatta.

– Perché a me?

– Perché sei quello che copre. Hai bisogno di fuoco.

– D'accordo. E tu?

– Io quella scarica. Se scappano dal retro, si ritrovano in faccia il cannone. Basta e avanza.

Aprí lo sportello e fece segno di scendere. Le rovine della canonica distavano meno di trecento metri. Squittire di ghiri tra i rami bassi coprí lo scricchio delle suole sulle pietre della mulattiera.

Gaia si è accucciata accanto alla feritoia che lascia entrare la luna. Mi fa segno di raggiungerla.

La feritoia sarebbe una grotta di Lourdes, scala uno a dieci. La statua della Madonna ci dà le spalle, intenta a benedire la radura e una sfilza di vasi vuoti.

La radura e tre manigoldi che la attraversano di soppiatto.

La radura e un gladiatore nigeriano esperto in icone che salta giú da un faggio e si mette a tallonarli.

Non erano questi i patti. Il sottoscritto e la fata possono cavarsela da soli.

Ho una fionda professionale e alcune biglie d'acciaio.

Nessun luogo vale un assedio, eppure eccoci. Ennesimo precetto troglodita evaporato in poco tempo.

Forse perché i precetti sono roba di lusso. Una civiltà davvero essenziale dovrebbe imparare a farne a meno.

Spari. Abbaiare di cani. Odori di uomo.

Un tris che il facocero aveva imparato a temere da quando era striato.

Poi aveva imparato a odiarlo, via via che le zanne crescevano.

E il facocero, di zanne, ne aveva due piú degli altri.

Usciti allo scoperto, superarono un faggio solitario, puntando le scalinate sotto lo sguardo di una Madonna. Giunti alla base dello sperone, Pinta e il Marcio imboccarono la rampa di destra. Salirono gradini a due per volta. Scivolarono lungo il muro della canonica.

A dieci metri dalla porta d'ingresso, Pinta si fermò. Con un cenno della testa, indicò all'altro di proseguire.

Il Marcio raggiunse la porta. La abbatté con un calcio. Entrò nella prima stanza sventagliando la torcia davanti a sé. Troppo veloce per distinguere qualcosa.

Mentre ripartiva con piú calma, da destra verso sinistra, sentí ringhiare. Sentí ringhiare piú forte. Sentí ringhiare nel buio lí davanti.

Girò di scatto la torcia e vide il cane che gli saltava addosso.

Puntò la Glock, fece due passi indietro, sparò.

Porte sul retro non ce n'erano. Poteva raggiungere gli altri. Controllare che non facessero cazzate.

Le buone idee hanno spesso un difetto. Nove volte su dieci sono troppo per un uomo solo. L'idea di portare in provincia le buone idee aveva un difetto ulteriore. In provincia non c'erano veri professionisti. In provincia dovevi fidarti dei provinciali, e le buone idee rischiavano grosso. Finita quella storia, Mahmeti avrebbe preso in seria considerazione l'ipotesi di ristrutturare una borgata e portarsi dietro l'intero staff. I professionisti di città. Quelli seri.

Poco prima di girare l'angolo, gli cadde l'occhio su un vecchio lavandino abbandonato per terra.

Dentro: una decina di mele. Selvatiche, ma di bell'aspetto. Lo stomaco di Mahmeti si ricordò di non aver cenato. Il braccio si allungò per accontentarlo.

Dietro le spalle, l'orecchio percepí rumore di rami secchi.

Mahmeti si girò di scatto. Beretta in una mano, mela nell'altra.

Un cinghiale enorme stava uscendo allo scoperto.

Il cinghiale si fermò, alzò gli occhi porcini e lo interrogò con un grugnito.

D'istinto, Mahmeti tirò il grilletto.

Uno sparo fece tremare la notte.

Mahmeti guardò la pistola. Gli sarebbe piaciuto credere al miracolo, ma le armi scariche fanno solo cilecca.

Il cinghiale guardò la pistola. Di miracoli se ne intendeva poco, in compenso aveva l'udito fine. Fine abbastanza da localizzare uno sparo. Talmente fine da distinguere il *clic* del colpo a vuoto anche in mezzo all'uragano.

– Via, sciò, – provò a ringhiare l'albanese pestando il terreno davanti a sé.

Il cinghiale schiumò rabbia dalle narici e caricò a testa bassa, mentre il bosco pulsava di colori come un'insegna al neon. Mahmeti non ebbe nemmeno il tempo di gridare.

Con un colpo secco del collo l'animale piantò le difese nella pancia dell'uomo. Lo proiettò in alto. Lo colpí piú volte mentre strisciava in cerca di fiato.

Quando gli salí sopra con gli zoccoli, Jakup Mahmeti non respirava piú. La mela era rotolata qualche metro piú in là

Il cinghiale scavalcò il cadavere, fiutò il terreno e ingollò trionfante il pomo della discordia.

Non era morto. Rantolava.

La pallottola era entrata sotto la coscia destra. Forse era pure uscita.

Senza abbassare la pistola, il Marcio avanzò qualche passo. Un rimestare di foglie lo mise in allerta. Sbuffi animali. Bestie in calore che amoreggiavano là dietro. Mahmeti le avrebbe fatte sloggiare.

Accucciato sul fianco, il cane rovistava tra i calcinacci come in cerca di un appiglio. Faticava a respirare. Faticava a capire cosa gli fosse successo. Un dolore sconosciuto paralizzava la zampa. Stupore e sofferenza grondavano dagli occhi. Domande.

Le armi da fuoco sono una brutta sorpresa, se sei cresciuto senza sapere che esistono.

Il Marcio esaminò il cane con attenzione. Sembrava proprio lui. Jim Morrison. Quindi: nascosti da qualche parte dovevano esserci i suoi amichetti. Per forza. Solo che Mahmeti voleva essere sicuro. L'aveva detto chiaro. La sola presenza del cane non bastava. Chissà. Doveva uscire, andare dal capo, chiedere lumi? Di certo il cane non si sarebbe mosso. Di certo gli amichetti non sarebbero scappati: le uscite erano sotto controllo. Però che cazzo, doveva dimostrare di saper decidere da solo. Non poteva confrontarsi sempre: dai collaboratori di un certo livello, ci si aspetta pure una certa autonomia.

Bene. Il fatto che Jim non fosse ancora morto poteva tornare utile. Molto utile.

Allungò la gamba e gli mollò un calcio nelle costole. Il cane rispose con un guaito.

– Lo sentite? – la punta del piede si abbatté ancora sull'animale. – Lo sentite, no? È il vostro amato cagnino, quello che per salvarlo da noi cattivi avete messo su tutto 'sto bordello. Bene, gente: i cattivi sono tornati.

La voce del cocainomane era acuta, gonfia di eccitazione, diversi decibel piú del normale.

– Allora: se siete nascosti qua dentro, meglio che uscite. Se uscite, il cane se la cava con la pallottola che gli ho appena tirato e un buon veterinario ve lo rimette a nuovo. Se invece state nascosti, il cane passa un bruttissimo quarto d'ora, il peggiore della sua vita da cane.

Il Marcio si fermò un attimo. Mahmeti doveva aver sentito. Se taceva, significava che non aveva niente in contrario. Altrimenti, l'avrebbe fatto capire, in un modo o nell'altro.

Marcio contò fino a sessanta. Troppo in fretta. Aggiunse venti per star sul sicuro.

Silenzio. Silenzio assenso.

Raccolse qualcosa dal pavimento e riprese a parlare.

– Okay, vedo che non ci siamo capiti. Oltre al vostro cagnino, ho qui con me un bel pezzo di ferro, sapete quei tondini che si usano nel cemento armato? Quelli. Pensavo di arroventarlo un po' con l'accendino, poi metterlo nel culo del vostro amico e *vedere di nascosto l'effetto che fa*.

Canticchiò le ultime parole con discreta intonazione, tirò fuori un Bic e iniziò a scaldare sulla fiamma l'estremità del ferro, mentre la hit di Jannacci continuava a pizzicare le corde vocali.

Vengo anch'io. No, tu no. | *Vengo anch'io. No, tu no.*

Vengo anch'io. No, tu no. | *Ma perché? Perché no.*

– Passami la fionda.

– La fionda? Ascolta, Gaia...

– Passami quella cazzo di fionda!

Il cavernicolo protese le braccia per invitare alla calma. Gaia allungò la mano fulminea e agguantò la fionda infilata in cintura. Con passo deciso si diresse verso la botola, sorda a ogni richiamo. Sguardo fisso, ipnotizzato da visioni di tortura e vendetta.

Si potrebbe andare tutti quanti al tuo funerale. | *Vengo anch'io. No, tu no.*

Un attimo prima che imboccasse il corridoio, la voce del cavernicolo chiamò ancora. Il tono era cambiato. Gaia si voltò, occhi gonfi di lacrime rabbiose. Lui si frugò in tasca e le lanciò qualcosa. Gaia l'afferrò al volo. Un sacchetto di plastica.

Un sacchetto pieno di biglie d'acciaio.

...Per vedere se la gente piange davverooo...

Gaia sciolse il nodo con dita nervose, passò un paio di biglie nella mano che reggeva la fionda, infilò l'involucro giú per la maglia e salí le scale.

Senza badare al rumore, sollevò con la testa il coperchio della botola e lo appoggiò di lato. Spazio di manovra: venti centimetri. L'altezza dei piedi della credenza. Non era molto, ma doveva bastare.

...E capire che per tutti è una cosa normale...

Luce di luna divideva la stanza a metà. L'ombra del Marcio si stagliava contro la finestra. La fiamma dell'accendino brillava ancora. Gaia sporse la fionda oltre il bordo della credenza, per tenerla sollevata il piú possibile. Con l'altra mano mise la biglia in posizione, afferrò la fascia di cuoio, tirò verso il basso, fin dentro l'imboccatura della botola, per dare all'elastico l'angolazione migliore.

Aggiustò la mira un paio di volte, ma quando le braccia cominciarono a tremare, capí che doveva sbrigarsi.

Tenere l'elastico in traiettoria. Mollare la presa. Colpire il bastardo in piena fronte.

...E vedere di nascosto l'effetto che fa.

Nemmeno trenta secondi e il deficiente aveva sparato. Lo sparo aveva risvegliato eserciti di animali. Stormi gracchianti svolazzavano a mezz'aria. Bisce schifose sculettavano tra le foglie. Zampe minuscole saltellavano sui rami secchi. Un paio di grosse bestie avevano grufolato dalla parte opposta della canonica. Casino d'inferno. Mahmeti non sarebbe stato contento.

S'era detto niente pallottole, niente tracce sospette, niente piombo nella ciccia di qualcuno.

Inutile. Quello s'era messo addirittura a torturare il cane. Roba da matti. E magari il cane s'era rivoltato all'improvviso. Fatto sta che tutto taceva: né canzoncine né baubau.

Veniva voglia di lasciarlo perdere, cazzi suoi, se la sbrigasse da solo. Veniva quasi voglia di accendere la dinamite, subito, a sorpresa, con lui dentro. Se c'era il cane, c'erano pure gli altri.

Muoia Sansone con tutti i filistei.

Ma piú di qualsiasi voglia, per Pinta contava il senso del dovere. Quando si prendeva un impegno, andava fino in fondo. Come con la maglietta. Lo rispettavano, per quello. Dicevano che era il classico tizio che avrebbe fatto carriera anche in banca. Pinta scuoteva la testa.

– Alla cravatta, ci sono allergico, – diceva. – E al passamontagna pure.

Si avvicinò alla porta sfondata e chiamò l'altro un paio di volte.

Niente.

Scivolò all'interno con la Tomcat spianata. La luna era uscita da dietro i cipressi e rischiarava la stanza.

Il Marcio se ne stava per terra accanto al cane. Parevano due innamorati contro natura. Una pozza scura li stringeva in un abbraccio cruento.

Pinta chiamò ancora. Si avvicinò. Gli smosse le gambe con la punta del piede. Quello aprí gli occhi a fatica: una melma rossastra gli impiastricciava le palpebre. Si massaggiò la fronte, leccò via il sangue dalle dita e allungò la mano verso il compare.

Pinta finse di non vederlo. Tentare di rimetterlo in piedi poteva risultare lungo e improduttivo. Invece avevano fretta, e improduttivi lo erano già stati abbastanza.

Tirare il coglione fuori di lí era la priorità numero uno.

Pinta decise alla svelta: afferrò il piede del compare e cominciò a trascinarlo, indietreggiando verso la porta, la pistola puntata sulla penombra di fronte a sé.

Per quanto nativo di un paese di giungle, mezz'ora di albero gli aveva trasformato la schiena in un rottame. Del resto, l'unica giungla che conosceva era fatta di cemento e ondulina. Aveva imparato ad arrampicarsi con le grondaie di Lagos Island, e i frutti che raccoglieva lassú non erano proprio banane.

Stirò la spina dorsale premendoci contro una mano e risalí con un balzo gli ultimi gradini della rampa. Il tizio di guardia era appena andato dentro. L'altro non s'era piú fatto vedere.

Momento ideale per guadagnare posizioni.

Divorò i dieci metri che lo separavano dall'angolo della casa e ci si appiattí contro. Sporse la testa per controllare la situazione. Via libera.

Scattò verso l'orto, tra le zolle rivoltate che attendevano ancora la prima semina. Il badile pieghevole era lí, dove ricordava di esserselo dimenticato, esposto alle intemperie e all'umidità della notte.

Lo afferrò al volo e di nuovo rimbalzò verso la canonica, per incollarsi come un mollusco allo stipite della porta.

L'elastico era di nuovo teso, la fionda in posizione. Il braccio si spostava lento e teneva il tizio sotto tiro.

Ma Gaia sapeva che non avrebbe sparato ancora. La biglia pareva incastonata tra le dita come una perla di incertezza.

Charles Bronson, steso sul pavimento, rivolse verso la botola i grandi occhi increduli. Mandò un paio di guaiti all'indirizzo della padrona, poi, non ricevendo risposta, pensò che fosse lei ad aver bisogno di aiuto. Provò a rialzarsi, ma la ferita gli tagliava le gambe.

Il nuovo arrivato stava trascinando via il corpo di quell'altro.

Gaia abbassò la fionda e scivolò con le spalle sotto il legno della credenza.

Doveva uscire fuori, recuperare Charlie, trascinarlo di sotto.

Calcolò una trentina di secondi. Sperò che il tizio non avesse fretta di tornare.

E mentre sperava, strisciava fuori dal buco come un paguro dalla conchiglia.

E mentre sperava, vide un'ombra sulla porta, alle spalle del tizio, e sentí un rumore di metallo contro osso.

Guardò il tizio andare giú, tipo statua di Stalin nel centro di Kiev. Dritto, senza scomporsi. Quasi marziale.

Poi sentí la voce di Sidney, spinse fuori la testa, chiese aiuto.

Il gladiatore si precipitò. Inciampò. Andò giú pure lui.

Scomposto, non come Stalin.

Come se qualcuno lo avesse sgambettato.

Il Marcio sollevò il busto puntellandosi sul braccio, stile antico romano.

Vide che il negro si rialzava e gli sparò nella schiena.

La testa gli faceva ancora un male cane. Il collo pure. Pareva che il cervello si fosse liquefatto e stesse ribollendo nella scatola cranica. Si piegò su Pinta, che quanto a emicranie gli dava comunque dei punti. La nuca del compare riposava su un cuscino di sangue e terriccio. Gli afferrò il collo per sentire la giugulare, nella classica presa da telefilm di pronto soccorso. Tastò il petto con entrambe le mani, in cerca di un respiro strozzato, un residuo di battito cardiaco. Niente.

Afferrò l'orlo della maglia a righe e gliela stese sulla faccia. Piú che morto, sembrava un attaccante del Barletta che fa il «fantasma» dopo un goal.

Il Marcio si fece il segno della croce con bacio finale. Dentro casa, tutto tranquillo. La coda dell'occhio lo informò che Sidney provava a rialzarsi. Senza fretta, si diresse verso di lui e gli sedette sulla schiena.

– Il capo ha chiesto di non sparare, – disse. – Ma io con te voglio essere sicuro.

Stese il braccio e fece fuoco con l'ultimo colpo. Il terzo.

Bene. Era giunto il momento di chiudere la partita. Toccava a lui.

Dieci passi indietro.

– Capo! – urlò. – Io vado, capo. Conto fino a cinque.

Contò. Ogni numero, un passo indietro.

Mancavano gli ultimi tornanti, poco meno di un chilometro.
In basso, tra gli alberi, si intravedevano i ruderi della pieve nel chiarore lunare.

La jeep dell'Arma veniva giú per la mulattiera barcollando come un ubriaco sulla strada di casa.

Il faro sul tetto spingeva una lama di luce nel ventre della notte. Martelli ordinò di spegnerlo e prepararsi a scendere.

Un colpo di pistola interruppe i preparativi.

Il maresciallo fece segno all'autista di spegnere il motore. Con un gesto della mano bloccò la valanga di commenti pronti a debordare. Un minuto, un altro sparo.

Si fece passare il binocolo all'infrarosso, residuato bellico acquistato su una bancarella di Castel Madero. Regolò il fuoco e inquadrò la pieve.

Sentí l'esplosione, come una mina in una cava di sabbia.

Sentí il rumore dei mattoni che precipitavano uno sull'altro.

Vide salire la nuvola di polvere oltre la punta dei cipressi.

Buttò il binocolo sul sedile posteriore, allungò la mano sulla chiave e mise in moto.

– Vai, vai, vai!

Le ruote della jeep sgommarono, sulle pietre umide e lisce della mulattiera.

Pare che il soffitto debba cedere di schianto. Ma non cede.

Pare che le colonne stiano per sbriciolarsi. Ma tengono duro.

Pare che i muri debbano esplodere da un momento all'altro.

Ma quel momento non arriva.

La cripta di San Cristoforo è scavata nella roccia. A prova di bomba.

Meglio non fidarsi, comunque. Meglio uscire.

La nicchia della Madonna è a dieci metri da terra. L'erba della radura sembra soffice. Non dovrei sfracellarmi.

Mi affaccio di sotto. Erba me ne ricordavo di piú, ma non importa.

Correre non è facile, quando la testa gira, le orecchie rimbombano e il nervo sciatico tira le redini della schiena.

Ci mancò poco che il Marcio non rotolasse giú dalle scale. Perse l'equilibrio sugli ultimi gradini, si aggrappò alla ringhiera, scivolò sull'erba bagnata e riprese a correre con l'andatura da storpio.

Un oggetto volante non identificato gli sfrecciò davanti alla faccia. L'oggetto atterrò frantumandosi pochi centimetri oltre i piedi. L'oggetto era un vaso da fiori.

Il Marcio alzò gli occhi di scatto.

La Madonna di Lourdes, mani congiunte da tuffatrice della domenica, puntava dritta sulla sua testa.

Prima donne e bambini.

Poi il sottoscritto.

Atterro sul Marcio un attimo dopo Nostra Signora. Cerco di sporgere dal corpo tutte le parti dure che ho a disposizione. Gomiti, ginocchia, punte di scarpe.

Raccolgo frammenti di Madonna e li sfascio in testa al farabutto finché non pare abbastanza tramortito.

Finché non vedo comparire, tra i cipressi che costeggiano la mulattiera, un *defender* dei carabinieri con tanto di faro sul tetto.

«Arrivano i nostri», verrebbe da dire, ma non nutro simpatie per la cavalleria di Babilonia.

Noi supereroi preferiamo sempre l'uscita sul retro, un costume da circo per cambiare identità, una cabina telefonica dove spogliarci.

Nel caso del sottoscritto, la traccia di sentiero che scivola tra le felci e raggiunge il poggio alberato alle spalle della pieve.

Abbastanza vicino per seguire gli eventi.

Abbastanza lontano perché non ci arrivino i *nostri*.

48. L'alba in cima

E cosí eccoti, seduto da ore, sotto lo sguardo compassionevole di un vecchio acero di montagna.

Lacrime riempiono gli occhi, si perdono nel folto della barba, colano a dissetare la terra.

Nella nuova civiltà, anche il pianto ha la sua funzione. Niente pasticche, niente calmanti. La Costituzione troglodita sancisce il diritto alla depressione.

Ambulanze e pompieri hanno parcheggiato sotto la roccia, a ridosso delle scale, nel punto dove il Marcio ha visto la Madonna. Due divise arancioni si sono prese cura di lui. Gli hanno bloccato la testa con un collare rigido, l'hanno scodellato su un'ambulanza e sono ripartiti.

Un gruppo di scavatori ha estratto Gaia da sotto le macerie. Talmente viva che hanno dovuto obbligarla a non camminare, a sdraiarsi in barella e farsi portare via.

La luna è scesa oltre le cime e una nuova luce ha bagnato l'Oriente.

Tre coppie di barellieri scendono verso la radura col loro carico di corpi. I corpi sono immobili, avvolti nella plastica come pesci da congelare.

Tre coppie di barellieri, tre corpi. La distanza non permette di riconoscerli, ma nessuno ha l'aria di essere un sanbernardo, e quegli altri parevano solo tre. Uno l'hanno già portato via. Ne restano due.

Il terzo dev'essere Sidney.

Mi hanno infilata qui dentro per il mio bene, dicono. Mi portano in ospedale a fare controlli, radiografie, tutti gli esami del caso.

Molte grazie, ma prima di impazzire preferirei sapere che fine hanno fatto Sidney, Charlie e il cavernicolo. Che senso ha rimettermi in sesto se intanto il cervello si aggranchisce come una spugna secca, diventa sempre piú piccolo, prova a rannicchiarsi su se stesso pur di non sentire l'altra voce urlare sempre piú forte che se qualcuno spara in testa a un uomo, e quella testa si abbatte sull'erba, e il naso gocciola sangue, allora nemmeno in sogno ci si può illudere che sia vivo, che sia solo stordito, che basti spingere un tasto e riavvolgere il nastro. Tanto alla fine non c'è pausa che tenga. Il nastro deve arrivare in fondo.

Bravo supereroe.

Un applauso per la civiltà che non spreca.

Un evviva per la civiltà che non conosce rifiuti, che non butta niente e restituisce ogni cosa.

Avanti, allora: restituisci al mondo la vita sprecata di Sidney Kourjiba.

Sidney, che doveva restare sull'albero e non fare cazzate.

Sidney, che lottava contro i cani come un antico gladiatore.

Sidney, inventore del piatto nazionale troglodita, polenta di ghiande alla nigeriana con salsa d'ortica

Nella nuova civiltà, dicevi, nessun luogo vale un assedio. Ma pure i buchi hanno intorno qualcosa.

Parlare di civiltà è parlare di accerchiamenti.

Non tutto il mondo è qui, dicevi. Ma tu? Puoi evitare di essere *qui*, ovunque ti trovi?

A fatica mi alzo, vestito di lacrime, spoglio di ogni certezza.

Dai cespugli sulla sinistra sguscia fuori una sagoma scura. Si ferma allo scoperto, gira da questa parte quattro zanne inconfondibili e mi regala uno sguardo indulgente, quasi che le sibille dei boschi gli abbiano confidato un oracolo di speranza.

Poi scompare, a capofitto nel mare di felci.

Oltre le siepi di rosa canina, la traccia di sentiero sembra allargarsi, aprire un varco nel bosco, attraversare i pascoli sopra la linea degli alberi, tagliare il fianco della montagna e raggiungere la vetta con una serpentina di curve.

Chissà se l'alba è migliore, vista dalla cima.

Il bosco è un vecchio castagneto da frutto lasciato a se stesso. Carpini neri dal tronco sottile affollano gli spazi tra le piante secolari. Mucchi di foglie le circondano come un mare agitato.

Antichi patriarchi, cresciuti per mille inverni, allungano i rami sul sentiero in silenziose benedizioni.

Un frusciare di sterpi ruba i pensieri. Difficile capire se è l'animale a essere grosso, o se è questa roba secca, che trasforma guizzi di lucertola nell'incedere di un drago. Forse il facocero ha deciso di seguirmi.

Immobile, punto lo sguardo in mezzo ai tronchi.

Un muso spunta dalla corteccia e torna a nascondersi fulmineo.

Riprendo a camminare e di nuovo lo sento muoversi tra le foglie, invisibile.

Meno di una mezz'ora piú tardi, gli alberi finiscono di colpo, per far spazio a ciuffi di nardo e praterie. Duecento metri a monte, il crepitare di frasche continua. Pochi passi sulla costa erbosa, lasciandomi il bosco alle spalle. Aspetto.

Dopo qualche esitazione, lo sento uscire allo scoperto.

Non è un facocero. È un lupo.

Mi osserva inquieto, quasi aspettasse qualcosa. Alza il muso per annusare l'aria sul limitare del pascolo. Una traccia nel pelo gli gira intorno al collo come una cinghia. Ha l'aria familiare.

Dalle pieghe della valle si alza una nebbia sottile, lenta, sospinta da un vento ormai stanco, effetto mattutino di una notte troppo calda.

In capo a un'ora potrebbe cancellare l'alba e qualsiasi orizzonte.

Meglio sbrigarsi.

C'è un infermiere gentile, che mi tiene per mano e mi fa coraggio senza parole.

Gli spari. Il boato. L'odore del soffitto che crolla. Le mille alternative che non ho saputo afferrare. Siamo tutti rabdomanti, ma non sempre funzioniamo a dovere. Distratti da altri pensieri. Rapi-

ti dal danzare di un'ombra, sul fondo della caverna. Dimentichi del baratro che si spalanca, oltre la siepe dei desideri.

Gli ultimi tornanti sono cosí stretti, che ogni curva sembra portare piú in basso.

Il pascolo è talmente ripido che il lupo sceglie di seguirmi lungo il sentiero. Ogni volta che mi giro, abbassa lo sguardo sulla vallata, quasi fosse qui per caso.

Un ultimo passo, la cima. Trecentosessanta gradi di mondo a completa disposizione. Distese di alberi e macchie di pascolo. Costoni di roccia e vallette boscose. I capannoni del canile e lo scempio della galleria. Case solitarie e minuscoli paesi. Ovunque polvere, sospesa nell'aria. E decine di vette simili a questa, per osservare altre valli, altri boschi, altri pascoli e ruscelli. All'infinito.

Forse è possibile evitare l'assedio. Basta vivere del balzo tra un belvedere e il successivo.

O magari bisognerebbe sedersi qui, e mandare a memoria i nomi di tutti i ruscelli, di tutte le montagne, di ogni casolare abbandonato e di ogni ripiano per pascolare le bestie. Forse non si può andare via, prima di aver esplorato tutti i sentieri e le radure, gli anfratti della selva e le cavità del suolo. Come quegli antichi patriarchi del bosco, che cambiano aspetto a ogni stagione e a ogni estate allungano le radici che li avvinghiano a terra.

Poi viene l'autunno, con piogge d'acqua e di semi, e alcuni attecchiscono nel bosco, e lo fanno piú fitto e impenetrabile, resistente alle frane e maestoso; altri scivolano giú, e finiscono lungo il fiume, in mezzo ai pioppi, ai salici e alle piante acquatiche piú diverse; altri ancora si aggrappano stretti alla pelliccia di un animale, e arrivano magari sul cocuzzolo di una collina, e col tempo diventano giganti solitari, additati da lontano e conosciuti per nome.

Poi l'autunno finisce, ed è subito estate.

– Dove faremo la tana questa notte, lupo?

Porteremo altrove la civiltà troglodita? La porteremo sull'asfalto delle città, per bloccare il traffico insieme a centinaia di ciclisti? O cammineremo intere giornate, per raggiungere paesi che disterebbero da casa un'ora di guida? Faremo saltare i viadotti dell'autostrada e balleremo come cerbiatti sulle macerie di cemento armato? O torneremo da quella fata, e le chiederemo di vivere insieme, sulle rive di un fiume, piú fricchettoni che mai?

Per il momento, non credo proprio. Anch'io, come quel santo gigante, pensavo che il bambino fosse piú leggero.

Anch'io, come il Ladrone, pensavo bastasse voltarsi, all'ultimo momento, e regalare al Moribondo qualche parola di conforto. Ma quello ha chiuso un occhio già una volta. Le parole non bastano piú.

Tra l'altro avrei pure un appuntamento. Martedí, stessa ora, davanti al supermercato.

Poi il facocero non ci sa ancora salire, sugli alberi.

Ma soprattutto: – Ho un debito da saldare, lupo.

Un debito col Rio Conco, torrente prosciugato. Per il sangue di un pesce e l'acqua fresca di ogni mattina. Un debito che rende quel luogo diverso da qualsiasi altro.

Non il centro del mondo. Non il fortino dell'ennesimo assedio. Solo un approdo, fino al prossimo balzo.

Perché tra un salto e l'altro, c'è bisogno d'acqua fresca dove immergere i piedi.

L'ambulanza frena di colpo. L'infermiere gentile mi stringe la mano per non cadere. Un trespolo da flebo precipita a terra.

– Tutto bene lí dietro? – domanda l'autista prima di ripartire.

– Che cavolo succede?

– Se te lo dico, non ci credi.

Pausa. L'infermiere sbircia il parabrezza. Anch'io vorrei voltarmi, ma non posso. Fisso il lunotto posteriore. Due occhi grandi guardano dentro. Testa piccola e spelacchiata, collo sottile, becco allungato.

Tiro la mano dell'infermiere e gli indico dove guardare.

L'autista mette in moto.

Lo struzzo scompare d'un balzo.

Sera. Di nuovo tramonto.

Josh Rouse accarezza le orecchie.

Ho usato gli ultimi fiammiferi per accendere un fuoco e scaldare le ossa, mentre una nebbia gelida inondava la valle. Il lupo si è accoccolato e dorme, a debita distanza.

Nel frugarmi le tasche, ho ritrovato una biglia da fionda, dispersa. L'ho gettata in mezzo alle fiamme, che a poco a poco diventano braci.

Possa la stella del mattino trovarle ancora accese, al limitare della notte.

Possa il sottoscritto ritrovare la biglia, quando tornerà quassú, rinfrescato dalle acque di quel torrente, pronto per nuove stagioni.

Il lupo si alza, quasi avesse capito.

Lancia uno sguardo intorno, scrolla via il sonno e imbocca il sentiero che scende verso valle.

Titoli di coda

(Colonna sonora: Josh Rouse, *Slaveship*, da *1972*, Ryko 2003)

Questa sezione è per quelli che hanno sentito parlare di questo romanzo come del primo esperimento solista di, e ci hanno creduto.

Ma è anche per quelli che prima di disintossicarsi da una storia hanno bisogno della terapia a scalare.

È per quei pochi che non si accontentano dell'opera finita, ma vogliono conoscere i materiali, vedere gli attrezzi, visitare la bottega.

Infine, è per quelli che al cinema non si muovono dalla poltrona finché l'ultima scritta non è uscita dallo schermo.

Si accendono le luci.

Gli altri possono uscire.

L'Idea.

La scintilla iniziale di questo romanzo si è accesa una sera di ottobre, alla festa dell'Unità, dopo diversi mesi passati a far ricerche su un finto capo indiano venuto in Italia ai tempi del fascismo, per poi scoprire che quella storia l'aveva già raccontata qualcun altro.

Rottissimo nei coglioni, scartabello volumi nella sezione usato della libreria, finché non mi capita in mano:

DALLA CASA, G., *Guida alla sopravvivenza. Imparare a essere autosufficienti alle soglie del crollo della civiltà tecnologica*, Meb 1983.

Lo apro. L'introduzione comincia cosí: «Non occorre una grande fantasia per rendersi conto che l'odierna civiltà industriale è un fenomeno impossibile sulla Terra».

E finisce consigliando di apprendere l'arte dell'autosufficienza e pensare fin da subito a un luogo appartato dove ricominciare.

> Forse pensate che troppa gente vi salirà, e di tutti i tipi. Ma probabilmente non sarà cosí: chi è ormai visceralmente attaccato al suo mondo di oggetti e di simboli non salirà dove l'accesso è faticoso, quando le

automobili non andranno piú, e le funivie saranno fili inutili, buoni solo a deturpare la montagna. Preferiranno lottare a morte nelle pianure, nel vano tentativo di restare aggrappati alle «comodità», per contendere agli altri con la violenza quel poco che sarà rimasto.

Ho pagato il libro a peso, insieme a una bella edizione della Bhagavad-gita e a *Piombo e sangue* di Stephen Fox. Il miglior affare della mia vita.

Sopravvivenza e civiltà troglodita.

«Communautés, naturiens, vegetariens, vegetaliens et crudivegetaliens dans le mouvement anarchiste français», 3 fascicoli, supplemento alla rivista «Invariance» n. 9, IV serie, gennaio 1994 (prestato da WM1).
LASCH, C., *L'io minimo: la mentalità della sopravvivenza in un'epoca di mutamenti*, Feltrinelli, Milano 1996.
MCMANNERS, H., *Manuale di sopravvivenza*, De Agostini, 1995.
OLSEN, L. D., *Manuale di autosufficienza*, Longanesi, Milano 1980.
SEYMOUR, J., *Per una vita migliore, ovvero, il libro della autosufficienza*, Mondadori, Milano 1988.
THOREAU, H. D., *Walden Or Life In The Woods*, 1854 (traduzione di A. Cogolo, Frassinelli 1998).
URQUHART, J., *Alimentazione selvaggia*, Bologna 1981.

Survivalismo.

RAVEN, M., Editorial #6: *What Is Survivalism?*, in www.rmsg.us/megsed/6th.htm
www.worstcasescenarios.com/mainpage.htm (su come saltare da un treno in corsa).
http://stamper3.hypermart.net (sito americano di annunci per dar vita a gruppi survival).
www.kurtsaxon.com
www.gate.net/~dlpaxton/
www.aussurvivalist.com (il sito dei survivalisti australiani).
www.earthchangestv.com/survival/survivalism.htm

Ecoterrorismo.

Gaia Liberation Front, statement of Purpose, in «Snuff It» #3, «The Journal of the Church of Euthanasia». www.churchofeuthanasia.org/snuffit3/glfsop.html (sugli Umani come Alieni).
Unabomber's Manifesto, Industrial society and its future. www.churchofeuthanasia.org/resources/fc/unabe2.html#c1
ABBEY, E., *The Monkey Wrench Gang*, 1975 (*I sabotatori*, Meridianozero).

Alta velocità.

Dossier Legambiente n. 1 «I danni ambientali nei lavori dell'Alta velocità Fs tra Bologna e Firenze», febbraio, marzo e giugno 1998. (Si trova in Rete a diversi indirizzi).
www.newnet.it/filo/articoli/societ%C3%A0/operepubbliche/firenzuolaav.html del marzo 1998 (per la polvere sugli alberi).

Business dei canili, combattimenti, traffico di cani.

Rapporto zoomafia 2001, a cura di C. Troiano, responsabile osservatorio zoomafia della Lega antivivisezione, www.infolav.org

Smaltimento rifiuti ed ecomafia.

Documento sui traffici illeciti e le ecomafie, approvato nella seduta del 25 ottobre 2000 dalla Commissione parlamentare d'inchiesta sul ciclo dei rifiuti e sulle attività illecite a esso connesse (reperibile in Rete).

Rabdomanzia.

GRAVES, T., *Le tecniche del rabdomante*, Red 1983 (regalato da Daniele Vasquez).

San Disma, santo ladrone.

saodimas.com.br/italia/topo.htm
www.diocesi.genova.it/vescovo/tettamanzi/om981122.htm
Giuseppe d'Arimatea, Vangelo apocrifo.
Vangelo di Luca, 23, 39-43.

Leggenda di San Cristoforo.

RISÉ, C., *Il maschio selvatico*, Red 1993.
JACOPO DA VARAGINE, *Legenda Aurea.*
www.darkover.terrediconfine.net/mondo/religione.html#cristoforo

Anche San Cristoforo è stato disconosciuto dalla Chiesa per insufficienza di prove storiche.

Cinghiali e caccia in generale.

CABANAU, L., *La caccia al cinghiale*, Konemann 2001.
www.vet.unipi.it/Dpa/mbagliac/studenti/cinghial.htm (studio completo sulla specie).
http://193.207.119.193/MV/ambientecasa/reg_faun.htm (regolamento di caccia in provincia di Ancona).
www.itcgantinori.sinp.net/infoPark/susscr.html
www.ilcacciatore.com/rubriche/racconti (fondamentali racconti di caccia).
www.ladoppietta.com
www.hunterco.ro (Cacciare in Romania).
http://lists.peacelink.it/animali/msg04931.html (immissione clandestina di cinghiali).
www.provincia.fi.it/Ufficio-inf-pr/interrogazioni/int-presentate/int15-09-99cinghiali.htm (l'originale dell'interrogazione sul commercio illecito di cinghiali, trovata da WM1).
www.earmi.it/armi/trappole.htm (sulle trappole da caccia).
www.pinetreeweb.com/bp-pigsticking.htm (sulla caccia al cinghiale con lance e cavalli).

www.petnews.it/gennaio%202003/pets678.htm (La notizia di cronaca alla base dell'idea di *Medioevo 2000*).

CALVINO, I., *Uomo nei gerbidi*, in *Racconti*, Einaudi, Torino 1958 (per la caccia alla lepre).

HEMINGWAY, E., *Breve la vita felice di Francis Macomber*, in *I quarantanove racconti*, Einaudi, Torino 1947.

FAULKNER,W., *La Grande Foresta*, Adelphi, Milano (Consigliato da WM4).

Musica.

Skiantos, *Tu ci tieni* da *Pesissimo*, Cramps 1972, è il pezzo che Marco Walden ascolta sul treno

L'intero testo è disponibile qui: www.bolchini.com/mow/skiantos/pesissimo.html

Melt Banana, gruppo noise core di Tokyo, non ha mai fatto una cover di *Perfect Day*.

Quasi tutti i riferimenti musicali non esisterebbero nemmeno senza Giovanni Gandolfi, il mio pusher di fiducia, l'archivio di Radio Città del Capo di Bologna, *WinMx*, *Soulseek* e gli altri programmi p2p.

Varie.

Le considerazioni sulla bicicletta come mezzo di trasporto in ogni senso migliore dell'auto sono tratte da *Energy And Equity*, in ILLICH, I., *Toward A History Of Needs*, New York 1978.

La scritta «Educando Ricrea» compare nel teatrino parrocchiale di Villanova di Castenaso (Bo).

Il termine «necessori» viene da una pubblicità riprodotta sull'antologia che usavo alle scuole medie come esempio di neologismo.

Le riflessioni sull'essere o non essere single per scelta, abitando in un paesino, appartengono a un'anonima partecipante a un corso sui figli adolescenti tenutosi in quel di Vado (Bo).

Il portamonete in pelle di vacche magre è un'idea di WM3.

Zelmoguz è il protagonista di *La stanza mnemonica*, di O. Marchisio, alla cui penna - ibridata con influenze del *Kalevala* finnico - si è ispirato E. Krott nei suoi lavori piú importanti.

La confezione della «pomada natural de coca Inpacoca» compare in *Drogas al desnudo. Edición actualizada y ampliada*, a cura di Askagintza (www.askgintza.com). Alla stessa fonte si devono le notizie sulla ketamina.

La frase sullo smettere di fumare venti volte al giorno proviene da un aneddoto, raccontato da Dante Clauser al convegno per i vent'anni del Cnca.

La leggenda sul Passo della Locanda in Fiamme è in realtà da attribuirsi al Passo dell'Osteria bruciata, sulla via degli Dèi, (Flaminia Militare), tra Bologna e Firenze.

Il capitolo *Televisioni* è un esplicito omaggio ad Andrea Camilleri, *Un filo di fumo*, Sellerio, Palermo 2001.

Le teorie di Mahmeti sulla criminalità di provincia risalgono al Congresso provinciale del Siulp di Bologna del novembre 2001.

Lo sciopero delle more compare in maniera molto simile, con una banana al posto dei frutti di bosco, nel già citato supplemento a «Invariance».

Le tre manciate di terra da aggiungere come sepoltura compaiono in *The Light Will Stay On*, dall'album *Devil's Road* di The Walkabouts (Virgin, 1996).

La mozzatura dell'indice con i denti è un fatto di cronaca realmente accaduto e letto su «la Repubblica».

Sulla tendenza della società dei consumi a non consumare piú nulla, si veda l'articolo di Wu Ming 5 *Il buon borghese usa e deteriora*, in «Altrove», #1, ottobre 2003, Bacchilega editore (anche in Giap #13,

IV serie, *La solita burrasca di merda* – www.wumingfoundation.com/italiano/Giap/giap13_IVa.html#borghese).

I danni riportati da libri e Cd abbandonati nella valigia sono molto simili a quanto descritto da Paco Ignacio Taibo II nel capitolo *L'E.T. della frontiera*, in *La bicicletta di Leonardo*, Ponte alle Grazie, Milano 1998. Alloo stesso modo, la «droga del viaggiatore» ricorda le intuizioni di Taibo nel capitolo 55 di *Ombre nell'ombra*, Tropea, Roma 1996.

Il capitolo 27 (*Fragili desideri*) si rifà alle pratiche di «gioioso sabotaggio del capitalismo» descritte in YOMANGO, *El libro Rojo*. www.yomango.org, www.yomango.net, www.sccpp.org

La storia del tesoro nascosto e del tizio che – cercandolo – trasforma un prato in un prezioso campo arato è pressoché identica a *Il tesoro di Agu Dunba*, in *Fiabe dell'Himalaya*, Mondadori, Milano 1994.

Per la descrizione della grotta mi sono rifatto alle cavità descritte in *Grotta della Spipola. Sentiero Natura, Gessi della Croara*, a cura del Centro Villa Ghigi.

La storia del bandito Scardazzo è ispirata ai resoconti di N. Palma, *Storia civile ed ecclesiastica della città e diocesi di Teramo*, 1832 ristampa a cura della Cassa di Risparmio di Teramo, 1981.

Il ring acquario, se non ricordo male, arriva da Enrico Brizzi, *Hard Boiled*, inedito, 1993.

La leggendaria visita di San Francesco agli eremi del Salinello è raccontata in ALESI, CALIBANI, PALERMI, *Monti della Laga. Guida escursionistica*, Editrice Ricerche. Da questo libro sono tratti pure diversi toponimi utilizzati nel testo.

La Bse dei cinghiali, e piú in generale la loro pazzia, è ispirata alla notizia del ritrovamento di una malattia simile negli alci delle Montagne Rocciose.

La pieve di San Cristoforo al Bosco è ricalcata sulla chiesa di San Michele Arcangelo a Nugareto (Bo).

Le icone afrobizantine s'ispirano a quelle presenti nella sede della Saint John Coltrane African Orthodox Church di San Francisco. www.saintjohncoltrane.com

L'inquadratura finale con lo struzzo è tratta da Luis Buñuel, *Il fantasma della libertà*, 1974.

«Meglio chiamare un tecnico» è una frase storica di mia madre.

Grazie a:
Wu Ming 1, 3, 4, 5 – *ça va sans dire* – per i suggerimenti preziosi, i materiali piú nascosti e l'impagabile amicizia.
Tutti i giapsters che hanno interagito con noi in questi due anni, in particolare su questioni di politica ambientale e scelte di vita conseguenti.
Il comandante Roberto Santachiara, per il supporto e l'infinita pazienza.
Severino Cesari, Agostino Di Tommaso, Paul Pieretto & Chiara per la lettura attenta, i commenti, le proposte e i dubbi.
Angela Tranfo, Sergio Baffoni, Maria Letizia Rossi, per averci aiutato ad aiutare le foreste.
Valentina Pattavina, per le tante annotazioni e lo sterminio dei «tutto».
Benedetto Solazzi per la storia del pesce fobu dal veleno mortale.
Igor Borghi e Laura Dal Pra per la cartolina col facocero della Namibia.
Enrico Brizzi, Gianluca Storci e Gianmassimo Vigazzola per i trekking e le hard road degli ultimi anni: piazza Maggiore-piazza della Signoria, Monti della Laga, Ventimiglia-Nizza.
Claudia Finetti per l'aneddoto di «Sebben che siamo donne».
Cinzia Di Celmo per Ogm e radiazioni atomiche, ma in particolare per la copertina del libro.
Alberto Rizzi per Gilberto Rizzi.
Comune di Castel Madero, Oasi naturale di monte Budadda, Protezione civile Alta Valmadero, Caserma C.C. di Castel Madero (Tz) per la disponibilità e la collaborazione.

Per tutto il resto: wu_ming@wumingfoundation.com

Indice

Stampato per conto della Casa editrice Einaudi
presso Mondadori Printing S.p.A., Stabilimento N.S.M., Cles (Trento)
nel mese di marzo 2004

C.L. 16812

Edizione								Anno			
1	2	3	4	5	6	7	8	2004	2005	2006	2007